Michaela Dane

Kein Weichei für Walhall

edition winterwork

Bibliografische Informationen der Deutschen Nationalbib
thek:
Die Deutsche Nationalbibliothek verzeichnet diese Publika
in der Deutschen Nationalbibliografie. Detaillierte bibliog
sche Daten im Internet über http://www.d-nb.de abrufbar.

Impressum

Michaela Dane, »Kein Weichei für Walhall«
edition winterwork | Carl-Zeiss-Str. 3 | 04451 Borsdorf
mail@edition-winterwork.de
www.edition-winterwork.de

Satz: Thomas Marquardt, Heptomania
Umschlag: Marlène Blaser
Lektorat: Kerstin Dane, Thomas Marquardt
Druck und Bindung: winterwork Borsdorf

ISBN 978-3-98913-181-1

Michaela Dane

Kein Weichei für Walhall

Ein Walküren-Roman

edition winterwork

Das Buch

Heike ist Verkäuferin in einer Düsseldorfer Boutique und führt ein normales Leben, bis sie eines Tages einer seltsamen Frau begegnet, die niemand außer ihr sehen kann. Als diese ihr erzählt, sie sei eine Walküre auf der Suche nach einer Biografin, hält Heike sie zunächst für verrückt. Doch immer wieder trifft sie sich mit ihr und lauscht den Erzählungen von Waltraud. Dabei lernt sie nicht nur die Geschichte einiger historischer Helden aus einem ganz neuen Blickwinkel kennen, sondern auch sich selbst.

Waltraud erzählt von der Arbeit der „Heldenwahl“, die im Laufe der Jahrhunderte immer schwieriger geworden ist. Zu spät merkt sie, dass Waltraud auch jetzt nicht nur zum Plaudern gekommen ist, sondern auf einen neuen Helden wartet, der kein anderer ist als Heikes Lebensgefährte Uwe...

Die Autorin

Michaela Dane, 1963 in Düsseldorf geboren, studierte Biologie an der Universität Düsseldorf. Ihr Diplom erhielt sie in Biochemie der Pflanzen, wonach sie an der Universität Alicante promovierte. Seit den 90er Jahren leitet sie zusammen mit ihrem Mann Dr. Miguel Corty eine naturmedizinische Praxis mit klinischem Labor.

Sie ist Autorin und gefragte Dozentin für moderne Paracelsusmedizin (Heptopathie). Sie lebt auf einer Finca in Spanien.

Die Liebe zur nordischen Mythologie ergibt sich aus der Familiengeschichte, die hier zum Teil erzählt wird.

Inhalt

Vorwort

Bei diesem Buch handelt es sich um das, was man heute lapidar in die Gattung „Fiction“ einordnet, ohne die Zusatzbezeichnung „Science“ natürlich, denn mit Wissenschaft hat die Story nichts zu tun.

Es ist also eine erfundene Handlung, wenn auch mit ernstem Hintergrund. Es geht um unsere Herkunft, unsere Kultur und das, woran wir glauben, zusammen mit der lästigen Frage, die so alt ist wie die Menschheit: Wo kommen wir her und wo wollen wir hin?

Existentialismus und Materialismus können da leider keine Antworten anbieten, und die Kirchen wurden uns in letzter Zeit so mies gemacht, dass viele von uns ihnen leider kein Wort mehr glauben.

Die meisten verdrängen diese Fragen, bis sie einmal schwer krank werden. Einige wenige sind den monotheistischen Glaubensarten treu geblieben, viele suchen Antwort in fernöstlichen Denkschulen und eine große Mehrheit bastelt sich ein paar vage esoterische Krücken zwischen Engelskongressen und Yogaretreats.

An unsere Wurzeln traut sich seit dem zweiten Weltkrieg leider keiner mehr ran. Was haben unsere Vorfahren geglaubt? Nicht die Großeltern oder Urgroßeltern, sondern die vor der Christianisierung. Wie war es, als man noch mit einer eher bedrohlichen Natur zurechtkommen musste, um zu überleben? Wie fühlt es sich an, wenn man die Schöpfung als beseeltes und sinnvolles Ganzes betrachten kann? Was, wenn wir zwar die Krone der Schöpfung sind, aber trotzdem noch jemand über uns steht, also irgendwann Rechenschaft abgelegt werden müsste?

Wer wiegt am Ende der Zeiten unser Herz?

Die Geschichte meiner Walküre ist nicht politically correct, sondern sehr persönlich und individuell. Es ist die Art, wie ich Geschichte interpretiere, keine absolute Wahrheit. Die Eckdaten stimmen, aber Zahlen allein sind leer und traurig, sie müssen mit Sinn gefüllt werden, so wie unsere ganze Existenz überhaupt.

Den Weg des Helden zu gehen, ist ein möglicher Weg, um dem Leben einen Sinn zu geben, und das trifft für alle Epochen und alle Kulturen gleichermaßen zu.

In diesem Sinne wünsche ich einfach viel Spaß beim Lesen.

Eure Michaela Tibi, Februar 2025

Über mich und sie

Die Gläser klirrten leise, als wir mit steif gefrorenen Fingern auf das neue Jahr anstießen, während bunte Feuerwerkskörper ihre Bahnen über der grandiosen Kulisse der Düsseldorfer Altstadt zogen. Es war ein gewaltiges Spektakel, das im Laufe der Jahre immer mehr Menschen an die beiden Ufer des Rheines führte. Düsseldorf liegt im Gegensatz zu Köln nicht nur auf der rechten Seite des Rheines, sondern auf beiden. Das schönste Stadtviertel befindet sich der Altstadt gegenüber auf der linken Seite, genau dort, wo der breite Fluss ein Knie macht und so viel Sand an das breite Ufer geschwemmt hat, dass die grünen Auen den Eindruck entstehen lassen, Oberkassel wäre ein Naherholungsgebiet und nicht eigentlich ein bloßer Stadtteil. Eine breite Allee teilt das Viertel in genau zwei Hälften und führt schnurgerade auf eine Brücke mit Straßenbahnschienen in der Mitte.

Auf ebendieser Brücke standen wir nun zusammen mit ca. 10.000 anderen Feierfreudigen, die alle bewehrt mit diversen Gläsern aus Glas und Plastik nebst dem dazu passenden flüssigen Inhalt auf die gegenüberliegende Altstadt blickten, die pünktlich um Mitternacht diese ebenso farbenfreudige wie lärmende Spezialbeleuchtung erhielt.

Uwes Lippen waren vor Kälte leicht rau an meinem Hals. Später, wenn wir wieder im Warmen auf der linken Rheinseite ankämen, würde ich ihm meinen Labello leihen. Im Moment aber war das unwesentlich. Wir standen eingekeilt zwischen ein paar Freunden und auch völlig Unbekannten auf der Oberkassler Brücke und genossen das Spektakel, mit dem ein jedes neue Jahr zu beginnen pflegte, seit Uwe und ich ein Paar waren. Hier auf der Brücke hatten wir uns kennen gelernt, als er mir in einer ähnlichen Silvesternacht vor drei Jahren spontan ein Glas Sekt gereicht hatte, weil Susanne und mir unser eigener Vorrat aus der Hand gerutscht und genau eine Minute vor Mitternacht auf dem Boden zerschellt war. Er hatte also nicht nur den Anstoß gerettet, er hatte mich auch von einem unwillkommenen Singledasein erlöst, weshalb wir ab da der Brücke treu geblieben waren.

Mein Blick schweifte soeben vom schiefen Turm der Lambertuskirche zur golden erleuchteten Kuppel der Tonhalle, als ich etwas sah, das so gar nicht zu der fröhlichen Silvesterstimmung ringsum passen wollte.

Ein unbekannter Jemand in dunklen Klamotten, der abseits der Masse offenbar allein schon mehr Richtung rechtsrheinisches Ufer gestanden hatte, schwang plötzlich ein Bein über die metallene Brüstung. Das konnte ja wohl nicht wahr sein! dachte ich noch. Ein Selbstmörder zwischen all den Leuten und keiner sah etwas, keiner reagierte.

„Uwe", schrie ich über den Lärm hinweg und zupfte am Ärmel seines Wintermantels. Doch mein Freund schrie seinerseits soeben etwas ins Ohr meiner Freundin Susanne. Ich schätzte die Entfernung, während der Unbekannte sich abstützte, um das zweite Bein über die Brüstung zu schwingen. Das Unangenehme war, dass er auf der linken Seite der Brücke schwebte, während sich die größte Menschenansammlung rechts befand, wo wir auch standen. Ich hätte über die Schienen in der Mitte der Brücke steigen und mich dann noch durch die Menschenmassen drängeln müssen. Halbherzig versuchte ich mich in Bewegung zu setzen, scheiterte aber schon einen halben Meter entfernt an einer Mauer aus drei hünenhaft großen Kerlen. Verdammt, ich war zu klein, mich da durchzudrängeln und bei dem ohrenbetäubenden Lärm verstand mich auch keiner. „Da, da hinten!" schrie ich und zerrte an dem Mantel des fremden Hindernisses, jetzt schon mit Tränen in den Augen. Warum, zum Teufel, sah das denn niemand außer mir?

Endlich tat sich etwas. Wie aus dem Nichts joggte jemand in ungeheurem Tempo heran, griff den Typ unter den Armen und zog ihn mit einer einzigen eleganten Bewegung wieder zurück über die Brüstung. Die Person war so groß, dass sie sich zu dem Unglücklichen herunterbeugen musste. Sie sprach kurz mit dem verhinderten Selbstmörder, wandte sich dann ab und sprang mit einem Satz mitten auf die Bahnschienen, um den Jogginglauf in unsere Richtung wieder aufzunehmen.

„Uwe“, schrie ich, erleichtert zu meinem Freund zurückdrängelnd, während mir trotz klirrender Kälte der Mund vor Staunen offen stehen geblieben war.

„Was ist denn?“ kam es nun reichlich verspätet. Ich wusste schon nicht mehr, ob ich nun auf den Selbstmörder, der inzwischen verdattert inmitten einer Gruppe Menschen stand, oder auf die Person auf den Bahnschienen zeigen sollte. Das allerdings war ein weitaus interessanterer Anblick. Die große Retterin war, wie ich aufgrund der Figur schon geahnt hatte, eine Frau. Sie musste mindestens einen Meter achtzig groß sein, trug schwarze Lederklamotten wie eine Bikerin und Stiefel mit gewaltigen Absätzen. Wie man sich damit locker über die holprigen Schienen bewegen konnte, war mir schleierhaft. Unter einer schwarzen Wollmütze lugte blondes Haar von geradezu unwahrscheinlicher Länge hervor, gerade so, als käme sie von einem Casting für ein bekanntes Shampoo. Als sie dann wie eine schnittige Segeljacht an mir vorbei zog, trafen sich unsere Blicke für den Bruchteil einer Sekunde, und ein merkwürdiger Schauer durchlief mich.

„Hast du das gesehen?“ stammelte ich verwirrt.

„Was gesehen?“ fragte Uwe verständnislos und füllte mein Glas nach. Atemlos erzählte ich von meiner Beobachtung, soweit man zwischen dem Knallen von Flugkörpern und Zischen von Heulern überhaupt etwas zusammenhängend erzählen konnte. Außer mir hatte keiner etwas bemerkt und so konnte ich mein Erlebnis ärgerlicherweise mit keinem teilen.

Das Ganze wäre mit Sicherheit auch bald für immer im Nebel des Vergessens verschwunden, wenn ich die Unbekannte nicht drei Wochen später unter für mich ungleich dramatischeren Umständen wieder gesehen hätte.

Diesmal fuhren wir von einer Karnevalsfeier in Köln zurück nach Düsseldorf. Zwischen Silvester und Aschermittwoch liegen für Rheinländer eine Menge privater Kostümfeste, da viele die um diese Zeit gelegenen Geburtstage als Karnevalsfeiern gestalten. Typisch für diese Zeit ist auch die große Diskrepanz zwischen der leichten Bekleidung, die man in den völlig überhitzten Partyräumen trägt, und dem dicken Mantel, den man für die arktischen Temperaturen auf der Straße braucht. Ich trug passend für die Gelegenheit zu meinem Katzenhäubchen einen kurzen schwarzen Samtbody mit weißem Fellbesatz und schwarzem Schwanz zu silbernen Netzstrümpfen und Highheels, während Uwe sich, wie immer sehr einfach, mit Jeans, Weste über knallrotem offenem Hemd und Cowboyhut begnügte. Mehr Fantasie kann man von einem Mann offenbar nicht erwarten, denn das von mir vorgeschlagene Batmankostüm hatte er rundweg abgelehnt.

Auf der schlecht beleuchteten Autobahn war es dunkel, ein leichter Schneeregen hatte eingesetzt und ich genoss auf dem Beifahrersitz im Halbschlaf die wohlige Wärme des Wageninneren, als Uwe plötzlich scharf bremste und rutschend auf dem Standstreifen zum Stehen kam.

„Was zum Teufel…?"

Aber Uwe war schon aus dem Auto gesprungen. Hinter uns stand ein kleiner Golf - oder was auch immer für eine Automarke das war - und qualmte verdächtig.

Wenn etwas in mir Fluchtgedanken auslöst, dann so etwas. Nicht nur das Dunkel der Nacht mit Schneeregen, sondern auch noch in einen Schwelbrand verwickelte Fahrzeuge unbekannter Personen an der A-57! Nein Danke. Nicht so Uwe, der konnte schon von Berufs wegen nicht wegsehen, denn er arbeitete bei der Feuerwehr. Wenn einer wusste, was in solch einer Situation zu tun war, dann leider mein Freund.

Schon zerrte er an der Autotür, die sich offensichtlich nicht öffnen ließ.

Während die Zeit wie eingefroren schien, in der ich mich seufzend und für seinen Geschmack wahrscheinlich viel zu langsam abschnallte, nach dem Mantel auf der Rückbank angelte, denselben über das dürftige Kostüm schlang und mich endlich aus der schützenden Sicherheit des Wagens quälte, um mich den Unerfreulichkeiten einer feuchtkalten Nacht zu stellen, durchzogen äußerst unpassende Gedanken mein Innerstes, die irgendwie jede christliche Nächstenliebe vermissen ließen.

1) Warum nur hatten wir Karneval ausgerechnet in Köln gefeiert? Dort hat man als Düsseldorfer wirklich nichts zu suchen.

2) Warum nur konnte der verdammte unbekannte Wagen nicht später anfangen zu rauchen?

3) Wer immer darin saß, hatte kein Recht dazu, meinen Freund in Gefahr zu bringen.

Bei diesem Gedanken angekommen, näherte ich mich vorsichtig der Szene. Im Inneren des Wagens saß eine Frau, die vor Schreck wie gelähmt schien. Jedenfalls tat sie genau gar nichts.

„Den Wagenheber, schnell", rief Uwe in meine Richtung, was mich sofort auf dem Absatz kehrtmachen ließ. Wo, um Himmels Willen, befand sich denn normalerweise so ein Wagenheber? Es war schon peinlich, aber ich hatte noch niemals von solch einem Teil Gebrauch machen müssen, in meinem ganzen dreißigjährigen Leben nicht. Reichlich ungeschickt öffnete ich den kleinen Kofferraum von Uwes BMW und begann darin herumzukramen.

Das dauerte offensichtlich zu lange, denn Uwe war schon wieder an meiner Seite, hob die Abdeckung über dem Notrad ab und zerrte den Wagenheber heraus. Mit zwei großen Sprüngen war er wieder beim Unglücksauto, das mittlerweile in einer Rauchwolke verschwunden war.

Gleich wird der verdammte Wagen explodieren und Uwe mit ihm, dachte ich entsetzt, während ich wie zur Salzsäule erstarrt auf die Szene blickte. Nur am Rande bemerkte ich, dass meine Zähne vor Kälte klapperten, dass die Zehen in den offenen Sandaletten langsam abstarben und dass meine Lippen wie zum Schreien geöffnet waren, obwohl sich ihnen kein Laut entringen wollte. Ich konnte nur ohnmächtig zusehen, wie Uwe der Person im Wageninneren Zeichen machte, den Kopf mit den Armen zu schützen.

Dann sagte mir ein gewaltiger Knall gefolgt vom Klirren von Glas, dass Uwe die Beifahrerscheibe zertrümmert haben musste. Kurz darauf sah ich, wie er eine reglose Person aus dem Fenster zerrte und in meine Richtung trug. Jetzt endlich erwachte ich aus meiner Erstarrung, zerrte mein Handy aus der Manteltasche und rief die Polizei mit 112.

Das Auto fing nun tatsächlich Feuer, wenn es auch nicht in einem spektakulären Knall explodierte, wie ich nach amerikanischen Actionfilmen, die ich in Massen konsumiere, eigentlich erwartet hätte. Ich starrte wie gebannt in die Rauschschwaden, die im drehenden Wind ihre Richtung wechselten, während ich gleichzeitig unsere ungefähre Position auf der Autobahn angab.

Da, plötzlich, bemerkte ich hinter dem Auto eine große blonde Frau in Jeans und kariertem Hemd mit Rucksack auf dem Rücken, deren Gestalt mir vage bekannt vorkam. Diese langen Haare, die seltsamerweise trotz Schneeregens nicht strähnig oder feucht aussahen, hatte ich doch schon einmal gesehen!

„Wir schicken sofort einen Krankenwagen", sagte es in meinem Handy.

„Ja bitte tun Sie das." Dann aber rief ich übergangslos der Unbekannten zu: „He, gehören Sie zu der Verunfallten?"

„Wie bitte?" fragte es in meinem Handy.

„Nein, Sie natürlich nicht", beeilte ich mich zu versichern, während ich auf den hohen Absätzen im Schneematsch vorsichtig auf die Fremde zumarschierte. Leider hatte ich doch zu viel Respekt vor dem brennenden Fahrzeug, als dass ich gewagt hätte, daran so nah vorbeizugehen, wie ich gemusst hätte, um nicht auf die schwarze, glitschige Fahrbahn zu steigen.

Die Unbekannte schüttelte nur den Kopf und wandte sich ab. In weniger als einer Minute war sie außer Sichtweite.

Uwe hatte von alldem nichts mitbekommen. Er hatte die Frau auf den Rücksitz seines Wagens gesetzt und war mit den Schnittverletzungen beschäftigt, die sie sich durch die Glassplitter zugezogen haben musste. Seine Arbeit wurde durch den andauernden Husten erschwert, der wohl einer Rauchvergiftung zu verdanken war.

„Sie kommen gleich", erklärte ich und suchte nach einer angefangenen Wasserflasche, von der ich meinte, dass ich sie seit Tagen auf dem Boden des Innenraumes hatte kullern sehen. Tatsächlich, da war sie. Manchmal hat Schlamperei eben doch etwas Gutes, auch wenn Uwe das sonst nicht gern sah, wenn man sein geliebtes Spielzeug vermüllte, wie er sich auszudrücken beliebte.

Nun konnte ich sehen, dass es sich um eine kleine Person im Rentenalter handelte, die sichtlich unter Schock stand. Dankbar nahm sie die Flasche und trank in hastigen Schlucken. Diese normale menschliche Handlung holte mich selbst etwas aus meinem Angstzustand zurück. Stolz betrachtete ich meinen Helden, der das Wort *Schock* oder *Erstarrung* gar nicht zu kennen schien. Seine dunkelblonden Haare waren klatschnass, ebenso wie das dünne rote Hemd, das nunmehr eher einem nassen Sack glich. Er hatte sich nicht die Zeit genommen, um die Lederjacke auf dem Rücksitz zu ergreifen, hatte keinen Moment gezögert, das Richtige zu tun.

Langsam regelte sich mein Adrenalinspiegel wieder auf Normalhöhe ein.

„Du hättest explodieren können", sagte ich daher anklagend und hing mich mit Tränen der Erleichterung an seinen Hals.

Er lachte und tätschelte dabei beruhigend meine Wange. „Das passiert nur sehr selten, das haben sie doch neulich im

Galileo Spezial erklärt. Solange dies ein normaler Wagen ist und niemand Plastiksprengstoff drunter angebracht hat, bekommt man keinen spektakulären Effekt hin. Da sind die Zimmerbrände im fünften Stock eines Wohnhauses schon etwas anderes."

Musste er mich immer daran erinnern, dass er einen saugefährlichen Beruf hatte? So einen, bei dem man täglich damit zu rechnen hatte, dass man in den Abendnachrichten erfuhr, dass man zur Witwe geworden war? Na ja, Witwe nicht gleich, wir waren ja noch nicht verheiratet, aber die Betonung lag auf noch, denn ich hoffte sehr, dass sich das bald ändern würde.

„Manchmal fände ich es durchaus nicht schlimm, wenn du einen spießigeren Job hättest, z.B. Versicherungsvertreter", seufzte ich. Klar, das hätte durchaus zu mir gepasst, denn als Verkäuferin in einer Boutique konnte mir kaum Gefährlicheres zustoßen als eine keifende Kundin, die zu Hause festgestellt hatte, dass der supersüße Fummel, der auf der Stange so toll ausgesehen hatte, bei ihr den Effekt einer zu eng geschnürten Rügenwalder Leberwurst erzielte, dem Vokabular nach zu schließen, die grobe Variante.

Von der unbekannten Frau mit der Modelfigur erzählte ich nichts. Uwe hatte sie offenbar nicht gesehen, und langsam fragte ich mich, ob ich mir die Begegnung nur eingebildet hatte, und ob es sich wirklich um dieselbe Frau wie die auf der Brücke gehandelt hatte.

Dieser Zweifel wurde mir allerdings sehr schnell genommen.

Nur zwei Tage später, als ich den Laden, in dem ich arbeitete, soeben verlassen wollte, stand sie inmitten der Düsseldorfer Altstadt vor mir auf der Straße und blickte mir direkt in die Augen. Ihre waren von tiefem Blau und von so starker Leuchtkraft, dass ich sie wie blöde angestarrt haben muss. Sie war ungeschminkt, trug die Haare offen über einem zu engen und zu kurzen blauen Pullover, der eine ganze Spanne Haut zwischen sich und der hautengen Jeans erblicken ließ.

„Heike Kamphaus. Wir sollten reden", sprach sie mich mit einer Stimme an, die mindestens nach Führungskraft im oberen Management klang. So eine, der man nicht einfach widerspricht.

Ich war vor Schreck wie gelähmt. So musste es der Maus angesichts der Schlange ergehen! Was ging denn hier vor? Woher kannte sie meinen Namen, und wieso tauchte sie immer an den unmöglichsten Orten auf? Düsseldorf hat zwar den Namen eines Dorfes ist aber durchaus eine Großstadt, in der die Wahrscheinlichkeit, einem Unbekannten dreimal hintereinander zu begegnen, ungefähr Eins zu ??? Na, wie auch immer, jedenfalls sehr gering ist.

Zu blöd, dass Uwe mich nicht von der Arbeit abholen konnte, er hatte Versammlung. Auf der anderen Seite hatte ich dadurch Zeit, dieses merkwürdige Rätsel zu lösen, auch wenn mir die Fremde unheimlich war.

„Hier auf der Straße?" fragte ich daher mit leicht kieksender Stimme.

„Nein, ich nehme mal an, du frierst", entgegnete sie, glatt so, als könne ihr das nicht passieren. Das *Germany´s Next Topmodel* musste wohl einen ziemlich aktiven Metabolismus haben, wenn man den freien Bauch so Ende Januar bei annähernd 0°C betrachtete. Der Rücken war immerhin einigermaßen durch die neiderregende Haarpracht geschützt.

„Komm mit, ich weiß einen Ort", sagte sie dann und wandte sich um, ganz so, als hätte sie nicht den geringsten Zweifel daran, dass ich ihr folgen würde. Ich trug noch meine Pumps, da man in meiner Boutique nicht in flachen Tretern den Kundinnen den Eindruck vermitteln soll, dass man selber in Punkto Mode eher in die Hausmütterchenriege gehörte. Das, zusammen mit meiner eher durchschnittlichen Größe von 172cm, ließ mich vollkommen lächerlich erscheinen, wie ich da über das Kopfsteinpflaster hinter ihr her stöckelte und dabei dachte: Wenn sie die belebteren Straßen verlässt, kehre ich um.

Doch allzu lange dauerte der Ausflug nicht. Schon beim Jan Wellemdenkmal am Marktplatz gegenüber dem Rathaus schritt sie auf eine Kneipe zu, deren Existenz mir bislang entgangen war. *Wanderer Rig* klang ja auch nicht gerade nach einem angesagten Szenetreff. An einer schmiedeeisernen Halterung hing ein Schlapphut, auf den ich mir ebenso wenig einen Reim machen konnte, aber da hatte die Fremde auch schon die Tür aufgerissen und hielt sie mir auf, bis ich in dem schummerigen Schuppen eingetreten war.

Das Publikum dort war auch nicht gerade das, was ich mir gewünscht hätte. Man konnte die Typen an der Bar getrost mit dem Adjektiv *finster* belegen. Ziemlich ängstlich fragte ich mich insgeheim, ob die Märchen vom Wirtshaus im Spessart nicht doch Tatsachenberichte gewesen waren, und warum jemand ein solches in die Altstadt von Düsseldorf verpflanzt hatte.

Meine Führerin wirkte jetzt noch größer, als sie sich unbekümmert an einen Tisch schwang und einem Mann zu sich winkte, der ihr gerade Mal bis zur Hüfte reichte. Der kam wild gestikulierend an den Tisch, an dem auch ich mich jetzt zögernd niederließ, noch überlegend, ob ich den Mantel ausziehen sollte oder nicht, dabei musterte er mich unverfroren.

„Was soll das denn Wally, seit wann bringst du Mensch…?"

„Halt die Klappe, Albi, und bring mein Met. Sie kann dich übrigens sehen."

Nun spiegelte sich Schreck in den grünlichen Augen, deren eines halb von einem hängenden Oberlid verdeckt wurde.

Was war das jetzt wieder? Natürlich konnte ich sehen. Ich sah zum Beispiel, dass der unsympathische Kleinwüchsige zu lange Fingernägel hatte und buschige Augenbrauen, die über dem Nasenrücken zusammengewachsen schienen. Die graue

Haartracht hätte mal einen Friseur gebraucht und die Kleidung, die ich auf die Öko oder AKW Gegnerzeit datierte, eine Aktualisierung. Ansonsten schien er aber harmlos, ja fast devot, was die blonde Unbekannte betraf. Die wandte sich jetzt wieder mir zu. „Und du, auch ein Met?"

„Lieber ein Alt", entgegnete ich schnell. Met? Meinte sie wirklich den Honigwein, den es immer auf Mittelalter-Märkten gibt, die zwischenzeitlich stark in Mode sind? Mir war keine einzige Kneipe bekannt, in der man so etwas bestellen konnte. Mett gehört in die Altstadt eigentlich nur als Aufstrich auf Röggelchen mit Zwiebeln drauf und grob gemahlenem Pfeffer.

Doch tatsächlich, schneller als ich brauchte, um nun doch den Mantel abzulegen, kam der kleine Finstere wieder herbeigeeilt und brachte mir ein normales Alt und ihr ein Trinkhorn.

„Skoll", sagte die Blonde und setzte sich das Horn an die Lippen. Während ich noch am Glasrand nippte und dabei versuchte zu entscheiden, ob ich Uerige oder Füchschen im Glas hatte, trank die Fremde ihr Horn in einem einzigen Zug aus, wischte sich den Mund mit dem Handrücken und streckte dem Kellner das Horn wieder hin. Der nahm es und verschwand wieder hinter dem Tresen, um nachzufüllen. Aus den Augenwinkeln konnte ich sehen, dass die goldfarbene Flüssigkeit tatsächlich aus einem Zapfhahn kam.

Langsam wurde mir das alles zu viel. Die Fremde hatte mich geduzt also konnte ich das getrost auch tun.

„Klärst du mich mal auf, was hier eigentlich läuft? Wer bist du und warum kennst du meinen Namen? Und warum begegnen wir uns andauernd?"

Sie lachte kehlig und räkelte sich gemütlich auf der harten Holzbank.

„Es ist schon erstaunlich genug, dass du mich überhaupt bei der Arbeit sehen kannst, denn alle Feiglinge, Schleimer, Drückeberger und anderes elendes Gesindel, auch wenn sie die

Mehrheit der Menschen ausmachen, bekommen mich niemals zu Gesicht."

Das war nicht nur herausfordernd und unverschämt, es klang noch dazu vollkommen verrückt. Langsam gewann ich den Eindruck, mich in einem surrealistischen Experimentalfilm zu befinden, mit einer jüngeren Greta Garbo in der Hauptrolle.

„Was meint du mit *bei der Arbeit*? Bist du Schauspielerin, kommt jetzt gleich die Versteckte Kamera?" fragte ich daher etwas genervt.

Mein Gegenüber schien den Humor der Situation nicht sehen zu wollen, sondern runzelte die Stirn mit strengem Blick.

„Mein Beruf ist etwas Besonderes", setzte sie dann mit todernster Stimme an. „Ich beschäftige mich mit etwas, das Menschen in ihrer täglichen Rennerei bestmöglich zu verdrängen bemüht sind: dem Leben nach dem Tod."

Auweia. Besser doch den Mantel wieder anziehen? Zögerlich erhob ich mich wieder von der Bank.

„Setz dich", kam die Befehlsstimme wieder „und höre mir zu. Seit 1944 hat mich kein Menschenauge mehr sehen können und kein Menschenohr mehr vernommen, also wirst du, die du *die Gabe* hast, mir zuhören, bis du verstanden hast, was in deiner Welt passiert." Ihre Blicke bohrten sich in meine Augen, bis ich wieder brav Platz genommen hatte.

Mit psychisch Gestörten soll man immer ganz sanft umgehen, hatte ich mal gehört, sie nicht mit Widerspruch reizen und ihnen immer scheinbar Glauben schenken, schoss es mir durch den Kopf. Aber da war noch ein anderer Gedanke, tiefsitzender und noch weitaus unangenehmer.

Mein Gegenüber hatte *die Gabe* erwähnt, was immer das sein sollte. Ich wusste nicht genau, worauf sie anspielte, aber mir wurde augenblicklich mein peinlichstes und sorgsam gehütetes Geheimnis bewusst. Wenn ich im Grafenberger Wald spazieren ging oder im Nordpark, dann war mir immer wieder einmal so, als sähe ich jemandem unter der Trauerweide oder in den Ästen einer Eiche hocken, manchmal hörte ich auch flüsternde Stimmen, die aus den trüben Teichen zu kommen schienen. Als Kind hatte ich noch freudig meinen älteren Bruder oder meine Eltern drauf aufmerksam gemacht, aber dann schnell gemerkt, dass ich befremdete Blicke erntete. Die anderen hatten die Frau unter der Trauerweide oder den Mann, der am Eichenstamm lehnte, nicht gesehen, und auch keinen, der zwischen den Seerosen im Teich schwamm. Ich wollte aber nichts sehen oder hören, was andere nicht sahen oder hörten. So etwas kann zu unfreiwilligem Aufenthalt in einer geschlossenen Abteilung in der Grafenberger Anstalt führen, weswegen meine Aufenthalte in der Natur immer weniger geworden waren. Hier in der Stadt, so inmitten von Häusern und Autos war ich sicher, da passierte mir so etwas nicht. Bis jetzt jedenfalls noch nicht.

Benommen starrte ich die Unbekannte an.

Diese lächelte wieder freundlich.

„Wird, glaube ich, Zeit, mich vorzustellen. Ich heiße Waltraud." Damit prostete sie mir mit ihrem Methorn zu.

„Waltraud?" So hieß doch heute keiner mehr, so etwas war seit dem zweiten Weltkrieg eher im Aussterben, oder nicht? Die Frau war zu jung für diesen Namen.

Als hätte sie meine Gedanken erraten, sprach sie weiter.

„Der Name ist zugegebenermaßen ein wenig aus der Mode gekommen, heute straft man seine Kinder mit Namen wie *San Diego, Luna Marie* oder *Pepsi,* aber du musst doch zugeben, der Name hat Tradition und Bedeutung."

„Ja?" Ich sah wohl so dumm aus wie die berühmte Kuh auf der Weide.

Waltraud runzelte schon wieder die Stirn und das sah jedes Mal unheilvoll aus, wenn sie es tat.

„Wie, das sagt dir nichts mehr?“ fragte sie dann empört. „Hörst du denn keine Wagneropern?“

Hätte sie nach Tokio Hotel gefragt, hätte man ihr Unverständnis begreifen können, aber Wagner? Das Durchschnittsalter des Publikums bei den Bayreuther Festspielen musste ungefähr bei 77 liegen. Und wenn ich so eine Oper außer dem Namen nach je gehört hätte, was würde mir das dann sagen?

Waltraud schien aber durch die Nennung dieses Namens in Plauderstimmung geraten zu sein.

„Der gute Mann hat einiges für unseren Ruf getan, auch wenn er sich in einem wichtigen Punkt irrte. Wir begrüßen uns untereinander nämlich nicht immer mit *Heiatoho*. Also wirklich, Richard! Das war zu viel der Fantasie! Nun leider, wo er es besser weiß, kann er es nicht mehr korrigieren.“

„Normalerweise sagst du also Ave?“ rutschte es mir heraus. Das Ganze ähnelte immer mehr einem Gemälde von Salvador Dalí.

„Ave? Sehe ich aus wie ein kleines schwarzhaariges Römerweibchen?“ fragte mein Gegenüber völlig humorlos. „Komm, Schwester, du musst doch inzwischen erraten haben, wer, oder genauer, was ich bin.“

Ich beschloss, die ganze lächerliche Situation nicht mehr ernst zu nehmen.

„Ist das jetzt die Millionenfrage, und darf ich meinen Telefonjoker anrufen?“ fragte ich genauso skurril zurück.

Der Kleinwüchsige, den ich soeben innerlich um Abbitte gebeten hatte, weil ich ihn kurz mit einem der Zwerge bei Harry Potters Bankangelegenheiten verglichen hatte und man sich nun einmal über Behinderte nicht lustig zu machen hat, kam kopfschüttelnd mit einem weiteren Met und einem frischen Alt an unseren Tisch.

„Gib es auf, Wally. Das Menschenkind ist zu ungebildet und zu dumm. Die wissen heutzutage gar nichts mehr."

Klar, noch einer, der die Pisa Studie gelesen hatte und nun über Generation Doof lamentieren wollte. Political Correctness hat auch seine Grenzen, und es würde nur noch Minuten dauern, bis ich den Zwerg Zwerg nennen würde.

„Lass das, Alberich", tadelte Waltraud streng und sah mich aus strahlenden Augen an.

„Also, um es kurz zu machen. Ich bin eine Walküre."

„Sicher, und ich bin die Vampirin Victoria aus *Newmoon*". Mir lag noch auf der Zunge, dem hinzuzufügen, dass ich auf Neonazischeiße überhaupt nicht stand, aber etwas in ihrem Blick hielt mich doch davon ab.

Waltraud ließ sich diesmal nicht von meinem Einwand stören.

„Du hast keine Ahnung, was eine Walküre ist", stellte sie fest und seufzte leicht. „Früher wusste das noch wenigstens jeder junge Mann und hoffte zu Lebzeiten auf einen Kuss von mir. Heute dagegen kann man von Glück sagen, wenn ein alternder Bankdirektor mit Opern-Abo Bescheid weiß. Und der hat das Pech, niemals eine von uns zu sehen, denn mit 99%iger Wahrscheinlichkeit wird er einen Strohtod sterben. Aber ich verliere mich in Melancholie. Verzeihung, einige von euch glauben, dass wir ausgestorben sind wie die Dinosaurier, dabei vergessen sie, dass Götter und auch deren Töchter unsterblich sind. Die Tempel zerfallen, die Priester sterben aus, Wissen geht verloren, wie ich sehe, aber der Himmel verschwindet nicht und seine Bewohner auch nicht. Menschen mögen vielleicht nicht mehr an uns glauben, aber wenn sie es dann besser wissen, können sie es den anderen nicht mehr erzählen. Dumm gelaufen, sagt man heute wohl dazu."

Das war wohl die bizarrste Rede, die je ein Gesprächspartner in meiner Gegenwart von sich gegeben hat. Ja schon, Walküren gehörten in den germanischen Götterhimmel, der wiederum Teil einer weit, weit zurückliegenden Vergangenheit war. Dass jemand sich einbilden konnte, da hinzugehören, erinnerte an die Channelgeschichten von durchgeknallten Esoterikern, die sich mit Thot oder Hathor unterhielten.

War ja sicherlich interessant zu sehen, wie gut sie ihre Götter channeln konnte. Da kam sicherlich bald irgendein Widerspruch oder offensichtlicher Blödsinn heraus.

„Du sprichst immer von *uns*, als gäbe es mehrere von deiner Art, ist das so?" fragte ich in der guten alten Abrahammanier, wie sie *Law of Atraction* vorstellt.

Waltraud antwortete mit Bierernst:

„Es gibt neun von uns. Wir sind alle Schwestern, stolze Töchter des originellsten Gottes am Götterhimmel: Odin. Man nennt uns auch Schildmädchen, und das hat dazu geführt, dass man uns immer mit schimmernden Rüstungen über wogendem Busen abbildet. Ist auch gar nicht so falsch so eine Rüstung, wenn man bedenkt, dass schon der Erzschurke Loki mit vergifteten Pfeilen geschossen hat, ganz abgesehen von den schießwütigen Texanern, deren Knarren so groß sind, dass sie einem glatt die Silberschuppen aus dem Gewand schlagen, während man noch bei der Arbeit mit den Gefallenen ist.

Und das ist jetzt das Stichwort: Gefallene oder tote Helden. Das sind nämlich potentiell deine Väter, Brüder oder Liebhaber. Meine Schwestern und ich entscheiden, wer von denen in Frage kommt für ein spannendes Leben nach dem Tod, kurzum, wer von ihnen nach Walhall darf und nach dieser Plackerei zwischen Karriereproblemen, Geldmangel und Kinderaufzuchtsorgen mal zur Abwechslung Spaß haben wird. Eine große Verantwortung, wie du zugeben musst."

„Da hat der Mangel an Empfängnisverhütung, der sonst unweigerlich zu Bürgergeld führt, mal einen Vorteil gehabt. Zum

Helden abholen werden ja anscheinend mehr gebraucht, als ich dachte", spottete ich. „Wie wird man denn so abgeholt?"

Sie behielt ihre selbst gewählte Rolle bei und verzog keine Miene, als sie fortfuhr.

„Das geht so: Wir erscheinen, wenn der Erwählte, sich in einer Art Übergang vom Diesseits zum Jenseits befindet, nachdem er sich in eine lebensbeendende Situation gebracht hat oder gebracht wurde. Ich beuge mich über den Erwählten. Unsichtbar für die Lebenden richtet der Held seinen Astralkörper auf, während die sterbliche Hülle liegen bleibt. Wenn er die Augen öffnet, erblickt er mich, manchmal auch jemand anderen neben mir. Sobald der Verblichene seine Arme aber wirklich nach mir ausstreckt, ist der verheißungsvolle Moment gekommen, ich nehme ihn in die Arme und küsse ihn.

Früher war das natürlich einfacher. Germanien und die ganze Wikingerwelt waren voller Helden. Wenn sie ihre Zweikämpfe ausfochten, Überfälle auf unbekannte Ortschaften, Burgbelagerungen oder Städteplünderungen durchführten, wurden meist wir alle neun Schwestern auf einmal gebraucht, so viele Tapfere mussten ausgesucht werden. Der Sterbende war dann erwartungsfroh und nicht überrascht, eine von uns zu sehen.

Es gab welche wie den Dänenkönig Harald Blutaxt, der sich mit dem Kuss gar nicht lange aufhielt und einem gleich den Metbecher aus der Hand riss und das, wo es nichts Süßeres, Verheißungsvolleres und Leidenschaftlichere gibt, als einen Kuss von mir.

Nach dem Kuss reiche ich dem Erwählten so ein Trinkhorn wie dieses mit schäumendem, erfrischenden Met. Heute trinkt ihr ja lieber stärkeren Alkohol, im besten Fall noch Wein, aber die Tradition gebietet nun einmal Met. Ich kann mich auch nicht zur Kellnerin degradieren lassen und jedem ein anderes Getränk servieren. Man nimmt es oder lässt es sein. Auf dem Weg nach Walhall, dem exklusivsten aller Himmel, Privatklub für Helden eben, dazu komme ich später noch, haben die meisten ohnehin sehr viele Fragen, so dass sie gar nicht merken, wie schnell die Zeit vergeht. Im Nu liegt die Weltesche unter ihnen, wird die Regenbogenbrücke passiert und die Mauern Asgards ragen vor ihnen auf.

Heute schauen einen viele voller ungläubigen Staunen an, beäugen misstrauisch das Trinkhorn, und das Allerschlimmste: Manche wenden sich auch lieber der Konkurrenz zu. Das ist ein wirklich dramatisches Kapitel meines Daseins. Ich bin ja tolerant und alles, aber die Gebietsübergriffe der Vorderasiaten sind einfach zu viel. Da müssen sie sich dann nicht wundern, dass auch wir unser Gebiet ausgedehnt haben und nun weltweit operieren, und Helden küssen, wo wir sie finden, und sie uns haben wollen. Ich hatte auch schon mal Marokko oder Spanien zu betreuen, da gibt es dann starke Konkurrenz durch jüngere und ausschließlichere Götter, manchmal ist es eben auch nur ein harter Job mit sinnloser Plackerei für nichts."

Waltraud erzählte jetzt mit solcher Überzeugungskraft, dass ich mich in den Arm kneifen musste, um nicht alles rückhaltlos zu glauben. Auf der anderen Seite ist eine spannende Geschichte auch dann noch spannend, wenn sie erfunden ist. Den Stoff beherrschte sie jedenfalls, soweit ich das überhaupt beurteilen konnte. War da nicht etwas gewesen über sagenhafte Kräfte oder galt das nur für den hühnerbrüstigen Vampir Edward? Waltraud sah stark aus und sie war groß, aber selbst, wenn sie ein Fitnesscenter besucht hatte, haben menschliche Kräfte nun einmal ihre Grenzen.

Konnte ich es wagen danach zu fragen? Sicherlich wäre das Channeling spätestens dann beendet. Trotzdem, ich bin nun einmal neugierig, also fragte ich.

Waltraud runzelte die Stirn, wobei mir nicht klar war, ob aus Ärger, oder weil sie über eine Antwort nachdachte.

Als der Kellner mit neuen Getränken herbeikam, schien sie die Lösung gefunden zu haben. Sie stand kurz auf, packte den Kerl unter den Armen und setzte ihn auf den Tresen.

Mit etwas Mühe hätte ich mir das allerdings auch zugetraut.

„Ich brauche enorme Kräfte für meinen Job", erläuterte sie dabei und hob mit einer leichten Bewegung des Handgelenkes nun die gemauerte Theke samt dem Kellner darauf so hoch, dass ich locker darunter hätte durchkrabbeln können.

Meiner Brust entrang sich ein undefinierbares Stöhnen, worauf sie die Theke wieder krachend fallen ließ und den Zwerg auf den Boden entließ. Solches Doping gab es doch gar nicht, oder?

„Das hat nichts mit Eitelkeit zu tun", entschuldigte sie die Demonstration, „sondern mit der Natur meiner Arbeit. Nach dem Kuss muss ich die Sterblichen in mein himmlisches Cabrio schleppen, wobei das unsichtbare Gefährt oft genug nicht direkt am Schauplatz des Geschehens geparkt werden kann. Früher musste ich meinen Helden nur über so ein paar Steinzinnen vom Burgturm hieven, heutzutage stören meinen Weg oft genug riesige Panzer. Spätestens aber dann, während ich so fast unter meiner lieben Last zusammenbreche, merken die Erwählten, dass es ernst ist mit dem Sterben und, noch viel besser, mit dem Leben nach dem Tod. Sie haben dann schreckliche Angst, dass ich sie doch noch zur Konkurrenz bringen könnte, ins Fegefeuer oder zur Waage oder was sich die Konkurrenz sonst so alles ausgedacht hat, und woran die Menschen heute eher glauben, als an das, was mein Vater ihnen vor so langer Zeit verheißen hat.

Endlich im Wagen angekommen, auf dem Weg zu Walhall, gibt es auch wunderbar beherzte, herrliche Männer, die mich noch einmal zu küssen versuchen, oder gar mehr wollen. Auch dafür brauche ich dann meine Kraft, zur Abwehr leider."

„Warum?" fragte ich gegen meinen Willen fasziniert.

Es entstand eine kurze Pause, in der keine ein Wort sprach. Waltraud musste sich entscheiden, ob sie mir vertrauen wollte oder nicht und ich musste mich langsam entscheiden, ob ich das alles hören wollte oder nicht oder, ob ich nicht endlich die nächste Bahn auf die andere Rheinseite nach Oberkassel nehmen sollte, um mich in Uwes Arme zu flüchten. *Denk dir nur, Schatz, was mir heute passiert ist….*

Blödsinn, ich würde gar nichts sagen, soviel stand schon fest.

Mein Gegenüber hatte jetzt den Blick weit in die Ferne gerichtet und das Blau ihrer Augen schien um einige Nuancen dunkler geworden zu sein als zuvor.

„Das ist vielleicht das einzige, worum ich dich mit deinem jämmerlichen Menschenleben beneide“, begann sie zögernd.

„Wie bitte?“

„Na ja, du willst doch nicht behaupten, dass du es mit 30 Jahren weit gebracht hast: In der Schule nicht besonders angestrengt, zur Modellkarriere zu viele Skrupel gehabt, jetzt Verkäuferin in einer durchschnittlichen Boutique mit einer leicht unterbelichteten Chefin, die glaubt, dich demütigen zu dürfen, Dauerkrach mit den Eltern und eine Schwägerin, die als Steuerfachfrau auf dich herabblickt, ein Freundeskreis, von denen höchstens die Hälfte den Namen verdient, zwei gescheiterte Beziehungen, wovon keine zu vernünftiger Nachkommenschaft geführt hat, keine tierische oder pflanzliche Persönlichkeit, für die du Verantwortung trägst, gerade mal…“

„Ich habe einen Freund und der ist der tollste…“

„Genau das sagte ich ja, das zumindest scheint eine Erfahrung zu sein, die sich lohnt.“

Ich war so unter Schock, dass ich mich nicht nur an meinem Alt verschluckte, ich brachte es noch nicht einmal fertig, sie zu fragen, ob sie eine Detektei beauftragt hatte, all diese demütigenden Einzelheiten meines Daseins herauszufinden. Oder konnte man das mittlerweile schon dem Internet oder Facebook entnehmen? So viel hatte ich da doch gar nicht gepostet, und was hatte sie davon, so etwas zu wissen?

Fast hätte ich darüber verpasst, was sie mir als nächstes erläuterte.

„Walküren sind Jungfrauen", gestand sie dann und machte eine Pause, in der ich allmählich zu ahnen begann, warum sie so gezögert hatte. Doch nun fuhr sie hastig fort, als wolle sie nicht bereuen, dass sie mir zu viel erzählt hatte. „Das müssen sie sein, sonst verlieren sie ihre Zauberkraft und ihre sagenhafte Stärke. Jeder weiß das eigentlich, spätestens nach der Geschichte, die Brunhilde passiert ist, aber manche versuchen es eben doch immer wieder.

Ja, die Bruni, genauer genommen sind wir ja keine neun Mädels mehr, sondern nur noch sieben, jedenfalls sieben im Amt. Die Sache mit Brunhilde hat das Nibelungenlied mehr oder weniger gut erzählt, die mit Ingrid noch niemand. Ihr habt es ja nicht mehr so mit Sagen und Märchen, und noch bedenklicher: Es fehlen Euch die Seherinnen und Zauberer, die etwas mehr mitkriegen als die Börsennachrichten, und selbst wenn ihr noch ein paar unter euch habt, dann erkennt ihr sie nicht. Das ist sicherer für die Zauberer, spätestens seit der Inquisition, aber schlecht für euch.

Über meine Schwestern musst du wissen, dass wir sieben, die wir im Amt sind, auch den Himmelskörpern zugeordnet werden, ähnlich wie die heute besser bekannten Erzengel.

Die Kollegen aus dem Christenhimmel sollen sich in letzter Zeit immer häufiger dazu herablassen, sich durch Kerzen und Kartendecks herbeirufen zu lassen und sich zu visualisieren." Jetzt kicherte sie vergnügt. „So etwas bedeutet einen klaren Verstoß gegen die Regeln. Engel sind ebenso wie wir dazu da, die Seelen korrekt ins Jenseits zu begleiten. Sich dazu herabzulassen, wie ein blauer Dschinn zu fungieren, bedeutet nicht unbedingt, dass der rufende und maßlos wünschende oder fordernde

Mensch damit viel Glück hat. Wie sagt doch das jüdische Sprichwort: Wen Gott strafen will, dem erfüllt er seine Wünsche.

Engel haben im Gegensatz zu uns Flügel, die sehen echt stark aus, zugegeben, dafür aber fehlt ihnen unter dem Lichtgewand so einiges, du weißt schon, wir sagen dazu nur *Ken.*"

Ja den Vergleich hatte ich auch schon mal gehört. Allerdings fand ich es jetzt nicht mehr so harmlos, dass meine Schwägerin auf ihrem Nachttisch so ein Engelorakel von Doreen Virtue liegen hatte. Was, wenn Waltraud recht hatte, und der Erzengel Michael erschien eines Nachts mit einem Schwert, das so echt war wie der Met vor meiner Nase?

Waltraud ignorierte mein Unbehagen und erzählte munter weiter.

„Zurück zu meinen Schwestern: Der Sonne und allen Sonnenkindern zugeordnet ist meine Schwester Rossweiße. Sie reitet auf einem Schimmel über die Schlachtfelder dieser Erde und erwählt die Helden für Walhall.

Die Walküre des Mondes heißt Mist, was Nebel bedeutet. Den kennst du wahrscheinlich schon aus Avalon, hinter dem sich die Welt der Feen befindet. Mist beschützt die Zauberwelt des Mondes und seine Bewohner. Mondgeborene und alle Frauen und Kinder, die durch die Gewalt der Sonnenwelt zu Tode gekommen sind, werden von der gütigsten meiner Schwestern nach Walhall begleitet, was dich daran erinnern sollte, dass es für euch alle Hoffnung gibt."

Bescheidenheit war wohl eine Zier, die die Gute nicht zu kennen schien.

„Wieso Himmelskörper?" warf ich eine Frage dazwischen. Davon hatte ich nämlich noch nie gehört.

„Wieviel Tage hat denn die Woche und wem sind diese zugeordnet?" kam die Gegenfrage.

Sonntag, Montag, klar, aber Dienstag, Donnerstag, Freitag? Irgendetwas bekam ich hier nicht mit.

Waltraud aber war in ihrem Redestrom nun nicht mehr zu bremsen.

„Zum Merkur gehört meine Schwester Helfjötur, die mit einer Fessel abgebildet wird, denn das ist es, was sie mit denjenigen tut, die ihr begegnen und die ihr gefallen. Sie fesselt sie an sich, manchmal so stark, dass der Erwählte keine andere Frau mehr ansieht und sich zu lebenslanger Keuschheit verpflichtet, wie früher die Runenmeister und heute die katholischen Priester. Viele Märtyrer zählen zu ihren Schützlingen.

Für die Menschen, die unter der Venus geboren werden, ist meine Schwester Skuld zuständig. Sie wird meistens mit einer Spindel abgebildet. Dieses Gerät erfüllt hierbei gleich zwei Funktionen. Es ist ein Symbol für wichtige häusliche Aufgaben und gleichzeitig für Wehrhaftigkeit, schließlich kann man sich damit leidlich gegen mögliche männliche Übergriffe verteidigen. Außerdem bedeutet Skuld auch *die Rasende* womit das feurige Temperament und die Eifersucht der Venus gemeint sind, erkennbar am Puls der linken Halsvene, bei Männern und Frauen gleichermaßen."

Auf meinen etwas karierten Blick erläuterte sie noch:

„Ach ja, die Spindel. So etwas kennst du ja nicht mehr. Damit ist nicht ein Bauteil aus dem Spinnrad gemeint, sondern eine noch ältere und mühsamere Konstruktion. Die Fallspindel ist ein Teil, das an einem Ende einen Metalldorn hat, derselbe, an dem sich auch Dornröschen verletzte, um dann in tiefen und langen Schlaf zu fallen. Man konnte für sie nur hoffen, dass der Schlaf lange genug war, um zur Erfindung des Spinnrades zu führen, denn die alte Spindel war grausam unhandlich. Der Faden wird aufgewickelt und dann durch das Gewicht der fallenden Spindel gedreht und somit erst reißfest."

Und zu was glaubst du zu gehören? lag mir auf der Zungenspitze, blieb dort aber stecken, denn sie kam schon von selbst drauf.

„Ich dagegen gehöre zum Mars, daher der Name Waltraud. In diesem Namen steckt das Er*wählen* des Helden und *Traud*, der Mut. Ich trage meist ein Schwert, eine Saxe oder sonst eine schwere Eisenwaffe."

Hiermit deutete sie an die Wand hinter sich, deren Bestückung ich zuvor für eine etwas krasse Dekoration gehalten hatte, nun bei näherem Hinsehen aber als vormittelalterliches Waffenarsenal erkannte.

„Unter den streitbaren Frauen von früher war auch die zweischneidige Doppelaxt sehr beliebt, weil nicht ganz so schwer, aber ebenfalls garantiert tödlich. Man trug das auch als Amulett und Sinnbild für mich. Solltest du dir auch mal zulegen, damit du nicht immer so verletzlich bist."

Vor meinem geistigen Auge betrat ich mit Uwe einen Juwelierladen auf der Kö und sagte zu ihm, während der Verkäufer die üblichen Brillantherzen ausbreitete. „Ach Liebling, ich möchte doch lieber eine goldene Doppelaxt mit Rubinbesatz."

Ich biss mir auf die Lippen um nicht loszuprusten, wofür die streitbarste aller Walküren wahrscheinlich wenig Verständnis hätte. Jedenfalls ignorierte sie meine Heiterkeit und fuhr mit ihrer Familienbeschreibung fort.

„Von allen Schwestern stehe ich meinem Bruder Thor am nächsten. Während Weicheier sich bei Gewitter fürchten, leben Marsgeborene dabei erst so richtig auf. Die Natur befindet sich dann im Einklang mit unserem zornigen Gemüt.

Ansonsten gibt es da auch noch die Walküre Gudrun, dem Jupiter zugeordnet, die mit einem Methorn dargestellt wird. Aus diesem Horn kann sie, ähnlich wie die römische Göttin Fortuna, auch die Fülle des Glücks oder Wohlstands über ihren Schützling ergießen, solange dieser unter euch Sterblichen weilt."

Hätte die Normalwelt eine Ahnung davon, was da so am Götterhimmel schwebte, dann könnte diese Walküre sich wahrscheinlich vor Anrufungen und Bittstellern nicht retten. Sie stünde zuoberst auf der Hitliste. Aber Waltrauds Schilderung widersprach dem ganz vehement.

„Die wichtigste unter uns Schwestern ist unsere Jüngste, Schwanhild. Sie trägt fast immer einen Helm mit Schwanenflügeln.

Den germanischen Sagen zufolge besiegt Schwanhild am Ende aller Zeiten die Midgardschlange, die die Welt der Menschen umschlungen hält. Sie ist somit Bezwingerin des Dunklen, Unbewussten, und befreit die Menschen, die bis dahin keinen Zugang zu diesem Unbewusstsein hatten, vom Schleier der Unwissenheit. Außerdem erlöst sie die Menschen von den Beschwerlichkeiten ihres Daseins. Saturnfrauen, die ihre mangelnde Fruchtbarkeit mit dem Tod im Kindbett bezahlen, werden von Schwanhild nach Walhall gebracht und selbst in Walküren verwandelt. Bei solch einer Aussicht verwundert es nicht, dass meine kleine Schwester unter uns Walküren immer die Beliebteste war, nach Thor natürlich, denn der küsst die Mutigen und bringt sie überhaupt erst nach Walhall.

Na toll, da hatten wir ja dann eine weitere Weltuntergangsvariante nach 2012.

„Du hast nicht zufällig ein Datum für diesen Endkampf, das man schon in der Edda nachlesen kann?“ fragte ich zynisch.

„Na, da kennst du ja immerhin mal ein wichtiges Buch“, erwiderte sie ungerührt. „Wenn du es auch noch gelesen hättest, wüsstest du allerdings, dass da kein Datum drinsteht.“

„Auch nicht verschlüsselt?“

„Auch nicht verschlüsselt. Ist aber doch gar nicht so schlimm, jedenfalls nicht für Germanenstämmige oder Wahlgermanen: Im Gegensatz zu anderen Himmeln ist unserer nicht langweilig und ihr dürft eure liebsten Gefährten, die Haustiere mitnehmen."

„Wie bitte?" Tod und Verderben verloren ihre Schrecken, weil es im Jenseits ohnehin lustiger war?

Waltraud war leider gegen ihre eigene Situationskomik vollkommen immun und fuhr fort zu erzählen.

„Früher schon wurden Germanen zusammen mit ihren Lieblingspferden, Doggen, Drachen und anderen Tieren beigesetzt. Das liegt daran, dass in Walhall auch Platz für mutige Tiere ist. Allein diese Tatsache dürfte für manche erstrebenswert genug sein, als dass sie sich ihrer natürlichen Feigheit entledigen sollten."

Au Mann, wenn ich das Wort Feigheit hörte, musste ich sofort an Uwe denken und wünschte insgeheim, er hätte ein wenig mehr davon, so wie andere Menschen auch.

„Wie suchst du eigentlich die Helden aus", fragte ich nun schon so, als wäre das ganz normal.

„Helden sind gar nicht so einfach zu definieren. Siegfried war einer, der typische Vertreter seiner Zeit, aber auch dumm, untreu und manchmal ein Langeweiler, dafür sah er aber aus wie Brad Pitt in *Troja,* und da verzeiht man so manches."

Stimmt, wenigstens mal ein Vergleich, den ich nachvollziehen konnte. Da hatte man schon eine andere Vorstellung von der Nibelungensage als die Uraltverfilmungen mit hässlichen Bartträgern in der Rolle des Siegfrieds. Leider schob Waltraud gleich jemanden nach, den ich wieder mal nicht kannte.

„Ich habe damals trotzdem lieber Hagen geküsst. Der war zwar ein Schuft, aber mit Weitblick und wirklich tapfer. Tapferkeit ist bei intelligenten Menschen sehr viel höher zu bewerten als bei Einfältigen. Leute, die nur zu faul zum Denken sind und anderen blind folgen, wird man auch kaum als Helden bezeichnen können. Womit wir bei einem fiesen Thema sind. Die wichtigsten Einsatzgebiete für uns sind nach wie vor die Kriegsschauplätze, und ich denke oft, dass es zumindest die Germanenstämmigen trösten müsste zu wissen, dass es uns noch gibt. Es gab und gibt in allen Kriegen Leute, die über sich selbst hinauswachsen und zu Helden werden. Von Richthofen und Rommel sind berühmte Vertreter, die außerdem nicht erstaunt waren, uns zu sehen. Es gab aber auch Zahllose, die namenlos geblieben sind, und die jetzt genauso zufrieden in Walhall sitzen. Die Verbrecher, Wichtigtuer und Fieslinge haben wir dagegen getrost der Göttin Hel überlassen."

„Es gibt die Hölle also?"

„Helgard? Na klar. Viele Menschen machen selbst Midgard schon zu Lebzeiten zu Helgard, in dem sie den Untergrundwesen erlauben, in ihrer Welt zu herrschen. Aber nach dem Tod wird es ernst. Um die Verbrecher kloppen sich die verschiedenen Höllenreviere genauso wie wir um die Guten. Stalin, Hitler oder Mao wurden von Hades, Toth, Luzifer und Hel gleichzeitig eingefordert und müssen nun alle Jahrhunderte einen Platz weiterrücken.

Jenseits der Kriege gibt es welche, die bewusst ihr Leben riskieren, für Sport zum Beispiel. Autorennen ist sehr ergiebig, da haben wir immer eine von uns dabei, Stierkampf ist auch sehr erfreulich, besser als zufällige Unglücke beim Bungeespringen. Dann gibt es die Mutigen, die ihr Leben für die Wissenschaft riskieren, Taucher, Raumfahrer, Strahlenforscher und nicht zu vergessen, all die mit Zivilcourage, die nicht wegsehen, wenn eine alte Frau ausgeraubt wird und dafür dann ihr Leben lassen müssen. In den grässlichen Vorstädten und Slums ebenso grässlicher Hauptstädte haben wir daher in letzter Zeit viel zu tun, besonders natürlich in der Neuen Welt, in Amerika. Die freuen sich dann auch sehr über den Kuss, aber als mich mal so ein süßer Jüngling fragte, ob es das Met auch alkoholfrei gäbe, nein wirklich, da habe ich erst mal wieder den Bezirk getauscht.

Das war sehr dumm von mir, denn kurz darauf wurde Martin Luther King erschossen. Skuld hatte damals Nordamerika. Wochenlang hat sie uns vor Neid grün werden lassen mit ihren Schilderungen von Kings Samtlippen, seiner Pfirsichhaut und seiner liebenswürdigen Art. Immerhin hat dieser Mann nach dem Tod noch einmal seinen Mut bewiesen, indem er sich einer von uns in die Arme warf, ohne auch nur den Schimmer einer Ahnung von germanischer Mythologie zu haben. Da hat sich die Konkurrenz vielleicht geärgert…"

Jetzt dreht sie ganz durch, dachte ich für mich, wenn ich auch in ihrer Logik keinen Fehler fand.

„Götter und besonders Göttinnen sind parteiisch, manchmal launisch, in jedem Fall unberechenbar. Menschen haben daher immer versucht, uns durch Geschenke, Opfer, Gebete und dergleichen günstig zu stimmen. Oft genug hat das auch gewirkt, wenn wir merkten, dass die Gabe oder das Gebet von Herzen kam. Mit Zunahme der Heuchler auf der Erde hat sich auch unsere Gunst vermindert, bis hin zur heutigen Zeit, in der kaum ein Mensch mehr an irgendetwas glaubt, das außerhalb seines Geldbeutels zu suchen ist."

Wann war ich zuletzt in einer Kirche gewesen, Weihnachten? Was tat ich für mein Seelenheil, wenn ich denn an so etwas glaubte? Das sah alles für mich nicht gut aus, wenn ich mal darüber nachdachte.

Waltraud verschlimmerte das ungute Gefühl mit ihrem unversiegbaren Redestrom noch weiter.

„In gottlosen Zeiten verhüllen die Götter ihr Haupt, um das Elend nicht zu sehen und überlassen die Welt ihrem Unglück, bis irgendein Prophet, Weiser, Zauberer oder dergleichen den Haufen wieder wachrüttelt und alle an uns erinnert. Bis dahin sind wir Walküren fast allein im Dienst. Wir können euch nicht vor Umweltkatastrophen schützen, keine Kriege abwenden, das müsst ihr schon selber tun. Aber wir sortieren weiterhin die Helden unter euch aus, und da wir, wie alle Frauen, so aus dem

Bauch heraus agieren, haben die Männer keine Chance, wenn sie mir nicht gefallen."

Auch das noch! Waltraud spielte eine launische, parteiische und übermächtige Göttertochter. Wieso bereitet einen auf der Schule niemand auf so etwas vor? Nichts von dem, was das Leben mich gelehrt hatte, ließ sich hier anwenden. Mir war zum Beispiel überhaupt nicht klar, was diese Frau eigentlich von mir wollte, warum ich hier saß und langsam einen im Timpen hatte, wie man auf Rheinisch so schön sagt.

„Warum ich, zum Teufel, will sagen, warum erzählst du mir das alles?" nuschelte ich etwas undeutlich.

„Du solltest die Mächte der Finsternis nicht permanent bemühen. Das gibt ihnen nur mehr Kraft", tadelte Waltraud streng, dann konzentrierte sich ihr Blick wieder richtig auf mich.

„Das, dachte ich, hätte ich schon erklärt. Du hast die *Gabe*. Also können wir miteinander kommunizieren. Du kannst dann den anderen Ignoranten deiner Spezies die gute Nachricht überbringen, dass es Walhall noch gibt und dass es sich lohnt, dahin zu kommen."

„Ich kann mir beim besten Willen nicht vorstellen, dass mir auch nur ein Mensch glauben würde."

„Das ist dann deren Problem. Aber mal im Ernst, Heike. Du kannst dir sicher vorstellen, dass ich eine Menge im Laufe der Jahrhunderte erlebt habe und eigentlich wäre es an der Zeit, meine Erlebnisse endlich einmal niederzuschreiben. Du kennst das doch, bei euch nennt man das Memoiren oder Biographien. Zumeist sind das zwar ungeheuer langweilige Leute, die kurzzeitig für 10 Jahre interessant waren. Ich könnte mir vorstellen, dass meine Memoiren ein wenig spannender wären als das, was abgehalfterte Stars oder Politiker zu erzählen haben. Meinst du nicht?"

An Komplexen litt sie ganz offensichtlich nicht.

„Ich soll deine Memoiren schreiben? Warum tust du das nicht selbst?“

Waltraud lachte leise.

„Ich schreibe in Runen, das kann bei euch keiner mehr flüssig lesen.“

„Wie wär es denn mit einem Rechtsschreibekurs für Erwachsene? Da gibt es so Förderkurse…“

„Quatsch. Wenn ich schreibe, kann selbst das Papier außer Leuten mit der *Gabe* keiner sehen. Was ist nun, willst du oder nicht?“

Der Gedanke war so abgedreht, dass er schon wieder gut war. Selbst wenn Waltraud oder wie auch immer sie heißen mochte, sich als Schwindlerin mit Übermaß an Fantasie herausstellen sollte, war die Geschichte sicherlich immer noch mehr als krass. Meinen Freundinnen gegenüber könnte ich behaupten, ich hätte mir das ausgedacht, und wer konnte das schon wissen, vielleicht fand sich ja sogar eines Tages ein Verleger. Es mussten ja nicht immer nur Vampire oder Werwölfe sein. Andererseits hatte ich gar kein Talent zum Schreiben, ich kam nicht aus dem Journalismus und ich war nicht bekannt wie Lindsay Lohan, so dass zu hoffen war, dass sich eigentlich niemals jemand für meinen verrutschten Kajal interessieren würde. So eine Schreibarbeit wäre vermutlich hoffnungslose Arbeit für nichts.

Als hätte sie meine Gedanken erraten, fixierte sie mich wieder mit ihrem strahlenden Blick.

„Hör mal, Schwester. Ich habe dir vorhin dein Leben nicht so grausam zusammengefasst, damit du dich noch schlechter fühlen sollst, sondern damit du aufwachst.“

„Aufwachen wovon?“

„Von der allgemeinen historischen Amnesie. Wer glaubst du, wer du bist?"

„Das weißt du ja anscheinend sehr gut", motzte ich genervt. „Heike Kamphaus, Tochter eines Angestellten der Stadtverwaltung und einer Verkäuferin im Kaufhof."

„Und davor?"

„Wie meinst du das, wer meine Großeltern waren? Opa ist im Krieg gestorben und Oma..."

„Ja, ja da endet Germaniens Gedächtnis, im zweiten Weltkrieg. Als ob das nicht ein Wimpernschlag im Strom der Zeit wäre. Meine liebe Heike, du denkst zu kurz und zu eingeschränkt. In deinen Adern fließt das Blut einer anderen Heike, die im Jahr 13 nach Christus in Xanten, gar nicht weit von hier, den Zenturio Decimus, so lange Lügner schimpfte, bis er ihr bewies, dass die Geschichte mit den Thermen kein Märchen war und er extra für sie inmitten des extremsten Außenposten des römischen Reiches eine riesige Badehalle bauen ließ, und wieder einer anderen Heike, die um das Jahr 890 den frisch christianisierten Horden Karls des Großen erklärte, sie wolle kein Kreuz tragen, das sei hässlich und zeuge von kranker Phantasie. Im Mittelalter konnte man eine deiner Vorfahrinnen am Spinnrad sehen, die einem Grafensohn eine herunterhaute, wenn er versuchte, einen Griff in ihren Ausschnitt zu tun, um dann ein paar Stunden später dem jungen Knappen ganz ohne Trauschein die Gunst der Liebe zu schenken. Es gab Frauen unter deinen Vorfahrinnen, die dichteten und es gab welche, die hervorragende Reiterinnen waren, oder Kräuter sammelten. Sie alle hatten etwas gemeinsam, denn sie machten ihrem Namen Ehre und entschieden selbst über ihr Schicksal. Das zeichnet die Germaninnen vor Frauen aus anderen Ländern aus, Schwester. Du solltest die Gelegenheit nutzen und mir erlauben, deinem Gedächtnis auf die Sprünge zu helfen. Erst wenn du wirklich über dich Bescheid weißt, kannst du mit dir und anderen umgehen."

Jetzt war ich wie betäubt. Hier war ganz klar Schluss mit lustig. Die Frau, wer immer sie war, wusste entschieden zu viel, und behauptete geradezu wahnwitzige Dinge zu wissen, die sie nach meinem Empfinden nicht als einfache Verrückte charakterisieren ließ. Gleichzeitig begann ich auch, mich ernsthaft zu fürchten. Was würde geschehen, wenn ich ablehnte? Würde ich heil aus dieser Kneipe herauskommen?

Meine Knie wurden weich. Ich gab mir einen Ruck. Erst mal weg, dann denken. Hierzu wäre nachgeben sicherlich das richtige.

„Also gut. Was muss ich dafür machen?"

„Mir einfach nur gelegentlich zuhören. Ich hole dich von der Arbeit ab und wir gehen hier hin."

„Kann ich ein Aufnahmegerät mitbringen?"

„Kannst du schon, es wird aber nichts registrieren. Nur deine Ohren hören mich, die Elektronik nicht."

Soweit zum Thema Gerätschaften zur Aufnahme von Geistern…

Götterwelten

Erst hoffte ich, ich hätte mir das alles nur eingebildet. Dann dachte ich, die Blonde hätte ihr Interesse an mir verloren. Dann wiederum musste ich an meine angebliche Vergangenheit denken. Hatte ich wirklich mehrere Wiedergeburten erlebt, oder gab es nur Geschichten über entfernte Namensvetterinnen? Konnte man darüber etwas erfahren? Ich überlegte, mit Uwe darüber zu sprechen und erwog sogar eine Rückführung unter Hypnose. Doch dann siegte wieder die übliche Lethargie, und ich tat nichts dergleichen.

Tatsächlich war ich nicht auf ein neues Treffen vorbereitet, hatte mir allerdings vorgenommen, nicht ganz so blauäugig und unbedarft ins Abenteuer hineinzugehen wie beim ersten Mal. Noch fehlte mir jede Erklärung dafür, wer oder was sie war. Aber wenn ich sie überlisten wollte, musste ich mehr wissen. Ach ja, und diese Theke würde ich mal selbst anheben, vielleicht bestand sie ja aus Pappmaschee oder Sperrholz.

Internet sei Dank, konnte ich mich zu Hause also alleine in solch einem bizarren Thema fortbilden, wenn es auch nicht ganz so leicht war, nicht immer wieder auf Neonaziseiten zu landen.

Was hatten die Typen doch die altgermanische Mythologie schon für sich in Beschlag belegt! Das war schon obernervig.

Für alle, denen ebenso wenig wie mir der Germanenpantheon jemals richtig erklärt worden war, lernte ich hier nun das Wesentliche, das ich in Folge in Kurzfassung zum Besten gebe:

Der Vater der Walküren, Odin genannt, war offenbar ein sehr bedeutender Gott. Zur Wikingerzeit wusste das anscheinend noch jeder. Die besiegten Angeln, Sachsen, Slaven, Sizilianer und Kelten an den Küsten Spaniens und der Bretagne hatten noch die gleichen Götter, waren aber sicherlich weniger begeistert von ihm, wenn sie ihm an einer Eiche hängend zum Opfer gebracht wurden.

Was machte Odin als Gott so besonders?

Er galt als sehr weiser Mann, was man natürlich von jemanden mit so vielen Jahrhunderten auf dem Buckel auch erwarten kann. Anders als der aus dem Testament behält er seine Weisheit aber nicht für sich allein, sondern gibt Rat, auch den Menschen, die danach verlangen, ja eigentlich gerade denen. Doch wie fragt man? Wie erhält man Antwort? Tja, da hatten wir also mal wieder das alte Problem der Kommunikation zwischen Menschen und Göttern. Die beiden Welten haben sich schließlich noch nie wirklich gut verstanden. Odin hat wohl so ein paar Jahrhunderte drüber nachgedacht. Es hat immer Medien gegeben, die in Trance mit den Göttern in Kontakt traten und sich ihren Mitmenschen über Orakelsprüche mitteilten. Das ist zu allen Zeiten verdächtig gewesen. Woher soll ein - diesen genialen und exakten Ausdruck verdanken wir alle J.K. Rowling und ihrem *Harry Potter* - also ein *Muggle* wissen, ob der Seher ihn nicht anlog und seine eigenen Zwecke verfolgte?

Im Eiswind eines nasskalten Novembers hat dieser Odin sich 10 Tage lang kopfüber an eine Eiche gehängt, um mit dem Brunnen der Erkenntnis zu ringen.

Wow, ich stellte es mir plastisch vor und mir war sofort klar, dass so etwas nicht mal einer der tollen Marines oder GSG 9 oder wie die alle heißen, durchstand. Damit nicht genug, hat ihn die Sache auch noch ein Auge gekostet, was dazu führte, dass der Obergott an Attraktivität gehörig einbüßte. Von da ab sah man ihn unter den Menschen oft als Wanderer mit Schlapphut über dem verlorenen Auge.

Jetzt ging mir ein ganzer Kronleuchter auf. Den Schlapphut über dem Lokaleingang hatte ich eigentlich nur mit dem verstorbenen Künstler Joseph Beuys in Verbindung gebracht, aber dieser spezielle Hut sollte ganz klar auf den Göttervater anspielen. Vielleicht musste man Beuys Vorliebe für Schlapphüte gar unter einem neuen Blickwinkel betrachten?

Odin schien die Menschen verdammt gern gehabt zu haben, um solch ein Opfer zu bringen. Warum hatten wir im Religionsunterricht nur immer von Jesus schrecklichem Kreuztod gehört? Na ja, die Antwort war klar. Von Odin und germanischen Göttern zu sprechen, war natürlich politically uncorrect. Jedenfalls starb Jesus am Kreuz für offiziell drei Tage, während Odin an der Eiche satte 10 Tage schaffte. Dann stieg er da herunter, besorgte sich eine Augenklappe für die leere Augenhöhle und machte sich ans Schnitzen der Runen, immerhin das erste Alphabet, das unsere Vorväter besaßen, bevor ihnen die Römer etwas handlichere Schriftzeichen beibrachten.

Papier gab es noch nicht, die Runen wurden einfach in Holzstücke geschnitzt oder in Stein gemeißelt. Lange Liebesbriefe schrieb da sicher niemand. Wenn man es genau bedachte, heute auch nicht mehr, die kurzen WhatsApps voller Schreibfehler und Kürzel kommen den Runen eigentlich erstaunlich nahe.

Aber in einem wichtigen Punkt hinkt der Vergleich. Runen sind nicht nur Schriftzeichen, sondern auch Zauberzeichen. Mit Runen heilt, verwünscht oder beschwört man etwas. Man kann Vergangenes oder Zukünftiges sehen, Liebesfragen für andere oder sich selbst stellen. Da nun die Kenntnisse um die Runen im Laufe der Christianisierung verschlampt worden sind, hat die germanische Welt also ihre Zauberkünste verloren. Ganz schön blöd eigentlich.

Aber das war noch nicht alles. Einmal eingetaucht in das Thema Runen fand ich noch viel mehr heraus.

Um mit Runen zaubern zu können, genügt es nicht, nur zu wissen, was die einzelnen Zeichen bedeuten, man muss auch über sie Kontakt mit den Göttern aufnehmen. Es ist sozusagen eine Direktleitung zu Odin und seiner Familie. Sind die gerade beschäftigt oder sauer auf den Fragenden, kommt nur Blödsinn oder eine direkte Abmahnung an den Fragenden. Das ist also auch nicht ganz ungefährlich. Ob das die Schar der Channel Spezialisten weiß?

Dieser Göttervater hatte, ähnlich wie die griechischen Götter, ziemlich weitläufige Familienbande.

Vom Namen her kannte ich zumindest den Namen Thor, den hatte ja auch Waltraud schon erwähnt. Nun erfuhr ich, dass es sich hierbei um den ältesten Sohn Odins handelte, Kind aus erster Ehe mit Edda. So, so, auch Odin leistete sich also mehrere Frauen.

Im Prinzip war Thor wohl der bekannteste Gott, denn wenn er sich ärgerte - und sein jähzorniges Temperament veranlasste ihn oft genug dazu - krachte es auf der Erde. Es donnerte und blitzte, sobald er seinen Zauberhammer schwang.

Eine wirklich nette Variante für die unzutreffenden Wettervorhersagen. Was wäre, wenn Gewitter statt aufgrund von Elektrizität, Warm- und Kaltfronten nur darum entstünden, weil Thor sich mitten im August mit seiner Gattin Sif verkracht hatte und den Himmel von einer zur anderen Sekunde weinen ließ.

Thors Kinder waren die Zwillinge Freyr und Freia. Letztere konnte jeder gut leiden, denn abgesehen von ihrer logischerweise überirdischen Schönheit hegte sie den Garten mit den Äpfeln, die ewige Jugend verleihen. Der Garten wird natürlich streng bewacht. Freia entschied allein, wem sie von Zeit zu Zeit einen Apfel schenkte.

Das war ja mal wirklich nützlich. Wenn es die Göttin tatsächlich gäbe, müsste man nie mehr auf irgendeine Fernsehreklame reinfallen und sich nutzlose Cremchen ins Gesicht schmieren oder dasselbe gar unter ein Chirurgenmesser legen. Schade eigentlich, dass Mythen und Legenden eben nur Mythen sind. Aber selbst, wenn es kein Mythos war, nutzte dies den Menschen auch nicht, wenn sie nicht an Freia glaubten und sich vertrauensvoll an sie wandten.

Vielleicht gab es ja doch solche Menschen, Sophia Loreen zum Beispiel? Wenn jemand so einen Apfel bekommen haben könnte, dann wohl sie, oder? Na ja, vielleicht ja auch George

Clooney, wenn Männer denn für so ein Geschenk in Frage kamen.

Freyr war der Liebesgott, wie ihn jeder anständige Pantheon, mal männlich mal weiblich, haben muss. Natürlich war dieser Kerl unbeständig, unvernünftig und oft genug geradezu wahnsinnig. Die Menschen litten unter ihm wie unter den sieben Plagen Ägyptens, bemerkten sein Intrigenspiel aber kaum.

Konnte ich mir vorstellen. Nun, da noch dazu keinem mehr einfiel, in einem Tempel oder anderem hierzu geeigneten Ort seine Hilfe zu erflehen, ging auf der Erde natürlich in dieser Richtung noch mehr schief denn je zuvor. Die Scheidungsstatistiken und Singlezahlen sprachen da für sich. Sollte ich also rein vorsichtshalber für den launischen Gott eine Kerze aufstellen? Kerzen waren aber katholisch und gehörten in eine Kirche. Wie wandte man sich denn an einen germanischen Gott? Im Internet stand hierzu nichts. Wie immer, wichtige Fragen findet man dort ja nie beantwortet.

Wen hatten wir denn noch? Ach ja, Odins zweite Frau und Mutter der neun Walküren. Waren Göttinnen körperlich besser für solch eine Aufgabe gerüstet oder hatte Fricka nun auch Hängebusen und Schwabbelbauch mit Streifen von neun Schwangerschaften?

Fricka war jedenfalls als Mutter eine, mit der es nicht gut Kirschen essen war. Kein Wunder, sie hatte auch den meisten Ärger von allen Göttern zusammen. Nicht nur, dass ihr Mann sich von Zeit zu Zeit eine Auszeit nahm und andere Frauen beglückte, wie weiland sein griechischer Kollege Zeus, nicht nur dass sie die im Amt verbliebenen sieben Töchter täglich an ihr Gebot der Keuschheit erinnern musste, nein dann musste ausgerechnet sie als Hüterin des heiligsten Bündnisses, das es zwischen Menschen geben kann, der Ehe, fast täglich mitansehen, wie dieses Wunder zerbrach.

Wenn Fricka also die Hüterin der Ehe war, musste sie inzwischen mindestens ein Magengeschwür entwickelt haben.

Traditionellerweise wurden Ehen an ihrem Tag geschlossen, also am Freitag. Samstag oder Sonntag waren ungeeignet, Mittwoch besonders, denn der Tag gehörte Loki, wer auch immer das war. Gut klang es nicht. Über den würde ich später sicher auch noch etwas finden.

Etwas Gebildetere übersetzen das Wort EHE inzwischen ja mit „errare humanum est", ein weiser Spruch aus der Römerzeit, aber er passt nicht, denn bei denen hieß es: „in matrimonium ducere", was so viel bedeutet wie „sich in den Gewahrsam einer Frau zu begeben". Auch nicht schlecht, aber nicht dasselbe wie das germanische Wort „Bündnis".

Sympathisch an diesem Götterpantheon war immerhin die Tatsache, dass nicht nur alte Männer mit Bart und/oder Turban darin vorkamen, sondern auch Frauen, selbst wenn Göttinnen wie Fricka rachsüchtig und parteiisch waren, ganz wie die Töchter auch.

Es gibt noch eine ganze Reihe mehr Götter, aber am wenigsten konnte ich über Baldur in Erfahrung bringen, außer dass er Odins verzogenes Nesthäkchen zu sein schien.

Aber da war er wieder und schien weitaus interessanter zu sein, eher eine Art himmlischer Schuft, der als Adoptivkind seit Jahrhunderten nichts anderes als das Verderben seiner illustren Familie im Sinn zu haben schien: Loki.

Der war der Gott des Feuers. Würde er sich mit pyromanischen Aktivitäten begnügen, wäre die Welt auch in Ordnung. Feuerspiele richten ja schon Schaden genug an, sollte man meinen, aber nein, er war leider auch der Gott der Intrige. Boshaft bis ins Mark, pflegte er natürlich ebenso schlechten Umgang mit Wesen wie ihm selbst, vorwiegend Schwarzalben.

Alben? Verwalter von Gold und Edelsteinen, las ich da. Eine Art Bankdirektoren der Unterwelt. Die Beschreibung passte erschreckend genau zu der Gestalt, die ich gestern in der Altstadt kennen gelernt hatte.

Die Beschreibung von Loki ließ vor meinem geistigen Auge spontan ein Bild erstehen. Erinnert ihr euch an Jonny Depp in den Piraten der Karibik? Dann wisst ihr ja, wie ich ihn mir vorstellte.

Loki hatte offenbar immer Ideen, wie er jemandem schaden konnte. Sogar die heilige Mistel, stärkste Heilpflanze der alten Welt, hatte er so weit pervertieren können, dass sie den Gott des Lichtes Baldur, Odins Lieblingssohn, als Pfeil zur Strecke brachte. Loki sollte im übrigen Schuld haben am Untergang der Götterwelt und gleichzeitigem Ende von Midgard, der Welt der Menschen. Ein Datum fand ich im Zusammenhang mit dem unheimlichen Wort *Ragnarög* natürlich nicht.

Also jedenfalls nicht 2012, schließlich leben wir ja noch. Vielleicht waren die Germanen nur nicht so grausam wie die Maya, das Verfallsdatum der Menschheit explizit zu nennen. Jedenfalls ähnelten sich die Prophezeiungen. Aus der Bibel kennen wir schließlich die Apokalypse, und die klingt in etwa so dramatisch wie die Götterdämmerung, wenn mich meine Erinnerung nicht trügt.

„Was surfst du da eigentlich unentwegt im Internet?" fragte Uwe und sah mir über die Schulter. Ich hatte mit Bleistift Notizen gemacht und eine Art Stammbaum gezeichnet, wie ich ihn noch aus dem Geschichtsunterricht kannte: Odin also mit so einem Ringzeichen nach links mit Edda, darunter der Name Thor, dann ein Ringzeichen mit Fricka und darunter neun weibliche altmodische Frauennamen.

Uwe war gewohnt, dass ich im Internet die neuesten Modelle von Lagerfeld oder Dior studierte, aber sicherlich nicht geschichtliche Forschungsarbeit betrieb. Ich war kurz davor, ihn aufzuklären, aber dann ließ ich es doch bleiben. Wir lebten seit fast drei Jahren zusammen und jeder Tag, der verging, bestärkte mich mehr in dem Gefühl, dass er die Liebe meines Lebens war. Wir hatten Vertrauen zueinander, unbedingt, aber dies hier sah doch allzu sehr nach mentaler Instabilität aus, als dass man einen Mann damit belasten durfte. Ein alter Spruch meiner Mutter rumorte zäh, aber beständig im Hinterkopf: „Männer dürfen alles essen aber nicht alles wissen.“ Mit diesem Spruch hatte sie immer die Etiketten ihrer Beute aus den Boutiquen abgetrennt, um meinem Vater den Schock über die unnötigen Geldausgaben zu ersparen.

„Ich hol uns mal ein frisches Bier“, lenkte ich also ebenso einfach wie wirkungsvoll vom Thema ab und floh in die Küche.

Vielleicht sah ich die seltsame Blonde ja niemals wieder und sie würde am Mittwochabend nicht vor der Tür meiner Boutique stehen. Immerhin wäre das eine Möglichkeit, mein seelisches Gleichgewicht wiederzufinden. Ich würde die Notizen zerknüllen und keinen Gedanken mehr an Odin und Co. verschwenden. Trotzdem schleppte der Tag sich dahin und ich bemerkte, dass ich tatsächlich an nichts anderes mehr denken konnte.

Das wurde mir jedenfalls bewusst, als eine Kundin aus der Umkleide heraus zum dritten Mal fragen musste, ob es das lila Top auch in XL gab.

„Heike“, ermahnte die Chefin. „Hast du deine Tage?“

Typisch Mona, intellektuellere Gründe konnte sie sich nicht vorstellen. Bevor sie mich in Anwesenheit neugieriger Kunden fragen würde, ob ich Stress mit Uwe hatte, riss ich mich lieber zusammen. Aber dann sah ich sie, durch das Schaufenster reglos vor dem Laden stehen, während der Feierabend rund um sie herum seine hektische Aktivität entfaltete.

Dieser Februartag war so kalt, dass es immer wieder Schneeregen gegeben hatte, einzelne glitzernde Schneeflocken lagen schon auf ihrem blonden Haar, und wie immer war sie zu dünn gekleidet für die Jahreszeit. Ohne zu überlegen, riss ich die Tür auf.

„Hi, Waltraud, komm doch rein."

Sie schüttelte den Kopf und zog die Tür hastig zwischen sich und mir zu.

„Führst du jetzt auch noch Selbstgespräche?" wollte Mona wissen. „Da ist doch niemand."

Fürchterliches dämmerte mir.

„Doch, dahinten ist eine Freundin vorbeigegangen, die mich wohl nicht gehört hat", erwiderte ich hastig und spürte, wie ich über und über rot wurde.

Draußen vor dem Schaufenster stand Waltraud noch immer im Schnee und grinste.

Miststück!

Unter den kritischen Blicken meiner Chefin räumte ich also den Laden auf, während Waltraud mich beobachtete und weiter grinste.

Wenn sie wirklich für alle außer mir unsichtbar war, warum gingen die Passanten dann nicht durch sie hindurch oder rempelten sie ungewollt an? Manche kamen ihr schon sehr nahe, schienen dann aber doch noch einen kleinen Bogen zu machen oder unwillkürlich zurückzuschrecken. Das fiel kaum auf, wenn man nicht wusste, dass da jemand war. Ich allerdings konnte deutlich sehen, dass kein einziger Passant die außergewöhnliche Erscheinung auch nur eines Blickes würdigte, und diese Tatsache allein war aussagekräftig genug.

Sie wartete, bis Mona aus meinem Blickfeld verschwunden war, bevor sie mich begrüßte.

„Oh Mann, du bringst einen vielleicht in Teufels Küche", pflaumte ich sie an.

„Das ist der letzte Ort, an den ich jemanden brächte", erwiderte sie verwirrt.

„Tschuldigung, war nur so ein dummer Spruch." Ich zog den Schal fester um mich und suchte in meinen Manteltaschen nach Handschuhen. „Ein echtes Sauwetter. Hoffentlich heizen deine Zwerge heute gut."

Waltraud lachte kehlig. „Das ist doch gutes germanisches Winterwetter. Deine Vorfahren haben sich deutlich weniger angestellt. Aber keine Sorge, Alberich wärmt die Bude so stark, wie du es brauchst."

Ihre Art, mir klarzumachen, dass die Zivilisation Weicheier aus uns allen gemacht hatte.

Das konnte ich nun auch nicht ändern, mir war einfach usselig.

„Vielleicht nehme ich heute auch ein Met", sagte ich wenig später zu dem Triefauge und lehnte mich dabei schwer auf den Tresen. Das Ding war ca. 5 Meter lang, einen halben Meter tief und 1,20 Meter hoch. Stein mit Holzverkleidung, soweit ich sehen konnte.

„Man kann es auch gewärmt trinken", bemerkte der Kleine zu meiner Wahl.

„Dann hätte ich das gerne", bestätigte ich zufrieden.

„Freut mich, dass du dich an Albi schon gewöhnen konntest", kommentierte Waltraud amüsiert, wobei ich mir nicht sicher war, ob sie mein Manöver zur Untersuchung der Beschaffenheit des Tresens durchschaut hatte oder nicht.

„Setz dich, dann können wir anfangen."

Zeit verlor sie offenbar auch dann nicht, wenn ihr noch Jahrhunderte bevorstanden. Aber standen ihr und somit der Erde denn überhaupt noch Jahrhunderte zur Verfügung oder eher nicht?

„Wo willst du anfangen?“ fragte ich. „Bei deiner Geburt?“

„Ach nö, mein Leben ist verdammt lang und ich hatte durchaus nicht vor, dich mit den Einzelheiten eines jeden Jahrhunderts zu langweilen. Nur ein paar Dinge sind vielleicht wichtig genug, damit du dir ein Bild machen kannst. Bitte unterbrich mich nicht, auch wenn es dir schwer fällt. Hinterher kannst du mir immer noch deine Fragen stellen oder deine Version der Dinge hinzufügen.“

Ich nickte also ergeben und lehnte mich in dem gemütlichen Ohrensessel zurück, der diesmal die Stelle der harten Holzbank einnahm. Daneben flackerte ein echtes Kaminfeuer in einer riesigen Esse, die das letzte Mal noch nicht da gewesen war. Einer der kleinen Angestellten schob ein Gitter über die Flammen und darauf mehrere Krüge. Dann drehte er sich zu mir um und fragte mich, wie heiß ich meinen Honigwein denn haben wolle.

Langsam wurde der Kerl mir sympathisch. Leider machte er diesen guten Eindruck gleich wieder zunichte und enthüllte mir durch sein Verhalten, dass die Köbbes aus den diversen Düsseldorfer Brauereien mit den Schwarzalben verwandt sein mussten. Denn als ich mit dem heißen Getränk in der Hand nachfragte, ob ich dazu auch ein Käsebrot haben könne, ranzte er mich genauso an, wie ich es von den normalen Kneipen her gewohnt war.

„Nur was auffe Karte steht.“ Dazu deutete der spinnenlange Zeigefinger auf eine Tafel, in die Runen eingeschnitzt waren.

„Heute Flöns und Leberwurst“, dolmetschte Waltraud.

„Na gut, dann Flöns mit Löwensenf“, bestellte ich mir ein Blutwurstbrötchen.

Langsam beruhigten sich meine angespannten Nerven, auch wenn ich die kühle Schönheit aus dem Norden dabei beobachtete, wie sie ihr Methorn mit einer Selbstverständlichkeit handhabte, als täte sie das täglich.

„Du meinst das ernst, nicht wahr?“ fragte ich, um Gelassenheit bemüht.

„Die Biografie? Aber sicher. Es kommt nur ein paar Mal pro Jahrhundert vor, dass ich jemanden mit *der Gabe* finde. Eine Gelegenheit ist eine Gelegenheit, Zauderei war noch nie mein Ding", erwiderte sie lässig.

„Aber vielleicht meins", sagte ich verstimmt „und außerdem, selbst wenn das einer als modernes Märchen druckt, wird bestimmt kein einziger Leser es auch glauben."

Waltraud lächelte.

„Unterschätze nie die Macht der Worte, Schwester. Seit Germanen nicht mehr in Runen schreiben, haben sie verlernt, darauf zu achten und gehen eher schlampig mit ihrem Vokabular um, doch ein Fluch bleibt ein schwarzmagischer Zauber, ein Segensspruch gehört zur weißen Magie, und Bilder, die durch Worte geschaffen werden, können sich jederzeit materialisieren. Schreib und überlass die Wirkung den Worten selbst."

Der belehrende Tonfall nervte ganz schön, aber gegen den Inhalt war wenig einzuwenden, auch wenn ich diese Seite der Sprache niemals berücksichtigt hatte.

Die Christen

Waltraud leerte einmal wieder in einem Zug ihr Trinkhorn, warf die lange Mähne zurück und begann zu erzählen:

Es ging uns einfach gut, ungefähr bis zum Jahr 800. Wir feierten und zechten in Walhall mit der festen Überzeugung, das bliebe bis in alle Ewigkeit so, bis uns auffiel, dass sich in Nordgermanien Veränderungen auftaten.

Aus dem ehemals römisch besetzten Süden reisten Männer in unser Schutzgebiet und erklärten deinen einfältigen Vorfahren, das es jetzt vorbei sein müsse mit der Huldigung der barbarischen Götter. Sie erzählten nicht minder barbarische Geschichten von der Kreuzigung eines Zimmermanns, und dass sich jetzt alle der Botschaft der Liebe hingeben sollten. Nicht, dass wir von den Menschen Hass haben wollten. Aber so sind die Menschen nun mal.

Die Friesen waren brave Leute und haben dem Geschwafel von Bonifatius und ähnlichen Kuttenträgern ein schnelles Ende gesetzt, aber nach diesem Schwarzrock kamen immer wieder neue. Die Menschen hörten auf, zu uns zu beten. Sie ersetzten die Thorhammer und Runenamulette durch Kreuze um den Hals und fingen an, sich für alles und jedes zu schämen, kurzum das schreckliche Wort *Sünde* war in ihren Wortschatz geraten. Auf einmal wollten sie nicht mehr nach Walhall, sie wollten in einen ordentlichen Himmel, ohne Spaß, aber sündenfrei, was auch immer das bedeuten sollte.

Nach einer Krisensitzung wurde ich ausgeschickt, mir die neuen Götter anzusehen, herauszufinden woher sie kamen, was sie wollten, und warum sie so aggressiv expandieren wollten. Dazu muss man sagen, dass wir natürlich auch andere Götter kannten. Die Welt mit ihren zahlreichen Paralleluniversen hat auch verschiedene Himmel. Wir kannten bis dato die Griechen- und Römergötter, mit denen wir uns ganz gut verstanden. Sie sind uns mit all ihren Fehlern sehr ähnlich, ein bisschen mehr weinselig und weniger zauberbegabt, aber wirklich sympathisch. Dass keiner ihnen mehr Opfer bringt, liegt nicht zuletzt an Hades, denn der ist ein extrem finsterer Gesell, zu dem sich keiner freiwillig hinbegeben will, auch nicht nach dem Tod. Es scheint, dass eine Religion nur dann wirklich Erfolg haben kann, wenn sie einen attraktiven Himmel für später anbieten kann.

Umso mehr wundert es mich, dass Leute wie du sich mit dem puren Jetztleben an sich begnügen wollen...

Dann gibt es noch die unheimlichen Ägypter. Außer mit Isis habe ich noch nie mit einem von ihnen gesprochen, aber die sind schon beeindruckend.

Man kann nicht so einfach das Universum wechseln. Götter anderer Religionen lernen wir nur auf der Erde kennen, zumeist dann, wenn wir um die Seelen Sterbender ringen. Bis dato hatten wir nur selten Ärger mit anderen Göttern, aber das jetzt?

Papa Odin hat zwei sehr nützliche Informanten, die Raben Hogin und Munin. Die schickte er aus, um Erkundigungen einzuholen und das kam dabei heraus:

Die neuen Götter hatten einen Vater, einen Sohn, einen Vogelgott und eine jungfräuliche Mutter. Soweit war das noch alles verständlich. Dazu kommt ein Heer von Engeln und Teufeln, ähnlich unseren Kobolden, Alben und Elfen, nur weniger lustig.

Solch eine Zusammenfassung des Christentums war mir auch noch nicht untergekommen, aber da sagte ich weisungsgemäß jetzt lieber nichts zu.

Ihre Gläubigen nennen sich aber Monotheisten. Wie jeder einsehen kann, völliger Unsinn. *Mono* ist die Vorsilbe für *eins.*

Die Juden haben so einen Monogott. Ein alter Griesgram mit Bart und Käppi. Er kann junge Leute nicht leiden, Frauen schon gar nicht, zwingt alle Menschen dazu, jahrhundertelang dasselbe Zeugs zu lesen und ist außerdem noch rachsüchtig, ohne die Chance einer Vergebung.

Woher ich das weiß?

Einmal hatte sich ein junger Kaufmann aus dem fernen Palästina bis an die Küsten des Nordmeeres gewagt, um in Haithabu Handel zu treiben. Kurz vor dem sicheren Hafen geriet die kleine Kogge in einen Sturm. Der Mast war gebrochen und hatte den Kapitän und Steuermann erschlagen. Meine Schwestern kümmerten sich um die beiden frisch Verstorbenen, während ich mir den dunkelhaarigen jungen Mann mit der olivfarbenen

Haut betrachtete. Als er sah, dass der kleine Sohn des Kapitäns in Gefahr war, über Bord gespült zu werden, löste er sich den Strick, den er um seine Taille über so einem gestreiften Tuch gewickelt hatte, und band das Kind damit an den verbliebenen Maststumpf. Als er damit fertig war, erfasste ihn eine Welle und spülte ihn über Bord. Ich natürlich gleich hinterher, hatte ihn schon in meinen Armen und blickte in seine sanften dunklen Augen, als mich eine rüde Faust beiseiteschob und den jungen Mann am Kragen packte. Er fauchte etwas von *unrein* und auch sonst nicht gerade Höfliches, so dass ich schon mein Schwert aus der Scheide zog.

„Weiche von ihm, unselige Schickse!" zischte mich der Alte an. Es war wirklich die Höhe. Dem blieb ich natürlich die Antwort nicht schuldig.

„Was heißt hier Schickse, ich habe einen Namen, Alter. Dies ist ein Schlachtfeld, an dem der junge Mann sich bewährt hat, und er hat etwas Besseres verdient, als gemaßregelt zu werden", und dann mit triumphaler Stimme: „Außerdem ist es nun mal so, seit der freie Wille erschaffen wurde: Er muss entscheiden, Alter, wo immer du auch herkommst."

Das brachte ihn zur Besinnung. Zornsprühend wandte er sich von mir ab und musterte den verängstigten Verstorbenen mit strenger Miene.

„Willst du in der ewigen Verdammnis schmoren, Mosche? Dies hier ist nur eine Sinnestäuschung, Elender, eine, die dich vom rechten Weg abbringen soll, eine letzte Versuchung, um dein Verderben zu beschleunigen. Du siehst ein liebreizendes Angesicht, doch das ist nur ein Trugbild von die Goj."

„Was für ein melodramatisches Geschwafel, unwürdig eines Helden", rief ich voller Wut, dann zu dem Jungen ganz sanft: „Trau deinen Augen, Schatz, es sind nicht mehr die irdischen, sondern die, die sehen. Der Alte ist ein neidischer Lügner."

Es half nichts. Ich weiß ja nicht, was man dem armen Kerl zu Lebzeiten erzählt hatte, jedenfalls wandte er sich von mir ab und folgte hängenden Kopfes dem tobenden Alten.

Das Christentum musste eine Variante dieses freudlosen Glaubens sein, da bestand kein Zweifel. Wo zog man jetzt Erkundigungen ein? Gut, dass ich mit dem Poltergeist Rafael so gut bekannt bin. Er erzählte mir von solch seltsamen Häusern, in denen die Menschen Jungfrauen einsperrten, die nichts zu tun hatten, als zu den neuen Göttern zu beten. Er nannte mir eine Adresse in Ostengland, so ein Kloster, in dem er schon seinen Unsinn mit den Hostien, Kerzen und anderen Gerätschaften getrieben hatte. Das schien mir eine gute Idee, zumal ich von einer Schwester wusste, dass es dort demnächst Zoff geben würde. Ein Drachenschiff war auf Plünderfahrt geradewegs dorthin unterwegs. Angeführt wurde es von dem wilden Erik, kleiner Bruder des Dänenkönigs Harald Blauzahn, dieses Trottels, der doch tatsächlich im schwarzen Jahr 860 meinem Vater abgeschworen hatte. Wir hatten kurz zuvor Rat gehalten und ich war mal wieder diejenige, die für uns alle sprach und meinen Vater wutentbrannt fragte:

„Vater, wie strafen wir den Abtrünnigen?“

Doch Papa ist manchmal erstaunlich, so zornig er sonst sein kann, diesmal hat er nur traurig gelächelt.

„Gar nicht, Wally. Er wird einen grausam langsamen Strohtod sterben, mit Zahnausfall und Impotenz, dabei wird Viagra erst in 1200 Jahren erfunden, natürlich wird er auch noch Arthrose bekommen. Danach taugt er nicht mehr für Walhall, ihr werdet keinen Met an ihn verschwenden und schon gar nicht eure süßen Lippen besudeln. Er ist jetzt schon schlimmer gestraft, als Thors Blitze es tun könnten. Kümmert euch um eure Angelegenheiten. Jarl Erik ist auf See und hat seinen kleinen Sohn Florens dabei. So wie ich den Guten kenne, kehrt er nicht nach Dänemark zurück. Thor sieh zu, dass die Wellen ruhig bleiben. Waltraud, du begleitest das Schiff.“

Nichts lieber als das. Ich liebe es, wenn etwas geschieht und Papa energisch seine Anweisungen gibt. Brunhilde hat das immer gehasst, aber das hat sie nun davon...

Leider vergaß Papa aber, seinem Enkel Freyr diesmal zu verbieten, sich bei den Menschen einzumischen.

Vorbild aller Helden: Die Wikinger

Die folgende Geschichte soll dir erklären, wie wir gearbeitet haben, als im Norden noch jeder Mensch an uns geglaubt hat und wir jede Menge Arbeit hatten. Gleichzeitig ist es die Geschichte meiner großen verbotenen Liebe, die ich all die Jahre vor meiner Familie zurückhalten musste.

Papa hatte natürlich Recht gehabt mit seinen Vorhersagen. Damals verstanden wir die Handlungsweise der Menschen noch, na ja zumindest die unserer Lieblinge. Erik segelte mit seinem Drachenschiff tatsächlich wohlbehalten an die ostenglische Küste und plünderte dort erstmal traditionsgemäß ein kleines Dorf aus. Als alle satt gegessen um ein Feuer saßen, mussten sie darüber nachdenken, wie es weitergehen sollte, denn so richtig vorausgeplant hatten weder Erik noch seine 20 Gefährten. Sie waren diesmal etwas weniger brutal mit den Dorfbewohnern umgegangen, weil der Witwer und liebevolle Vater des 8-jährigen Florens fand, dass der Kleine noch zu jung sei für den Anblick von Blut. Solches wussten auch die Engländer einigermaßen zu schätzen und so hatten sie, wenn auch nicht ganz freiwillig, ihre Schinken- und Käsevorräte in genügender Menge herausgerückt.

Vor dem Hintergrund grüner Hügel und dichter Wälder konnte man die grauen, dicken Mauern eines Klosters ausmachen.

„Nun Erik, bis hierhin ist es ja ganz gut gelaufen. Was machen wir morgen?“

„Morgen holen wir uns den nächsten Schinken und Käse“, schlug Björn Balkenkopf (so nannte man ihn, weil er als Kind vor den Dachbalken seines Hauses gerannt war) vor. Er hatte zwar Sinn fürs Praktische, aber nicht allzu viel Verstand.

„Das kann man ein paar Wochen so machen, aber dann haben sie keinen Schinken mehr“, gab Gunnar Zottelbart zu bedenken.

„Wohl wahr, dann müssen wir weiterziehen. Es gibt hier ja wohl noch mehr Küstendörfer. Und außerdem, was ist mit Londinium? Wisst ihr noch damals, als Harald noch alle Tassen im Schrank hatte und seine Axt die gefürchtetste im ganzen Land war, und wir...“

„Vergiss Londinium", unterbrach Erik ruhig. „Große Städte kann man nur überfallen und schleunigst wieder von dannen segeln, damals haben wir Friedjof, Pelle und Karl den Walküren überlassen müssen."

Immerhin, Erik wusste, wer wir sind, wahrscheinlich wusste er sogar, dass ich in seiner Nähe war. Die Lieblinge der Götter spüren unsere Gegenwart und weil sie wissen, dass sie geliebt werden, sind sie selbstbewusster als andere, in den Augen mancher Menschen sogar anmaßend.

Wie zufällig ließ er seine schon länger in ihm gärende Rede vom Stapel. „Mir gefällt es hier eigentlich ganz gut. Sollten wir nicht versuchen, es uns hier gemütlich zu machen? Ist doch immer noch besser, hier von vorne zu beginnen, als bei meinem Bruder den Tag auf den Knien in einer von Weihrauch stickigen Kirche mit frommem Geheule zu beginnen."

Seit König Harald zum Christentum konvertiert war, verlangte er fanatisch, wie Konvertiten so sind, dass alle Jarls es ihm gleichtaten. Darauf hatten natürlich nur wenige Lust, von Eriks Gefährten genau gar keiner. Erik war bei der Auswahl seiner Mannschaft immerhin schon so vorausschauend, solche zu nehmen, die nicht Frau und Kind zu Hause hatten.

„Ist das denn hier ein guter Ort?"

Jetzt wandten sich alle mit fragendem Blick an Uhle, den Runenmeister.

„Das kann ich euch beim nächsten Vollmond sagen und der ist..." Er wandte den Blick zum Himmel.

„Ist doch egal, wann der ist, wir können nicht bleiben, wenn keine Frauen da sind", unterbrach Ole Hahnenkamm grob. „Das, was ich da im Dorf gesehen habe, wollt ihr ja wohl nicht zählen. Bei Freyr, sind die Engländerinnen hässlich."

Erik lachte und deutete in Richtung der grauen Mauern. „Da hinter soll ein ganzer Stall von Frauen sein. Ich schlage vor, ihr seht euch morgen dort um. Aber gesittet, hört ihr? Erst mal nur anschauen, danach, und wenn Uhles Runen nicht unser aller Verderben prophezeien, entscheiden wir. Ist das in Ordnung?"

„Ja, Chef", lachten die anderen zufrieden.

„Dann macht mal das Metfass auf, ist ja grausam trocken hier", beschwerte sich Erik und schwenkte sein Trinkhorn. „Komm her Flo, du darfst auch einen Schluck haben. Das schadet nicht."

„Bekomm ich dann morgen eine neue Mama?“ fragte der Kleine gespannt und bewies damit nur, dass er der Unterhaltung sehr genau gefolgt war.

„Vielleicht“, murmelte Erik mittlerweile schon schläfrig. „Deine letzten Mamas haben leider nicht viel getaugt. Komm her Sohnemann, es ist spät und das Geschaukel der Wellen macht müde. Gunnar und Björn, ihr habt die erste Wache.“ Hiermit wickelte er den mageren Burschen und sich selbst in eine dicke Decke und versank sofort in einen tiefen Schlaf. Seine schulterlangen, dunkelblonden Locken fielen ihm ins Gesicht, die leuchtenden blauen Augen lagen jetzt unter einem dichten Wimpernkranz verborgen. Von dem kleinen Florens war nur sein dichter, weißblonder Schopf zu erkennen.

Ein paar Minuten betrachtete ich mir das friedliche Bild und dankte meinem Vater im Stillen für diesen schönen Auftrag.

Als alle in tiefen Schlaf gefallen waren, machte ich auf meinem Lieblingshengst einen Spazierritt zum Kloster und fand dort doch tatsächlich schon meinen Neffen Freyr vor. Na klar, es war eher zu erwarten, dass er gebraucht wurde als ich, aber so wie ich meinen Neffen kannte, hatte sein Eingreifen fast immer zur Folge, dass ich unerwartet Arbeit bekam.

„Schon auf der Lauer?“ grinste er ironisch und schüttelte seine Goldlocken.

„Dasselbe könnte ich dich fragen. Warum überlässt du es ihnen nicht selbst, in ihr Glück oder Unglück zu rennen?“

„Tante, davon verstehst du wirklich rein gar nichts“, lachte er auf diese provozierende Art, die ich an ihm so hasse. „Ich habe mir schon mal das Material angesehen. Die meisten sind weißhäutige, liebe Mädchen, eine recht hübsche dunkelhaarige Keltin, eine freche Rothaarige.“

„Erik wird schon jemand Passendes finden“, meinte ich leichthin.

Wieder das überlegene Grinsen. „Es gibt da eine kleine Schwierigkeit, von der du noch nicht weißt. Die Mädchen sind Christinnen, Jungfrauen, die sich Nonnen nennen. Kein Mann darf sie anrühren. Ohne meine Hilfe klappt hier gar nichts.“

„Gib nicht so an. Natürlich weiß ich das, aber glaubst du wirklich, dass Erik danach fragt, ob er etwas darf oder nicht?

„Vielleicht nicht, aber dann gibt es hier Krieg und den will er doch vermeiden. Mit meiner Hilfe werden die Jungs schon bekommen, was sie brauchen. Überlass das nur mir."

„Du hast bei so etwas bis jetzt noch nie eine gute Hand bewiesen, denk nur an die unselige Geschichte mit Gwenifer und Lancelot."

Gwenifer war die Frau König Arthus und es war sicher sehr ungehörig von Freyr, ihre Liebe zu Ritter Lancelot zu fördern, und damit den Untergang der Tafelrunde heraufzubeschwören.

„Ach das", sagte er wegwerfend. „Immer wärmst du die über 200 Jahre alte Geschichte auf. Die Kerle von Camelot sind doch längst in Walhall. Wir müssen jetzt und hier dafür sorgen, dass die Familie des Dänenkönigs nicht ausstirbt, und zwar der richtige Zweig der Familie." Mit *richtig* meinte er die gläubigen Wikinger. Die *Heimskringla*, die dageblieben Feiglinge, interessierten ihn nicht mehr.

„Gleich morgen suche ich Erik die beste unter den Jungfrauen aus und die wird er dann auch bekommen."

„Wetten nicht?" hielt ich dagegen.

Es war wirklich keine gute Wette, das gebe ich ja zu, aber der Kerl ging mir auf die Nerven und geirrt hatte er sich ja nun in der Vergangenheit schon reichlich. Warum also nicht auch diesmal?

„Und, hast du deine Wahl schon getroffen?" fragte ich dann leichthin.

„Die dunkle Keltin, hat die beste Figur und heißt Gwendoline."

„Oh Mann, wenn eine schon so heißt. Freyr, du bist wirklich ein Volltrottel."

„Sprich für dich selbst. Du kannst gegen den Namen nämlich nichts Objektives sagen, da man ihn nicht in Runen schreiben kann."

Wo er Recht hat, hat er Recht. Der Vorteil von nordischen Namen ist, dass man aus seinen Buchstaben schon ablesen kann, wie das Schicksal seines Trägers sein wird. *Nomen est omen*, sagen dazu die Römer, und da hatten sie ins Schwarze getroffen. Runenmeister werden zur Taufe gerufen und helfen, den Namen auszusuchen. Ihre Macht ist ungeheuerlich, wenn man bedenkt, dass von ihrer Wahl das Schicksal des Neugeborenen abhängen wird. Mit welcher Fahrlässigkeit heutzutage Namen ausgesucht werden, ist dagegen geradezu gruselig. Gut, dass Ihr Sterblichen nie darüber nachdenkt.

Da blieb mir denn nichts anderes übrig, als Freyr seinem Panflötenspiel auf seinem Mäuerchen zu überlassen und mich ins besagte Kloster zu begeben.

Es war schon dunkel. Die Nonnen befanden sich aber nicht im Bett sondern alle bei einer Art Nachtgebet in der Kirche. Sie beteten zuerst, ziemlich unverständlich für mich, dann sangen sie. Das klang wirklich schön. Mir kamen sogar so merkwürdige Gedanken wie: Das könnten sie für meine Eltern ruhig auch mal machen, muss ja nicht in so einem Steinbau sein, unter einer Eiche kann man schließlich auch singen, aber dann ist wahrscheinlich die Akustik nicht so gut...

Ich hatte also Zeit die Mädels zu betrachten. Gar nicht so leicht, die Unterschiede zu bemerken, schließlich trugen sie alle diese dunklen unvorteilhaften Gewänder. Wo hatte Freyr nur die Figuren der Mädchen sehen können? Da musste der Spanner sich doch mal wieder in die Bäder geschlichen haben. Gab es hier überhaupt Bäder oder badeten die Mädels wie freie Germaninnen im Fluss?

Gwendoline hatte eine besonders schöne Stimme. Aber diese Texte! Sie sang mit Inbrunst und Überzeugung, in Latein: „*Miserere*", „Erbarmen" und wieder „*qui tollis peccata mundi*", „der du trägst die Sünden der Welt" ...

Richtig schaurig!

Worüber jammerten die denn? Noch waren sie doch gar nicht in Gefahr?

Es gab blonde, rothaarige, dunkelhaarige, alle sangen und beteten das Gleiche.

In der Mitte stand ein Priester mit ausgebreiteten Armen, der zum Schluss alle segnete. Als ich mich ihm näherte, um ihn genauer zu betrachten, wich er instinktiv zurück und bekreuzigte sich. Das war interessant, er konnte mich nicht sehen, fühlte sich aber bedroht. Ärgerlich! Runenmeister lächeln verzückt, wenn sie meine Gegenwart fühlen, aber immerhin: Der Mann war ein echter Priester, kein Scharlatan.

Nach der Messe befahl der Mann zu prüfen, ob die Tore gut verschlossen seien. Die Äbtissin, eine hagere ältere Dame, gab die Anweisung kopfschüttelnd weiter. Offenbar hatten sie die Meldung von dem Überfall auf das Dorf noch nicht erhalten oder nicht weiter ernst genommen. Dann wandte sie sich zu den miteinander tuschelnden Mädchen um und sprach eine von ihnen an.

„Fiona, vor der Messe hat sich Anne entschuldigt, dass sie nicht singen könne, da sie von einem Husten gequält würde. Ich habe ihr gesagt, sie soll nach der Messe zur Krankenkammer gehen. Würdest du dich bitte um sie kümmern."

Die Angesprochene knickste und entfernte sich eilig von den anderen.

Das machte mich natürlich neugierig und ich folgte ihr sofort. Sie begab sich summend zu einer kleinen Eisenpforte, die auf mich den Eindruck einer Kellertür machte. Tatsächlich ergriff sie eine Fackel von der Wand und stieg damit eine dunkle Treppe in ein noch dunkleres Gelass hinab. Mut hatte die Frau, das musste man ihr lassen. Fast alle Germanen fürchten sich vor Dunkelheit und natürlich davor, dass ihnen der Himmel auf den Kopf fällt. Im Dunkeln lauern Geister, Schwarzalben, Zwerge und Elfen. Das mit dem Himmel ist unlogischer, aber typisch für den leicht depressiven Charakter aller Nördlinge. Kennst du wahrscheinlich auch...

In diesem Gelass angekommen zündete die erstaunliche Person Kerzen an und hängte als erstes ihre scheußliche Haube an einen Haken. Nun konnte ich sehen, dass das Mädel gar nicht mehr so sehr ein Mädel war, eher eine junge Frau, noch dazu mit feuerrotem Haar. Was tat so eine in einem Kloster? Über den Charakter des Kellerraumes hatte ich jetzt im Kerzenschein auch nicht mehr den geringsten Zweifel. Die Wände waren voller Regale mit Töpfen, Krügen und Gläsern. Es duftete nach Kräutern und Alchemie. Die Frau war schlichtweg eine ganz normale Kräuterhexe, bei uns eher Zauberin genannt. Sie arbeitete auch wie eine, indem sie Feuer anfachte, Wasser zum Sieden brachte und Kräuter aus einem Topf herausnahm. Zweimal unterbrach sie ihre Arbeit und wandte mir ihr Gesicht voll zu, die grünen Augen wie fragend. Dann lächelte sie plötzlich, aber sie meinte offenbar nicht mich. Hinter mir war jemand in das Gelass getreten. Ein blondes Etwas mit Zöpfen und erschrockenem Blick.

„Kommst du auch schon, Maria? Wir haben gerade noch genug Salbeiblätter für diesmal. Das muss unbedingt aufgefüllt werden. Reich mir mal die *Malva real* und das *Aconitum.*" Gehorsam suchte die Gehilfin in dem großen Regal mit den vielen Aufschriften, während die Fiona genannte ein Sieb zur Hand nahm.

„Die Treppe ist dunkel und glitschig“, entschuldigte die Jüngere ihr Zuspätkommen.

„Ach Unsinn, die Fackel brennt doch.“

Fiona goss Wasser auf die zerkleinerten getrockneten Blätter und Blüten. „Du hast aber auch immer neue Ausreden.“

Maria zögerte. „Na gut, du hast ja recht, ich habe gerade etwas Schreckliches gehört.“

Jetzt hatte sie die Aufmerksamkeit der Zauberin.

„Nun?“

Der fette Cellar war eben da und hat neuen Messwein gebracht und der Äbtissin gesagt, sie könne von Glück sagen, dass noch welcher da sei.“

„Wieso hat er mal wieder die Hälfte selbst geleert, der alte Trunkenbold?“

„Nein, nein, wenn es nur so wäre. Das Dorf...“ Jetzt schluckte sie schwer. „Es ist von einem Drachenschiff angegriffen worden, sagt er. Was ist, wenn die hierher kommen?“

Fiona ließ fast den Krug fallen.

„Wikinger hier, und keiner hat Alarm geschlagen? Wenn das wahr ist, helfen uns, weiß Gott, keine Gebete mehr.“

Am nächsten Morgen regnete es. Lange dichte Fäden, die die Decken und Wolltuniken meiner Lieblinge vollständig durchweichten. Entsprechend schlecht gelaunt waren auch alle beim Frühstück, das sie ziemlich einsilbig verschlangen.

„Ole, die Äpfel sind wurmstichig und das Schwarzbrot schimmelig. Gab es zu Hause in deinen Vorratskammern nichts Anständiges mehr? Da verhungern ja die Hausratten", maulte Gunnar.

„Was soll ich denn machen, ihr wisst doch selbst, dass seit Sieglinde nicht mehr ist..."

Das brachte sofort alle zum Thema.

„Dann stellen wir uns im Kloster unter. Da ist es trocken und nette Gesellschaft gibt es sicher auch. Worauf warten wir noch?" Björns Enthusiasmus war nicht zu bremsen.

Doch er hatte nicht mit Uhle gerechnet, der ungeachtet des Sprühregens umständlich ein Tuch ausbreitete und dann sein berühmtes rotes Samtsäckchen zückte.

„Och nö", maulte Gunnar, „das kann ja ewig dauern. Leg wenigstens nur ein Runemal und nicht gleich ein ganzes Kreuz."

„Maul halten", befahl der Runenmeister unwirsch. Er wollte sich konzentrieren und wurde durch das Gegröle der Kameraden nicht wenig abgelenkt. Obwohl genauso jung wie die anderen, war Uhle der einzige, vor dem selbst Erik Respekt hatte. Seine schwarzen Augen erweckten den Anschein, seinem Gegenüber bis auf den Grund der Seele zu blicken. Oft genug war er weit weg von seinen Kameraden und reagierte nicht, wenn sie ihn ansprachen. Er schwang sein Schwert mit der gleichen Kraft wie Erik, aber er hatte weniger Spaß daran. Die Sehergabe ist nicht unbedingt ein erfreuliches Göttergeschenk, Uhle jedenfalls hatte es das Gemüt verdüstert und er lachte sehr viel seltener als die anderen.

Alle schwiegen jetzt und blickten auf die drei Steine, die die langen Finger des Meisters aus dem Beutel gezogen und mit der Rückseite nach oben gelegt hatte.

Die dunklen Haare umrahmten Uhles Gesicht wie zwei Vorhänge und verdeckten den Ausdruck seiner Augen, als er die Steine einen nach dem anderen umdrehte.

„*Algiz*, die Schutzrune, die Götter haben unsere Fahrt beschützt, also sollten wir hier sein", begann er. „Dann die Lokirune, *Laguz*, die gilt für jetzt und sie gefällt mir nicht. Hier nun für die Zukunft, das ist schon besser: *Inguz*, das bedeutet Fruchtbarkeit."

„Ja!" jubelten die Männer. „Auf zum Kloster."

„Die Lokirune“, gab Uhle zu bedenken, aber da hörte schon keiner mehr hin. Decken wurden eingerollt, das Metfass zum Schiff geschleppt, Beutel verstaut.

„Uhle kann ja mit Florens auf dem Schiff bleiben“, schlug Erik vor.

„Damit ihr umso schneller Mist baut?“

„Nein, weil du so sehr um deine Zauberkraft bangst, dass du ja doch keine Frau anrührst“, entgegnete Erik vernünftig. Damit hatte er einen wunden Punkt bei seinem Gefährten getroffen. Teile von Uhles düsterer Stimmung hatten mit Sicherheit dessen freiwillige Keuschheit als Ursache.

„Na schön“, fügte sich dieser, gürtete sein Schwert und ergriff den Langbogen, um das Schiff gegen eventuelle Angreifer verteidigen zu können.

„Wenn ihr noch einen guten Rat haben wollt, dann besorgt erst Pferde und dann Frauen. Die Lauferei ist nämlich ganz schön mühsam.“

Seine ironische Art ärgerte den direkten Erik nicht wenig, aber leider musste er zugeben, dass Uhle meistens Recht hatte. Seinen Männern konnte er damit allerdings jetzt nicht kommen, soweit kannte er sie genau.

Auf dem Weg den Hügel hinauf hatte Erik Zeit, über eine Strategie nachzudenken. Sie waren zu wenige, um sich raubend durchs Land zu schlagen. Wenn sie bleiben wollten, mussten sie lernen, mehr oder weniger friedlich mit den Bewohnern dieses Landstriches auszukommen, und das war sehr viel schwieriger als Wikingfahrten. Ihr einziger Vorteil mochte darin bestehen, dass die Bauern nicht wussten, was sie vorhatten, und der Anblick des Drachenschiffes allein schon für Angst und Schrecken sorgte, ohne dass sie eine einzige Waffe gezogen hätten. Was aber, wenn von irgendwoher bewaffnete Ritter kämen? Irgendwem mussten ja die Felder hier gehören?

Seine Männer focht das alles nicht an, die sangen fröhlich das, was viele Jahrhunderte später die norddeutsche Rockgruppe Torfrock so populär gemacht hat:

„Wir saufen den Met

Bis keiner mehr steht

Unser Häuptling heißt Rote Locke

Wir verbrauchen viel Frau´n

Und tun Leute beklau´n

Und haun uns reichlich auf die Glocke..."

Ole, der größte und schwerknochigste von allen, sah mit seinem feuerroten Haarwust, dem ausgeschlagenen Schneidezahn und einer Narbe auf der Stirn besonders zum Fürchten aus. Als er gegen die Pforte des Klosters bollerte, fiel die Luke sogleich nach innen aus den Angeln.

„He da, aufmachen", grölte er, „sonst geht das Haupttor auch noch zu Bruch." Zum Beweis schwang er seine Streitaxt. Erik musterte den großen Bergfried der Anlage und war sich sicher von dort beobachtet zu werden.

Eine verhutzelte schwarze Gestalt steckte den Kopf durch die Luke und fragte furchtsam:

„Und was, meine Herren, ist euer Begehr? Ihr seht mir nicht danach aus, als ob ihr Frieden und Erleuchtung in unseren Heiligen Mauern suchen wolltet."

Die 20 Männer lachten schallend. „Die Alte hat Sinn für Humor", grummelte Ole.

„Na, mach schon auf. Wir tun euch nichts, hier draußen ist es nass und kalt", bat nun Sven Goldlocke. Er hatte eine sanfte Stimme und täuschte seine Feinde zumeist durch sein liebliches Jünglingsantlitz. Ole dauerte das aber zu lange und die Alte hatte gerade noch Zeit sich mit einem Sprung in Sicherheit zu bringen, als die breite Holztür samt den verrosteten Riegeln aufbrach.

„Geht doch", freuten sich die Männer und stürmten in die Kirche.

Dort hatten sich die Nonnen alle furchtsam um den Altar geschart, während sich der Priester und die Äbtissin davor aufgebaut hatten, jeweils ein Kreuz in den Händen.

War das eine Geheimwaffe? fragte ich mich verwundert, die ich die Szene mit atemloser Spannung verfolgte.

„Sag mal, gerade fällt es mir auf, Du trägst ja auch so ein Ding, wenn auch kleiner und unauffäliger. Ist das ein Glaubensbekenntnis oder nur ein Schmuckstück?"

Da hatte sie mich kalt erwischt. „Das äh, das habe ich von meiner Patentante zur Kommunion bekommen und fand es immer ganz hübsch."

Mir war gar nicht bewusst gewesen, dass ich es trug und nun fragte ich mich, ob Waltraud das ärgerte und ob sie mir nun auch etwas entgegenhalten würde, wie z.B. einen Knoblauchzopf gegen Vampire.

Doch Waltraud lachte nur. „Die Dinger haben wir früher immer eingeschmolzen, wenn wir eins in die Finger bekamen. Die in den Klöstern damals waren allerdings bedeutend größer und lohnender. Kannst du also gerne behalten."

Nerven hatte die! Fuhr einfach mit der Erzählung fort, als hätte sie nicht soeben noch gedroht, sich meinen Schmuck anzueignen.

Erik trat jetzt vor und bedeutete seinen Männern, die erhobenen Schwerter sinken zu lassen.

„Fürchtet nichts", sprach er die beiden Älteren an. „Wir kommen diesmal nicht, um euch auszuplündern. Eure Kirchenschätze mögen euch erhalten bleiben."

Enttäuschte Blicke von Seiten der Gefährten.

„Wir werden auch den Mädchen nichts tun. Wir erbitten nur 19 von ihnen, um sie nach unserer Sitte zur Frau zu nehmen."

„Satan weiche von uns", schrie die Äbtissin hysterisch über das Heulen und Wimmern der ca. 30 jungen Nonnen hinweg.

„Ihr seid ein barbarischer Nordmann. Wie könnt ihr es wagen, eure dreckigen Hände an die reinen Jungfrauen unseres Herrn Jesus legen zu wollen?"

Während Gunnar nachdenklich seine schwarzen Fingernägel betrachtete, fragte Björn unschuldig:

„Wozu hält sich dieser Herr Jesus einen Harem, wenn er es doch nicht nutzt?"

„Unwissende Barbaren", seufzte nun auch der Priester und da verlor Erik endgültig seine Geduld.

„Genug geschwätzt. Ihr wisst genau, dass wir uns mit Gewalt nehmen könnten, was wir wollen. Wir verlangen 19 Mädchen, weiter nichts. Sie werden in Ehren gehalten werden und sollen uns Kinder gebären, wie die Natur des Weibes dies verlangt. Für euren Herrn Jesus sind dann immer noch genug übrig. Ihr könnt selbst entscheiden, welche 19, sonst tun wir das, und solltet ihr so gar keine Einsicht zeigen, vergnügen wir uns auch gerne mit allen von euch. Ist das so weit klar, Frau?"

Die Äbtissin krallte die Finger um ihr Kreuz, erwiderte aber nichts. Entsetztes Schweigen hatte sich über die Kirche gesenkt. Einige murmelten unhörbare Gebete, andere weinten still vor sich hin, die meisten musterten sich gegenseitig, wie die Jungfrauen aus den Märchen, die immer den Drachen geopfert werden mussten und sich fragten, welche von ihnen gefressen werden sollten.

Drei sah ich allerdings, die verstohlen die Männer musterten und das schien mir sehr viel natürlicher und vielversprechender.

Die Christengötter griffen jedenfalls nicht ein und überließen die Nonnen ihrem Schicksal, wie auch Erik sehr schnell begriff.

„Gut", sagte er jetzt liebenswürdig. „Ich sehe, ihr habt mich verstanden. Zum Kennenlernen schlage ich vor, wir feiern erst mal ein bisschen. Gibt es hier Spielleute?"

„Wir sind in einem Kloster", entrüstete sich die Äbtissin.

„Also nicht? Gunnar, ich finde, die Alte verbreitet hier zu viel schlechte Laune. Geleite die Dame in ihre Zelle und sieh zu, dass sie dort bleibt. Ihr anderen, sagt mir jetzt, wo man hier etwas essen kann."

Schweigen.

„Na?" brüllte er dann ganz unvermittelt.

„Im Refektorium", antwortete endlich die rothaarige Fiona.

Wie die Häschen trieben die Männer ihre zukünftige Beute in den beschriebenen Raum.

Fiona verschwand in der Küche und sorgte dafür, dass Brot und Bier auf den Tisch kamen. Behaglich seufzend ließen sich die Männer auf die Bänke fallen, wobei sie die Nonnen dazu brachten, sich ebenfalls niederzulassen. Paarweise und in kleinen Gruppen saßen die Mädchen nun eng aneinander gedrängt zwischen den Fremden und hielten die zitternden Hände in ihrem Schoß verkrampft.

„Bis auf diese grässliche Mintsoße ist es doch ganz angenehm hier. Wir sollten eigentlich Uhle holen, der hätte sogar einen Kollegen zur Unterhaltung", sagte Björn aus seinem typischen Kameradschaftsgeist heraus. „Hier ist es auch nicht gefährlich für Flo."

Erik, der daran dachte, dass der Kleine auch noch nichts Richtiges gegessen hatte und da draußen im Regen ausharren musste, stimmte zu.

Na gut, hol ihn her."

Da sie die Mädchen heiraten wollten, würden sie sich nicht sofort an ihnen vergreifen. Es käme also auch nicht zu unschönem Gekreische und Gejammer, für das Flo noch zu klein war. Erstaunlich wie milde einen die Anwesenheit eines kleinen Kindes stimmen konnte.

In eben jener milden Stimmung musterte er ein dunkelhaariges Mädchen ihm gegenüber. Er griff ihr unters Kinn, um ihr Gesicht besser sehen zu können und fragte freundlich: „Wie heißt du, schönes Kind?"

Die Angesprochene biss sich auf die Lippen und spielte mit ihrem Rosenkranz

„Sor Angelika"

„Ach Unsinn. So heißt man doch nicht. Du musst doch einen richtigen Namen haben."

„Dies ist der Name, den mir die Mutter Kirche verliehen hat. Davor hieß ich Gwendoline“, antwortete sie jetzt mit fester Stimme.

Die Unterhaltung führte dazu, dass auch die anderen Männer anfingen, sich nach Namen und Herkunft der Nonnen zu erkundigen. Einige schwiegen verstockt, andere antworteten einsilbig, wieder andere gewannen zunehmend an Selbstvertrauen, nachdem sie begriffen hatten, dass sie für den Moment jedenfalls weder vergewaltigt noch umgebracht würden.

Die rothaarige Nonne erweckte allgemein beifälliges Gemurmel als sie mit zwei weiteren Bierkrügen an den Tisch trat und begann, seelenruhig die dargereichten Becher zu füllen. „Du bist eigentlich auch nicht hässlich“, brummte Ole und erhob eine seiner großen Hände, um seiner Wirtin einen Klaps auf das Hinterteil zu verpassen.

Doch da klang eine leise und gefährliche Stimme über die Länge des Raumes hinweg.

„Finger weg von dem Gebräu.“ Mit einem Satz war Uhle am Tisch und riss Ole seinen Becher aus der Hand, mit der anderen Hand ergriff er Fionas Handgelenk und drehte es auf ihren Rücken.

„Na, was hast du da hineingemischt, Hexe? Zeig mir die Küche, los.“

„Ihr tut mir weh, Grobian. Lasst mich augenblicklich los, sonst...“

„Sonst was?“

„Sonst...“

Die beiden Kontrahenten standen sich, erstaunlicherweise fast gleichgroß, funkelnden Auges gegenüber, als mäßen sie ihre Kräfte.

Ich weiß nicht, wie beide sich erkannten. Der Priester war jedenfalls zutiefst besorgt, ebenso wie Erik, der Uhle voll vertraute.

„Fiona ist eine heilkundige Nonne, junger Mann, keine Hexe. Sie hat jedem Aberglauben abgeschworen und dient unserem Herrn sowie dem Wohle der Gemeinschaft. Sie würde Euch nicht vergiften, auch wenn Ihr das fürwahr verdient hättet“, sprach der Priester zu aller Überraschung.

„Davon überzeuge ich mich lieber selbst. Los Hexe, du zuerst“, flüsterte Uhle.

Fiona blieb nichts anderes übrig, als ins Bierhaus zu gehen, Uhle auf den Fersen. Als sie mit ihm allein war, wandte sie sich zu ihm um und sah ihn wieder direkt an.

„Alle Achtung, Zauberer. Ihr hattet natürlich recht.“ Sie deutete auf einen Krug mit getrockneter schwarzer Substanz. „Dies ist Mohn. Ihr hättet nur ein wenig geschlafen, sonst nichts.“

„Und ihr hättet uns derweil die Kehlen durchgeschnitten, nicht wahr?“

„Falsch, du Barbar, wir sind nicht wie ihr, wir sind Christen. Wir hätten fliehen können.“

„Mag sein, dass die anderen Christen sind, aber du bist wie wir. Mach keinen Ärger, dann bekommst du auch keinen.“ Mit diesen Worten füllte er zwei neue Krüge, reichte sie an Fiona weiter und ergriff auch selbst ein paar.

„Diese hier rührt keiner an,“ verkündete Uhle, als sie wieder ins Refektorium traten, „Glaubt mir, es ist besser so.“

Hexen können Männern, die ihnen missfallen, ihre Potenz nehmen, das hat die Priester im Mittelalter so gefuchst, dass sie Hunderte von ihnen verbrannten. Wikinger wussten das auch, daher brauchte Uhle seine Warnung gar nicht besonders zu betonen.

Der kleine Florens hatte sich inzwischen ebenfalls auf einer der Bänke niedergelassen.

Der Priester war schockiert.

„Jetzt nehmen sie auf ihre Raubzüge schon unschuldige Kinder mit, kein Wunder, dass solch fürchterliche Menschen dabei herauskommen. Gott schütze uns.“ Er schlug ein Kreuzzeichen. Das Kind hatte so etwas noch nie gesehen und fragte daher sogleich nach.

„Was machst du da, Onkel?“

„Ich bete zum Vater, dem Sohn und dem heiligen Geist, uns vor der Plage der Nordmänner zu erlösen."

„Zu Odin, Thor und Freia, meinst du? Aber die beschützen doch uns, damit wir in Ruhe euer Land erobern können."

Ein goldiges Kind! Mir schmolz das Herz.

Dem Priester verschlug es die Sprache.

„Bei den Nordmännern sind nicht einmal die Kinder unschuldig", sagte diese Gwendoline verächtlich und das gefiel dem stolzen Vater natürlich gar nicht.

„Ihr habt eure Götter und wir die unseren, können wir uns darauf einigen? Mir ist es gleich, wenn du deinen Jesus behalten willst, solange mein Sohn nicht plötzlich mit Beten und Singen anfängt."

Damit hatte Erik deutlich gemacht, dass er an Gwendoline interessiert war. Sie begriff das auch sofort, errötete und sprang erschrocken auf. Da hatte Freyr also schon wieder seine unselige Hand im Spiel.

„Seht mich nicht so an, schrecklicher Erik, ich flehe euch an."

Doch solche Aussprüche sind im Grunde nur dazu da, das Jagdfieber im Mann zu erwecken. Wenn sie ihn wirklich loswerden wollte, dann war das nicht die geeignete Methode.

Sven Goldlocke und ausgerechnet der große Ole tauschten derweil Blicke des Einverständnisses mit zwei blondbezopften Mädchen.

Erik, der wusste, dass Gwen ihm nicht entkommen konnte, bedachte sich inzwischen aufs Praktische.

„Wem gehört das Land?" fragte er.

„König Aethelred. Aber die Hügel rund ums Kloster gehören der Abtei. Das Dorf gehört auch dazu."

„Soll heißen, dass die Bauern euch Abgaben leisten müssen. Wieviel ist das?"

„Der zehnte Teil dessen, was sie ernten."

„Das werden wir in Zukunft etwas modifizieren. Ihr braucht jetzt auch nicht mehr so viel, da hier 19 unnütze Mäuler weniger gefüttert werden müssen, es sei denn, Uhle überlegt es sich noch, dann werden es 20."

„Danke, kein Bedarf", klang es von weit her.

Unheimlich wie der Kerl immer alles mitbekam.

„Wir werden eine vernünftige Behausung bauen. Eine kleine Burg wäre nicht schlecht, darum herum kräftige Holzpalisaden. Morgen früh reden wir mit den Dorfbewohnern, wir brauchen Hilfe. Du, Priester, wirst vermitteln und die guten Leute davon überzeugen, dass es besser für sie ist, mitzuarbeiten, als ihre Häuser niedergebrannt zu bekommen oder gar das Leben zu verlieren."

„Ihr seid Teufel in Menschengestalt."

„Ach was", lachte Erik freundlich. „Du bist ja noch viel galliger als unser Uhle. Trink mal einen Schluck Bier, dann sieht der regnerische Himmel hier auch schon etwas freundlicher aus."

Die folgenden Tage verliefen relativ friedlich. Erik schaffte es Kraft seiner Autorität, die Männer so weit in Zaum zu halten, dass sie ihre Zukünftigen zwar ansahen, sie aber noch in Ruhe ließen. Ihre überschüssigen Energien konnten sie bei den Arbeiten an ihren Unterkünften ausleben. Die englischen Bauern staunten nicht schlecht, als sie sahen, welche Steinbrocken die Nordmänner zu bewegen im Stande waren, mit welchem Geschick sie ihre schrecklichen Äxte schwangen, um Bäume zu fällen. Dass ihnen der Regen dabei in den Nacken rann und die langen tropfenden Mähnen ihnen fast komplett die Sicht nahmen, schien sie kaum zu stören. Sie arbeiteten unermüdlich, ein wildes Lied auf den Lippen.

Die Nonnen hatten derweil nur die Verpflichtung, die Besatzungsmacht mit Essen und ausreichend Bier zu versorgen. Viele der jungen Mädchen waren zweit- und drittgeborene Töchter kleiner Adeliger, die sich die Mitgift für mehr als eine Tochter nicht hatten leisten können. Die wenigsten befanden sich aus freier Wahl im Kloster. Allmählich verlor für sie der Gedanke Frau und Mutter zu werden vieles von seinem Schrecken. Die Fremden waren zwar wilde Barbaren, aber sie waren auch ganze Männer, die so aussahen, als wüssten sie, wie man eine Familie durchbringt, selbst auf völlig fremdem und feindlichem Territorium. Hinzu kam, dass das einzige Kind mit seinen strahlend blauen Augen, seiner hellen Stimme und seiner hemmungslosen Art, sich den Männern, aber auch den Nonnen in die Arme zu werfen, in mehr als einer den heimlichen Gedanken wachrief, selbst einmal so ein Kind im Arm halten zu dürfen.

Fiona hatte man untersagt, sich der Küche zu nähern. Auch ansonsten spürte sie, dass sie ausgeschlossen wurde. Sie war die einzige in Sicherheit, noch dazu in einer Sicherheit, die die Mädchen zunehmend weniger anstrebten. Bis auf eine.

Die schwarzhaarige Keltin wurde es nicht müde, die anderen für ihren offensichtlichen Abfall vom Pfad der Tugend zu tadeln.

„Unser Pfarrer hat Recht, sie sind menschliche Teufel. Wir sollten uns nicht einfach opfern wie die Lämmer“, rief sie immer wieder.

Fiona nahm sie dann zur Seite.

„Sprich nicht so, du schadest dir nur selbst. Merkst du denn nicht, dass dir keiner zuhört?“

„Wenn sie alle so wild darauf sind, sich zu besudeln und den Herrn zu verraten, sollen sie meinetwegen. Aber warum ich? Warum kann dieser Erik nicht Susan nehmen, die ihn immer so schmachtend anblickt. Sogar süße Kuchen hat sie für das schreckliche Kind gebacken, nur um die Aufmerksamkeit des Vaters zu erregen. Hier herrscht bald Sodom und Gomorrha.“

„Unsinn. Es hätte so sein können, wenn jener Erik es gewollt hätte. Du und wir alle verdanken ihm, dass kein Blut geflossen, die Kirche intakt geblieben ist und kein Mädchen leiden musste. Was hast du nur gegen ihn?“

„Der fürchterliche Zauberer hat Recht. Du musst eine Hexe sein, sonst würdest du nicht so fragen. Wir sind Nonnen! Hast du das schon vergessen?“

„Ich war Druidin“, antwortete Fiona kalt. „Das ist nicht dasselbe wie Hexe. Die Botschaft Christi hat mich überzeugt, aber was mich nicht überzeugt, ist dein Gejammer. Tut mir wirklich leid für Erik.“ Damit wandte sie sich ab.

Langsam wurde ich wirklich besorgt. Alle Männer hatten sich eine Nonne ausgesucht. Achtzehn Mädchen waren nicht unglücklich, das Klosterleben gegen das einer Ehefrau und Mutter einzutauschen, aber Erik versteifte sich auf die fromme Gwendoline.

Ich musste dringend mit meinem Neffen reden.

„Freyr, du musst etwas unternehmen, das ist der letzte Moment.“

„Wir hatten eine Wette, schon vergessen?“

„Mir ist die Wette egal, siehst du nicht, was du angerichtet hast?

„Ist doch noch nichts passiert. Wenn sie erst verheiratet sind, wird sie schon zur Vernunft kommen.“

„Ich glaube eher, dass Erik unglücklich wird und der kleine Flo auch. Das werde ich nicht zulassen.“

„Dann lass mal sehen, was du dagegen unternehmen kannst. Es gibt nichts Stärkeres als die Liebe, Tante.“

„Doch, die Dummheit meines Neffen“, erwiderte ich erbost.

Nun war guter Rat teuer, ich hatte aber immerhin zwei ansprechbare Personen, die ich zu Verbündeten machen konnte.

Zuerst Uhle natürlich. Der war klug und loyal.

Menschen mit seherischen Fähigkeiten nähere ich mich zumeist in tiefer Nacht. Sie glauben dann, geträumt zu haben und handeln am nächsten Tag so, wie ich es ihnen geraten habe.

Der Runenmeister schlief, wie so oft, von unruhigen Träumen geplagt. Die dunklen Haare waren schweißfeucht und klebten auf seiner Stirn. Er allein kannte die Angst, die sonst den Nordmännern so fremd ist, er wusste, dass überall in einer scheinbar friedlichen Welt Gefahren lauern. Mit düsterer Miene, die so schwarz wie seine Kleider waren, verbrachte er den Tag zumeist etwas abseits von den Gefährten, denen er nicht selten Unbehagen einflößte. Er litt an allem, was den anderen widerfuhr und war selbst ganz allein und erlaubte niemanden, ihn zu lieben, außer mir.

Als ich seine Stirn küsste, erwachte er und ahnte mich oder sah mich, so genau kann ich das oft selbst nicht wissen.

„Uhle“, flüsterte ich. „Du musst die Paare durch die Runen prüfen, jeden einzelnen. Und wenn Erik dich nach Gwendoline fragt, dann sage ihm schreckliches Unglück voraus. Tu das gleich morgen.“

„Morgen ist kein Vollmond“, murmelte er benommen.

„Egal, tu es einfach.“

„Warum küsst du mich niemals richtig?“

„Weil du dann tot wärest, das weißt du doch.“

„Kommst du wieder?“

„Ja, mein Herz“

Er seufzte und fiel augenblicklich wieder in Schlaf, diesmal tief und traumlos, während ich seine Decke zurecht zupfte.

Nun zu dieser Fiona.

Sie schlief ganz ruhig, offenbar mit angenehmen Träumen.

Auch sie sah oder ahnte mich, als ich sie weckte.

„Fiona, du musst einen Liebestrank brauen und denselben Erik und meinetwegen Susan einflößen. Hilf mir, dass er die Keltin vergisst.“

„Ich kann das nicht mehr, ich habe es verlernt.“

„Unsinn, bemüh dein Wissen, deine Erinnerung. Ich helfe dir: Man nimmt eine Beere der Mistel, eine Stange Zimt, ein Rosenblatt, ein...“

Fiona würde am nächsten Tag nicht mehr wissen, dass ich ihr das gesamte Rezept diktiert hatte, Hauptsache war, dass sie das Wissen nutzte.

Jetzt konnte ich nur noch abwarten.

Wie oft wacht man morgens auf und alle Fragen und Zweifel, die einem den vorherigen Tag verdorben hatten, haben über Nacht im Traum eine Lösung gefunden. Nicht nur der berühmte Chemiker Keule hatte so das Problem der Strukturformel von Benzol gelöst, auch mir waren oft genug originelle Ideen im Schlaf gekommen, und wenn es nur eine glaubwürdige Ausrede für meine Schwiegermutter war, warum wir dieses Ostern wirklich nicht kommen konnten. Sollte das etwa heißen, jemand flüsterte einem die Lösungen im Schlaf ein?

Waltraud fand meine Verwirrung komisch.

„Der menschliche Verstand ist zu begrenzt, um die komplette Schöpfung zu begreifen. Da braucht ihr immer mal wieder Hilfe.

Bei manchen Gläubigen, Buddhisten oder Christen, sieht das dann nur ziemlich öde aus. Da gibt es andauernd irgendwelche Männer, die ihre Familie verlassen und in eine Einsiedlerhütte ziehen, weil ihr Gott das angeblich befohlen habe. Dafür werden sie dann auch noch heiliggesprochen! Ich glaube ja eher, dass sie Krach mit den Ehefrauen hatten oder deren verbrannten Gerichte nicht mehr ertragen konnten oder so etwas. Der Einsiedler von Flühe aus dem 15. Jahrhundert soll 18 Jahre nichts mehr gegessen haben. Ich glaube, er hatte ein Magengeschwür. In jedem Fall wäre er heute das Idol aller Nahrungsfanatiker, sogar den Veganern noch moralisch überlegen."

„Man kann eine Botschaft also auch missverstehen oder kommt es drauf an, wer sie flüstert?" fragte ich belustigt.

Waltraud verzog keine Miene.

„Letzteres. Es ist für Menschen manchmal schwer zu beurteilen, ob die Botschaft nicht aus der Hölle kommt. Wenn Stimmen dazu auffordern, jemanden umzubringen oder sich selbst zu schaden, kommt das nicht von uns, so viel solltest du schon mal wissen. Aber nun unterbrich nicht dauernd, die Geschichte nimmt noch eine dramatische Wendung."

Die ersten Steinhäuser waren schneller fertig geworden, als die Engländer sich das hätten träumen lassen. Die Bauern hatten mitgeholfen, auch noch einen Steinwall um die Häuser zu ziehen, sodass man unliebsame Besucher von einem Beobachtungsturm aus sichten und hinter den Mauern eine provisorische Verteidigung aufbauen konnte. In Schmiedetechnik und Holzverarbeitung waren die Wikinger den Einheimischen weit voraus und mit Staunen lernten die jüngeren Söhne der Bauern, dass es auch noch andere Beschäftigungen gab, als hinter dem hölzernen Pflug her zu stapfen.

Als Erik sah, dass es zurzeit keine Probleme gab, erlaubte er Ole, Björn, Sven und Ragnar, das Drachenschiff einmal wieder zu verwenden.

Die Männer umsegelten damit die Küste bis nach Kent und kamen eine Woche später mit der erhofften Beute zurück: Drei Stuten und ein Hengst.

Staunend sahen die Männer wie Erik auf den bloßen Rücken des Hengstes sprang und übermütig um das Kloster galoppierte.

Nun gab es keinen Grund mehr für einen Aufschub. Uhle erklärte den kommenden Freitag für den Tag der Eheschließung. Der Priester verlangte einen anständigen katholischen Ritus in der Kirche der Abtei, was Erik zunächst mit Stirnrunzeln zur Kenntnis nahm.

„Was meinst du Uhle? Schadet das den zukünftigen Kindern?"

Uhle sah seine Chance gekommen, das Unheil abzuwenden und nickte bedächtig.

„Warum nicht, solange es ein Freitag ist und ich zuvor die Runen gefragt habe. Du wirst mir jetzt die Paare bringen und dann sage ich dir, ob Odin mit eurer Wahl einverstanden ist."

„Um euch verheiraten zu können, muss ich euch aber zuvor taufen", wandte der Priester ein. Er versuchte immerhin, aus der Situation noch das Beste herauszuschlagen, und ertrug die Auseinandersetzungen mit den Barbaren wie eine schwere Prüfung, die sein Gott ihm auferlegt hatte. Die hysterische Äbtissin war dagegen der Meinung, die Nonnen sollten sich lieber die Mauern der Abtei herabstürzen, als dieser grauenvollen Entweihung zuzustimmen.

„Mann, Schwarzrock, immer fällt dir etwas Neues ein", lachte Erik gutmütig.

„Von mir aus taufe alle, wir müssen sowieso dringend baden."

Uhle knurrte. „Sei nicht so einfältig, Erik. Taufen bedeutet, den neuen Glauben anzunehmen."

„Wirklich? Nö, Schwarzrock, du kannst uns ja von mir aus das Wasser übergießen und dazu murmeln, aber was ich glaube, ist meine Sache, verstanden?"

Der Priester seufzte ergeben. Diese schwarze Ausgeburt der Hölle hatte ihn mal wieder durchschaut. Jetzt konnte er nur noch auf die Wunderkraft des Weihwassers an sich vertrauen, aber immerhin, ein Anfang war das doch.

Während Erik die Männer und die Nonnen zusammenrief, marschierte Uhle, ohne zu zögern, auf die Kirche zu, die ihm offenbar nicht die geringste Scheu einflößte.

Vor dem Altar breitete er einmal wieder sein Tuch aus.

Die Äbtissin, die immer neugierig herumschlich und trotz Bekreuzigungen und frommen Gezeter es nicht lassen konnte zu beobachten, was die Heiden taten, kreischte los:

„Was, hier, in diesen heiligen Hallen, wollt Ihr euer Teufelswerk verrichten?"

„Ruhe", donnerte der sonst so leise Runenmeister. „Sehr richtig, Weib. Dies ist ein heiliger Ort. Er war es schon, bevor ihr versucht habt, eure Götter in Mauern einzusperren. Hier verläuft eine energetische Achse genau in Richtung der Apsis eurer Kirche. Wahrscheinlich stand hier mal ein Stein oder ein Steinkreis. Und jetzt begebt euch in sichere Entfernung." Er schwang drohend seinen Runenbeutel, in der anderen Hand einen scharfen Dolch.

Was davon der Äbtissin mehr Angst machte, war nicht klar.

Sven kam zuerst, die blonde Francine an der Hand.

Uhle deckte die Sonnen Rune *Sowelu* auf und nickt zufrieden. Ole hatte sich ausgerechnet die kleinste von allen ausgesucht, deren zarte Hand fast in seiner Pranke verschwand. Sehr oft ziehen sich Gegensätze an und die Verbindung funktioniert doch. *Wunjo* die Glücksrune.

Und so ging es weiter, es war wirklich wie ein Wunder. Uhle zog *Jera, Berkana, Inguz,* Ernte, Wachstum und Fruchtbarkeit, dann wieder Glück und Sonne.

Zum Schluss kam die Reihe an Erik, er hatte die widerstrebende Gwen an seiner Seite, sah sie aber nicht an. Sein ganzes Augenmerk war auf Uhles Gesichtsausdruck gerichtet und da sah er blanke Überraschung. *Kano,* das Licht, eine der magischen Runen, die unendlich schwer zu interpretieren sind.

Ich war ebenso erstaunt wie der Zauberer. Warum nicht Trennung, nicht Hagel, Zerstörung oder Abwehr, oder wenigstens Laguz, die Loki Rune. Was hatte sich mein Vater dabei gedacht?

Gwen ließ keine Regung erkennen als Uhle ruhig erklärte, dass ihre Verbindung zu einem Licht führen werde.

„Hoffentlich ist es das Licht der Erkenntnis, das dich Frevler auch einmal ereilen wird", sagte sie dann mit vor Verachtung gekräuselten Lippen zu Uhle.

Ich erwartete, dass mein Liebling sie schlagen würde, aber er tat es nicht. Er seufzte nur tief.

„Leider bedarf ich keiner Erkenntnis mehr, aber du, Erik, solltest diese spröde Zicke ihren Gebeten überlassen."

Erik brauste auf. „Ich lasse mir von dir doch nicht vorschreiben, was ich zu tun oder zu lassen habe. Nicht einmal du weißt genau, was Odin uns hier sagen will, und eine Frau gehört zu einem Mann und nicht in so ein widernatürliches Bethaus. Freitag ist unser Tag und damit genug."

Gwen wandte sich ihrem Zukünftigen endlich zu.

„Erik, ich bin dir gar nicht feind, aber ich habe schon einen Bräutigam. Nimm eine andere. Es gibt hier viele, die dir gern angehören würden."

„Wenn du damit deinen Jesus meinst, tut mir das leid. Menschen können keine Götter heiraten. Lass dir von den Schwarzröcken nicht immer solchen Unsinn erzählen."

„Das Nonnenleben ist für uns Frauen die einzige Chance, lesen und schreiben zu lernen und außerdem bewahrt es uns davor, im Kindbett zu verbluten. Was du nicht verstehst, Zauberer, ist, dass das Kloster für uns Freiheit bedeutet", bemerkte Fiona ernst. „Das mit dem Schreiben solltest du auch mal versuchen."

„Ich kann schreiben", ärgerte sich Uhle.

„Schon, aber du musst zugeben, dass das Geschnitze zu lange dauert. Das taugt wirklich nur zum Zaubern."

Ein interessanter Gedanke, der mich sehr nachdenklich machte und auch die Männer betroffen schweigen ließ. Zu einer Erwiderung kam aber keiner, denn Ragnar kam in die Kirche gestürmt.

„Erik komm schnell, mit Florens stimmt was nicht, er hört gar nicht mehr auf zu husten."

Augenblicklich wandte sich Erik an Uhle, doch der schüttelte den Kopf.

„Ich bin Runenmeister, kein Heiler. Aber dafür haben wir ja Fiona. Bring das Kind sofort zu ihr."

Der kleine Florens hatte sich in dem ständigen Regen anscheinend schwer erkältet und war dann mit durchweichter Wolltunika auf den neuen Pferden durch den Eiswind geritten. Ostern stand vor der Tür, aber noch immer herrschte ziemliche Kälte im Land.

Fiona braute sogleich einen starken Kräutertrank und legte in Rosmarin getränkte Umschläge auf die fiebernde Stirn des Jungen. Erik verdrängte all seine anderen Sorgen. Mit klopfendem Herzen saß er am Lager des Kindes und wechselte Umschläge nach den Anweisungen der Nonne.

„Wie schlimm ist es?“ fragte er ängstlich.

„Das kann man noch nicht wissen“, erwiderte sie ernst. Wir dürfen ihn jetzt nicht aus den Augen lassen. Ich werde Susan bitten, sich mit mir abzuwechseln.“

„Ich mache das selbst. Es ist wohl auch meine Schuld, ich hätte ihm rechtzeitig trockene Kleider anziehen müssen. Er braucht wirklich eine Mutter. Odin sei Dank, bekommt er die ja bald.“

Fiona musterte ihn ernst.

„Ihr seid ein guter Vater, Erik, und ein guter Anführer eures wilden Haufens, aber von der Liebe versteht Ihr nichts.“

„Wenn du das so gut weißt, dann sag mir doch. Warum will sie nichts von mir wissen?“

„Sagt Ihr mir, warum Ihr ausgerechnet Gwen auserwählt habt?“

Erik seufzte. „Das weiß ich selbst nicht. Ich kann nichts dagegen tun. Mein Verstand sagt mir, dass ihr alle Recht habt, aber ich bin machtlos, ich liebe sie bis zum Wahnsinn.“

Das zum Thema Freyrs Unglückseinmischungen. Musste das sein? Eriks Familienwappen zeigte eine silberne Schlange auf schwarzem Grund. Die Wappenfarbe bedeutet *Rache und Reue*, die Schlange steht für die Midgardschlange, die die Erde umspannt. Vielleicht sind auch die Götter manchmal machtlos gegen das Schicksal?

Die schlaue Fiona hatte statt der schüchternen Maria die lustige Susan zur Hilfe gerufen und reichte ihr nun einen Becher.

„Gib das dem Vater des Kindes zur Stärkung, danach trinkst du den zweiten Becher. Wenn er ihn nicht nimmt, bringst du den zweiten zurück, hast du das verstanden? Es ist sehr wichtig.“

Susan war zu einfältig, um zu verstehen, was Fiona vorhatte, sie führte nur aus, was man ihr aufgetragen hatte. Doch Erik musste unbedingt all meine Bemühungen vereiteln. Misstrauisch musterte er den Becher und rief nach Fiona.

Die kam dann auch mit unschuldiger Miene herbeigeeilt. „Irgendwelche Veränderungen mit Flo?“

„Nein, der ist weiterhin heiß wie ein Schmiedefeuer. Aber was ist das hier?“

„Ach das, ein Stärkungstrunk, damit Ihr nicht als nächstes krank werdet.“

Offenbar hatte Erik noch allzu genau Uhles Warnung im Kopf.

„Na dann brauchst du das Zeug ja genauso dringend wie ich. Hier trink du zuerst, wir teilen uns das Gesöff.“

Fiona zögerte nur einen winzigen Augenblick, dann nahm sie den Becher und trank ihn aus. Tief errötend gab sie dann Susan einen Wink. Gib mir den zweiten für Erik.“

Doch die ungeschickte Nonne stolperte über den Saum ihres Habits, der Becher fiel zu Boden und sein Inhalt floss auf den Boden.

Fiona brach in Tränen aus.

Erik, der natürlich nichts begriff, versuchte die Retterin seines Sohnes zu trösten.

„Ist doch nicht schlimm, ich habe eine Rossnatur, ich brauche so etwas wirklich nicht. Wein doch nicht, du bist ja völlig mit den Nerven runter, was hast du denn?“

Verwundert ergriff er die Hand der Nonne.

„Gibt es etwas, das dich bedrückt? Dann sag es mir. Du glaubst nicht, wie dankbar ich dir bin, dass du dich so um uns alle kümmerst. Wenn du einen Wunsch hast, reite ich durch ganz England, um ihn dir zu erfüllen, aber weine bitte nicht mehr.“

Fiona schüttelte heftig den Kopf und presste zwischen den Zähnen hervor.

„Dein Sohn wird am Freitag gesund sein. Fieber kommt drei Tage und geht drei Tage. Bitte geh, du kannst nichts tun, blind wie du bist.“

Sie war ungerecht zu ihm, aber sie konnte ja nicht wissen, dass mein Neffe die Hand im Spiel hatte.

Auch Uhle blieb nicht untätig, sondern griff zum Äußersten. Am Mittwoch war Neumond. Die Mondphase war ideal für Schwarzmagie, aber der Tag war es nicht. Ein Samstag wäre gut gewesen, aber dann wäre es schon zu spät.

So machte sich Uhle abends widerstrebend auf, um das entsprechende Material zu finden. Er fand eine alte Zeder und eine Stechpalme, die er beide um einen Ast bat. In den Zweig der Stechpalme schnitzte er die Initialen E und G, dann dazwischen die Trennungsrune *Othila*. Darauf ritzte er sich den Herzfinger der linken Hand, um die Rune mit seinem Blut zu aktivieren, wie es die Regeln der Kunst verlangen.

In einer Metallschale dampften die Nadeln der Zeder und umhüllten ihn mit dem Hauch der Anderswelt.

Wenn man mit schwarzer Magie arbeitet, weiß man nie, wie hoch der Preis sein wird, den man für das Eingreifen in das Schicksal anderer zahlen wird. Uhle kannte die Regeln und doch war es ihm gleichgültig, was er dafür zahlen würde.

Wem es nicht gleichgültig war, war Freyr, dessen Tag der Mittwoch ist.

„Das könnte dir so passen“, grummelte er wütend und scheuchte eine dicke Ratte auf, auf die sich wiederum eine schwarze Katze stürzte. Die Verfolgungsjagd erreichte auch Uhle und riss ihn aus seiner Versenkung. Beide Tiere sprangen über ihn hinweg und rissen dabei die Räucherschale um, die so unglücklich auf den Stechpalmenzweig fiel, dass dieser brach, bevor das Ritual komplett vollzogen werden konnte. Uhles Blut tropfte ungenutzt auf sein schwarzes Gewand.

Uhle besah sich kopfschüttelnd die Pflanzenreste und warf sie ins Feuer.

Dann wandte er den Kopf nach oben, ohne etwas Bestimmtes zu fokussieren.

„Ihr habt es so gewollt“, zischte er dazu. „Waltraud, das gibt garantiert Arbeit für dich. Wo bist du, wenn man dich braucht?“

„Hier, Liebling. Beruhige dich.“

Ich küsste seine Stirn, doch er wischte den Kuss mit ärgerlicher Geste hinweg.

„Lass mich allein.“

Am Freitag schien die Sonne, als wolle sie meine und Uhles böse Vorahnungen Lügen strafen. Es gab ein Fest und Gelage, wie es meine Schützlinge seit ihrer Abreise aus Dänemark nicht mehr erlebt hatten. Die Bauern feierten mit und machten sogar Musik. Insgeheim waren sie sicher froh, dass ihre eigenen Frauen und Töchter verschont geblieben waren, auf der anderen Seite gab es mehr als eine Bauernmaid, die vielleicht sogar recht gerne auf Verschonung verzichtet hätte. Wie auch immer, morgens waren alle Männer frisch rasiert und im Meer gebadet in die Kirche gegangen, wo der Priester ihnen ein weißes Gewand überwarf, mit dem sie dann in das achteckige Taufbecken stiegen. Den ersten Zwischenfall gab es, als Gunnar anfing zu planschen und Sven nass spritzte, der nicht faul zurück schoss und gleich noch Ragnar und Björn erwischte. Die völlig durchweichten Gewänder klebten wie eine Haut auf den muskelgestählten Männerkörpern und ließen keine der Nonnen im Zweifel darüber, was sie erwartete. Die Äbtissin fiel sogleich in Ohnmacht, während die Bräute anfingen zu kichern. Die christliche Geistlichkeit hatte im Laufe der letzten Wochen doch sehr an Autorität eingebüßt und musste einmal wieder die Waffen vor so viel ansteckender Fröhlichkeit strecken.

Mühsam vollzog der Priester sein Ritual und beschränkte den Ritus auf das notwendigste, als er sah, dass die Männer ungeduldig wurden und ohnehin kaum in der Lage waren, den Text nachzusprechen. Der Priester hatte in der Kirche Waffen untersagt und das machte Uhle, der überall Fallen witterte, mehr als nervös. Er hatte der Zeremonie etwas abseits, neben Fiona und Florens stehend, beigewohnt und fragte hin und wieder etwas Fachbezogenes. Seine Miene war düsterer denn je.

„Nun haben wir es nicht verhindern können“, flüsterte Fiona leise.

„Gegen die Götter sind wir machtlos“, entgegnete Uhle.

„Ich habe mich selber in die Pfanne gehauen“, raunte Fiona und ohne zu wissen, warum sie dem Fremden vertraute, berichtete sie Uhle von ihren Taten.

„Und, wirkt dein Gebräu?“ fragt er zynisch.

„Das brauchte nicht mehr zu wirken."

„Umso schlimmer, du kannst nämlich nichts tun. Hier ist eindeutig Freyr im Spiel."

„Wer ist das?"

„Ein Idiot, aber ein Gott. Wie ich schon sagte, wir sind nur Menschen, wir sind machtlos."

„Woher weißt du das alles?"

„Ich habe eine liebreizende Freundin, schön wie die Sonne, Mittlerin zwischen uns und der Götterwelt. Sie kommt nachts und erzählt mir alles."

Was sollte ich machen? Nach so einem Geständnis war ich hin und weg. Ich vergaß vor lauter Begeisterung für meinen Liebling fast nachzusehen, was eigentlich mein unglücklicher Schützling machte.

Nach dem Gelage, das bis spät in die Nacht dauerte, und an dem Uhle sich bis zur Bewusstlosigkeit betrank, begab ich mich zum Turm, in dem das Schlafgemach von Erik lag, als ich auf der Turmterasse ein Licht sah. Neugierig geworden flog ich darauf zu und schwang mich über die Brüstung, wo mich eine heftige Überraschung erwartete:

Ein junger Mann in weißem Gewand stand dort, mit sanftem Lächeln unter langen braunen Locken. Ein seltsames Licht ging von seiner ganzen Gestalt aus. Sein Gesicht hätte ich nach so langer Zeit vielleicht nicht wieder erkannt, aber sein einzigartiges Lächeln war unverwechselbar.

„Baldur!" rief ich voller Staunen. „Wo hast du nur gesteckt? Wir haben dich überall gesucht. Walhall ist nicht mehr dasselbe ohne dich."

Eine unbekannte Scheu hinderte mich daran, ihn zu umarmen.

„Und wird es nie wieder sein. Ich heiße jetzt Jesus."

„Nein!" Unser Gott des Lichts, bei den Christen?

„Erklär mir das."

„Als Loki mich mit der vergifteten Mistel ermordete, wurde ich wiedergeboren als Sohn einer menschlichen Jungfrau und eines anderen Gottes. Frag mich nicht, wie das möglich war, aber es ist so. Mein Schicksal ist den Christen bekannt, ich will jetzt davon nicht reden, aber du, Waltraud, du musst Odin Nachricht bringen."

Ich begriff gar nichts.

„Willst du denn nicht mehr nach Hause?“

„Nein, Waltraud, ich habe Wichtigeres zu tun. Schau mal, die Menschen da unten, die Bauern, Fischer und Handwerker und deren Frauen. Sie sterben fast alle den Strohtod und wollen das auch so. Für diese Leute gab es bis jetzt keine Hoffnung. Sie lebten in Furcht vor Odin und Thor und den Launen der Zwillinge und konnten noch nicht einmal die Hoffnung hegen, eines Tages von dir nach Walhall geleitet zu werden. Die Zauberschrift können sie nicht lesen und ihre Bedeutung noch weniger erkennen.

Durch mich haben sie jetzt Hoffnung, jeder einzelne von ihnen. Ich gab ihnen ein Buch, das alle lesen können und in dem deren Priester, selbst wenn sie einfach im Geiste sind, nachschlagen können, was sie tun und lassen sollen.“

„Ist das so ein Schinken, wie ihn der alte Jahwe hinterlassen hat, so mit 10 Geboten, die ein anständiger Held gar nicht erfüllen kann?“

„Ich habe das Testament erneuert. Es geht jetzt nicht mehr um *Auge um Auge, Zahn um Zahn.* Aber die 10 Gebote sind gar nicht schlecht. Denen, die es nicht schaffen, sie zu erfüllen, steht immer noch Gottes Barmherzigkeit offen.“

Na ja.

„Und was ist das für ein Himmel, den du ihnen versprichst?“

„Das Paradies der ewigen Liebe.“

„Und warum sind dann alle so trübsinnig, wenn du ihnen doch versprichst, was sonst nur Freyr gibt?“

„Ich sehe schon, du begreifst das nicht. Es geht nicht um die Befriedigung der Sinne, um ewiges sündhaftes Begehren, das nichts als Verbrechen schafft. Es geht um Verzeihung, Erkenntnis, abstrakte Liebe, so wie man Kinder oder Eltern liebt.“

„Da ist ja wieder dieses Unwort: Sünde.“

„Ich bin das Licht, das die Menschen davon erlöst.“

Kryptische Worte. Sollte die doch mein Vater entschlüsseln. Über den Schock des Wiedersehens hatte ich glatt vergessen, warum ich hier war. Ein schrecklicher Verdacht keimte in mir auf.

„Was tust du eigentlich hier? Solltest du nicht auf einer Wolke sitzen und Halleluja singen?“

Wieder das sanfte Lächeln.

„Ich hole jemanden ab.“

Da wusste ich Bescheid. Dieser Verräter!

Wie der Blitz eilte ich in Eriks Schlafgemach, wo sich jene unsägliche Keltin soeben ein Messer ins Herz gestoßen hatte und mein Schützling weinend vor ihrem Lager hockte.

„Freyr, du Sadist“, brüllte ich und packte mir meinen Neffen, der seelenruhig auf der Fensterbank hockte.

„Sofort nimmst du deinen Fluch von ihm.“

„Ist ja schon gut. Die Wette habe ich gewonnen, obwohl deine Tricks echt nicht schlecht waren, Tante.“

Mein Neffe ist wirklich abgebrüht. Mit einer nonchalanten Geste deutete er nach draußen.

„Da schwebt die Jungfrau ungenutzt von dannen in den Armen jenes leuchtenden Jünglings. Großvaters Runen lügen nie.“

Freyr hatte ihn nicht erkannt und mir war nicht danach, ihn aufzuklären.

„Mach, dass du hier verschwindest, sonst suche ich mir einen Mistelpfeil“, drohte ich und schwang mich ebenfalls aus dem Fenster.

Erik war jetzt in einem desolaten Zustand. Völlig von Sinnen taumelte er ins Freie und wusste nicht einmal, wohin sich wenden, überall unterdrücktes Kichern, Lachen und Seufzen. Das war eine sehr gefährliche Stimmung für einen, der sich mit Schuldgefühlen plagte.

So schnell ich konnte, weckte ich Fiona auf.

„Komm, such Erik, er braucht dich."

Sie erwachte mit einem Ruck, warf nur ein Untergewand über und rannte den Weg von der Abtei bis zum Dorf in beachtenswerter Schnelligkeit.

Am Meeresufer mit Blick auf das Drachenschiff fand sie ihn dann und tat, was eine kluge Frau tun muss. Sie küsste seine Tränen hinweg, zerriss ihr langes Gewand, so dass das Mondlicht ihren schönen Körper bestrahlen konnte und wurde ganz ohne Ritual oder Segnungen die seine.

Hier unterbrach sich Waltraud und musterte mich neugierig. „Wo wir gerade bei der Liebe sind, wie hast du eigentlich deinen Liebsten kennen gelernt?"

Ihre Neugier und Unbekümmertheit kannten offenbar keine Grenzen. Ich lächelte sofort bei der Erinnerung. „Für eine Boutique die übliche Geschichte vor einer Umkleidekabine. Sie fragt ihn, ob ihr das Kleid steht und er antwortet einsilbig mit *gut* oder *steht dir gut*. Sie dann, *nun schau doch genau hin. Steht mir die Farbe? Sehe ich darin dick aus*? Ein ganz gefährliches Terrain, bei dem er es fast nur falsch machen kann. *Es spannt etwas,* ist keine Option, denn dann heult sie auf, dass er sie zu dick findet. *Es schlabbert,* geht genauso wenig, aus den gegenteiligen Gründen. *Es betont deine tolle Figur,* wäre vielleicht besser, aber wenn sie auf Krawall gebürstet ist, genügt auch das nicht. So eine war Uwes damalige Freundin. Ich versuchte den Verzweifelten zu retten, darin habe ich schließlich Übung, aber das Ergebnis war, dass sie wutentbrannt aus dem Laden stürmte und Uwe mich fragte, ob ich mit ihm ein Bier trinken gehen würde, er müsse seine Wut erst mal abkühlen. Ja, und bei diesem Bier ist es dann nicht geblieben."

Waltraud nickte. „Mit Details bist du ja sehr zurückhaltend, aber deine Körpersprache und deine Mimik sagt mir, was ich wissen muss."

Mein Vater schritt unruhig in der goldenen Halle auf und ab, sein eines Auge blickte traurig in die Ferne.

„Baldur, sagst du?“

„Du wolltest wissen, was es mit den neuen Göttern auf sich hat, und nun weißt du es.“

Meine Schwestern weinten und klagten um die Wette, bis Papa es nicht mehr hören konnte.

„Gebt Ruhe und geht an die Arbeit. Schwanhild, du übernimmst ab jetzt England.“

Ich glaubte meinen Ohren nicht zu trauen und fühlte gleichzeitig, wie ich vor Wut zitterte.

„Aber Vater, warum darf ich nicht wieder dorthin? Habe ich nicht alles zu deiner Zufriedenheit gelöst?“

„Fast alles, mein Kind. Für dich ist es besser, wenn du von nun an da weg bleibst. Und jetzt keine Diskussionen mehr, wo sind wir denn hier, im Debattierklub?“

Wenn er so drauf war, gab es keine Widerrede. Aber konnte er denn verstehen, dass ich meine Schützlinge nicht einfach ihrem Schicksal überlassen wollte, oder hatte er, dem kein Gefühl fremd war, gemerkt, dass mein Interesse über den reinen Berufseifer weit hinausging? Tatsächlich hatte ich so etwas noch niemals gefühlt und ich wusste auch, dass es gefährlich war. Trotzdem erwog ich zum ersten Mal in meinem Leben Ungehorsam. Hätte es nicht Brunhildes Beispiel gegeben, ich hätte nicht einmal gezögert, aber Papas Strafen sind so furchtbar, dass mir der Mut sank, wenn ich nur daran dachte.

„Du kennst doch sicher das Nibelungenlied, das vom Schicksal meiner Schwester berichtet?“

„Schon, äh, aber so genau.... Ich erinnere mich eigentlich nur an Siegfried und den Drachen", gab ich zu.

Waltraud warf mir wieder einmal einen dieser *Mann-sind-die-heutzutage-unzulänglich-Blicke* zu und seufzte.

„Dann muss ich dich erst mal in Bezug auf Brunis Schicksal updaten, sonst kapierst du nicht, warum wir vor Papas Zorn alle solchen Respekt haben."

Die Nibelungen

Brunhilde ist meine ältere Schwester, früher einmal Papas Liebling, zumindest so lange, bis sich auf der Erde ein Mann namens Siegmund aus dem Geschlecht der Wälsungen tragischerweise in eine unglückliche, verheiratete Frau Namens Sieglinde verliebte. Was beide nicht wussten, wohl aber uns Göttern bekannt war: Die beiden waren Geschwister. Siegfrieds Demenz erklärt sich zum größten Teil aus dieser Tatsache.

Mama als Hüterin der Ehe und schon aus Prinzip gegen Inzest, verbot ihrem Mann, das Paar gegen den gehörnten Ehemann zu unterstützen. Papa zog dann auch pflichtschuldigst seine Gunst von Siegmund ab und verurteilte ihn damit zum Tode.

Brunhilde aber rettete die schwangere Sieglinde vor der Rache des zugegebenermaßen Kotzbrocken von Ehemann, sodass der Wälsungen Spross geboren werden konnte.

Papa, der eigentlich wütend auf sich selbst war, tobte fürchterlich herum und verhängte dann die härteste aller Strafen. Brunhilde wurde als Menschenfrau zur Erde gesandt, in ein tiefes Koma versetzt, auf einen Felsen gelegt und mit einer Feuerwand umgeben. Sie würde sich in den verlieben, der mutig genug wäre, die Feuerwand zu durchdringen.

Da lag sie nun unbehelligt, bis jene Frucht der Wälsungen herangewachsen war, wobei dieses Heranwachsen ohne jeden gesellschaftlichen Schliff, versteckt in den Wäldern stattgefunden hatte. Als Held erkannte man den Jungen alsbald, da er einen unschuldigen Drachen erschlug, der wie alle Reptilien schlechte Karten hatte, wenn er auf einen Menschen traf. Damit nicht genug, badete Siegfried im Blut des Erschlagenen und wurde damit unverwundbar, bis auf eine Stelle zwischen den Schulterblättern, auf die sich ein Eichenblatt gelegt hatte. Odin war wohl der Meinung, dass 100%ige Unverwundbarkeit allzu unsportlich sei und hatte ein Blatt seiner Lieblingsbäume gelockert.

Siegfried also, schön wie ein junger Gott und ebenso unbekümmert, ob der Folgen seines Handelns, sprang durchs Feuer, küsste meine Schwester wach, und Bruni erlag ihrem Schicksal. Denn nun musste sie ihn bis an ihr Lebensende lieben, also dem auf der Erde. Siegfried fand sie wohl auch ganz süß, aber völlig ungenügend für seinen Ehrgeiz. Jemand, der nichts als ein Schwert sein Eigen nennt, kann mit einer Frau, die nichts als ihre Rüstung am Leib hat, nun einmal keine tollen Zukunftspläne schmieden.

Die königlichen Nibelungen hingegen, die dumm genug waren, Siegfrieds Stärke höher einzuschätzen als Titel und Lehen, konnten dem jungen Habenichts genau das bieten, was dieser erstrebte. Die Hochzeit mit Kriemhilde, immerhin der Schwester König Gunters, war mit Sicherheit die beste Version eines Tellerwäscher-Märchens, das das Abendland im 6. Jahrhundert zu bieten hatte. Siegfried revanchierte sich, indem er seinem Schwager ebenfalls zu einer Braut verhalf. Er beliebte, sich seiner vergessenen Braut zu erinnern; er konnte ja nicht wissen, wie sehr er die Götter beleidigte, und bot diese Gunter zur Frau an.

Ich verstehe bis heute nicht, warum Bruni zustimmte. Ihre unselige Zwangsliebe zu Siegfried führte jedenfalls dazu, dass sie ihm nicht widersprach und die Zeremonie in völliger Depression über sich ergehen ließ.

In der Hochzeitsnacht aber kam ihre Walküren- Natur wieder zum Vorschein und sie dachte gar nicht daran, den ungeliebten Ehemann zu erdulden. Mit der uns eigenen Stärke ausgestattet packte sie den Armen und hängte ihn kurzerhand ans Fensterkreuz.

Nun gibt es sicher nichts Demütigenderes für einen Mann, als solcherart die Nacht verbringen zu müssen, zumal sich dieser Albtraum in den folgenden Nächten wiederholte. In seiner Verzweiflung vertraute Gunter sich schließlich seinem Schwager an, und Siegfried, dieses Ferkel, wusste was zu tun war. Er ging selbst ins Schlafgemach, Legenden sagen verkleidet, aber das ist ja wohl eher lächerlich. Als wenn Frauen nicht zwischen ihrem Geliebten und dem Ehemann unterscheiden könnten, egal was diese anhaben oder wie sie auch ihre Stimme verstellen mögen.

Jedenfalls bekam Bruni die eine Liebesnacht, die sie ersehnt hatte, aber zu welchem Preis!

Sie verlor ihre Zauberstärke und wurde von da ab zur Beute jenes Schlappschwanzes von Gunter, wann immer es dem danach verlangte. Eine widerwärtige Schande!

Wir haben wochenlang kein Wort mehr mit Vater gewechselt, als Bruni uns ihr Leid klagte. Thor hat den Himmel verdüstert, wir stießen Drohungen gegen die Nibelungen aus, kurzum: Lange hatten die keine Freude mehr am Dasein.

Unser Verbündeter war Gunters Halbbruder Hagen. Klüger als die anderen, erkannte er bald, wes Geistes Kind Siegfried war. Als der dann auch noch anfing, sich seines Abenteuers zu rühmen, entschloss sich Hagen zu handeln, perfide wie er nun einmal war, auf höchst subtile Weise. Er überredete die dämliche Kriemhilde, ein Kreuz auf die Stelle zu sticken, an der der blonde Held nicht unverwundbar war, angeblich, um ihn zu schützen, in Wirklichkeit aber, um die Welt von der blonden Überheblichkeit zu befreien. Dies erledigte Hagen dann auch umgehend während einer kleinen Jagt.

Bruni ist nie darüber hinweggekommen und starb recht bald, um dann ihr Leben bei uns wieder aufzunehmen, wenn auch nie wieder als Walküre.

Kriemhilde hat ihre Leichtgläubigkeit auch nicht verwunden und aus Rache das komplette Geschlecht der Nibelungen ausgelöscht. Ursprünglich hatte sie wohl gedacht, ihr eigenes Leben und das ihres zweiten Gatten, König Etzel, zu retten, aber da hatte sie nicht mit Hagen gerechnet. Der hatte nach dem Erschlagen eines Fährmanns und diverser Krieger König Etzels nicht das geringste Problem damit, sowohl sie als auch ihren Sprössling ins Jenseits, beziehungsweise in mein Diesseits, zu befördern.

Das Königsgeschlecht der Wälsungen starb jedenfalls auf einen Schlag aus und dient seitdem nur noch als Stoff für Dramen und Opern.

Und all das aufgrund von Brunis Ungehorsam!

„Was für eine grässliche Geschichte", stöhnte ich, „und was für ein schrecklicher Gott. Du kannst sagen, was du willst, aber so würde Jesus niemals…"

„Der nicht, aber was ist mit dem Vater? Hatte der nicht von Abraham verlangt, seinen eigenen Sohn zu opfern? Nun komm mir nicht so, die alten Patriarchen sind alle gleich, wenn es um die Erhaltung ihrer Autorität geht", fiel mir Waltraud lebhaft ins Wort. Dann fuhr sie mit ihrer Geschichte über Erik fort.

Weiter mit den Wikingern

Schwanhild war so lieb, mich wenigstens auf dem Laufenden zu halten.

Erik hatte offenbar viel Talent zum Führer, so dass sich ihm nach und nach auch andere Dörfer anschlossen, besonders solche, die unter den Abgaben an König Aethelred zu leiden gehabt hatten. Das *Danegeld*, das sie Erik zahlten, lag offenbar deutlich darunter. Ole und die anderen bildeten die begabtesten Bauernsöhne zu vollwertigen Kriegern aus. Das war etwas, das dem weit entfernten König von Wessex durch die Äbtissin zugetragen wurde und ihn in maßlose Wut versetzte. Er sandte zunächst eine kleine Anzahl Leute aus, um das lästige Nordmanngesindel ins Meer zu treiben, wie er sich auszudrücken beliebte. Erik hatte das vorausgesehen und war entsprechend gut vorbereitet. Von den englischen Mannen kehrte nur ein Schwerverletzter zurück an den Hof des noch erbosteren Königs. Nun hob dieser erwartungsgemäß eine größere Streitmacht aus und belagerte Eriks kleine Burg. Doch unerklärlicherweise wurde auch diese Streitmacht immer wieder vom Nachschub und allen Versorgungsmöglichkeiten abgeschnitten. Die scheinbar harmlosen Bauern, der Abgaben an Wessex müde, machten tatsächlich gemeinsame Sache mit den heidnischen Chaoten.

Berichte von Eriks Heldentaten gelangten auch an den heimatlichen Königshof in Dänemark, und König Harald musste bald zähneknirschend feststellen, dass viele seiner Krieger sich mit Mann und Maus heimlich in Richtung England einschifften, um wieder Abenteuer zu erleben und den frommen Gebeten des frisch christianisierten Hofes zu entfliehen. Ganze Flotten von bis zu 40 Schiffen landeten an den Ost- und Südküsten Englands. Sie fuhren die Themse hinauf, besetzen Northumberland bis hin zu Schottland. Für manche Engländer schien es, als würde das Ende der Welt anbrechen, viele flohen nach Westen unter Zurücklassung all ihres Habs und Guts.

Der Zulauf der Nordmänner verursachte Panik unter den Grundbesitzern im ganzen Land. Nun standen die Bauern East Anglias mit ihren Sorgen nicht mehr allein. Auch die anderen Grundherren, normalerweise zu träge, um sich ernsthaft Sorgen um irgendetwas zu machen, hielten gemeinsam Rat, um das Land mittels einer alles entscheidenden Schlacht von der blondmähnigen Plage zu befreien.

So stand die Lage acht Jahre nach meinem Besuch auf der Insel. Schwanhild berichtete, dass der inzwischen 16-jährige Florens die Freude seines Vaters sei, ein wilder Reiter, starker Kämpfer und treuer Kamerad. Was Erik nicht wissen konnte, aber Schwanhild mir berichtete, war, dass sowohl Fiona als auch Uhle ihr Wissen an den Jungen weitergaben. Der Kleine besaß eine auffällige Begabung für die Heilkunst, die die beiden Zauberer natürlich sofort erkannt hatten. Und als einer der ersten Wikinger in England lernte er lesen und schreiben.

„Und wie geht es dem Runenmeister?"

„Einsam wie eh und je. Er fragt immer wieder im Traum nach dir, von mir will er leider nichts wissen. Er grollt Vater so sehr, dass er geschworen hat, kein Runemal mehr zu legen, bis du wiederkehrst. Er versteht nicht, warum ihm, der als Mittler zwischen Odins Wille und den Menschen sein ganzes Leben geopfert hat, nicht einmal diese kleine Freude, dich hin und wieder im Traum zu sehen, gestattet wird."

„Und Recht hat er", rief ich erbost aus. „Warum hast du mir das nicht schon längst erzählt? Wenn die Engländer angreifen und Uhle keine Vorzeichen liest, werden Eriks Männer vielleicht verzagen, Erik wird sauer auf Uhle sein, alle streiten sich, und dann ist England für die Nordmänner verloren."

Es galt keine Zeit zu verlieren. Ich konnte nicht länger zögern und mich wie ein echter Feigling vor der Strafe fürchten.

„Hör zu, Hilda. Du übernimmst ab morgen den Osten. In Russland ist gerade nicht allzu viel los, und ich gehe nach England."

„Aber Vater hat doch gesagt..."

„Das lass allein meine Sorge sein, du hast es eben nicht verhindern können, wenn er fragt. Er hat seinen Zorn noch niemals über die Falsche ergossen."

Noch in derselben Nacht sattelte ich mein Pferd und flog durch die dichten Wolken auf die Insel. Welche Freude alle wieder zu sehen! Erik lag in seinem Turmzimmer im Tiefschlaf, eng an Fiona geschmiegt, Ole, Gunnar, Björn und Ragnar schliefen ebenfalls bei ihren Frauen, Sven fand ich im Kloster in einer Zelle mit zwei kichernden Nonnen beschäftigt, die zu denen gehört hatten, die damals wohl gegen ihren Willen nicht ausgesucht worden waren. Helge fand ich im Heu bei einem Bauernmädchen, die übrigen drei saßen vor dem großen Burgkamin und zechten noch genüsslich. Der junge Florens saß dabei und hörte einem Skalden zu, der soeben aus Dänemark herübergekommen war. Ich erkannte ihn kaum wieder. Aus dem mageren Kind war ein kräftiger junger Mann geworden. Das weißblonde Haar war nun zu einem dichten Goldschopf geworden, die blauen Augen leuchteten wie Edelsteine, eine Augenweide.

Kurzum alles in Ordnung.

Uhle fand ich in seiner Schlafkammer, aber er schlief nicht, er saß am Fenster und grübelte, den Kopf in die Hände vergraben. Das schwarze Haar hing ihm wie immer lang und wirr bis auf die Schultern. Ein paar Silberfäden hatten sich in den dichten Schopf eingeschlichen, und dieser Hinweis auf die Sterblichkeit meines Lieblings verursachte augenblicklich einen Stich in mein Herz.

Mit wenigen Schritten war ich bei ihm. Ich schob den Haarvorhang zur Seite und zog die Hände von seinen Augen.

„Uhle, Liebster. Ich bin es."

Er musterte mich ungläubig.

„Du? Ist es endlich soweit?"

Er hatte ja Recht, nachdem er sich so vernachlässigt gefühlt hatte, musste er glauben, mein Beruf führe mich zu ihm.

„Nein, mein Lieber. Du musst dich wieder auf deine Aufgabe besinnen."

„Das sagt Erik mir täglich. Ich kann es schon nicht mehr hören. Dein Vater hat etwas gegen mich, und jemand, den die Götter nicht lieben, kann auch keine Menschen führen. Ich habe versagt, auf der ganzen Linie. Bei Eriks Hochzeit habe ich einen Apfel mit Freyas Rune *Berkana* geschnitzt, damit die Liebe der beiden gedeihen möge, und dann…"

„Was hast du denn, sie liegen doch Arm in Arm beisammen?"

„Dann habe ich die Rune *Inguz* vergessen, und nun haben sie keine Kinder."

Die Fruchtbarkeitsrune, ich hätte auch nicht gedacht, dass Fiona bei ihren Kenntnissen so etwas brauchen würde.

„Ach Uhle, sie haben doch Florens."

Aber Uhle war nicht zu trösten.

„Früher hat man Fürsten, die versagt haben, an einer Eiche aufgeknüpft. Ich wünschte mir, Erik täte es endlich."

„Erik ist der Jarl und du bist sein Berater. Wenn du ihm nicht hilfst, werden sie allenfalls ihn aufknüpfen. Komm zu dir Uhle, du hockst da wie ein kranker Elf. Vater wollte nicht dich strafen, sondern mich. Jetzt steh endlich auf und hol dir eine Kanne Bier. Ich werde dir jedenfalls keinen Met reichen, wenn du so weitermachst."

„Warum sollte Odin seine eigene Tochter strafen wollen?"

„Errätst du es nicht, so ist es besser für uns beide. Gute Nacht."

„Kommst du morgen wieder?"

„Ja, mein Herz."

Am nächsten Tag erkannte Erik seinen verbiesterten Runenmeister nicht wieder. Uhle erschien zum Frühstück am langen Holztisch, langte zu, als wäre er halb verhungert, und leerte eine Kanne Honigwein in drei Zügen. Ragnar wollte schon eine ironische Bemerkung machen, als ein warnender Blick von Fiona ihn daran hinderte. Sie beeilte sich, das Trinkhorn nachzufüllen, ohne Fragen zu stellen. Kluge Frau!

Björn schlug einen Ausritt vor, man müsste dringend mal wieder ein paar Hirsche jagen. Erik schüttelte den Kopf.

„Wir wissen alle, dass eine englische Streitmacht unterwegs ist, aber wir wissen nicht, wie lange sie brauchen werden. Bis dahin können wir höchstens Kundschafter reiten lassen, aber sicher keine Jäger, die nur Augen für das Wild haben und dabei nicht merken, wer alles hinter den Bäumen lauert."

Zum Erstaunen aller brach Uhle endlich sein langes Schweigen.

„Ich werde euch sagen, wie lange es dauert."

Mit vielsagender Geste zückte er den roten Beutel, als sei es nicht schon Jahre her, dass er dies getan hatte.

Die Frauen räumten eilig den Tisch frei, damit Uhle sein Tuch ausbreiten konnte. Er zog *Jera*, die Ernterune.

„Genau zur Getreideernte dieses Odinjahres 866. Die Feinde werden die Felder zertrampeln und wir werden ein Jahr lang Hunger leiden." Die schreckliche Rune *Hagala* begleitete seine Worte. Uhle sprach jetzt in einem Fluss mit halb geschlossenen Augen, während Rune um Rune den Beutel verließ. „Für einige von uns wird es Trennungen geben, eine Zeit der Not, doch dann dies, *Dagala*, die beste der Runen, die zu uns spricht, verheißt uns den Durchbruch. Aethelred wird nicht siegen, auch wenn einige von uns sterben werden." Er machte eine Pause, die keiner unterbrach und zog dann noch eine Rune. „Diese hier, *Gebo*, bedeutet Partnerschaft. Wir müssen uns mit allen anderen Jarlen und Königen des *Danelag* verbünden. Wir brauchen Sendboten und das noch heute."

Betroffen schwiegen die fröhlichen Krieger. Erik erhob sich von seinem Hochsitz und umarmte den wie aus einer Trance erwachenden Zauberer. Er war auch der erste, der seine Sprache wiederfand.

„Danke, Uhle. Jetzt wissen wir, was wir tun müssen. Björn, ihr geht doch auf die Jagd. Wir müssen die wenige Zeit, die uns bleibt, nutzen, um Vorräte einzulagern. Bitte Uhle, schnitz uns die Nachrichten für die anderen Anführer. Sven, ich brauche die fünf schnellsten und zuverlässigsten Reiter, Gunnar, lass die Pferde satteln..."

Fiona war die einzige Frau, die nicht mit dem Anlegen von Vorräten beschäftigt wurde. Sie braute Gift, in das die Krieger ihre Pfeilspitzen tunken konnten. Uhle schnitzte Todesrunen hinein. Die Bauern halfen in den Waffenschmieden und bei der Verstärkung des Ringwalls. Das Wissen, dass Odin seinen Schützlingen den Sieg versprochen hatte, beflügelte alle. Dass dieser Sieg Opfer kosten würde, verdrängten sie dabei, so wie sie gewohnt waren, immer alles Unangenehme zu verdrängen.

Schneller, als mir lieb war, kam dieser 10. September heran.

Es war eine Freude zu sehen, wie meine Schützlinge kämpften, wie gut ausgebildet die ehemaligen Bauern waren, mit welcher Todesverachtung meine Helden einer dreifachen Übermacht entgegentraten. Die ehemaligen Nonnen, inzwischen glückliche Frauen und Mütter versorgten die zahlreichen Wunden unter Fionas Anleitung und vergaßen bei all der Arbeit unnützes Wehklagen.

Wie Uhle vorausgesehen hatte, bekam ich Arbeit. Helge erlag einem Schwertstreich, als er sich mit drei Engländern gleichzeitig schlagen musste. Bis Florens ihm zur Hilfe kommen konnte, war es schon zu spät. Der Junge schien eine Zauberrüstung zu tragen. Jeder auf ihn geführte Streich prallte durch eine geschickte Drehung ab und ging ins Leere. Seine Schnelligkeit war so erstaunlich, dass selbst mehrere Streiter auf einmal ihm nichts anhaben konnten. Erik hielt sich etwas im Hintergrund und verteilte seine Leute an die Stellen, wo es am nötigsten war. Trotzdem fand der König, der das Wappen mit der silbernen Schlange gesucht hatte, endlich das Ziel seines Ärgers und schlug sich dahin durch. Aethelreds Hiebe prallten an dem besagten Schild ab, aber plötzlich zerbrach Eriks Klinge an der Spitze des englischen Helms.

Ich war soeben zurück von meiner letzten Fahrt nach Walhall, auf die ich Gunnar hatte mitnehmen müssen, als ich meinen Bruder Thor mit seinem Wagen begegnete. Da war jetzt keine Zeit für einen geschwisterlichen Plausch.

„Mann, Bruder, geh mir aus dem Weg, siehst du nicht, dass ich zu tun habe?“

„Ich leider auch“, gab er zurück und galoppierte in seinem Gefährt vor mir her, als veranstalteten wir ein römisches Wagenrennen.

Von ferne konnte ich sehen, wie Fiona an die Seite Eriks geeilt war und ihm ein frisches Schwert reichte. In diesem Moment traf sie ein fürchterlicher Hieb in den Rücken. Irgend so ein feiges Schwein hatte von seinem Pferd herab auf die schutzlose Frau eingeschlagen. Erik konnte nur noch ihre Leiche zur Burg zurückbringen.

Thor näherte sich derweil mit entschlossenen Schritten. Hinter ihm sah ich wieder diesen verdächtigen weißen Schimmer, den ich schon damals auf dem Turm gesehen hatte. Da erhob sich Fiona und warf sich, ohne zu zögern in Thors Arme, bevor mein anderer Bruder auch nur die Gelegenheit hatte, sich ihr zu nähern. Sie hatte es verdient, wirklich, aber armer Erik...

Noch völlig benommen von dem Geschehen musterte ich die Reihen meiner Schützlinge. Keiner war trotz der bedrohlichen Lage sonderlich in Gefahr. Auf der Gegenseite fielen mehr als bei uns. Da es Christen waren, hatte ich dort nichts zu suchen. Eine unbekannte Frau in einem dunkelblauen Sternenmantel stand dort im Nebel und hob die Gefallenen auf eine Wolke. Sie sah traurig aus und sie küsste auch keinen. Genaueres konnte ich nicht erkennen, da meine Lieblinge nun einmal wichtiger für mich waren.

Erik kämpfte mit der unbezwingbaren Wut eines Rächers, seine Mannen nicht weniger wütend. Uhle verfolgte den Mörder Fionas, noch bevor Erik es tun konnte. Ein Pfeil mit Fionas Gift holte den Elenden vom Pferd. Das war allerdings Uhles letzte Heldentat! Er hatte sich so weit von den Kameraden entfernt, dass die Feinde ihn umzingeln konnten. Aus mehreren Wunden blutend und von zwei Pfeilen durchbohrt hätte er die Burg nicht mehr erreicht, wenn ich nicht die Führung seines Pferdes übernommen hätte. Das alles geschah, als die eigentliche Schlacht längst schon zugunsten der Nordmänner entschieden war!

Weinend hob Erik seinen Gefährten im Hof vom Pferd, dessen Zügel ich jetzt loslassen konnte. Uhle war kaum noch in der Lage zu sprechen. Erik musste sich über ihn beugen, um sein Flüstern zu verstehen

„Weine nicht um mich, Erik... Sie ist hier...sie ist ...wunderschön...“

Er starb mit dem ersten glücklichen Lächeln, das seine Freunde je an ihm erlebt hatten.

Dieses Lächeln verwandelte sich in offenes Lachen, als ich ihn endlich so umarmen durfte, dass er es spüren konnte. Ich küsste ihn länger, als ich jemals zuvor einen Helden geküsst hatte. Wir konnten gar nicht mehr damit aufhören. Ich wünschte, die Zeit stünde still, ich hätte die Macht, sie anzuhalten, damit der Wagen den Weg nach Walhall niemals fände. Lachend trug ich Uhles Astralkörper zu meinem Gefährt, wogegen er sich erfolglos zu wehren versuchte. Wir balgten herum, bis ich den Metbecher fand und an seine Lippen setzen konnte.

„Nun trink schon, Zauberer, die Tradition will das so."

Er leerte den Becher in einem Zug und umarmte mich so heftig, dass mir die Luft wegblieb. Zwischen Kuss und Kuss wollte er wissen, ob das nun immer so bliebe. Ich brachte es nicht übers Herz, ihm zu erklären, dass einer Walküre und ihrem Helden nur diese eine Fahrt zu zweit vergönnt sei. Danach sieht man sich noch gelegentlich, aber niemals mehr allein. Die Walküre muss schließlich den nächsten Helden aussuchen, während die schon in Walhall Angekommenen sich mit anderen Frauen vergnügen dürfen, so viel sie wollen, und sehr viel weitgehender als mit mir. Ehrlich gesagt hatte ich auch keine Gelegenheit irgendetwas zu erklären. In Uhle entlud sich die Sehnsucht eines gesamten asketischen Lebens. Er ließ mir nicht nur keine Luft zum Atmen oder Denken, er entzündete in mir das Feuer einer nie gekannten Leidenschaft. Bald schon trug ich keinen Brustpanzer mehr und auch sein muskulöser Kriegerkörper barg keine Geheimnisse mehr vor mir. Ich war mehr als bereit, für diesen einen Moment meine Zauberkraft zu verschenken, als plötzlich ein Blitzschlag unser Gefährt traf.

Donnergrollen, Blitze und schwarze Wolken verbargen zunächst jede Sicht, aber dann kamen wir zwangsweise zu uns, denn Thor kam plötzlich aus einer der Wolken heraus und er verlor keinerlei Zeit mit Höflichkeiten.

„Bist du wahnsinnig geworden Schwester? Weißt du nicht mehr, wer und was du bist?

Uhle hat sein Leben lang in Enthaltsamkeit gelebt, um seine Zauberkraft zu schützen, die er zu Recht als Gabe der Götter nicht zurückweisen wollte, und was tust du mit deiner? Schätzt du sie geringer ein als die eines Menschen, dass du sie so einfach wegwirfst?“

Das brachte vor allem Uhle zur Besinnung. Erschrocken ließ er mich los und warf mir mein Gewand über.

„Verzeih mir, Geliebte.“

Meinen Bruder Thor hätte ich erdolchen können. Der Zorn meines Vaters war mir ohnehin sicher, hätte er da nicht warten können, bis... ja bis ich meinen Job für immer los wäre? Und Uhle, ließ der sich mit Ersatz abspeisen? Sollte er nun für immer ohne seine Belohnung bleiben und sich stattdessen vor demjenigen fürchten müssen, dessen Zeichen er sein Leben lang gelesen hatte?

Thor schüttelte über so viel Unverstand den Kopf und besah sich meinen traurigen Helden.

„Verzage nicht, Uhle, du hast nichts zu befürchten.“

Ich bin noch niemals so zerzaust in Walhall angekommen.

Papa, dessen ärgerliche Viecher von petzenden Raben ihm natürlich schon alles zugetragen hatten, erwartete uns in der Vorhalle von Asgard.

Er umarmte Uhle und würdigte mich dabei keines Blickes.

„Willkommen, mein Sohn. Ich hätte den Menschen gern gegönnt, noch länger von deinem Wissen zu profitieren, aber du wolltest nicht mehr und diesen Wunsch habe ich respektiert. Du hast mir treu wie kaum ein anderer gedient.“

„Aber …“, wollte Uhle protestieren, als mein Vater ihn freundlich anlächelte. „Geh mit Thor in die Halle, junger Mann. Was du dir wünschst, bekommst du auch.“

Was ich nicht bemerkt hatte, war, dass mein Vater, der Meisterzauberer, eine unsichtbare Wand zwischen mir und Uhle errichtet hatte. Ich konnte ihn sehen, aber er mich nicht mehr. Zur Strafe ließ Odin mich nun einmal sehen, was einen Helden in der Halle erwartete. Eine blonde Frau mit dem gleichen Gewand wie ich, kam aus dem goldenen Portal und ergriff Uhles Hand. Als ich genauer hinsah, konnte ich sehen und hören, dass die Frau mein Gesicht und meine Stimme hatte.

Ich hätte schreien mögen, so ungerecht war das. Alles Toben jedoch nutzte nichts, er war für mich, das wusste ich nun, für immer verloren.

„Und nun zu dir“, donnerte es an mein Ohr.

„Ungehorsam kann ich nicht dulden. Danke deinem Bruder Thor, dass ich dich nicht auch auf einen feuerumbrandeten Felsen lege.“

Er schritt unruhig auf und ab, sein eines Auge in die Ferne gerichtet. Dann wandte er sich wieder mir zu, der Tonfall jetzt etwas milder.

„Ich denke, du benötigst eine Pause von diesem allzu emotionsbeladenen Job. Was du brauchst, sind weniger romantische Helden, die genau deinem Beuteraster entsprechen, aber dafür mehr Ruhe. Du gehst für 200 Jahre in die Kalahari.“

„Kalahari? Wo liegt denn das?“

„In Afrika, in einem Wüstenstreifen. Dort leben Menschen ohne Arglist und kriegerische Neigungen. Wenn sie gegen jemanden kämpfen müssen, dann gegen die unbarmherzige Natur, und wenn sie sterben, dann zumeist an Alter oder Krankheit, was bei ihnen sehr früh ist. Sie glauben an Götter, haben aber keine genauere Vorstellung von ihnen. Du wirst also komplettes Neuland sehen.“

Das klang alles zu grotesk, als dass ich es glauben konnte.

„Aber was soll ich denn dort? Wenn es keine Helden gibt, dann brauchen sie mich doch nicht.“

„Keine Sorge, hin und wieder wirst du einen Helden sehen und erkennen werden sie dich auch, Buschmänner haben starke Intuitionen. Betrachte es vor allem aber als Urlaub.“

Mein Protestgeheul ging unter, als jemand den gesattelten Hengst Sleipnir brachte.

„Ihr habt satteln lassen?“ fragte der Krieger dann, ich glaube, es war sogar der kurz zuvor verstorbene Ragnar.

„Ja, mein Sohn. Ich gehe nach England. Das *Danelag* und seine Männer brauchen jetzt die persönliche Unterstützung ihres Herrn. Ich will, dass England dem Christentum trotzt. Das wäre ja noch schöner...“

Damit war er weg und ich mit meiner Verzweiflung allein.

200 Jahre Afrika! Da war es doch fraglich, ob Siegfried wirklich so schlimm war. Bruni hat immerhin nur 30 Jahre gelitten. Wieso musste ich so lange? Und das Allerschlimmste, ich hatte keine Chance mehr, meinen Geliebten in Walhall zu sehen. Vater hatte es verboten und seine Gebote bricht man nun einmal nicht.“

Die Erzählung war zum Ende hin immer stockender geworden. Mehr noch durch die Pausen als durch die Worte an sich, konnte ich ahnen, mit welchem Verzicht Walküren leben müssen.

„Und du hast nie wieder gegen den Alten rebelliert?“ fragte ich mit einer Mischung aus Mitleid und Ungläubigkeit.

Waltraud erwachte langsam aus ihrer Versunkenheit.

„Red nicht so von meinem Vater. Er handelt so, weil es das Beste für uns ist. Stell dir vor, alle Walküren gäben einer Schwäche in einem der kurzen Menschenleben nach, dann hätten die nachgeborenen Helden allesamt Pech und würden Walhall nie erreichen, das wäre doch maßlos ungerecht. Außerdem hätte ich niemals erlebt, was ich nach Uhles Tod erlebt habe.“

Das waren stichhaltige Argumente. Wer gibt schon freiwillig seine Unsterblichkeit auf? Ich hatte es nun zwar eilig, nach

Hause zu kommen, es musste schon rasend spät sein. Sicherlich hatte Uwe Hunger und sich in der Zwischenzeit schon grollend ein notdürftiges Butterbrot geschmiert. Andererseits wollte ich schrecklich gerne wissen, wie es weiter ging und ob die Walküre sich im Laufe ihres langen Lebens noch einmal verliebt hatte.

„Das erzähle ich das nächste Mal, du solltest langsam die nächste Bahn erwischen. Wie wäre es mit Freitag?"

„Freitag kommt mein großer Bruder mit seiner Frau und deren Wohlstandsmonster von Sohn zu Besuch, da kann ich wirklich nicht. Als erstes marschiert meine Schwägerin immer durch die Wohnung und rümpft die Nase über meine Unordnung, während sich der kleine Cedric damit vergnügt, dieselbe noch zu verdoppeln."

„Keine Sorge, du wirst nicht zu spät kommen, genauso wenig wie heute, allerdings solltest du die Zeit davor nicht mit Räumen verbringen, sondern lieber ein Entspannungsbad nehmen, dann erträgt man schwierige Menschen besser. Denk dran, deine Stärke ist nicht dein Ordnungssinn, sondern dein Sinn für Schönheit."

Darüber dachte ich noch nach, als ich zur Straßenbahnhaltestelle eilte, die mich zwei Stationen weiter über die Brücke auf das linke Rheinufer brachte, wo ich mit hochgezogenem Mantelkragen gegen den eisigen Wind ankämpfte, während ich Richtung unserer wunderschönen Altbauwohnung in der Drakestraße stiefelte. Als ich vor der Haustüre stand, läuteten die Glocken von St. Antonius exakt die gleiche Zeit, zu der ich sonst auch nach Hause kam, obwohl ich hätte schwören können, dass Waltrauds Geschichte eine Ewigkeit in Anspruch genommen hatte.

Wieso Schönheit? Ich war nicht schön, gerade mal durchschnittlich. Mittelblonde, leicht wellige Haare, die ich mit ein paar Strähnchen aufhellte, grünbraune Augen, volle Lippen, die ich gerne rosa mit Glitzerpunkten schminkte. Vielleicht meinte sie gar nicht mich, sondern meine Umgebung?

Unsere Wohnung lag im ersten Stock einer Jugendstilvilla von 1910 mit Erker in Richtung des leicht verwilderten Drakeplatzes. Den Balkon hatte ich bepflanzt, so dass das ganze Jahr über etwas blühte oder grünte. Je nach Jahreszeit dekorierte ich die Fenster mit bunten Lichtern oder selbst gebastelten Dekoelementen. Jetzt im Karneval hatte ich Luftschlangen in den Erkerfenstern hängen und auf dem weißen Sofa bunte Kissen mit Punkten verteilt. Dazwischen allerdings lagen wie immer eine Menge bunte Heftchen der Art, über die die meisten Frauen die Nase rümpften, sie dann aber in Wartezimmern von Ärzten und Friseuren wie ausgehungert verschlangen: *Freundin*, *Brigitte* oder *Schöner Wohnen*. Uwe störte sich, Gott sei Dank, nicht daran, also ließ ich sie liegen, wo sie waren, und stürzte mit einem Satz in die Küche, um für den geliebten Mann und meinen nur mit Bier gefüllten Magen etwas Essbares herzustellen.

Ein königlicher Krieger

Freitag hatte ich einen echten Kampf mit mir selbst durchzustehen. Auf der einen Seite wollte ich Waltraud gerne treffen, auf der anderen wusste ich, dass ich mich kaum auf sie konzentrieren können würde. Ich brauchte ja nicht nur Zeit, um Filet im Schlafrock zuzubereiten, ich musste auch alles, was mir lieb und teuer war, in Sicherheit vor meinem achtjährigen Neffen bringen. Nach seinem letzten Besuch hatte ich im Bad nicht weniger als vier zermatschte Lippenstifte und drei ausgelaufene Nagellacke gefunden, was meine Schwägerin nur mit leichtem Achselzucken abgetan hatte. Sie ist wie so viele moderne Mütter der Meinung, dass Erziehung nur die Entfaltung des Kindes behindert. Da fehlte nur der Satz: „Hauptsache, das Kind hat schön gespielt…"

Was mich aber wirklich am meisten geärgert hatte, war die Tatsache, dass ich mich selbst mit keinem Wort beschwert oder meinen Bruder gebeten hatte, wenigsten einen der teuren Lippenstifte zu ersetzen. Was also tun?

Waltraud nahm mir die Entscheidung sehr elegant ab, als ich ihr vor meinem Laden den ganzen banalen Schlamassel auseinandersetzte. Sie fragte nur:

„Ich habe alle Zeit der Welt, aber für dich vergeht sie rasch wie die Dauer einer Blüte, Stunde um Stunde und Tag für Tag. Was würdest du, wenn du frei entscheiden könntest, denn jetzt in diesem Moment am liebsten machen?"

„Ein Met mit dir trinken", rutschte es mir heraus.

„Na also, dann tun wir das!"

„Ich habe nachgesehen, wo die Kalahari liegt", sagte ich bei meinem ersten Schluck Met. „In Afrika, mitten im Nirgendwo und sicher nicht in deiner Klimazone."

Waltraud lachte.

Wohl wahr. Außerdem leben in der Kalahari nur sehr wenig Menschen und die wenigen, die es gibt, sind allesamt klein, schwarz und kräuselhaarig. Ein wirklich exotischer Anblick für mich.

Mein Vater hatte von mir verlangt, Schwert und Lanze in Asgard zu lassen, was ich zunächst gar nicht verstand. Als ich aber dort ankam, wurde mir alles klar. Die Buschmänner lebten zu der Zeit noch wie in der Steinzeit und so kennen sie auch nichts Härteres als eben jene Steine. Der Anblick von Metall wäre nicht mal in ihren Träumen gut für sie gewesen.

Papa hatte in seiner Weisheit Recht gehabt, nach nur wenigen Tagen liebte ich diese freundlichen Wesen, und meine zutiefst verwundete Seele begann zu heilen. Bis zum heutigen Tag sind Buschmänner die einzigen Menschen, die ich jemals kennen gelernt habe, bei denen ich keine negativen Eigenschaften finden konnte. Vielleicht liegt es daran, dass sie so hart ums Überleben kämpfen müssen, vielleicht ist es aber auch eine vollkommenere Menschenrasse als die anderen. Sie sind klein, eher zartgliedrig, sehnig und ungeheuer schnell. Tiere, die sie jagen wollen, können sie zu Tode hetzen. Aber weder ihre Stärke noch ihre Ausdauer oder Intelligenz setzen sie dazu ein, sich gegenseitig umzubringen. Ich konnte das anfangs kaum glauben. Sie töten nicht einmal ein Tier, wenn sie es nicht unmittelbar zum Verzehr brauchen.

Aus solchen Menschen werden auch in 1000 Jahren keine Krieger! Sie werden also aussterben, das ist schon mal klar, spätestens wenn zu viele Nordmänner da landen.

Ein paar Männer, glücklicherweise aber nur wenige, starben im Kampf gegen Löwen, Nashörner oder sogar Strauße. Theoretisch hätten sie nun Anrecht auf die Reise nach Walhall gehabt, aber dann habe ich sie mir neben meinen Helden vorgestellt, inmitten der Gelage, Zweikämpfe und Raufereien und befand, dass die armen Männer dies wohl schwerlich als Belohnung empfinden würden. Wo immer Buschmänner nach ihrem Tod landen, es ist bestimmt ein solch friedlicher Ort wie die Kalahari, nur mit etwas mehr Wasser und Futter. Ich habe mich also zurückgehalten und der dicken, schwarzen, mütterlich lächelnden Göttin den Weg freigegeben, damit sie ihre Helden genau wie die anderen Buschmänner abholen konnte.

Ich musste unwillkürlich an die wie mit dem Lineal gezogenen Grenzen in Afrika denken, die kein naturverbundener Stamm verstehen kann, die Bodenschätze, die für die darüber lebenden Völker keine Bedeutung haben und deren reine Existenz für die meisten Naturvölker ein Todesurteil bedeutet, und wurde sehr traurig.

Waltraud fuhr fort mit ihrer Erzählung:

Papa war dann auch nicht unzufrieden mit mir, als die Zeit vorbei war und ich erholt in Asgard eintraf. Vieles hatte ich inzwischen verpasst. Männer wie Rollo, der ein großes Talent bei der Plünderung von Paris bewiesen hatte, aber auch dessen Nachfahre Wilhelm von der Normandie, dem es eines Tages einfiel, Südengland zu erobern, kurz nachdem das Danelag zerfallen war. Nun waren schon die Helden von Hastings in Walhall und ganz andere Zeiten waren angebrochen. Man nennt es heute das Mittelalter und assoziiert damit entweder sehr Düsteres oder sehr Romantisches. Beides stimmt aber nur zum Teil. In Spanien zum Beispiel war es bis zum Fall von Granada alles andere als düster, während es in Frankreich keineswegs immer so romantisch zuging wie zu Zeiten von Eleanor von Aquitanien.

Das Mittelalter war ganz ohne Zweifel die große Zeit der Christen. Selbst die Nordmänner waren zu ihnen übergelaufen, zuletzt in Island nach einem für alle bindendem Thing im Jahre 1066. Nun bauten sie vielerorts Steinhäuser für ihre Götter, immer größer und schöner. Ihre Kirchen und Kathedralen ließen selbst uns vor Neid erblassen. Aber auch da tröstete uns unser Vater.

„Wenn man seine Götter in Gebäude einsperrt, hat man sie und ihre Gesetze aus dem Herzen schon ausgelagert. Es gibt dann feste Zeiten, zu denen ihnen Huldigungen dargebracht werden, außerhalb dieser Zeiten und außerhalb dieser Mauern werden dann aber umso größere Frevel begangen."

In der Tat hatte die Liebesbotschaft Jesu keineswegs zur Folge, dass die Menschen friedlicher miteinander lebten, im Gegenteil: Burgen und Befestigungen wurden gebaut, jeder lag mit jedem in Fehde, selbst die

Kirchenfürsten hatten kein Problem damit, sich gegenseitig zu erschlagen und alle wehrfähigen Männer bedeckten sich von Kopf bis Fuß mit Eisen. Was uns Walküren betraf, ganz Europa bot gewaltige Schlachtfelder, Walstätten in Hülle und Fülle, genug, um dieser Maria immer wieder weniger fromme Helden zu entreißen, ganz abgesehen von den verschiedenen Höllenfürsten, die ebenfalls reichlich Ernte einfuhren.

Nach einer Phase der Neuorientierung bat ich meinen Vater darum, einmal wieder die Aufgabe einer Personenbetreuung übernehmen zu dürfen. Bei sehr wichtigen Leuten für die Entwicklung der Geschichte begleiten wir den Betreffenden schon lange bevor er fallen wird, so wie ich es damals bei Erik getan hatte. Odin war dann auch der Meinung, mir einen seiner persönlichen Lieblinge übertragen zu können. Es handelte sich um keinen geringeren als Friedrich den Staufer.

„Er ist in jeder Beziehung außergewöhnlich", setzte mein Vater mich ins Bild. „Als Nachfahre normannischer Eroberer ist er heute König von Sizilien, Kaiser des Römischen Reiches Deutscher Nation und gerade eben durch Heirat König von Jerusalem geworden. Er ist ein unermüdlicher Kämpfer, egal wann und wo es etwas zu raufen, erobern oder belagern gibt, er ist dabei. Als Staatsmann ist er klug, hat soeben die Einrichtung eines straff organisierten Beamtenapparates erfunden, damit das mit den Abgaben besser klappt. Er fördert Wissenschaft und Kultur, hat zuletzt die Universität Neapel gegründet und die Medizinschule von Salerno, wobei er die Fragen zu den Disputen an seine Gelehrten selbst stellt. Er schreibt an einem Buch über Falknerei und..."

„In Runen?"

„Nein, nicht mehr. Man schreibt jetzt in Latein. Dieser Friedrich kann aber auch Mittelhochdeutsch, Italienisch, Sizilianisch und etwas Arabisch."

„Wie ist er als Mann?" wollte ich wissen, etwas erschlagen von all den Informationen.

„Wie alle Nordmänner, aufbrausend, ungestüm, davon überzeugt, immer im Recht zu sein, misstrauisch, selten reumütig, aber ab und zu auch das, kurzum ein schwieriger Gesell. Das Beste für uns, ich halte ihn für keinen überzeugten Christen. Das Oberhaupt der Gläubigen in Midgard, der Papst Gregor IX., hat ihn jedenfalls schon exkommuniziert."

„Was heißt denn das?"

„So ein Papst spielt sich auf der Erde auf, als sei er Gott. Er steht über jedem König und Kaiser aller gläubigen Christen. Handeln tun diese Typen in Wirklichkeit, als gäbe es deren Christengott gar nicht. Ich verstehe einfach nicht, wieso die niemand mal abmahnt. Wo war ich? Ach ja, die Exkommunizierung. Das ist ein Mittel, um über einen König den Bann auszusprechen. Jeder Untertan darf ihm dann den Gehorsam verweigern."

„Und was macht unser Friedrich in dieser Situation?"

„Was ein echter Mann eben tut, er bedroht nun seinerseits den Papst und verbündet sich mit anderen Unzufriedenen. Ich habe übrigens persönlich dafür gesorgt, dass unserem Helden nichts geschieht, auch nicht vor den Toren Roms."

„Ich sehe schon, der Mensch wird mir gefallen."

„Er ist nicht schwarzhaarig", schmunzelte mein Vater, womit er der Hoffnung Ausdruck verlieh, der Held möge mir nicht schon wieder allzu gut gefallen.

Versorgt mit diesen Informationen wollte ich mich schon abwenden, als mein Vater noch etwas anfügte, was mir das Blut in den Adern gefrieren ließ.

„Warum ich dich vor allen Schwestern ausgewählt habe, Wally, du musst sehr vorsichtig sein. Loki lauert in Italien. Wir hatten einen bösen Streit und er schwor mir, den nächsten Helden zu verderben. Da Friedrich ein recht zwiespältiger Charakter ist, hat Loki eine reelle Chance."

Gut, das hieß für mich das komplette Gepäck: Schwert, Lanze, Dolche, Rüstung, alles.

Man schrieb jetzt auf der Erde das Jahr 1228. Mein Held war 32 Jahre alt, von stolzer Haltung, mit dunkelblondem, lockigem Haar, das ihm in weichen Wellen auf die Schultern fiel, markanten Zügen und leuchtenden, grünen Augen. Er widmete sich gerade einer im Mittelalter sehr beliebten Form von Wikingfahrt, nur das sie das jetzt anders nannten: einen Kreuzzug. Wenn ich das richtig verstanden habe, ging es darum, in Palästina und Umgebung die Stätten auf denen Jesus einst gewandelt war, von den Ungläubigen zu befreien. Mit Ungläubigen meinten sie Juden und Moslems, eine Art Monotheisten, die ich noch nicht kannte. Ganz nebenbei wurden dann die eroberten Gebiete gewinnbringend ausgeplündert und zu christlichen Königreichen umgebaut. Die Einheimischen setzten sich zur Wehr, wie das Einheimische so zu tun pflegen, mit wechselndem Erfolg, so dass dies nun der 5. Kreuzzug der Christengeschichte war. Friedrich hatte zwar keinen Runenmeister dabei, aber einen Gelehrten Astrologen, Michael Scotius, der in Bagdad Medizin studiert hatte und fließend Arabisch sprach.

Als ich ihn sah, fragte ich mich zunächst, ob es sich nicht um eine Wiedergeburt von Uhle handelte, aber das war er, Odin sei Dank, dann doch nicht. Ich konnte mich also auf Friedrich konzentrieren. Der segelte mit einer ungeheuren Flotte von immerhin 4000 Mann, gut beschützt von Thor und mir, zunächst nach Ägypten, und statt dort die Menschen im Nildelta unverzüglich anzugreifen, begab er sich zu meinem Erstaunen erst einmal in Verhandlungen mit dem Sultan Al Kamil.

Schlecht war die Idee sicher nicht, der Sultan hatte nämlich auch ein gutes Heer und erst vor kurzem ein anderes Kreuzfahrerheer bei Damiette vernichtend geschlagen.

In herrlichen Prachtzelten lagerten nun die Ritter mit den Schwertern gegenüber den Rittern mit den Krummdolchen.

Neugierig, wie ich bin, durchwanderte ich zunächst das Christenlager. Von Loki, Odin sei Dank, keine Spur. Von Friedrich allerdings auch nicht. Den fand ich sehr bald im Zelt des Sultans, auf weichen Kissen liegend, eine Fülle erlesener Speisen vor sich, Wein in goldenen Karaffen, halbnackte Tänzerinnen um die beiden Herrscher und wunderbar exotische Musik. Na, die hatten es ja wirklich nicht schlecht. Friedrich diskutierte mit Al Kamil über die Stadt Jerusalem.

„Als König der Stadt ist es meine Aufgabe, meine Regierung dort auch anzutreten. Wie ich hörte, befindet sich die Stadt zurzeit in den Händen Eures Neffen An Nasir?“

„Eure Ohren haben Euch nicht getäuscht, Emir“, antwortete der Sultan vorsichtig. „Das Land gehört von Rechts wegen mir, dem Nachfahren der Ayyubiden.“

„Euer Bruder Al Aschraf teilt diese Überzeugung?“ fragte der gut informierte Christenkönig perfide.

Doch der Sultan, ebenso gut über die Streitereien der Christen informiert, wie Friedrich über die Familienfehden der Araber, antwortete mit einer Gegenfrage.

„Euer Kalif in Rom billigt die Inbesitznahme Jerusalems durch Eure Person?“

Da war das Problem. Dies war der erste Kreuzzug, den ein Herrscher ganz allein führte, noch dazu im Status eines Exkommunizierten.

Besorgt beobachtete ich, wie Friedrichs Stirn sich in Falten legte. Jetzt ein unbedachtes Wort und es ging los. Erschrocken beugte ich mich über meinen neuen Schützling und flüsterte ihm ins Ohr.

„Ganz ruhig, Rico. Du darfst den Fuchs jetzt nicht reizen, du bist nur mit einer kleinen Eskorte in seinem Lager. Das hier ist sein Feld.“

Noch wusste ich nicht, wie empfänglich mein Held für die Einflüsterungen einer Walküre war. Daher hielt ich vor Spannung den Atem an.

Friedrich schüttelte den Kopf, als müsse er etwas verscheuchen.

„Mein Verhältnis zum Papst ist zurzeit etwas angespannt, was sich aber bei Erfolg meiner Reise sofort wieder ändern wird.“

Glück für Friedrich, er war empfänglich.

Die beiden Herrscher verließen nun endlich die politischen Themen und widmeten sich in aller Ruhe den orientalischen Lustbarkeiten, die der Sultan für seinen hohen Gast organisiert hatte. Friedrich ruhte recht bald in den Armen einer wunderschönen Ägypterin und ich konnte beruhigt einen Rundgang durch das feindliche Lager machen.

Eine fremde Sprache im Ohr, wallende farbenfrohe Gewänder, sogar unbekannte, schlecht gelaunt knurrende Tiere gab es da zu sehen. Was hatten die denn für Pferde mit Höckern?

„Das Kamel ist unter allen Tieren der Erde ausgezeichnet, denn es kennt den hundertsten Namen Allahs", drang eine melodische Stimme an mein Ohr. Ich wandte mich um, sah aber zunächst niemanden, bis ich meine Augen nach oben richtete. Dort saß tatsächlich auf einem farbenprächtigen, fliegenden Teppich eine mir unbekannte Frau. Sie war noch schöner als die, die soeben in den Armen Friedrichs ruhte, hatte mit Khohol umrandete mandelförmige Augen und trug ein Gewand aus vielen Schichten diamantbestickter Schleier. Solch eine Göttin hatte ich mein Leben lang noch nicht gesehen, entsprechend verschlug es mir auch völlig die Sprache.

„Wer bist du denn?" brachte ich dann doch noch heraus.

„Dasselbe wollte ich gerade fragen, Fremde. Wo kommst du her, und was ist dein Begehr in unseren Landen? Du gehörst doch nicht zu ihr, die hier nichts zu suchen hat?"

Ihre Rede machte wenig Sinn für mich, aber das würde sich sicherlich noch klären.

„Darf ich raufkommen zu dir, auf diesen ungewöhnlichen Teppich?" fragte ich daher neugierig.

„Meinetwegen. Salam aleiki. Ich bin Fatima, die Tochter des Propheten", sagte sie dann stolz.

Was für ein Prophet?

Ich schwang mich auf den Teppich. „Hi, Fatima, ich bin Waltraud, Lieblingstochter Odins."

Sie wusste so wenig, wer ich war, wie ich eine Ahnung hatte, wer sie war.

Eine neue Religion also, fast 700 Jahre nach Jesus.

Der Prophet Mohammed gab seinen Anhängern ein ähnliches Buch wie das der Christen, der mysteriöse Gott Allah, ohne Gestalt und Form, aber ungeheuer mächtig, griff aber nicht wie mein Vater selbst in das Geschehen auf der Erde ein, dafür hatte er jenen Propheten und seine Tochter Fatima. Anders als Maria, die es abgelehnt hatte, mit Fatima

Freundschaft zu schließen, war die Maurin vor ihrer Erhebung zur Göttin keine Jungfrau, sondern Ehefrau und Mutter gewesen. Sie brachte die gefallenen Gläubigen auf ihrem Teppich in den Himmel der Moslems. Dieser Himmel, den sie auch das *Paradies* nennen, schien mir eine lohnende Angelegenheit zu sein. In 7 Etagen erwarteten die Gläubigen dort himmlische Freuden, wobei nur den Kriegern die oberste Etage vorbehalten war. Das Wort Sünde hatten sie von den anderen Buchreligionen nicht übernommen und deren Liebesfeindlichkeit auch nicht. Der Prophet gönnte sich immerhin 10 Frauen und gestattete seinen Gläubigen freundlicherweise noch vier. Nun ist natürlich klar, womit die Moslems ihre Zeit verbrachten, wenn sie gerade keine Kriege führten - mit ihren Harems natürlich.

Mir schien das soweit ganz vernünftig, und es war auch sehr angenehm, mit einer Frau zu sprechen, die Erfahrung hatte und nicht prüde war. Unsere Differenzen kamen aber trotzdem sofort ans Licht, als wir auf die aktuelle Lage zu sprechen kamen.

„Ich bin traurig darüber, dass all diese herrlichen Männer sterben sollen“, sagte Fatima mit Blick auf das Lager. „Wie viele wehklagende Witwen und Waisen das wieder gibt.“

„Ach was“, entgegnete ich leichthin. „Helden müssen nun mal in der Schlacht sterben. Wo sonst? Und außerdem ist das für die meisten Frauen wahrhaftig besser so.“

Diese Bemerkung brachte meine Gesprächspartnerin völlig in Aufruhr. Sie verstand mich in keinster Weise und so musste ich das erst einmal erklären.

Den meisten Germaninnen gehen ihre Männer sehr schnell auf die Nerven. Wenn sie die Kerle über den Winter durchgefüttert haben, die nächsten Helden gezeugt sind, das Julfest mit ein paar Schlägereien überstanden ist, sind sie heilfroh, ihre besseren Hälften zum Frühjahr auf Wikingfahrt schicken zu können und wieder ihre Ruhe zu haben. Dann widmen sie sich ihren Ländereien, dem Vieh und dem Getreide, ziehen die Kinder auf und besuchen die Nachbarinnen zum gemütlichen, ungestörten Plausch am Spinnrad. Die Doppelbelastung von Beruf und Kind tragen sie dabei lässig auf ihren breiten Schultern und verzagen auch nicht, wenn dann mal ein Gatte nicht mehr nach Hause kommt. Die alleinerziehende Singlemutter der heutigen Zeit ist also wirklich nichts neues, im Gegenteil, die Germaninnen haben da ganz zu ihrer einstigen Freiheit zurückgefunden. Inzwischen erwarten sie die Männer nicht mal mehr zum Julfest, wahrscheinlich zur Vermeidung von Schlägereien, sondern verlangen für ihre Küken gleich die Zuteilung der Beute bzw. der Alimente.

Im Mittelalter nun, als die männerfreundliche Kirche regierte, sah das freilich anders aus. Germaninnen hatten schon zu Tacitus Zeiten die Römer mit ihrer Spätentwicklung erstaunt. Sie heirateten damals so spät wie heute und bekamen nur wenige Kinder. Ihre Konstitution braucht lange, um zu reifen, und ihre körperlichen Strukturen sind nicht sehr gebärfreudig.

Als man ab dem 11. Jahrhundert, angeblich aus politischen Gründen, in Wirklichkeit zur Unterdrückung weiblicher Macht, dazu überging, die zarten adeligen Fräulein weit unter ihrer Volljährigkeit zu verheiraten, verbluteten tausende von ihnen noch unter 18 Jahren im Kindbett. Hinzu kam eine medizinische Versorgung und Hygiene, die man als nicht existent bezeichnen konnte. Viele der christlichen Ritter, die da im Nildelta lagerten, waren also bereits wieder Witwer, so zum Beispiel auch mein Friedrich, dessen 2. Frau soeben mit 16 Jahren an jenem Kindbettfieber gestorben war. Was konnte ich also Besseres für die Frauen der Ritter tun, als deren Männer so bald wie möglich zu mir zu holen?“

„Aber nein!“ widersprach mir Fatima voller Entsetzen. „Was sollen meine armen Frauen als Witwen denn anfangen?“

Erstaunt erfuhr ich, dass die moslemischen Mädchen zwar genauso früh heirateten, biologisch und psychologisch aber sehr viel besser für diese Aufgabe gerüstet waren. Außerdem erfreuten sie sich der besten Medizin und Geburtshilfe, die der damaligen Welt zur Verfügung stand.

„Wenn die Frauen bei uns verwitwen, müssen sie bei Verwandten aufgenommen werden. Sie verwalten die Güter des verstorbenen Mannes fast niemals selbstständig. Und so werden sie zu armen Verwandten bei Brüdern, Onkeln oder bestenfalls dem eigenen Sohn. Sie haben dann keine Mittel mehr für eine Mitgift ihrer Töchter und die Söhne verlassen oft genug verfrüht das Haus, um woanders ihr Glück zu suchen. In irgendeinem Nebengelass untergebracht, bemüht sich eine Witwe, ihrer Familie möglichst nicht zur Last zu fallen, übernimmt freiwillig die schwersten Aufgaben, erlaubt sich nicht die geringsten Extravaganzen und kann bestenfalls auf eine neue Heirat hoffen. Und außerdem, was ist mit der Liebe? Viele meiner Schützlinge lieben ihre Frauen und umgekehrt!"

Jetzt war ich ganz betroffen. Meine Frauensolidarität ließ nicht zu, dass ich zwar die christlichen Frauen von ihren Henkern erlöste, aber dafür den Mosleminnen ihrer Existenz beraubte. Natürlich konnte ich auch nicht ausschließen, dass einige der Christenfrauen ihre Männer trotz der Lebensgefahr liebten. Gut, Friedrich schien nicht allzu viel Kummer über seine erneute Witwenschaft zu empfinden, aber das musste nicht für alle zutreffen. Was also tun?

„Können wir nicht dafür sorgen, dass unsere Herrscher sich einigen?" fragte ich dann. „In dem Fall kann sich nämlich mein Friedrich wieder mit dem Papst kloppen und dein Al Kamil bleibt verschont."

„Wie willst du das bewerkstelligen?" fragte Fatima erstaunt.

„Ganz einfach, ich erscheine Friedrich im Traum und instruiere ihn, und du machst dasselbe mit deinem Sultan."

„Du glaubst, ein Herrscher würde auf eine Frau hören, Göttin oder nicht?"

„Aber ja", sagte ich selbstbewusst. „Er wird mich zunächst mit der Konkurrenz verwechseln und ich werde dafür sorgen, dass er nicht so schnell merkt, woher ich komme, aber ansonsten bin ich da ganz zuversichtlich."

Fatima zeigte weniger Begeisterung.

„Wenn ein Mann eine Frau sieht, egal ob in Wirklichkeit oder im Traum, will er doch nur das eine. Politische Ratschläge jedenfalls sicher nicht. Magst du einen Tee?"

Ich nahm den heißen Pfefferminztee und dachte nach.

„Auf wen hört Al Kamil denn in solchen Dingen?"

„Er hat ein paar wenige Berater, na ja, ab und zu hört er auch auf seine Lieblingsfrau Saphira."

„Aha, also doch eine Frau"

„Stimmt, das war mir bisher gar nicht aufgefallen. Schmeckt dir der Tee nicht?"

„Mit einem Schuss Korn wäre er besser."

„Der Prophet hat Alkohol verboten. Glaub mir, das ist bei der Hitze hier wirklich vernünftiger."

„Aber auch ganz schön öde. Jetzt verstehe ich, warum im Lager einige von so komischen Drogen bekifft sind, die aus den dampfenden Pfeifen kommen. Das kommt davon, wenn man keinen anständigen Wein trinken darf. Glaub mir, die Menschen finden immer Mittel und Wege sich zu berauschen."

„Mir wäre es lieber, sie fänden Mittel und Wege, eine friedliche Welt zu schaffen, aber das ist wohl zu viel verlangt", seufzte Fatima, ein wenig träge auf ihrem Teppich eingerollt.

Bevor sie mir da einschlief, musste ich sie wieder wachrütteln.

„Also gut, du gehst zu dieser Saphira und erscheinst ihr im Traum und ich gehe zu meinem Friedrich. Morgen um die gleiche Zeit besprechen wir dann das Ergebnis."

„Was du für eine Eile hast", protestierte die Orientalin schwach, versprach aber, ihr Möglichstes zu tun.

Wir brauchten nicht Tage, sondern Monate dazu, unsere Schützlinge zu einem Abkommen zu bringen. Friedrich, inzwischen noch unterstützt von einer englischen Flotte, erhielt tatsächlich Jerusalem für sich, allerdings wäre Al Kamil vor den Augen der Gläubigen völlig durchgefallen, wenn er nicht hätte erwirken können, dass die große Al-Aksa-Moschee weiterhin von Moslems ungehindert besucht werden konnte, so wie umgekehrt der Felsendom von den Christen. Er einigte sich mit seinem Bruder und verschenkte Bethlehem und Nazareth, sowie andere nur für Christen wichtige Nester an die Kreuzfahrer, wobei die geschenkten Orte passenderweise nicht ihm, sondern seinem lästigen Neffen gehört hatten. Den Anhängern des Papstes, den Templern und den Johannitern war das alles zu wenig und sie nörgelten noch, als mein Liebling triumphal in Jerusalem einzog.

„Sollen sie nörgeln“, sagte Friedrich strahlend zu seinem engsten Vertrauten, dem Ordensmeister des Deutschritterordens Hermann von Salza. „Der Papst muss nun trotzdem die Exkommunikation aufheben und die Templer sind nur wütend, weil sie ein paar Festungen nicht wiederbekommen haben, die sie gefälligst selber hätten rückerobern können.“

„Den meisten Rittern ist vielleicht auch zu wenig Blut geflossen, mein König“, gab Hermann zu bedenken.

Friedrich zog eine Braue hoch. „Was für ein unchristlicher Gedanke, mein Guter.“

„Aber nein, Herr. Es handelt sich doch um das Blut der Ungläubigen. Manche munkeln sogar, Ihr wäret heimlich zum Halbmond übergetreten.“

„Wer sagt das, unser Heiliger Vater?“ er spuckte das Wort *Heilig* geradezu verächtlich aus.

„Sogar die ungläubigen Geschichtsschreiber sagen das.“

Friedrich lachte schallend.

„Mann Gottes, das müssen sie schreiben. Wie sollten sie sonst die Zugeständnisse meines Freundes Al Kamil vor der Nachwelt rechtfertigen? Im Übrigen, mein Guter, ist es mir vollkommen gleichgültig, was andere über meine Glaubensstärke zu sagen haben. Die Templer, die solchen Unsinn auch immer gern verbreiten, sollen nur froh sein, wenn sie nicht selbst in Verruf kommen.“

Die Feindseligkeit der anderen christlichen Reiche von Tyros, Antiochia und Zypern war jedenfalls selbst für die Engländer ein Ärgernis und völlig unverständlich. Es lag natürlich an Friedrichs Charakter. Er allein hatte Jerusalem durch Verhandlungen gewonnen, er allein durfte als erster nach langen Jahren vergeblicher Kreuzfahrten den Felsendom betreten. Das tat er nun mit stolz erhobenem Haupt und schritt entschlossen zum Altar. Der Patriarch hätte jetzt eigentlich dort eine Messe halten müssen, ein Jubelgottesdienst. Der Kerl war aber vom Papst aufgehetzt und halb tot vor Angst vor Friedrichs Zorn irgendwo in Akkon verkrochen geblieben.

„Hermann, meine Krone.“

Der Angesprochene erbleichte.

„Herr, darf ich Euch daran erinnern, dass Ihr noch exkommuniziert seid. In dieser Eigenschaft kann man keine Krönungszeremonie veranstalten. Es wäre...“

Unwirsch wandte Friedrich sich um, während die ergriffenen Gläubigen den Dom zu füllen begannen.

„Hör zu, mein Freund. Ich muss recht bald wieder zurück ins Regnum. Für dies hier habe ich nun echt nicht ewig Zeit. Dem Gesetz nach bin ich König von Jerusalem und als solcher berechtigt, diese Krone vor den Augen meiner Untertanen zu tragen. Die Menschen brauchen diese Symbole, sonst werden sie keine treuen Untertanen, wenn wir in den nächsten Jahren die heiligen Stätten unter christlicher Regierung verwalten wollen, und das bedeutet nun einmal unter meiner Regierung. Also müssen wir das hier gut durchziehen. Meine Krone“, verlangte er nun erneut mit donnernder Stimme.

Ein Kämmerer brachte das schwere, goldene Teil, verziert mit Edelsteinen. So eine Krone wiegt mehrere Kilo. Normalerweise wird sie dem Herrscher, der sich auf einem Thron sitzend befindet, vorsichtig aufgesetzt und er muss das Gewicht dann auch nicht lange aushalten. Friedrich war aber Manns genug, mehr auszuhalten als nur das. Entschlossenen ergriff er das Gold und schwang es in seinen Händen.

„Nun mein lieber Hermann, da dir das Ganze peinlich ist und ich auch sonst keinen hier der ewigen Hölle anheimfallen lassen möchte, trage ich die Verantwortung mit Freuden allein.“

Zum Entsetzen der papstreuen Ritter, der Ordensvertreter und manch eines Vasallen, aber zum ungeheuren Jubel aller anderen Gläubigen, die bei weitem die Mehrheit darstellten, setzte Friedrich sich die goldene Krone selbst aufs Haupt und schritt damit, als handele es sich um einen leichten Hut, einmal um den Altar und danach durch die ganze Kirche.

Solcherart war mein neuer Held. Mir schwoll vor Stolz und Begeisterung die Brust. An Mut und spontanen Einfällen würde es diesem Mann niemals fehlen.

Leider muss gesagt werden, dass mein Freund nicht nur Großtaten aneinander häufte, sondern auch bedeutende Missetaten.

Sein Kaiserreich war für einen Menschen allein praktisch unregierbar. Sowohl die germanischen Städte als auch die in Oberitalien waren immer wieder der Meinung, ihren Lehnseid brechen zu müssen. Friedrich reagierte in solchen Fällen mit ziemlicher Härte. Er kam mit seinem Heer, belagerte die Stadt, bis sie fiel, und statuierte dann an den Verantwortlichen ein Exempel. Dieses Exempel konnte aber auch bedeuten, dass ein ganzer Ort in Flammen aufging. Damit nicht genug, ließ er zwar allen sizilianischen Moslems ihren Glauben und beschützte die Judengemeinden höchst persönlich, hatte aber keinerlei Bedenken, Anhänger christlicher Sekten, die er als Ketzer bezeichnete, der Inquisition zu überantworten und verbrennen zu lassen.

Germanien gehörte ihm bis an die Grenzen Dänemarks, was ihn aber nicht daran hinderte, auch dieses Reich anzugreifen und es für sich zu beanspruchen. Hatte er dort Pech, so war er umso erfolgreicher in der Eroberung und Besiedelung des noch heidnischen Ostens. Die Preußen, damals noch ordentliche Anhänger meines Vaters, wollte er an seinen Freund Hermann und dessen Orden verschenken. Was tat Friedrich im Osten und warum Heidenland an die Christen? Woher kamen solche Ideen? Hier war etwas faul.

Ich machte mich auf die Suche und fand, wovor mein Vater mich gewarnt hatte: Loki.

Unser Treffen verlief dann auch so, wie es zu erwarten war.

„Na, Mädchen, schon zurück von den Steinzeitlern?" höhnte er, kaum dass er mich sah.

„Na, fieser Wurm, auf welchen Verrat sinnen wir denn diesmal?" gab ich zurück.

„Das werde ich gerade dir verraten."

Ich hob drohend meine Lanze.

„Hör zu, Mann, ich spieße dich an Ort und Stelle an einen Baum und bewache den die nächsten 30 Jahre, wenn du nicht augenblicklich hier verschwindest." Kräftemäßig war jede Walküre ihm überlegen und er musste wissen, dass dies keine leere Drohung war. Trotzdem schüttelte er das lässig ab.

„Du kannst das zwar machen, aber viel hast du nicht davon, da dir nämlich die Zeit zur Bewachung fehlt. Du musst doch diesen überheblichen Kaiser beschützen und während du das tust, befreien mich meine treuen Schwarzalben. Verschwende also nicht deine gute Lanze, ist doch ein Geschenk von Papa Odin, nicht wahr?"

Wie ich den Kerl hasse, kann ich keinem sagen.

„Ach übrigens", sagte er dann mit dieser schleimigen leisen Stimme, die den Zuhörer zwingt, seine ganze Konzentration aufzubringen „Die deutschen Fürsten teilen deine Begeisterung für deinen Helden keineswegs und die Städte in Oberitalien schon gar nicht. Die werden sich alle nacheinander oder aber alle zugleich erheben und dann sollst du mal sehen, wie dein Friedrich in die Enge getrieben wird. Er ist nämlich entgegen seiner eigenen Überzeugung nicht Gott."

Nun hatte der Papst endlich nachgegeben und die Exkommunikation aufgehoben, da drohten die von Loki aufgewiegelten Fürsten und freien Stadträte mit Aufstand, ganz abgesehen von Verrätern aus den eigenen Reihen im Regnum Sizilien.

Was tun? Friedrich hatte, empört über die Unruhen, den Osten den Deutschrittern überlassen und war im Eiltempo auf dem Weg in seine Heimat nach Sizilien. Aber was sollte er mit Deutschland machen?

Ich besah mir die Reihen seiner treuen Vasallen. Solange sein Sohn Heinrich nicht regierungsfähig war, solange brauchte er einen treuen und zuverlässigen Regenten in Germanien. Friedrich konnte doch nicht überall gleichzeitig sein.

Meine Wahl fiel auf einen Mann aus dem Hochadel, der aber nicht geneigt schien, ein eigenes Reich aufzubauen und Friedrich in den Rücken zu fallen. Manchmal ist dieses Zölibat der Kirchenränge doch für etwas von Nutzen. Graf Engelbert von Berg, Erzbischof von Köln war trotz des Purpurs ein starker Kämpfer, mutig und klug. Er kuschte nicht vor dem Papst und war Friedrich treu ergeben.

„Nimm den", flüsterte ich meinem Liebling im Schlaf zu.

Es war nicht leicht, eine Nacht zu finden, in der Friedrich allein war. Wenn er sich in Germanien aufhielt, ruhte er zumeist in den Armen der schönen Adelheit, einer Frau von niederem Adel, sanftmütig und lieblich anzusehen, und wenn diese nicht verfügbar war, gab es zahlreiche andere. In Sizilien hatte er die rassige Lancia und ein paar Maurinnen, Geschenke aus dem Kreuzzug. Ich habe selten einen Mann gesehen, der seine Nächte so aktiv und abwechslungsreich gestaltete. Für mich war das allerdings oft ziemlich nervig. Er begehrte mich zwar als eine, ihm aus unerfindlichen Gründen Unerreichbare, er hatte auch keinen Schimmer, wer ich sei, für die Jungfrau Maria hielt er mich jedenfalls schon lange nicht mehr, aber er war eben durch diese ständigen Aktivitäten nur selten für mich erreichbar. Ein schlauer Kerl, aber er hatte den Nachteil, wie alle Nordmänner seit Erik, den Kontakt zum Glauben seiner Vorfahren verloren zu haben.

„Wer bist du?" fragte er daher auch immer wieder, sobald er mich klar erkannte. „Wieso kennst du meine Gedanken?"

„Betrachte mich als deine Beraterin. Habe ich dich schon jemals getäuscht?"

„Nein nie, aber das hilft mir nicht zur Erkenntnis. Nicht einmal Michael Scotius kann mir erklären, wer du bist."

„Wenn ich dir einen Rat geben darf, dann schweig über deinen Träume gegenüber anderen, seien sie auch noch so gute Vertraute. Träume und Visionen gehören dem Kaiser allein."

„Also gut, den Engelbert, sagst du. Wenn ich darüber nachdenke, hat das Vieles für sich. Sein Lehen liegt in der Mitte Deutschlands, von dort aus kann er den rebellischen Rest verwalten."

„Sehr richtig."

„Ich werde das noch mit meinem anderen himmlischen Berater durchdenken."

Jetzt erschrak ich zutiefst. So weit hatte Loki es schon geschafft?

„Rico, Liebling", begann ich jetzt sehr streng. „Dieser andere Berater ist nicht vertrauenswürdig. Du darfst auf keinen Fall auf ihn hören, niemals, hörst du?"

„Ach, Weibergeschwätz. Der Mann hat mir die Verschwörung meiner eigenen Leute aufgedeckt."

„Wenn du tust, was du vorhast, werden sie dich bis an ihr Ende hassen. Du kannst sie nicht hängen wie gemeine Verbrecher, es sind Adelige, Friedrich."

„Es sind Verräter. Ärgere mich nicht."

„Während jener Mann dich ins Vererben zu stürzen trachtet, komme ich, weil ich dich liebe", entgegnete ich mit wachsender Verzweiflung.

„Ach ja? Beweise es."

Der Sterbliche war unmöglich. Er versuchte mich tatsächlich zu umfassen und musste dann frustriert feststellen, dass er nichts Greifbares in den Armen hielt. Schlecht für mich, gut für Loki. Es war wirklich zum Auswachsen.

Friedrich war schnell, entschlossen und erbarmungslos, wenn ihm danach war. Er ernannte Engelbert von Berg zu seinem Regenten in Deutschland, überschritt die Alpen, zog direkt nach Süden und wütete unter seinen Vasallen, was Papst Gregor, noch lange nicht mit seinem unbotmäßigen Gläubigen ausgesöhnt, schon wieder aufschreckte und die sofortige Freilassung der überlebenden Grafen und Barone fordern ließ. Umsonst natürlich, wenn Friedrich stur sein wollte, dann war er es eben.

Ein Sieg für Loki. Die zweite Exkommunikation ließ dann auch nicht auf sich warten. Gregor verstarb zwar endlich, aber der nächste Papst, Innozenz IV., war dem Stauferkaiser noch viel weniger freundlich gesinnt. Er dachte gar nicht daran, den Bann aufzuheben, so sehr ihn Friedrich auch bedrängte, diesen Schritt endlich zu unternehmen, andernfalls...

Nun ja, die beiden hatten ein ganzes Leben lang Stoff für ihre Auseinandersetzungen.

Wirklich dramatisch wurde es, als Friedrichs Sohn Heinrich, aus erster Ehe und fast vollständig ohne seinen Vater aufgewachsen, endlich König von Deutschland wurde. Friedrich traute seinem Sprössling nicht viel zu und erlaubte ihm nur König zu sein, solange dieser sich an die Oberregierung durch den kaiserlichen Vater hielt. Graf Engelbert, der sich als hervorragende Wahl erwiesen hatte, sollte dem jungen König dabei zur

Seite stehen. Das ging auch so lange gut, bis Loki einen Weg gefunden hatte, den tapferen Erzbischof auszuschalten.

Niemand eurer Geschichtsgelehrten weiß heute, wer die Wegelagerer waren, wer sie beauftragt hatte und was sie damit bezweckten. Es gibt sogar in ernstzunehmenden Geschichtswerken die abenteuerliche Theorie, es habe sich um einen Irrtum gehandelt. Ha! Als wenn ein Mann in Purpur und fettem Silberkreuz auf der Brust zufällig ermordet wird. Also glaubt es mir, es waren Lokis Schergen, die dem Reichsverweser in einem Hohlweg auflauerten und zu viert angriffen.

Der Graf wehrte sich verzweifelt, sank aber zum Schluss doch erschlagen vom Pferd, welches reiterlos wieder in Schloss Burg aufkreuzte.

Natürlich hatte ich die Szene beobachtet und war auch sofort zur Stelle, als der Held seinen zahlreichen Verletzungen erlag.

Als er mich sah, war er nicht schlecht erstaunt. Ich wusste, dass ich nur wenig Zeit hatte, denn auf einen Mann in Purpur würde augenblicklich Maria Anspruch erheben.

„Komm, mein Krieger“, sagte ich zu dem Edlen. „Du hast der Kirche mit deinem Leben gedient und deine Kaisertreue mit deinem Blut bezahlt, nun ist es Zeit, an dich zu denken. Auf einen Helden wartet göttliche Belohnung. Willst du einen Kuss von mir?“

Jetzt hatte auch Maria den Hohlweg erreicht. Auf ihrer Wolke stand sie, schön und unnahbar. Mir schlug das Herz. Met oder Messwein?

Er musste wählen.

„Gib mir den Kuss, schöne Frau. Wer immer du auch sein magst.“

Tja, das war ein Punkt für mich. Ich nahm den mutigen Mann in meine Arme und ließ mir viel Zeit für einen langen Kuss. Dann half ich ihm in mein Cabrio und fand noch Zeit, dem ebenfalls am Hohlweg lauernden Loki die Zunge herauszustrecken.

Maria verhüllte ihr tränenüberströmtes Haupt.

Manchmal kichere ich noch heute, wenn ich Engelberts Sarkophag im Kölner Dom sehe. Wenn die wüssten, wo der tapfere Bischof heute weilt...!“

Ich hatte natürlich im Geschichtsunterricht vom Stauferkaiser gehört. Aber wie das mit historischen Persönlichkeiten so ist, im Unterricht wirken sie öde und farblos. Man lernt da gähnend ein paar Jahreszahlen auswendig und reproduziert diese in der nächsten Klausur ohne Sinn und Verstand. Selten ist ein Lehrer in der Lage, die Leute als Menschen mit Fleisch und Blut, mit Leidenschaften, Stärken und Schwächen darzustellen. So bleiben zur Unterhaltung nur die so genannten *historischen Romane* oder Spielfilme, die aber oft genug zur reinen politisch eingefärbten Geschichtsfälschung benutzt werden und außerdem häufig eine solche Menge Sex und Crime enthalten, dass die historische Persönlichkeit, wenn es sie dann überhaupt gegeben hat, dahinter vollkommen verschwindet. Den unscheinbaren Sarg des Erzbischofs hatte ich gesehen, er liegt in Stein gemeißelt, abseits in einer schlecht beleuchteten Nische des Kölner Doms, den man ja leider selbst als Düsseldorfer irgendwann besichtigen muss, da, wo sich die japanischen Touristen nicht drängeln. Wurde einem ja richtig sympathisch, der Mann mit Mitra.

Dies hier war eine echte Gelegenheit und die Geschichten waren viel zu gut, um nur erfunden sein zu können.

Alberich brachte Schwarzbrotschnittchen mit Gouda; und Waltraud setzte ihre Geschichte fort.

Als Friedrich damals Jerusalem verließ, hatte ich befürchtet, meine neue Freundin nicht mehr zu sehen, da wir ja zurück in Christenländer reisten, aber Fatima hatte mich in dieser Hinsicht beruhigen können. Die Leibgarde Friedrichs, sowie seine allseits gefürchteten Bogenschützen waren sizilianische Moslems, die ihren Herrn quer durch Europa auf all seinen Feldzügen begleiteten.

In der Tat entfaltete mein stolzer Schützling auf seinen Feldzügen, wo immer er hinging, orientalischen Zauber und Prunk: Eunuchen für seinen Harem, sarazenische Leibwachen, jüdische Ärzte und indische Sterndeuter. Allein sein Gefolge rechtfertigte in den Augen der Einfältigen seine Exkommunizierung.

Der zarte Sohn Heinrich, von ganz anderer Art als sein streitbarer Erzeuger, fürchtete jeden der väterlichen Besuche in Deutschland, versuchte sogar oft genug, solche mit aller Gewalt zu verhindern. Friedrich, der diesen Sohn mit 17 Jahren gezeugt und sich dann bis zur Volljährigkeit nicht persönlich um ihn gekümmert hatte, erwartete auf der einen Seite, dass er sein möge wie er, auf der anderen aber unbedingten Gehorsam.

Heinrich enttäuschte seinen Vater in beidem. Er griff Städte an, die Friedrich Treue geschworen hatten, wie z. B. Worms und Regensburg, deren Stadträte sich dann beim Kaiser bitterlich beschwerten, und was noch viel schwerer wog, er verbündete sich mit den Feinden des Kaisers in Oberitalien, um den eigenen Vater am Durchzug zu hindern, wenn nicht Schlimmeres.

Das war dann der Moment, in dem Friedrich der Geduldsfaden riss. Heinrich muss sehr einfältig gewesen sein, um zu glauben, dass es etwas gäbe, das seinen Vater aufhalten könnte.

Friedrich erschien mit einem ganzen Heer in Deutschland, ließ seinen Sohn gefangen nehmen, ohne ihm Gelegenheit zur Rechtfertigung zu geben, und kerkerte ihn dann in Worms ein.

Was sollte er nun mit ihm tun? Die Königswürde hatte der Sohn ohnehin schon verloren, nun blieb eigentlich nichts als Reue und Aussöhnung. Doch Friedrich blieb unversöhnlich und hart.

Vier Jahre ging das nun schon so. Ich fand, dass vier Jahre Haft nun wirklich genug seien und ich ahnte natürlich auch, wer ihn auf diese harte Linie immer weiter einschwor.

Wieder das Problem mit den Nächten. Friedrich hatte gerade zum dritten Mal geheiratet und noch war die junge Königstochter aus England attraktiv genug für ihn, um sich intensiv mit ihr zu beschäftigen. Mir blieb keine Wahl, ich musste in sein Schlafgemach, auch wenn die Gattin in seinen Armen ruhte.

„Ach, Ihr seid es, ferne Göttin. Ich hatte schon gedacht, Ihr hättet mich verlassen“, spöttelte er, kaum dass er meiner ansichtig wurde.

Ich betrachtete mir seinen halb zugedeckten Leib unter dem aufwendig bestickten Laken und wunderte mich. Wurde dieser Mann denn niemals müde oder auch nur älter? Kein Bauchansatz, keine grauen Haare, Friedrich war jetzt immerhin 45. Da konnte doch nur meine Nichte Freya im Spiel sein. Natürlich! Vorsichtshalber hatte sie diesem Liebling der Götter einen ihrer Äpfel geschenkt.

„Rico, könntet Ihr euch einmal aus diesen Armen losreißen und mir zuhören?"

„Was ist es denn dies Mal?"

„Heinrich!"

„Nicht jetzt", wehrte er ab.

„Doch jetzt", insistierte ich. „Du musst deinen Sohn endlich begnadigen. Er ist nicht wie du. Dir würde ein Gefängnis nichts ausmachen, aber er verkümmert dort."

„Ich halte ihn doch nicht bei Wasser und Brot. Was heißt hier verkümmern? Ich beschütze ihn nur vor seinen eigenen Dummheiten. Noch nie war jemand so wenig geeignet zum Regieren wie er."

„Du warst ein schlechter Vater, gib es zu."

„Und wenn", erwiderte er trotzig. „Ich hatte seit meinem 4. Lebensjahr weder Vater noch Mutter. Ein Herrscher ist ein Herrscher und kein Hampelmann, der genau das tut, was der zuletzt sprechende Trottel einem einflüstert."

„Trotzdem hast du Schuldgefühle und das ärgert dich. Wie kann dir nur dein eigener Stolz wichtiger sein als dein Sohn? Komm, Rico, sei großmütig. Lass ihn frei."

Ein tiefer Seufzer entrang sich seiner Brust. Friedrich wusste allzu genau, dass ich Recht hatte.

„Meinetwegen. Morgen lasse ich ihn nach Cazenza bringen, da ist er zu Hause bei mir und dann..."

Ich küsste Friedrich auf die Stirn.

„Du wirst es schon richtig machen."

Schön wäre es gewesen. Heinrich wurde zwar nach Italien gebracht, aber schon wieder hatte sich der Lombarden Bund gegen Friedrich erhoben und das kaisertreue Cremona angegriffen. Friedrich wurde in einen Kampf nach dem anderen verwickelt. Mir ist unklar, wie er mit nur einem Schwertarm auskam bei all den Feinden, und zwischen all den Kämpfen, während andere schwer atmend auf ihren Lagern ausruhten, voller Lebensfreude und unbegrenzter Energie sich mit Freunden auf die Falkenbeize begab. Nach Cazenza jedenfalls kam er zwei Jahre nicht.

Natürlich hatte ich den Verdacht, dass Loki ihn davon abhielt, immer wieder neue Ausreden fand, um die längst fällige Begegnung zwischen Vater und Sohn zu verhindern. Vielleicht hatte er sogar dem unglücklichen Gefangenen suggeriert, sein Vater werde ihn sicher nicht aufsuchen, um sich mit ihm zu versöhnen. Das wird Loki mir natürlich niemals verraten, Tatsache jedenfalls bleibt, dass Heinrich im Jahr 1242 Selbstmord beging.

Nun entbrannte der Kampf zwischen Loki und mir in nie da gewesener Heftigkeit. Ich dachte, dass Friedrichs Tage jetzt eigentlich gezählt sein müssten, aber da hatte ich meinen Schützling unterschätzt. Er war zwar zutiefst erschüttert, zeigte auch etwas Reue, aber nicht so viel, um vor Kummer zu sterben. Ersten hatte er mehr Söhne als andere Leute Haare und zweitens plante er noch einmal nach Jerusalem zu reisen, denn der Friedensvertrag mit Al Kamil war inzwischen ebenso abgelaufen wie die Lebenszeit des Sultans.

Von Fatima wusste ich, dass der maßvolle und gebildete Mann auch im Paradies keinen Mangel leiden musste. Nun herrschten in den Wüstenländern wieder unversöhnlichere Töne, vor denen auch der Papst sich fürchtete.

Allerdings hatten sich die Differenzen zwischen Papst und Kaiser in den Jahren nur verschärft. Papst Innozenz weigerte sich, die Exkommunikation aufzuheben, im Gegenteil, er verstieg sich so weit, den Kaiser für abgesetzt zu erklären, da ein Exkommunizierter seiner Ansicht nach nicht herrschen könne. Friedrich bedrohte daraufhin Städte, Klöster und Liegenschaften des päpstlichen Patrimoniums, so dass das Kirchenoberhaupt nicht einmal mehr vor den feigsten Mitteln zurückschreckte. Er begünstigte Verschwörungen bis hin zu gedungenen Mördern und versprach bei Erfolg goldene Berge aus den Vatikanschätzen.

Die geplanten Attentate waren nun meine Chance.

Ich hatte mir für mich überlegt, dass es angesichts von Lokis Untaten allerhöchste Zeit war, meinen Schützling nach Walhall zu holen, bevor der arme Kerl entweder wieder eine solche Missetat auf seine Seele laden konnte, dass ihm die Hölle sicher wäre oder aber eine Reuephase einträte, die ihn direkt in die Arme Marias triebe.

Loki beabsichtigte wahrscheinlich genau das erstere und arbeitete mir daher wieder einmal entgegen. Er sorgte dafür, dass Friedrich allen Anschlägen entkam, ja sogar von ihren Urhebern erfuhr, an deren Köpfen er dann einmal mehr ein Exempel statuieren konnte.

Es war zum Verzweifeln. Kein Komplott ging auf, kein Schwertstreich konnte gegen ihn geführt werden.

Friedrich musste mit 56 Jahren glauben, ewig leben zu können und so machte er sich dann tatsächlich frohgemut auf, den 6. Kreuzzug zu planen.

Es blieb mir nur noch eins, ich eilte nach Asgard und beantragte eine Eilkonferenz mit Odin.

„Vater, du musst deinen Schutz von ihm abziehen, jetzt sofort. Wenn er nicht bald im Kampf stirbt, geschieht ein Unglück“, flehte ich.

„Ja, das sehe ich ein, Tochter, aber dann sieh auch zu, dass jemand von dem feigen Menschengesindel den Mut hat, ein Schwert gegen diesen Mann zu erheben. Das glaube ich nämlich erst, wenn ich es sehe.“

„Ja, Vater, ich suche jemanden.“

Als ich Asgard verließ, wusste ich, dass es mit Friedrichs sagenhaften Glück vorbei war, aber was mich auf der Erde erwartete, hatte keiner von uns vorhergesehen. Mein Held lag krank in einer unbedeutenden Burg auf dem Weg nach Palermo. Krank, er? Eine widerliche heimtückische Infektionskrankheit?

Das war Lokis Werk!

Ja, Sterbliche, was ich hier einmal erwähnen muss. Ihr glaubtet Jahrhunderte lang, Krankheiten seien Strafen Gottes, aber Irrtum, meine Lieben. Was für ein liebender Gott würde euch solche Plagen schicken? Bakterien und Viren sind Untertanen Lokis, noch kleiner und heimtückischer als seine Alben und Zwerge. Wer sie bekämpft, bekämpft das Böse und eure so lange geschmähten und mittlerweile wieder unterbezahlten Ärzte sind die einzigen Helden, die es mit dem Gott der Tücke aufnehmen können.

Da wand sich mein verehrter Schützling auf seinem Lager und weit und breit war keiner in der Nähe, der ihm noch zu einem gewaltsamen Tod hätte verhelfen können oder wollen. Bei Thors Hammer, wenn nichts geschah, dann starb mein Schützling einen Strohtod!

Völlig von Sinnen stürzte ich an sein Lager und beschwor Friedrich, sich wieder zu erheben. Doch alles Klagen und Weinen half nichts. Er verfiel vor meinen Augen und warf sich im Fieber auf seinem Lager hin und her.

„Ach, Rico“, flehte ich. „So kann ich dich doch nicht nach Walhall nehmen, du musst dir einen Dolch ins Herz stoßen, wenn du dir schon keine Odinsrunen auf die Wangen ritzen kannst. Los, tu es jetzt.“

Eine widerliche Lache erscholl in meinem Rücken.

„Zu spät, Mädel. Er hat nicht einmal mehr dazu Kraft. Du hast mir wirklich sehr geholfen, als du deinen Vater dazu brachtest, seinen Schutz von ihm abzuziehen. Wirklich gut. Drei Mal habe ich versucht den Kerl zu infizieren und jedes Mal starben alle möglichen, nur er nicht, aber wie man sieht, sterblich sind sie zu guter Letzt alle.“

Vor lauter Tränen konnte ich kaum denken.

„Federico, du darfst sogar deine geliebten Falken mitbringen, aber komm endlich zu dir.“

Umsonst. Er sah und hörte mich nicht.

Was geschah jetzt mit ihm? Ich durfte ihn nicht holen. Kam er jetzt in die Hölle?

Lokis Grinsen legte genau das nahe.

Nein! Da gab es doch noch andere.

„Fatima", rief ich. „Wo bist du eigentlich, wenn man dich braucht?"

„Hier", antwortete sie zu meiner großen Erleichterung. Nun war es immerhin möglich, dass mein Schützling von seinen arabischen Freunden etwas angenommen hatte. Normannen haben natürlich mit den Wüstensöhnen nicht viel gemeinsam, außer in der Kunst vielleicht. Beide lieben die Darstellung der Unendlichkeit in verschlungenen Bandmustern, mathematische Abstraktheit und vor allem die Logik, die zu exakter Wissenschaft führt, ganz abgesehen von einem erfreulichen Jenseits. Aber würde das reichen?

In diesem Moment der Entscheidung klang eine gebieterische Stimme.

„Nein!" Zum ersten Mal sah ich sie von nahem. „Er war trotz aller Verfehlungen ein Christ."

Nach Empfang der letzten Ölung und unter lateinischem Gemurmel eines Priesters war nicht nur Friedrich entschlafen, sondern auch Maria ins Zimmer geschwebt und an sein Lager getreten.

„Federicus Rex et Imperator", sprach sie ihn milde an.

Friedrich schlug seine Augen auf und besah sich die Versammlung. Der Ausdruck seiner Augen war nicht mehr herausfordernd und stolz, sondern eher zutiefst verunsichert. Der Reihe nach musterte er uns, dann kniete er vor der Jungfrau Maria nieder und küsste den Saum ihres Sternenmantels.

„Regina coelis, mater Dei, salva me", flehte er.

„Ja, mein Sohn, ich errette dich und biete dir Versöhnung und Verzeihung, aber nur nach einer Zeit der echten Reue", antwortete diese nicht unfreundlich.

Fegefeuer und Christenhimmel also und meine ganzen Mühen umsonst!

Als alle anderen verschwunden waren, wandte ich mich zu Loki, der ebenfalls gerade unauffällig zu entkommen suchte. Nun war er meines

Zornes sicher. Ich war so ungeheuer außer mir, dass ich keine Grenzen mehr kannte.

„Du Elender, das wirst du mir büßen!"

Ohne ihm Gelegenheit zur Gegenwehr zu geben, packte ich ihn mir am Kragen und flog mit ihm bis ins ferne Hawaii, wo eine Unzahl von Vulkanen ihr Feuer auf die Erde spucken.

„Du bist doch der Gott des Feuers", schrie ich und spießte ihn mit meiner Lanze an die Innenwand eines aktiven Vulkans.

„Das hätte ich schon lange tun sollen", fuhr ich fort. „Hier hört dich keiner, wenn du um Hilfe schreist. Und wenn du auch die Hitze des Feuers nicht fühlst, so atmest du wenigstens den Geruch des Schwefels."

Endlich war dieser arrogante Typ einmal in echter Panik.

„He, Schwester, das kann doch nicht dein Ernst sein. So wichtig sind doch die Sterblichen auch wieder nicht, he, wo willst du hin? Lass mich hier nicht allein. Hilfe!"

„Hier bleibst du, bis ich dich wieder abhole. Bis dahin kannst du dir immer wieder den einen Satz wiederholen:

„Ich durchkreuze nie wieder die Wahl der Walküre, verstehst du, nie wieder. Tschüss Loki!"

„Waltraaaaaud!"

„Und wie lange hast du Loki dort gelassen?" fragte ich voll atemloser Spannung.

Waltraud grinste.

„Sehr lange. So lange, bis ich ihn brauchte, aber das erzähle ich dir das nächste Mal. Deine Familie wartet. Mach dir nur von Zeit zu Zeit klar, dass es dein Haus und dein Leben ist, das du zu verteidigen hast."

Solcherart gerüstet stieg ich in die Straßenbahn und kurz darauf tatsächlich in die Badewanne mit Kneipps *Winterharmonie*. Die Frauenzeitschriften lagen noch immer auf dem Sofa, meine Schlafzimmertüre klappte ich einfach vor dem ungemachten Bett zu und den Tisch deckte ich ohne Decke mit normalem Geschirr, dafür mit rosa und blauen Papierservietten, die ich zu bunten Vögeln gefaltet hatte. Im Ofen brutzelte das Abendessen, aber so wie es aussah, würde es nicht rechtzeitig für Punkt Acht Uhr fertig werden.

Uwe hatte es gerade noch geschafft, eine viertel Stunde vor meinem Bruder einzutreffen und wunderte sich nicht wenig, dass auf dem Tisch noch nichts Essbares stand.

„Ich habe Hunger wie ein Wolf", rief Manfred dann zur Begrüßung. „Was gibt es zu essen?"

Das kam von einem, der zu Hause gewohnt war, dass Svenja etwas vom Italiener kommen ließ oder vom Libanesen oder einem Partyservice. Ihre Küche war schon darum picobello, weil dort außer Fertiggerichten nichts entstand, das mehr als einen Teller für die Mikrowelle verunreinigt hätte.

„Uwe, mach uns doch bitte schon einmal einen Weißwein auf. Die Filets brauchen noch etwas", erwiderte ich mit untypischer Lässigkeit. Zu diesen Worten ließ ich mich aufs Sofa fallen und besah mir vergnügt die kritischen Mienen meiner Gäste und die nicht minder verwunderten Augen meines Freundes.

Cedric war es zufrieden, denn der starrte auf sein Handy und hatte kaum mehr als *Hmpf* zur Begrüßung herausbekommen. Während nun aber das allgemeine Klirren der Gläser begann, schlich sich der Junge verstohlen in Richtung Schlafzimmer, wahrscheinlich um dort in meiner Parfümsammlung ein wenig Chaos anzurichten, nachdem ihm das das letzte Mal im Bad solche Freude bereitet hatte. Tatsächlich erwischte ich ihn mit dem ersten Flakon in der Hand, hatte aber sofort seine Aufmerksamkeit auf meiner Seite, als ich ihm sein ultramarinblaues

Handy neuester Bauart zuerst vor die Nase und dann über mein extra breites Weinglas hielt.

„Sieh mal Cedric“, sagte ich freundlich. „Sollte einem meiner Parfüms ein Unglück zustoßen, kann es sein, dass ich dieses Teil hier in meinem Wein versenke. Du entscheidest.“

„Mama!“

Heulend verlor der Kleine jegliches Interesse an meinen Parfümen und flüchtete wieder ins Wohnzimmer, wo er sein Handy ungläubig bestaunte.

Selten schmeckte mir mein eigenes Essen so gut wie an diesem Abend. Svenja hatte zwar ihren Sohn ausgefragt, was das Geheule zu bedeuten hätte, aber Cedric, dem ich sein Handy unauffällig wiedergegeben hatte, gab vor, sich an der Bettkante gestoßen zu haben.

Sieh an, da hatte man als Junge also so seinen Stolz.

Ich erwischte mich dabei zu denken, dass er den auch brauchte, wenn er es jemals nach Walhall schaffen wollte und spendierte dem angehenden Helden einen Schokokuss, den er dankbar annahm.

Märtyrer

Eine Woche darauf war mein Geburtstag. Das Wetter hatte sich jetzt in den üblichen Frühjahrsmatsch verwandelt, wobei der Himmel zwischen Hellgrau und zögerlichem Blau wechselte. Ich hatte mir gewünscht, diesen Freitagabend mit Uwe allein zu verbringen, was er freudestrahlend begrüßte. Nun aber, 24 Stunden zuvor, schlich er unruhig in der Wohnung auf und ab. Wie die meisten Frauen brauchte ich nicht lange, um herauszufinden, was ihn bedrückte.

„Du weißt nicht, was du mir schenken sollst", stellte ich lachend fest.

Sein Erröten sprach Bände.

„Wie sieht das denn aus, wenn ich dich bitte, dir selber etwas Schönes zu kaufen?" entgegnete er resigniert. „Selbst bei Schmuck bin ich mir nicht sicher, wirklich deinen Geschmack zu treffen, und nur so für die Schatztruhe nach einem gezwungenen aber-das-wäre-doch-nicht-nötig-gewesen, Liebling", hatte ich auch keine Lust."

Für den wortkargen Mann immerhin schon eine lange Rede, was mir nur anzeigte, dass das Thema ihm sichtlich Unbehagen bereitete.

Flüchtig streifte der Thorhammer durch meinen Kopf, den ich aber nach Absurdistan verbannte, wo er zweifelsohne hingehörte, denn dies war eine Gelegenheit, die ich nutzen musste. Zumindest hätte Waltraud das geraten und nun wollte ich es nicht vermasseln.

„Ich hätte da schon einen Wunsch", säuselte ich so sanft wie möglich.

„Ja?“ Seine hoffnungsfrohe Miene besagte: alles-was-dir-recht-ist-Schatz-Hauptsache-ich–bin-das-Thema-los. Was sich sogleich ändern würde.

„Ich wünsche mir eine Katze.“

Jetzt war es heraus.

„Eine Katze? So mit stinkendem Katzenklo und Haaren auf allen Pullovern, dazu Krallen, die Kratzer an jedem nur erdenklichen Körperteil hinterlassen?“

„Ein schnurrendes, warmes, kuscheliges Lebewesen.“

„Wenn es noch ein Hund wäre, aber eine Katze?“

„Hunde finde ich auch süß“, log ich, „aber Katzen sind einfacher in der Haltung. Sie müssen nicht Gassi gehen, Ausgang hier im Garten reicht schon, man muss sie in keine Pension geben, solange sich eine Nachbarin findet, die sie füttert, und sauber halten kann sie sich auch selber.“

Uwe tat das, was Männer in ausweglosen Situationen meistens machen, er riss sich erst mal eine Dose Bier auf und ließ sich schwer in einen Sessel fallen.

„Möchtest du nicht lieber gleich ein Kind?“ fragte er dann perfide.

Das war unter der Gürtellinie.

„Hast du Angst, weniger Schmuseeinheiten abzubekommen?“ fragte ich ebenso perfide zurück und schmiegte mich an ihn. „Ich wünsche mir schon sehr lange so ein Tier, am liebsten rot gestreift. Bis jetzt hatte ich nie ein richtiges zu Hause dafür, aber jetzt…“

Ich ließ das einwirken, denn welcher Mann ist nicht stolz darauf, ein Nest gebaut zu haben?

Er seufzte tief.

„Meinetwegen. Ich hoffe nur, das Vieh hat sichere Instinkte und meidet mich."

So feierten wir meinen Geburtstag zu dritt, Uwe, Selina und ich.

Katzen sind sehr schlaue Tiere. Im Umgang mit Menschen bewahren sie nicht nur ihre Souveränität und Unabhängigkeit, wie es ihnen oft nachgesagt wird, sie wissen auch ganz genau, wie man sich seine Herrchen geneigt macht. Selina schnurrte wie ein Dieselmotor, wenn Uwe auch nur in der Nähe war, ein Geräusch, das so beruhigend wirkte, dass sich der ehemalige Katzenfeind angewöhnte, bei der Sportschau samt Tier auf dem Schoß genüsslich einzuschlafen. Es ist unglaublich, wie anders das Leben wird, durch eine anscheinend so kleine Veränderung wie der Einzug eines Tieres. Es ist nun einmal ein Wesen, mit eigener Persönlichkeit und Seele. Als Mensch lernt man, mit jemandem zu kommunizieren, der einen nicht zutexten kann und trotzdem mehr gibt als nimmt. Selina war da, wenn ich nach Hause kam, und dieses Dasein äußerste sich mit lautem Maunzen. Ich hatte endlich jemanden, dem es nicht zu viel wurde, gekrault zu werden und wenn doch, dann entzog sie sich höchst elegant und unauffällig, um später schnurrend wieder auf meinem Schoß zu landen.

Kaum hatte sich das neue Familienmitglied eingewöhnt, hatte ich es eilig, meine ungewöhnliche Freundin aufzusuchen, der ich indirekt dieses Glück verdankte, hatte sie mich doch dafür kritisiert, nicht einmal eine Zimmerpflanze betreuen zu können.

So leicht war es aber an diesem Tag nicht, meine Arbeit zu Ende zu bringen, denn Mona hatte einen Nörgeltag, an dem man ihr nichts recht machen konnte.

„Die Pullover im Regal sehen total schlampig sortiert aus", fing sie wieder an, „und die Bügel hängen auch noch immer da, wo sie heute Morgen schon waren."

„Mach ich noch, sobald ich mit der Deko fertig bin", bemerkte ich lässig und beharrte nicht darauf, dass ich immerhin 12 Kundinnen allein bedient hatte, während sie mit ihrer Freundin Kaffee trinken war, die Aushilfe sich krank gemeldet hatte und meine anderen beiden Mitstreiterinnen sich einmal wieder in den Haaren lagen. Das Schaufenster war meine Lieblingsaufgabe, ich befestigte Blumenzweige darin, um den Frühling herbeizulocken.

„Ach ja, die Deko. Wäre gut, wenn sie diesmal nicht ganz so kitschig ausfiele, Frau Lohmann hat auch gesagt…"

„Frau Lohmann ist eine verhärmte Zicke", zitierte ich Monas eigene Worte, an die sie sich jetzt aber nicht zu erinnern schien.

„Frau Lohmann ist eine Stammkundin. Ihre Meinung muss uns doch wichtig sein. Wenn sie keine Narzissen ausstehen kann, dann kommen eben keine ins Fenster."

Na super. Kommentarlos hängte ich die Blumengirlanden wieder ab und ließ das Fenster kahl zurück. Dann räumte ich zusammen mit einer Kollegin die Bügel weg und ordnete die Pullover noch lange, nachdem die Chefin gegangen war. Erst als die Aushilfe Iris, die die undankbare Aufgabe hatte, all die Kleider und Röcke wieder aufzuhängen, die ungeduldige Kunden von den Bügeln gerissen und auf den Boden fallen gelassen hatten, verschwunden war, griff auch ich nach meinem Mantel. Die ganze Zeit hatte ich nicht einmal einen Blick nach draußen gewagt, doch jetzt, als ich die Tür schloss, sah ich sie. Die langen Beine in Stiefeln, dazu Minirock und leichter, glänzender Pulli, natürlich keine Jacke darüber.

Zur Abwechslung regnete es mal nicht, als ich aus der großen Boutique trat und Waltraud in der Menschenmenge nur zunickte, damit sich nicht wieder jemand fragen mochte, ob ich mitten auf der Straße Selbstgespräche führte.

Begeistert erzählte ich kurz darauf von Selina, was bei ihr ein zufriedenes Lächeln hervorrief.

„Da hast du ja endlich etwas Wichtiges für dich erreicht. Wusstest du, dass der Wagen der Göttin Freya von Katzen gezogen wird?“ fragte sie mich dann. Es sind die idealen Begleiter für Frauen wie dich, so wie die Hunde es für Männer wie Uwe sind.“

Mir war schon bewusst, dass nicht alle Frauen Katzen liebten, aber was meinte sie mit *Frauen wie mir*?

„Du bist unter der Venus geboren“, erklärte Waltraud. Unter der Sonne wärest du eine Pferdenärrin, und als Merkurfrau hättest du lieber einen Wellensittich. Uwe ist ein Marsgeborener.“

„Dann muss ich also gerechterweise Uwe auf die Dauer einen Hund gönnen“, bemerkte ich dazu.

„Sieht so aus.“

Indessen bogen wir auf den Marktplatz ein, als vor uns eine alte Frau plötzlich zu Boden gestoßen wurde, wobei sie laut schrie:

„Hilfe, meine Tasche, da läuft der Dieb.“

Während sich einige Passanten betreten umdrehten und jemand der alten Dame auf die Füße half, sprintete ein Typ mit Kapuzenshirt und reichlich Piercing im Gesicht auf uns zu. Natürlich versuchte er Haken schlagend im Gewühl an den Menschen vorbeizukommen, aber da hatte er nicht mit Waltrauds Reflexen gerechnet.

Die packte den schmalbrüstigen Jungen am Kragen und hob ihn mit einer Hand leicht an.

„Wo willst du denn hin, du fieser, feiger Flegel?“

„Hilfe", schrie nun der junge Mann.

Für die Passanten musste es merkwürdig aussehen, wie er da so strampelnd über dem Boden schwebte und ohne ersichtlichen Grund um Hilfe schrie.

„Gib der Dame die Tasche wieder", befahl Waltraud, als sie sah, dass sich die alte Frau näherte.

Der Typ gehorchte widerwillig, ohne zu wissen, wer ihm die Anweisung gab, noch wer oder was ihn eigentlich am Weiterlaufen hinderte.

„Miserable, mickrige Memme", fauchte Waltraud und schleuderte den Dieb aus der Menge heraus in Richtung Denkmal.

Sekunden später fand sich der Gepiercte hinter Jan Wellem auf dem Bronzepferd reitend.

Das Ganze war so schnell gegangen, noch dazu in der Dunkelheit einer Stadt im Winter, dass die meisten Passanten glauben mussten, der Dieb hätte sich nun ohne Tasche davon gemacht. Selbst die alte Dame hatte sich zufrieden abgewandt, mit beiden Händen die Tasche umklammernd.

Doch vor dem Denkmal sammelte sich nun eine Gruppe japanischer Touristen, eifrig ihre Digitalkameras zückend.

Ein Polizist näherte sich im Eilschritt.

„He, Sie da, das ist ein Denkmal. Kommen Sie sofort herunter."

„Wie zum Henker bin ich überhaupt hier hoch gekommen?" fragte sich das Kapuzenshirt und betrachtete ängstlich die nicht ganz unbedeutende Höhe der Reiterstatue.

„Wohl sternhagelvoll, wie?" bemerkte der Polizist hilfreich.

Waltraud fasste mich am Arm und zerrte mich in Richtung des *Wanderer Rig*.

„Komm, den Rest schaffen die ohne uns, ich hab jetzt Durst."

„Bin mal gespannt, wie er über das spitzenbewehrte Eisengitter gelangen will", kicherte ich.

„Ein wenig Sport schadet dem Jungen sicherlich nicht. Der sieht mir doch aus, als könne er nicht mal einen leichten Degen handhaben, von einem Schwert wollen wir da gar nicht erst reden", meinte Waltraud geringschätzig.

Klare Sache, vor ihren Augen würde vermutlich gerade mal Arnold Schwarzenegger Gnade finden.

„Albi, wir brauchen Met", rief sie dann in Richtung Theke, wo der kleine Zwerg soeben hervorlugte.

Ich war leicht geknickt. Sicherlich konnte sich jemand wie Waltraud nicht einmal vorstellen, dass man sich den ganzen Tag über freiwillig zur Schnecke machen ließ. Und diese merkwürdigen Sprüche!

„Deine Art, andere zu beschimpfen, ist wirklich sehr speziell. So etwas habe ich noch nie gehört", murmelte ich vor mich hin.

Die Walküre runzelte die Stirn.

„Meinst du die Stabreime?"

„Stabreime?"

„Au weia. Sieht fast so aus, als ob ihr Menschen euch in dem Maße wie die Speicherkapazität der Computer zunimmt, zu absoluten Nullbytes entwickeltet."

Ich schlürfte grimmig meinen Met.

„Erklärst du es heute noch?"

„Stabreime sind das Gegenteil von Endreimen. Die kennst du besser, so die reim-dich-oder-ich-fress-dich Variante.

Stabreime dagegen nutzen den Wortbeginn. So wie *Blödes, unterbemitteltes Boxenluder* oder *arrogante, anmaßende, Arschgeige*."

„*Schmalbrüstige, scheinheilige Betriebsschlampe*?" fügte ich wütend hinzu. Das mit den Nullbytes war echt gemein.

„Ich sehe, du hast die Komposition erfasst."

„Als Dichtung klingt das aber verdammt unromantisch", mäkelte ich wieder.

„Ist ja auch nicht als Liebesgedicht gemeint. Stabreime verwendet man, um den Gegner einzuschüchtern und schon mal verbal zu vernichten, bevor es zum Meinungsaustausch mit der Axt kommt. Als die Christen den Germanenladen übernahmen, fingen sie mit Endreimen wie Goethe und Schiller sie verwendeten an. Kann aber heute keiner mehr. Die einzigen, die jetzt noch dichten, sind die Werbetexter, und die verwenden wieder Stabreime. Diesmal sind sie dazu gedacht, den Gegner, also den Konsumenten, zu betrügen. Also so wie *knackige, coole Cabanossi*. Das bedeutet in Wahrheit *schwer zu knackende Triglyceride aus dem Kühlregal mit entfernter Ähnlichkeit zu einer kapadokischen Bauernwurst*, Hauptsache der Spruch klingt wie *Bed & Breakfast*."

Ich nickte.

„OK, ich hab es kapiert. Hast du vielleicht noch einen Stabreim für eine hysterische Ziege von Chefin?"

„Sicher, allerdings solltest du die Konsequenzen im Auge behalten. Früher folgte der verbalen eine handgreifliche Auseinandersetzung, bei der du, nebenbei bemerkt, gewinnen würdest, heute befürchte ich eher ein Schreiben in der Art: „…bedauern wir Ihnen mitteilen zu müssen, dass wir Ihre Dienste künftig nicht mehr in Anspruch zu nehmen gedenken...bla bla bla…"

Ich seufzte tief.

„Erzähl mir zur Abwechslung mal etwas Aufbauendes."

Waltraud lachte.

„Dann höre meine nächste Geschichte:“

Nach meinem letzten Versagen konnte ich nicht hoffen, so schnell wieder bedeutende Persönlichkeiten anvertraut zu bekommen. Umso dankbarer war ich, als mein Vater mich im Sommer 1307 zu sich rief.

„Waltraud, es gehen einmal wieder seltsame Dinge auf der Erde vor sich. Jetzt schlagen sich nicht einmal mehr nur Christen und Moslems, es scheint, als braue sich auch gegen ihre eigenen Soldaten Böses zusammen. Du hast Erfahrung mit dem Orient, deshalb habe ich dich ausgewählt, Erkundigungen für mich einzuholen. Wenn du jemanden von ihnen mitbringen kannst, gut, wenn nicht, auch nicht schlimm, aber bring mir deren Geheimnis.“

„Von wem ist eigentlich die Rede?“ fragte ich verwirrt.

„Der Orden der Tempelritter.“

Tempelritter? Jedermann wusste, dass es sich um den wohlhabendsten und vielleicht auch mächtigsten aller Ritterorden handelte. Sie hießen so, weil sie in Palästina die heiligen Stätten bewachten. Sie hatten Ordenshäuser in zahlreichen Städten Europas, zahlten keine Zölle, Zehnten oder andere Abgaben und unterstanden nur dem Papst direkt. Kein weltliches Oberhaupt konnte ihnen befehlen, jeder einzelne Ritter unterstand nur seinem Meister und der wiederum einem Großmeister, der in Zypern seinen Sitz hatte. Was sollte ich schon wieder mit Geistlichen, solche wie der Erzbischof von Köln waren doch nun wirklich nicht allzu zahlreich?

„Die Templer sind keine langweiligen Kuttenträger, sie sind Krieger mit Tonsur. Zusätzlich zu den drei Gelübden von Armut, Gehorsam und Keuschheit haben sie noch das Gebot, die Interessen des Glaubens mit dem Schwert zu verteidigen, ganz abgesehen von einem langen Katalog an Ordensregeln. Es soll aber ein Geheimnis geben, hinter dem alle her sind. Das genau will ich wissen.“

„Und wie soll ausgerechnet ich da dran kommen?“

„Du begleitest Giscard de Varengeville auf seiner Reise von Jaffa zurück nach Frankreich.“

„Klingt wirklich aufregend“, maulte ich unzufrieden.

„Giscard ist ein Nachfahre von Rollo dem Wikinger, er weiß es nur nicht“, versuchte Odin mir den Auftrag zu versüßen.

Na schön.

Während meine Familie noch genüsslich und ausschweifend Mittsommer feierte, packte ich mal wieder mein Gepäck. Als ich damit fertig war, waren die Feuer im Kamin der goldenen Halle schon heruntergebrannt und alle Krieger schleppten sich in ihre Gemächer, wenn sie nicht gleich an Ort und Stelle niedersanken. Langbezopfte Mädchen räumten die Tische ab und deckten die schlafenden Helden zu.

„Diesen hier müssten wir eigentlich zu seinem Lager tragen, es wäre ihm sicher peinlich hier aufzuwachen“, sagte genau die, die mir zum Verwechseln ähnlich sah zu einer weiteren.

„Dann hol eine Walküre.“

Ich ließ meinen Speer fallen und betrat eilig die Halle. Denn den dunklen Haarschopf des Schlafenden hatte ich auch auf die Entfernung erkannt. Nun konnte ich endlich mein Spiegelbild mit lang aufgestauter Wut überschütten. Doch das Mädchen reagierte kühl.

„Du darfst ihn nur tragen, aber wenn du ihn weckst, rufe ich sofort Odin.“

„Auch noch eine elende Petze“, versetzte ich. „Geh mir aus den Augen.“

Das tat sie leider nicht. Trotzdem nutzte ich die Gelegenheit, mir meinen Geliebten endlich wieder einmal ausführlich zu betrachten. Was hatte ihn in Schlaf versetzt, wenn sein Atem kein bisschen nach Alkohol roch? Warum erwachte er nicht, auch nicht als ich ihn mir auf die Schulter lud? Selbst meine verzweifelten Tränen bewirkten rein gar nichts. Es hatte keinen Sinn, dies war wahrscheinlich ein weiterer Zauber meines Vaters. Um seine Walküren zu erhalten, war ihm ganz offensichtlich jeder Trick recht.

Na gut, auf zur Erde denn...

Besagter Giscard packte soeben seine wenigen Habseligkeiten in seiner Zelle zusammen, die er, wie alle Templer, mit einem anderen Ordensbruder teilte. Er war von großer, kräftiger Statur, mit muskulösen Armen, die tatsächlich Übungen mit dem Schwert erkennen ließen. Sein rotblondes Haar reichte bis zum Kinn, sah aber albern aus, da es in der Mitte eine kreisrunde Tonsur hatte. Als er sich aufrichtete, sah ich ein junges, markantes Gesicht mit strahlend blauen Augen, dazu eine noch markantere Knubbelnase. Seine Haut war trotz der Sommersprossen fast lederartig braun gebrannt, er musste also schon eine Weile in der Wüstensonne zugebracht haben. Das weiße Gewand, das sie Chlamys nannten, wurde vorne links und hinten in der Mitte von einem achteckig gespitzten roten Kreuz geziert. Darunter trug er das übliche schwere Kettenhemd und eine weiße Kordel mit Knoten, die *Cordeliere.*

Sein Zellengenosse trieb ihn zur Eile an.

„Ihr werdet zu spät zum Essen kommen, und dieser Freire aus Spanien wartet auch schon."

„So amüsant finde ich dessen Gesellschaft wirklich nicht, als dass ich mich da noch beeilen möchte."

Aha, ein Aufmüpfiger, trotz Ordensgewand.

Der Spanier, Pedro de Sancedo y Fenollar, Visitator des Ordens, der von Enklave zu Enklave reiste, um darüber zu wachen, dass die Tempelritter sich weltweit an ihre herben Regeln hielten, blickte dann auch entsprechend streng zur Tür des Refektoriums, als Giscard durch den gotischen Bogen trat. Zu seinem Bedauern konnte er nun keine Rüge mehr aussprechen, da während der Mahlzeiten absolutes Schweigegebot herrschte.

Giscard glitt auf eine Holzbank und versenkte seinen Löffel in der Suppe, wobei er den Spanier unauffällig musterte.

Mit diesem Mann würde er nun die Überfahrt gemeinsam machen und hätte ihn, wenn er Pech hatte, auch noch bis nach Hause in Rouen am Hals, je nachdem wie die Route des Visitators aussähe. Dabei sah der Kerl gar nicht so übel aus, dunkles welliges Haar, helle Haut, edle Züge. Ein typischer kastilischer Adeliger, wahrscheinlich viel jünger als es zu seiner düsteren Miene passte. Vielleicht wurde man ja so, wenn man nur in der Weltgeschichte herumreiste, um Strafen zu verhängen, und die waren, das wusste man ja, weiß Gott kein Ave-Maria Beten.

Als alle aufstanden, wendete Pedro de Sancedo sich mit seiner befehlsgewohnten Stimme direkt an ihn.

„Ihr müsst Euch noch von Eurem Superior verabschieden. Unmittelbar darauf werden wir an Bord gehen. Keine Papiere und keine Bücher dürfen mit an Bord."

„De par dieu, beau Sire", antwortete Giscard mit der Formel, mit der ein Templer Befehle entgegen nimmt, aber die Rebellion wütete in seinem Herzen.

Warum kein Buch? Das Einzige, was er besaß und nur für ihn von Wert sein konnte, waren Bücher, die noch dazu in aramäisch, hebräisch und arabisch geschrieben waren. Was ging es Pedro an, ob er die dabei hatte oder nicht. Leider war es undenkbar, diesen Mann nach dem Grund für einen Befehl zu fragen. Das hätte er nicht einmal seinen Superior gefragt. Der ehrwürdige Herr würde ihn ohnehin nur mit wenigen dürren Worten verabschieden. Er hatte also noch Zeit, die Bücher zu seinem Zellengenossen zurückzubringen und ihn zu bitten, dieselben aufzubewahren, bis es eine Gelegenheit gab, sie nach Rouen nachzuschicken.

Was den Superior anging hatte er sich allerdings getäuscht.

„Giscard de Varengeville. Es kam Uns zu Ohren, dass unser Großmeister, Jakob de Molay, in Paris weilt. Ich habe eine dringende Nachricht für ihn." Er reichte dem jungen Mann ein Futteral, in das er einen versiegelten Brief steckte.

„Bringt ihm dies ohne Verzug und unter allen Umständen. Sollte es zur Durchführung dieses Auftrages geboten sein, auf die äußeren Zeichen des Ordens zu verzichten, so zögert nicht, auch das zu tun."

Mit was für Schwierigkeiten rechnete der Mann denn?

Giscard war Feinde gewohnt, nicht nur in Form von Sarazenen, nein, weiß Gott auch aus den Christenreihen. Im Heiligen Land rivalisierten sie mit dem Johanniterorden, die Kirche selbst war oft genug neidisch auf die

Privilegien der Templer. Trotz allem hatte er noch niemals eine Mission ohne sein weißes Gewand durchgeführt, geschweige denn einen Kampf geführt.

Gewohnt keine direkten Antworten zu erhalten, begnügte sich Giscard mit seinen eigenen Gedanken und empfing Abschiedskuss und Umarmung seines Superiors.

Natürlich hatte das alles länger gedauert, als der Visitator veranschlagt hatte, so dass De Sancedo schon wieder grimmig blickte, als Giscard endlich im Hafen erschien.

An Bord befand sich das übliche Gemisch aus Händlern, niederen Geistlichen, ein paar wenigen Adeligen, an Nationalitäten gab es Italiener, Deutsche, aber hauptsächlich Franzosen, da das Schiff Marseille anlaufen würde. Die weiße Tunika mit dem Kreuz flößte Vertrauen und Achtung ein, so dass der Kapitän den beiden ungleichen Männern sofort das Beste von seiner Tafel anbot.

Giscard, der von Natur aus ständig Hunger hatte, bekam schon leuchtende Augen, aber der Spanier kam möglichen Dankesbezeugungen zuvor.

„Wir danken sehr für das Angebot, guter Mann, aber es ist uns nur drei Mal in der Woche erlaubt, Fleisch zu essen und wir halten uns daher besser an unsere mitgebrachten Vorräte. Für eine Karaffe Wein wären wir allerdings dankbar."

In einer ruhigen Ecke öffnet er dann seinen Ledersack und holte einen Laib Brot, ein großes Stück Käse und ein Säckchen Oliven hervor. Dann füllte er großzügig zwei Silberpokale.

„Ich hatte schon befürchtet, Ihr würdet auch diese Gunst noch abschlagen", konnte sich Giscard nun doch nicht enthalten zu bemerken.

„Der Rotwein ist ein Segen des Herrn und davon ein *Cántaro* pro Tag ist uns durchaus erlaubt“, entgegnete der Spanier ruhig und teilte sein frugales Mahl so auf, dass Giscard den größeren Anteil erhielt.

„Und sind Hammelkeulen keine Segnungen des Herrn? Eine besonders amüsante Begleitung seid Ihr fürwahr nicht“, rebellierte der jüngere der beiden.

„Amüsant?“

„Ihr seht mich an, als sei Euch das Wort so fern wie der Mond. Spanien muss ja wirklich düster sein, Gott sei Dank bin ich Franzose.“

„Spanien ist sehr groß, junger Freund. Ich bin Kastilier. Und Franzose sein bedeutet nicht automatisch, die Ordensregeln laxer auslegen zu dürfen.“

Giscard wollte schon etwas Heftiges erwidern, da fiel ihm etwas ein, das ihn schon immer fasziniert hatte.

„Kastilien grenzt doch im Süden an das Maurenreich. Habt Ihr das mit eigenen Augen gesehen? Ist es so wie das Heilige Land?

Pedros Stirn umwölkte sich.

„Ich habe es gesehen“, war die lapidare Antwort, auf die leider keinerlei Erläuterungen folgten. Giscard vermutete sofort, dass hier etwas verborgen lag, das der andere sorgfältig hütete und sicher nicht freiwillig preisgeben würde. Das konnte ja eine heitere Fahrt werden. Während und nach dem Abendessen durften Templer nicht mehr sprechen und mit Sicherheit hielt sich der Spanier nicht nur daran, sondern würde auch dafür sorgen, dass sein Bruder es ebenfalls tat, während er, Giscard schon gehofft hatte, auf dieser Reise ein wenig Freiheit atmen zu dürfen.

Missmutig betrat er das Oberdeck, um den frischen Wind von Levante zu atmen. Merkwürdig, wie wohl er sich fühlte, wenn er von Wasser und Wind umgeben war. Mit tiefen Zügen sog er den salzigen Duft des Meeres ein und es schien ihm, als fielen mit jedem Zug Ketten von seiner Brust.

Erstaunlicherweise schien das Gleiche nicht auf den Kastilier zuzutreffen. Am dritten Tag sah er ihn, wie er sich so unauffällig wie möglich an die Reling klammerte, als könne er sich kaum mehr auf den Beinen halten und außerdem hatte er einen recht ungesunden Teint angenommen.

Eine Dame spazierte an Deck, begleitet von einer Zofe und einem kleinen Hündchen, das ein Lakai führte. Sie hatte den schwarzhaarigen Tempelritter wohl schon länger beobachtet, wie er offensichtlich gegen seine Übelkeit ankämpfte.

„Fühlt Ihr Euch nicht wohl, Beau Sire? Darf ich Euch mein Riechsalz anbieten?" fragte sie liebenswürdig. Giscard erkannte einen melodischen französischen Akzent, das Occitane, wie es in den Süden gehörte. Die Dame war jung, außergewöhnlich schön und nicht schüchtern. Giscard fragte sich voller Vergnügen, wie sein Freire sich jetzt aus der Situation herauswinden würde. Templern ist jeder Kontakt mit Frauen untersagt, und sei er auch noch so harmlos.

Würgend machte der spanische Edelmann Zeichen, sie möge sich nicht um ihn bemühen. Giscard lächelte perfide, während er hinzutrat.

„Nehmt es an, Bruder. Das Riechsalz wird Euch helfen." Hiermit nahm er der fremden Dame das Fläschchen aus der Hand und hielt es dem Reisegefährten unter die Nase.

„Schaut nicht in die Wellen, blickt zum Horizont, dreht Euch etwas in den Wind. So seht Ihr gleich viel besser aus."

Der Edelmann hüllte sich in Schweigen, während die Dame nun den zweiten Tempelherrn musterte.

„Julienne de Marcillac aus Toulouse. Es freut mich sehr, Euch kennen zu lernen. Man fühlt sich gleich viel sicherer, wenn man Eure Schwerter sieht."

Wäre der Spanier nicht in einer so misslichen Lage gewesen, so hätte er der armen Frau sicherlich erklärt, dass Templer ihr Schwert nur zur Verteidigung des Glaubens benutzen dürfen und nicht, wie angedeutet, zur Verteidigung schutzloser, allein reisender Damen. Trotzdem gebot die Höflichkeit, sich nun seinerseits vorzustellen, wobei er den Namen seines Reisegefährten zuerst nannte.

Julienne war hocherfreut. „Das ist wunderbar, Señor de Sancedo, wenn es Euch wieder gut geht, könnt Ihr mir die Beichte abnehmen. Das wäre doch eine lange Reise ohne die Sakramente."

„Salva me dios", murmelte der Spanier erstickt, während Giscards Grinsen sich vertiefte. Liebenswürdig erklärte er, dass der Templerorden sich aus Soldaten, Geistlichen und Servienten zusammensetzte und dass sie nun ganz offensichtlich zur ersten Gruppe gehörten.

„Oh Verzeihung", lachte die Dame unbefangen. „Ich hatte nur gedacht, wegen der Tonsur."

„Wir sind alle Mönche", erläuterte Giscard und spürte wie er leicht errötete. Ärgerlich. Es wurde Zeit, sich dieser allzu weiblichen Präsenz zu entziehen.

„Ihr erlaubt, dass ich mich um meinen Bruder kümmere?"

Dieser begann ohne Vorwarnung sich seines Mageninhaltes zu entleeren. Giscard betrachtete die Wellen. Das Meer war tatsächlich unruhiger geworden, aber er hatte instinktiv den breiten Gang der Seemänner angenommen und auch mühelos ein feuchtes Tuch unter Deck besorgen können, damit sein Bruder sich reinigen konnte. Dazu brachte er zerteilte Apfelschnitzel und einen Schluck Wein. Pedro de Sancedo war inzwischen so geschwächt, dass er sich auf seinen sehr viel größeren Ordensbruder stützen musste, um zu seinem Lager zu gelangen.

Sieben Tage blieb der Spanier unempfänglich für das Geschehen an Bord und schwebte in einem Zustand völliger Erschöpfung zwischen Himmel und Erde. Giscard scheute keine Mühen der Pflege, wusch die Kleider seines Freire mehrmals aus und fütterte den Halbohnmächtigen mit Hühnerbrühe, die der Kapitän eigens für ihn zubereiten ließ. Dabei war dem neugierigen Giscard auch die Cordeliere seines Bruders aufgefallen. Der Strick hatte drei Knoten an einem Ende und einen am anderen. Natürlich, dieser Mann wusste etwas, das alle Ordensbrüder erstrebten und nur ganz wenige je erfahren würden und es war leider völlig unwahrscheinlich, dass er sein Wissen teilen würde.

In Pedros Gepäck befanden sich Kräuter, Tiegel mit Salben und Leinenbinden. Templer galten innerhalb der Christenwelt als gute Ärzte. Es war aber auch bekannt, dass sie dieses Wissen von den Ungläubigen hatten und so war dieses Gepäck Antwort genug für Giscard.

Jetzt, wo der jüngere der beiden Templer allein auf sich gestellt war und keiner ihn mehr kontrollierte, war meine Stunde gekommen.

Ich besuchte ihn, nachdem er den Spanier versorgt hatte und sich selbst noch zwischen Traum und Wachen befand.

Glück gehabt, er sah mich.

Verwirrt rieb er sich die Augen. „Welche Versuchung des heiligen Antonio ist denn das?“ rief er entsetzt aus.

Oh Mann, musste ich jetzt die Rolle einer Heiligen spielen?

Wie wäre es mit Schutzengel? In Rüstung? Na ja, der heilige Michael hat ja auch... Geht nicht, der ist nicht weiblich. Also gut, mein Aufzug war doch dem seinen gar nicht so unähnlich. Jetzt musste ich mich nur noch auf diese Codesprache einlassen.

„Beau Sire, Ihr sucht Wissen und Erkenntnis, so erfahrt denn dies: Es gibt nicht nur Freires, sondern auch Schwestern, die zu kämpfen verstehen. Ich, Valerois, werde dich auf deinem Weg begleiten. Hör auf dein Gewissen und nicht auf das, was andere dir sagen.“

Er sah mich zunächst nur verständnislos an und hielt das alles für einen Traum, einen, den er hoffentlich nicht melden würde, um augenblicklich Buße zu tun. Nun war der strenge Spanier, Odin sei Dank, auch gar nicht in der Lage, sich die Beichte seines Bruders anzuhören, der hatte genug mit sich selbst zu tun. Giscard konnte sich jetzt sogar kleinere Unregelmäßigkeiten wie das eine oder andere Ausfallenlassen eines Gebetes erlauben.

Allerdings war ich nicht die Einzige, die die gute Gelegenheit beim Schopf packte.

Julienne de Marcillac hatte nicht die geringste Scheu, den Templer wieder anzusprechen.

Giscard drehte sich erst um, ob ihn keiner sähe, bevor er verlegen auf den Boden blickend, den Gruß der Dame erwiderte. Aber er war zu sehr Franzose oder Normanne, um dann nicht doch aufzublicken. Was er sah, musste selbst einen weniger unschuldigen Mann um den Verstand bringen. Die Französin hatte lockiges, nussbraunes Haar, das ihr in langen Wellen bis zur Wespentaille reichte, grüne, blitzende Augen und ein so üppiges

Dekolletee, das es schwer war, nicht dorthin zu blicken, zumal der Templer, um einiges größer, auf sie herabschauen musste.

„Habt Ihr unter den anderen Reisenden einen passenden Beichtvater gefunden?“ fragte Giscard arglos, da geistliche Themen ihm der einzig akzeptable Gesprächsstoff zu sein schienen.

Julienne streifte ein paar Priester in schwarzen Soutanen mit abfälligem Blick.

„Diese Herrn sind ebenso einfältig wie verdorben, Sire. Je länger ich mich von ihnen fernhalten kann, desto besser.“

Giscard verschlug es die Sprache.

„Um Christi Willen, sprecht nicht so, liebe Dame. Haben denn diese Herren sich etwas erlaubt, das ihnen nach unseren Geboten verboten ist? Soll ich mit ihnen reden? Sie werden das fürwahr nicht wiederholen, wenn...“

„Nein, nein“, unterbrach die Französin heftig. „Verzeihung, Sire. Ich kenne die beiden dort gar nicht. Es sind nur zwei Vertreter einer Kirche, die ich zutiefst verabscheue.“

Giscard bekreuzigte sich. Seine Heftigkeit von vorhin war verflogen.

„Darf ich erfahren, was Euch zu solchen, solchen...“, er suchte nach Worten.

Julienne seufzte und kürzte das Gestammel mit traurigem Lächeln ab.

„Da wir uns ohnehin ab Marseille niemals mehr sehen werden, dürft Ihr ruhig wissen, welche Herren das sind. Mein Vater war Baron eines der Lehen im Heiligen Land, das die Sarazenen wieder zurückerobert haben. Damit nicht genug, ist er unter der unbekömmlichen Sonne der Wüste allen Lastern verfallen, die man sich vorstellen kann, Wein, käufliche Frauen und vor allem Glücksspiel. Von den Templern musste er sich immer wieder Geld leihen, so dass er zuletzt sogar unsere Baronie bei Toulouse an Euren Orden verloren hat. Nun hat er nur noch einen einzigen Besitz, und das ist seine einzige Tochter, nämlich mich. Mein Vater hat noch Freunde am Hof unseres Königs Philipp, unter anderen den Bischof Marigny von Cambrai. Dieser hat nun die ungeheuer christliche Idee gehabt, mich als seine Geliebte zu verlangen.“

„Nicht möglich!"

„Ein guter Handel", fuhr Julienne bitter fort, als hätte sie den Einwand nicht gehört.

„Dafür erhält mein Vater nicht nur eine große Summe Geld, nein, Marigny versprach auch, unsere Ländereien den Händen der Templer zu entreißen."

Giscard lachte auf. „Wie will er das denn erreichen? Weder der König noch die übrige Geistlichkeit kann unsere Güter beschlagnahmen."

„Nur der Papst, und der sitzt eingeschlossen in Poitier."

Giscard war zu sehr mit dem schmutzigen Schicksal der schönen Dame beschäftigt, als dass er den Bemerkungen über die Templer allzu große Beachtung geschenkt hätte.

„Ihr müsst euch auf solch eine Infamie nicht einlassen, Ihr könnt in ein Kloster gehen. Ich selbst kann Euch in eines eskortieren, wo Ihr in Sicherheit wäret. Madame, Ihr dürft nicht die ganze Kirche wegen eines schwarzen Schafes richten."

Er redete sich in Rage.

Juliennes Augen glitzerten.

„Ich bin noch nicht tot, mein Herr. In ein Kloster ginge ich erst bei Siechtum und Alter. Aber ich will leben und ich will eine große Liebe, ganz gleich wie."

Giscard bekreuzigte sich schon wieder und kam sich dabei reichlich albern vor. So sah es wohl auch die Dame. Mit zusammengezogenen Augenbrauen musterte sie ihn und schien ihn erst jetzt so richtig wahrzunehmen.

„Was ist mit Euch? Habt Ihr niemals menschliche Gefühle, so jung wie Ihr seid?"

Giscard war inzwischen zu sehr außer sich, um die Herausforderung nicht anzunehmen.

„Leben oder Tod waren in meinem Leben oft genug nur von der Kraft meines Schwertarmes abhängig und Ihr wisst vielleicht, dass Templer einen Angriff erst nach dem dritten Streich erwidern dürfen. Wer dann den Wüstensand mit seinem Blut färbt, der ist tot."

Julienne senkte den Blick.

„Bitte um Vergebung. Ich hatte Euch nicht beleidigen wollen, nur ein wenig necken eben. Ihr seid ja fast genauso ernst wie euer spanischer Bruder."

„Bin ich nicht", wehrte sich der Franzose. Jetzt wirkte er wieder so jung und unbekümmert, wie er eigentlich war.

Julienne seufzte und schwieg einen Moment, bevor sie erneut sprach. Ihrem Tonfall fehlte jetzt jeder frivole Unterton.

„Es geht mich ja nichts an, aber ich sage es dennoch. Eurem Orden droht schweres Unheil. Der König ist völlig ruiniert und begehrt die Güter der Templer, deshalb hat er den Papst wie eine Geisel eingekreist."

Besorgt musterte ich die Szene. Diesem Giscard gab ich keine Woche mehr und er würde den Reizen dieses Luders aus Toulouse restlos verfallen. Das konnte doch nicht gut gehen, nicht mit diesem Spaßverderber an Bord.

So wurde denn das Gespräch unterbrochen, als Pedro de Sancedo an Deck erschien, totenbleich noch, aber immerhin aufrecht und einigermaßen gut aussehend.

„*Hermano* Giscard. Ich habe Euch schon überall gesucht."

„*Hermano* Pedro. Ihr seid wieder auf den Beinen?"

Julienne hatte sich unauffällig von Deck begeben.

„Ja, Gott sei Dank. Wie ich dieses Meer hasse. Jeder Kastilier hasst es. Ich dachte schon, die Mauern unseres Castillos in Ponferrada niemals mehr wiederzusehen." Spontan umarmte er seinen Ordensbruder. „Ihr habt Euch die ganze Zeit um mich gekümmert, habt Dank für Eure christliche Hilfe."

Giscard lächelte. „Ihr zeigt ja menschliche Gefühle, Pedro. Wie seid Ihr um Himmels Willen bis nach Jaffa gekommen, wenn Euch das Meer so zusetzt?"

„Auf dem Landweg natürlich. Welche Frage. Granada, Tetuan, Algier, Tunis, Tripolis, Alexandria", zählte der Spanier die Route auf, als wäre es das Selbstverständlichste der Welt, quer durch die Länder der Sarazenen zu reisen.

„Dies hier muss eine Strafe Gottes sein", fügte er an, und Giscard fragte sich erneut, wofür. Doch verlor er bald die Freude an Pedros Genesung, als dieser seinen Haarschopf musterte.

„Ihr habt die Haare wachsen lassen, sie gehen ja schon bis auf die Schultern und die Tonsur ist auch kaum noch zu erkennen. War meine Pflege so aufwendig, dass Ihr für Euch selbst keine Zeit mehr gefunden habt?"

Giscard war unbehaglich zumute.

„Ihr solltet dies auch besser tun, wenn Ihr vorhabt, Euch in Frankreich noch länger aufzuhalten als nur zur Durchreise", begann er vorsichtig.

„*Válgame Dios*, was redet Ihr da?"

Giscard wiederholte Juliennes Worte, ohne die des Alten aus Jaffa hinzuzufügen.

„Ihr habt schon wieder mit dieser Frau gesprochen?" fragte Pedro mit gerunzelter Stirn. „Ich warne Euch, wenn das so weiter geht, muss ich Euch Eurem Superior in Rouen melden."

„Tut, was ihr nicht lassen könnt", erwiderte Giscard nicht im Mindesten beeindruckt. Er war seine Scheu vor dem Visitator die letzten Tage gründlich losgeworden und Pedro musste das bemerkt haben. So sehr er es versuchte, er konnte nicht mehr zu seiner früheren Überlegenheit über den Jüngeren zurückfinden.

Inzwischen hatte ich Zeit gehabt, mich in Frankreich umzusehen, und was ich dort gesehen hatte, ließ mir die Haare zu Berge stehen. Die Warnung, die jene Julienne ausgesprochen hatte, reichte noch lange nicht aus, um meine ahnungslosen Helden auf das vorzubereiten, was sie erwartete.

Des Nachts ging ich wieder zu Giscard, diesmal aber gewandet in Kettenhemd und weißem Waffenrock mit der Midgardschlange aufgestickt. Ein Problem war, dass er sich die Kajüte mit dem Spanier teilte und der war jetzt nicht mehr so krank, als dass er nichts mitbekam.

So schlich ich an Giscard Seite, wo mich der andere nicht sehen konnte und wuschelte das dichte rote Haar.

„Wach auf, mein tapferer Kämpfer“, flüsterte ich. „Du musst etwas Verbotenes tun.“

Erschrocken setzte mein Schützling sich auf.

„Öffne die Botschaft an deinen Großmeister und lies sie, bevor du sie wieder versiegelst. Vielleicht hast du nicht einmal mehr die Gelegenheit, sie auszuhändigen.“

Giscard sprang von seiner Bettstatt und schüttelte sich, als könne er sich nur mühsam von einem schlechten Traum befreien. Wie unter Zwang schlich er zu seinem Reisebeutel, zögerte, wendete ihn hin und her, betrachtete ihn, runzelte die Stirn, zögerte wieder und zog dann entschlossen die versiegelte Rolle aus dem Lederfutteral. Das Siegel hatte unter der feuchten Seeluft gelitten und war weich und nachgiebig geworden. Mit der scharfen Klinge seines Dolches hob er eine Ecke an und konnte nun das Papier entfalten. Was er las, ließ ihn so erschrecken, dass er einen kleinen Laut nicht unterdrücken konnte und das brachte natürlich den anderen Templer dazu, mit einem Satz aufzuspringen und nach seinem Dolch zu tasten. Vollkommen erstaunt registrierte Giscard, dass es ein Krummdolch war, wie ihn die Sarazenen benutzten.

Mit einem Satz war der Spanier bei Giscard und brüllte los.

„Was tut Ihr da? Sehe ich recht, dass Ihr das Vertrauen brecht, das euer Superior in Jaffa in Euch gesetzt hat? Ihr wagt es, ein Siegel des Ordens zu beschädigen?“

„Ihr solltet lieber selber lesen, was hier steht“, erwiderte mein Schützling mit zitternder Stimme. „Es scheint, als ob der König von Frankreich nicht nur vorhat, den Orden zu entmachten, er will uns auch physisch vernichten. Die Einladung an Jakob de Molay nach Paris war eine Falle. Man bewirft uns mit Schmutz und Anschuldigungen, die so ungeheuerlich sind, dass man beim Lesen schon errötet.“

„Was Euch erröten lassen müsste, ist Euer Ungehorsam und Euer Mangel an Demut“, zischte Pedro de Sancedo. „Ich will hiervon nichts mehr hören. Lange genug hab ich Euch gegenüber unerklärlichen Langmut walten lassen. Wären wir in Jaffa oder Rouen, hätte ich Euch schon längst züchtigen lassen.“

„Das bin ich gewohnt“, brummte Giscard langsam wütend werdend. „Was ich nicht gewohnt bin, ist solch eine überhebliche Dummheit. Wir sind nicht unsterblich, Bruder.“

„Vor allem Ihr nicht!“ In den dunklen kastilischen Augen glühte ohnmächtiger Zorn.

„Bei all meinen Inspektionen ist mir noch niemals solche Obstination begegnet. Ihr fordert mich heraus, weil Ihr glaubt, ich würde es ja doch nicht wagen, selber Hand an Euch zu legen.“

„Duelle sind uns verboten“, spöttelte der Franzose.

„Wenigstens eine Regel, an die Ihr Euch erinnert, aber Ihr vergesst, dass ich als Visitator das Recht habe, jeden Verstoß gegen unsere Regeln zu bestrafen. Entblößt Euren Rücken.“

Giscard musterte seinen Gegner mit Erstaunen, während er gehorchte.

Da konnte man allerdings sehen, dass der junge Templer schon mehrmals zur Ordnung gerufen worden war. Kadavergehorsam, wie ihn die Regeln verlangten, schien noch nie etwas für den Ritter aus der Normandie gewesen zu sein. Die verblassten Striemen waren allerdings harmlos gegen die Reste einer Wunde auf dem linken Schulterblatt, wo einmal ein Krummdolch stecken geblieben sein musste.

„Ihr zieht das wirklich durch?" fragte Giscard mit Blick zur Kabinenwand.

Solche Kraft hätte er dem so viel kleineren Mann gar nicht zugetraut. Der Spanier hatte natürlich weder Peitsche noch Rute zur Hand und verwendete stattdessen seine Cordeliere, deren Knoten wirklich unangenehm waren.

Jetzt muss ich die schon wieder waschen, dachte der Franzose spöttisch, den wohlbekannten Schmerz ignorierend.

Die Knoten hinterließen Striemen und ließen die Haut aufplatzen, wobei der Spanier das linke Schulterblatt verschonte. Beide Männer sprachen kein Wort miteinander. Für einen Zuschauer war die Szene wirklich unheimlich.

Als Giscards Knie einsackten, ergriff der Visitator sein Opfer und zerrte es zur Bettstatt, wo dieser halb ohnmächtig auf den Bauch fiel. Sein Peiniger öffnete seinen Reisesack und holte ein Tütchen und einen Tiegel hervor. Aus dem Tütchen streute er feine Salzkristalle auf die blutigen Stellen, die offenbar so brannten, dass man einen winzigen Schmerzenslaut aus Giscard Kehle vernehmen konnte. Der Seufzer der Erleichterung, als der Spanier dann Creme aus dem Tiegel auftrug, war ebenfalls unüberhörbar.

Zu meinem maximalen Erstaunen, sah ich, dass der strenge Visitator Tränen in den Augen hatte, während er mit geduldiger Hand vor allem die hässliche Dolchwunde behandelte. Zuletzt wickelte er weiße Leinenbinden um den Brustkorb, wobei er den Leib seines Opfers behutsam wendete.

Völlig unvorhersehbar packte Giscard das Handgelenk des Spaniers und zwang ihn, seinem Opfer in die Augen zu sehen.

„Warum seid Ihr Visitator geworden, Pedro? Ihr hättet lieber Euch selbst geschlagen als mich, in Wirklichkeit hasst Ihr, was Ihr glaubt, tun zu müssen. Ihr seid ein großer Heiler, kein Schläger."

Pedro wandte sich ab.

„Niemand kann einem helfen, der Zweifel hat."

Giscard, dessen Kräfte allmählich zurückkehrten, richtete sich vorsichtig auf und holte einen Becher Wein für sich und seinen Gefährten.

„Unsinn, hier trinkt einen Schluck. Jeder hat Zweifel. Ich zum Beispiel mache mir zurzeit mehr Sorgen um meine Keuschheit als um meinen Gehorsam. Aber noch mehr Sorgen mache ich mir um unseren Orden und um Euch persönlich. Hängt Euer Problem mit dem Knoten zusammen, den Ihr an einem Ende tragt?"

„Ja."

„Vielleicht fehlen nur die anderen beiden und Ihr wäret zufrieden?"

„Unmöglich. Ich war bei den Mauren, viele Jahre. Dort habe ich auch meine medizinischen Kenntnisse erworben."

„Lasst mich raten. Es war dort nicht furchtbar."

Der Spanier nickte, „nicht nur."

Ein kryptisches Gespräch für die Ohren eines Nichteingeweihten. Würde ich je erfahren, wovon die beiden eigentlich sprachen?

Am 25. Oktober 1307 näherte sich das Schiff seinem Ziel Marseille und die Templer packten ihre Sachen. Giscard hatte sein weißes Chlamys mit dem auffälligen roten Kreuz in seinen Reisesack gepackt und war jetzt unschlüssig, was er über dem Kettenhemd tragen sollte. Besorgt musterte er seinen Gefährten, der nicht gezögert hatte, sein Gewand wie jeden Morgen überzuwerfen.

Bin ich ein Feigling oder ist er ein Trottel? fragte sich Giscard zum wiederholten Mal, als Julienne auf ihn zueilte.

„Sire Giscard. Bitte nehmt dies als Geschenk für Eure Anteilnahme. Es wird Euch beschützen".

Sie entrollte einen dunkelblauen Waffenrock, auf dem das Wappen der Normandie, zwei Löwen auf rotem Grund, aufgestickt waren.

Giscard war ergriffen. Die fremde Dame musste tagelang daran gearbeitet haben. Nun hatte er alle Möglichkeit unerkannt zu bleiben und erst einmal die Lage zu sondieren.

Plötzlich traurig wandte er sich an Julienne.

„Was werdet Ihr nun tun? Werdet Ihr Eurem Vater gehorchen?"

„Mein Ziel ist zunächst Paris. Dort schaue ich mir diesen Marigny an und je nachdem erflehe ich Gnade beim König."

„Die Königin ist Kastilierin, bittet sie um Hilfe, niemals kann sie solch ein sündiges Arrangement befürworten", mischte sich zum Erstaunen aller der Spanier ins Gespräch.

Julienne warf ihm eine Kusshand zu.

„Das werde ich, Beau Sire. Vielen Dank für den guten Rat."

Unter normalen Umständen hätten die beiden Templer jetzt das nächste Ordenshaus aufgesucht, um sich von der Reise im Kreise ihrer Brüder zu erholen, aber als sie sich dem Gebäude näherten, bestätigten sich Giscards schlimmste Befürchtungen. Eine mehrköpfige Garde mit dem Wappen des französischen Königs war dort postiert, das Gebäude schien leer und sah mit seinen halb geöffneten Läden seltsam desolat aus.

Pedros weißes Gewand wurde leider augenblicklich bemerkt.

„Mort de dieu", fluchte Giscard, als er sah, wie die Sbirren auf sie zukamen. Was nützte seine Verkleidung, wenn Pedro...

Doch er hatte eine Idee. Blitzschnell riss er Pedros Arme auf den Rücken, band sie mit dessen Cordeliere, zog seinen Dolch und setzte die Spitze auf den Rücken seines Bruders.

„Bon jour", grüßte er dann scheinbar teilnahmslos.

Die Gardeleute musterten das Paar misstrauisch.

„Wir dachten, wir hätten sie seit dem 13. Oktober alle eingelocht?" wunderte sich einer. „Wo kommt denn dieser jetzt her und wer seid Ihr?"

Giscard verwendete seine schallende Stimme mit strengem Befehlston.

„Dieser hier ist Spanier. Er soll der kastilischen Regierung ausgehändigt werden. Ihr sprecht mit einem Lehnsmann des Herzogs der

Normandie. Heute Morgen haben mir Wegelagerer die Pferde gestohlen. Es wird wirklich immer schlimmer mit dem Hafengesindel. Da wollte ich nachsehen, ob hier bei den Templern noch Pferde zurückgeblieben sind, die Brüder haben ja wohl jetzt keine Verwendung mehr dafür."

„Die wohl nicht, wohl aber der König", antwortete der Gardist. „Ich habe Befehl, alle Habe der Templer nach Paris zu überführen."

„Und ich habe Befehl vom König, dieses Element hier nach Spanien zu bringen. Wenn meine Eskorte gleich aus der Taverne kommt, will ich reisefertig sein. Behindert meine Arbeit nicht, Mann."

Pedro, der sich zu Giscards Beruhigung nicht gerührt und nur ein paar spanische Verwünschungen hervorgestoßen hatte, um seine Herkunft vor den Franzosen zu bestätigen, weitete vor Erstaunen die Augen, als tatsächlich wenige Minuten später zwei gesattelte Pferde vorgeführt wurden. Giscard half dem Gefesselten in den Sattel und galoppierte mit ihm vom Platz, bevor sich die Sbirren fragen mochten, wo die Eskorte blieb. So schnell die Pferde sie trugen, galoppierten sie aus der Stadt und machten erst Halt, als sie eine kleine, gut überschaubare Anhöhe mit Büschen und Versteckmöglichkeiten gefunden hatten.

„Das ist also das liebliche Frankreich", spottete nun zur Abwechslung einmal der Spanier.

„Spotte nur. Du verdankst mir dein Leben. Wenn du in Zukunft Märtyrer spielen willst, sag mir das gleich. Bis dahin siehst du hoffentlich ein, dass das weiße Gewand gerade nicht so geeignet ist, die Freiheit zu behalten." Inzwischen hatten die beiden Templer zum freundschaftlichen und gleichberechtigten Du gefunden.

„Willst du damit andeuten, dass alle Tempelritter verhaftet worden sein könnten, ich meine, in ganz Frankreich?" entgegnete der Spanier ungläubig. Kann es nicht sein, dass nur in Marseille etwas vorgefallen ist, das sich bald wieder aufklärt und ..."

„Du hast ja den Brief nicht gelesen. Der König hatte die Verhaftung aller Templer für Freitag, den 13. Oktober, angeordnet, sobald unser Großmeister sich in seinen Händen befinden würde. Dass dies so gut funktionieren würde, hat aber selbst der Verfasser des Briefes nicht geahnt. Die Warnung kommt also in jedem Fall zu spät. Wenn sie jemanden genützt hat, dann nur uns beiden. So wie ich es sehe, bist du arbeitslos geworden,

Pedro, zu mindestens hier. Du solltest dich so schnell wie möglich nach Kastilien retten."

„Und was wirst du tun?" fragte Pedro verwirrt. Es kostete ihn Mühe, das Erlebte auch nur zu glauben.

„Tun, wozu man mich beauftragt hat. Ich gehe nach Paris und suche den Großmeister. Es muss einen Weg geben, unseren eingesperrten Brüdern zu helfen."

„Du ganz allein? Erlaube mir, dass ich dich begleite."

„Willst du das wirklich? Diese Reise hat nichts mehr mit dem zu tun, was wir gewohnt sind. Es gibt keinen Superior mehr, der uns Anweisungen erteilen kann, so dass wir aus unseren eigenen Eingebungen handeln müssen, und es kann uns wie den anderen Brüdern die Freiheit kosten."

„Rede nicht so viel. Mort de dieu et Sant Amour", antwortete Pedro knapp mit dem Schlachtruf der Templer und entledigte sich widerwillig aber entschlossen seines Waffenrocks, um ihn zusammengerollt in seinem Reisesack zu verstecken. Sein Französisch hatte einen weichen Klang, ähnlich dem Occitane der schönen Dame aus dem Languedoc, dachte Giscard, beunruhigt über die unwillkommene Erinnerung.

So erreichten sie Paris unter ganz anderen Umständen als gedacht. Giscard hatte unauffällige braune Überwürfe, wie sie Bauern trugen, besorgt. So konnten sie durch die Straßen der riesigen Stadt ziehen und Erkundigungen einholen, ohne aufzufallen.

Der niederträchtige französische König hatte in der ganzen Stadt Pamphlete verteilen lassen, in denen die ungeheuren Verbrechen der Templer aufgezählt wurden. Das Volk hatte daraufhin nichts Besseres zu tun, als die gefangenen Templer mit Steinen und Unrat zu bewerfen, wann immer ein Karren mit den Unglücklichen vorbeifuhr. Der aufgebrachte Mob forderte Hinrichtungen, während die Schatzkammern des Königs sich unablässig mit den konfiszierten Goldbarren und Kunstschätzen des Orients füllten.

„Ich muss mit unserem Ordensmeister sprechen“, wiederholte Giscard, nachdem er die Pamphlete gelesen hatte.

„Der König ist nicht unser Richter, sondern der Papst. Jaques de Molay muss eine Untersuchung fordern, die uns von all diesen Vorwürfen reinwäscht.“

„Dann sollte jemand mit dem Papst reden. Clemente V. weiß vielleicht gar nicht, was hier vorgeht“, überlegte Pedro de Sancedo. „Wo halten sie ihn gefangen?“

„In Poitiers, sagen sie“, erwiderte Giscard zweifelnd.

„Dann reite ich dorthin. Als Gesandter eines christlichen Landes muss Clemente mich empfangen. Wir treffen uns in einer Woche wieder in dieser heruntergekommenen *Posada.*“

Giscard sah seine Gefährten zweifelnd an.

„Vielleicht sehen wir uns niemals wieder“, wandte er ein.

Pedro sah in die Ferne. „Schon möglich, wenn sie dich zwingen, dem Großmeister Gesellschaft zu leisten. Wie willst du da reinkommen?“

„Als Dominikanermönch verkleidet.“

„Santa Maria, was haben die denn mit uns zu schaffen?“ rief Pedro entsetzt aus. Jedermann wusste um die führende Rolle der Dominikaner bei der Inquisition und was es bedeutete, von Inquisitoren befragt zu werden.

„Der König erpresst Geständnisse mit Hilfe der Inquisition. Ich hörte es heute Morgen auf dem Markt. Der Papst muss das augenblicklich unterbinden. Je eher du reitest, desto besser.“

Pedro sah unschlüssig erst auf den Boden, dann in die Ferne, endlich schien er, sich zu etwas durchgerungen zu haben.

„Wenn du in Gefangenschaft gerätst, wirst du nicht reden, das weiß ich inzwischen besser als jeder andere. So hör nun genau hin: *„Cristo es un camino.*“

Giscard blinzelte. Darüber quälte sich der Spanier so, darüber, dass Christus ein Weg sei? Er hütete sich, sich seine Überraschung anmerken zu lassen und umarmte den scheidenden Freund mit Schwung.

„In einer Woche hier, Bruder."

Als der Spanier außer Sichtweite war, holte Giscard seine Cordeliere unter dem Bauernwams hervor und schlang einen Knoten in das linke Ende der weißen Schnur.

Aha, dies war etwas, das ich meinem Vater melden musste. Was der damit anfing, war dann wohl seine Sache. Im Übrigen war ich ganz zufrieden mit meinem Schützling. Mit jedem Tag, der verging, entfernte sich Giscard mehr von seinem langweiligen Gehorsam und seiner eingeengten Weltsicht. Wer allerdings niemals eine eingeengte Weltsicht gehabt hatte, war offensichtlich dieser mystische Kastilier.

Unruhig durchstreifte ich die Straßen von Paris. Nachdem ich die stolze Ordensburg der Templer gesehen hatte, in der man nicht weniger als sieben Folterkammern eingerichtet hatte, konnte ich keine Ruhe mehr finden. Was waren das denn für fürchterliche Apparaturen und Vorrichtungen? Was hatten die Menschen sich denn diesmal ausgedacht, um sich die Hölle schon auf Erden zu bereiten?

Mit Sehnsucht und Melancholie gedachte ich der Zeiten, als die Menschen sich noch in offenem, ehrlichem Kampf gegenüberstanden und niemand auf die Idee gekommen wäre, Wehrlose zu quälen.

Giscard war sich der Gefahr natürlich vollkommen bewusst, gleichzeitig war sein Risiko geringer als erwartet, da er feststellen durfte, dass bei dieser Blitzaktion und der Ungeduld des Königs, gar nicht so schnell ausreichend Dominikanermönche gefunden werden konnten, denen es erlaubt war, die Befragungen durchzuführen.

Als er sich am Tor der Ordensburg meldete, zögerte daher niemand, ihn sofort einzulassen. Giscard erschrak allerdings nicht wenig, als er dem Kanzler Nogaret persönlich vorgeführt wurde.

„Aus der Normandie, sagt ihr? Ihr kommt mir gerade recht“, begnügte sich der Kanzler mit knappen Worten und nur einem kurzen Blick.

„William von Paris beginnt heute mit seiner Arbeit. Ihr könnt die Befragungen durchführen. Kennt Ihr den Fragenkatalog?“

„So ungefähr.“

„Dann gehen wir die Hauptanklagepunkte noch einmal durch.“ Der Kanzler sprach leise und unbeteiligt, als handele es sich um eine Debatte über Steuererhebungen.

Giscard brach der Schweiß aus. Was wollten die von ihm? Er hatte sich als Aushilfskraft, Schreiber oder sonst etwas Unwichtiges verdingen wollen. Er konnte doch nicht seine eigenen Brüder befragen und Verbrechen eingestehen lassen, die sie nie begangen hatten.

„Wird Jaques de Molay auch verhört?“ fragte er sodann mit zugeschnürter Kehle.

Nogaret lächelte süffisant.

„Das wird nicht nötig sein. Wir lassen ihn nur zusehen. Wahrscheinlich reicht das schon, der Mann ist alt und klapprig.“

Verzweifelt sah Giscard sich um. Alle Ausgänge waren mit Bewaffneten besetzt, es gab kein Entkommen aus diesen dicken Mauern.

Nur mit Mühe konnte er ein Zittern unterdrücken, als ein Schreiber ihm einen Stapel Papiere reichte und er diese Blätter an sich nehmen musste.

Eine andere Tür öffnete sich und ein feister schwarz-weiß gewandeter Priester betrat den Raum, begleitet von einem ebenso fetten Mann in Purpur.

„Ein Bruder aus der Normandie, wie praktisch. Ihr könnt gleich mitkommen. Ich bin William von Paris, dies hier ist Bischof Philipp de Marigny.

Marigny? War das nicht der, der die schöne Julienne für sein Bett haben wollte oder schon gehabt hatte? Hasserfüllt betrachtete Giscard den fetten Kerl, dessen schlappe Gesichtszüge ebenso schlabberten wie die gut versteckten Speckrollen unter dem Prunkgewand. Dann erst sah sich Giscard den Mann an, für den alle Höllen dieser Welt einmal einen Sonderplatz bereithalten würden: William, der Inquisitor. Das Wohlleben hatte den Mann überdimensional dick werden lassen, an jeder Hand glänzten Ringe mit kostbaren Steinen, ein ebenso überdimensionales Kreuz prangte auf seiner Brust. Die kleinen Schweinsäuglein lächelten vergnügt, während ein kleiner Herzchenmund schmatzende Geräusche von sich gab.

„Na, dann wollen wir mal."

Gemeinsam betraten sie einen der Räume, der in glücklicheren Zeiten einmal eines der Refektorien gewesen sein musste. Bevor Giscard auch nur Zeit hatte, sich die Gerätschaften anzusehen, die man dort installiert hatte, wurde er an einem Tisch in einen Sessel gedrängt und der Schreiber legte ihm die Papiere ordentlich hin, das Tintenfass mit frischer Tinte und Gänsefeder griffbereit.

Marigny nahm zur linken Platz, während der Großinquisitor sich seufzend in einen Sessel zur Rechten plumpsen ließ.

Da wurde auch schon der erste Tempelritter hereingeführt. Sein einst weißer Mantel zeigte dunkle Spuren von Dreck, mit dem die Meute auf den Straßen ihn beworfen hatte. Giscard entnahm seinen Unterlagen, dass es sich um Gerard de Montcerf, 32 Jahre, aus der Kommandantur Paris, handelte.

Nach ihm wurde ein anderer Mann hereingeführt, dem man einen Stuhl anbot. Sein weißes Haar, der unsichere Gang, der weiße Mantel... Das musste Jaques de Molay sein.

Der feiste Dominikaner sprach zuerst in einem schleimigen Plauderton, der Giscard Schauer des Ekels über den Rücken laufen ließ.

„Gerard de Montcerf. Dem Orden der Templer werden abscheuliche Verbrechen gegen die Christenheit vorgeworfen. Wollt Ihr sofort gestehen? Dann werden Euch die Unannehmlichkeiten erspart, die Ihr ahnen könnt, wenn Ihr euch umseht. Seid Ihr reuig und geständig, werden Euch alle Leiden erspart bleiben."

„Ich habe nichts zu gestehen", sagte der Templer, wie nicht anders zu erwarten. Der Mann schien noch immer zu hoffen, dass dieser Irrtum sich bald aufklären würde.

William machte Giscard ein Zeichen, er möge mit den Fragen beginnen. Die Fragen waren anfangs so, dass man sie mit ja oder nein beantworten konnte. Giscard wappnete sich mit Mut, um seine Stimme nicht zittern zu lassen. Es war nun gut, dass er die Pamphlete auf den Straßen der Stadt gelesen hatte und daher wusste, was ihn erwartete.

„Stimmt es, dass ein Templer bei Aufnahme in den Orden absoluten Gehorsam schwören muss“, fragte er.

„Ja.“

„Der Gehorsam geht so weit, dass Ihr als erstes unserem Herrn Christus abschwört?“

„Natürlich nicht.“

„Und auf das Kreuz spuckt?“ fuhr Giscard fort.

„Nein!“

„Sodann werden die Novizen hinter den Altar geführt und küssen den Superior auf Organe, die zu nennen sich ein Christenmensch scheut.“

„Absurd!“

„Worauf Ihr fleischlichen Verkehr mit euren Brüdern pflegt?“

Das Gesicht des Templers lief rot an vor Ärger.

„Sodomie gilt bei uns als Todsünde. Wenn solch ein Fall gemeldet wird, verliert der Betreffende Mantel und Zugehörigkeit zum Orden. Er wird...“

„Genug“, fiel nun William von Paris ein. „Wir haben genug der Lügen gehört.“

Er machte einem der schwarz gewandeten Knechte ein Zeichen, die daraufhin den Templer entkleideten, wobei sie den weißen Mantel in Stücke rissen. Als sie dem Wehrlosen die Arme auf den Rücken fesselten, sah Giscard wie einer der Knechte dessen Rücken bis zum Po streichelte und Williams Züge einen lüsternen Ausdruck bekamen.

Sie sind die Sodomiten, erkannte Giscard und fürchtete, sich jeden Moment auf den Tisch übergeben zu müssen. Er tat es nur darum nicht, weil der Schmerzensschrei seines Ordensbruders ihm durch Mark und Bein ging. Man hatte den Unglücklichen ruckartig an Seilen in die Luft gezogen, so dass sein eigenes Körpergewicht ihm die Arme ausrenkte.

Welches kranke Gehirn dachte sich so etwas aus? De Molay, der keinen Laut des Protestes hatte verlauten lassen, war auf seinem Stuhl ohnmächtig zusammengesunken.

Ich stand hinter Giscard, der ebenfalls ohnmächtig zu werden drohte, und flüsterte ihm immer wieder Mut zu. Ebenso viel Mut brauchte aber der arme Templer, denn als er nichts gestehen wollte, wurden ihm auch noch Gewichte an die Füße gehängt.

„Nun gesteht schon, um Christi Willen. Habt ihr auf das Kreuz gespuckt?“ flehte Giscard, in der Hoffnung, sein Bruder möge endlich von seinem Leiden erlöst werden.

Gott wusste die Wahrheit, was zählte da ein Geständnis unter Folter?

Manchmal verstehe ich diese Menschen nicht. Folter führt doch nicht zur Wahrheit! Es kann niemals eine Rechtfertigung hierfür geben.

Der Templer wurde aus dem Raum getragen. Er war stark und kampferprobt, seinen Willen zu brechen hatte alle perverse Fantasie des Großinquisitors erfordert. Immerhin lebte er noch, auch wenn er niemals mehr der stolze Ritter sein würde, der er gewesen war. Die Befragung hatte lange gedauert. Der Großinquisitor und sein bischöflicher Kumpan hatten nun nach der Arbeit Hunger und luden den jungen Kollegen zum Mittagsmahl.

Giscard, dessen Magen revoltierte, bat darum, mit dem Großmeister des Ordens sprechen zu dürfen. Er führte an, dass jetzt, frisch nach diesen Eindrücken, am ehesten ein Geständnis zu erwarten sei.

„Der Eifer der Jugend rührt mich doch immer wieder“, lächelte William wohlwollend und klopfte Giscard auf den Rücken, so dass dem schon wieder speiübel wurde. „Man soll sie nicht hindern, nicht wahr Philipp?“

Ohne weitere Komplikationen gelangte Giscard in die Räumlichkeiten des Großmeisters. Man hatte ihm seine eigenen Räume belassen und schien ihn auch sonst im Gegensatz zu seinen Brüdern keinen Mangel leiden zu lassen. Beim Anblick des vermeintlichen Inquisitors ging aber sofort ein Zittern durch den hageren Körper.

Giscard sah sich um, ob keine Zeugen in der Nähe waren, dann eilte er auf den alten Herrn zu. Angesichts dessen offensichtlicher Schwäche zweifelte er, ob es überhaupt geraten sei, seine Identität preiszugeben. Er kniete nieder, küsste die Hand des Großmeisters und holte die versteckte Cordeliere hervor.

„Beau Sire. Ich bringe eine Botschaft, die nun zu spät kommt. Ich bin einer der wenigen Templer, die noch unerkannt in Freiheit sind. Wie sind Eure Anordnungen für die gefangenen Templer? Müssen wir nicht Widerstand leisten? Soll ich versuchen, Eure Flucht zu organisieren?“

Der Meister schien nicht sehr erbaut, ob dieses Überfalls. Er zögerte lange mit der Antwort.

„Wenn Gott uns diese Prüfung auferlegt hat, dann müssen wir sie annehmen. Die Brüder sollten besser alles gestehen, dann müssen sie nicht so leiden“, flüsterte er dann.

„Damit verurteilt Ihr den Orden sogar noch vor dem Papst“, widersprach Giscard heftig. „Mit jedem weiteren Geständnis gerät der Orden weiter in Verruf. Wie könnt Ihr das zulassen?“

De Molay seufzte. „Ich bin kein Märtyrer, mein Sohn. Die Brüder sollen gehorchen.“

„Und was ist mit unseren Geheimnissen? Sollen die Schergen des Königs und die korrupten Männer der Kirche, diese Schande der Menschheit, die auch erfahren?“

Giscard fixierte die Cordeliere mit insgesamt 6 Knoten voller Intensität.

De Molay verstand den Blick und registrierte den einen auf der linken Seite der Cordeliere des jungen Normannen.

„Keiner wird davon sprechen, weil man es nicht fragt“, sagte er zuversichtlich. Bewahrt Ihr das Geheimnis, wenn Ihr könnt. Der zweite Satz ist: *Der gerade Weg führt zur Wahrheit.*“

Zutiefst aufgewühlt verließ der vermeintliche Dominikaner fluchtartig das Ordenshaus. Er war so mitgenommen und tränenblind, dass er nicht einmal wahrnahm, wen er da am Eingang beinahe umrannte.

„Das ist aber eine Überraschung“, drang eine melodische Stimme an sein Ohr, so dass er blinzeln musste, um die Person zu erkennen. Es war unverkennbar Julienne de Marcillac, die dort gewandet in kostbare Seide und edlen Schmuck vor ihm stand.

Die Begegnung war nicht ungefährlich. Beobachter der Szene mussten sehen, dass sie sich kannten, und wer garantierte, dass die Dame Nachfragen durch den Bischof standhalten würde? Doch Julienne war nicht die Frau, die, langsam im Geiste, ihre Freunde in Gefahr brachte.

„Wartet auf mich vor der Taverne *Au Lapin* flüsterte sie, „Ich fahre dort in einer halben Stunde mit meiner Kutsche vor.“

Giscard beeilte sich, davon zu kommen, während die Dame das Gebäude ohne Verzug betrat. Dem Diener, der eher wie eine durch den Bischof bestellte Wache aussah, gab sie mit einer nebensächlichen Bemerkung eine Erklärung für die Begrüßung des Dominikanermönches.

Pünktlich ihren eigenen Angaben folgend, fuhr der Wagen dann vor der Taverne vor und hielt dort genau so lange, wie Giscard brauchte, um ins Wageninnere zu schlüpfen.

Sie war allein. Der Bewacher musste im Ordenshaus verblieben sein.

„Hatte ich Euch nicht eine ehrenhaftere Verkleidung verschafft?“ tadelte Julienne den Tempelherren.

„Ich habe einem Verhör beigewohnt“, erwiderte Giscard. Er war nahe daran, in Tränen auszubrechen. Julienne brauchte keine weiteren Erklärungen und nickte nur.

„Dann habt Ihr auch Philipp de Marigny gesehen.“

„Ein grausamer Mensch“, versetzte Giscard.

„Ein Satan in Menschengestalt, ich wünschte, ich hätte auf Euch gehört", entgegnete Julienne, und völlig ohne Vorwarnung brach die sonst so freimütig zur Schau getragene Fassung der Dame zusammen. Tränen liefen über ihr Gesicht, lautlos wie ein langsamer, aber nicht versiegender Strom.

Giscard war ratlos und verbittert zugleich. Ein weltlicher Edelmann hätte ein Taschentuch gehabt, um es ihr zu reichen. Er hatte nicht einmal mehr sein weißes Ordenskleid. Der Himmel mochte wissen, was Julienne unter dem Helfershelfer eines Inquisitors zu leiden gehabt hatte.

In Ermangelung anderer Möglichkeiten schloss er Julienne in seine Arme und duldete, dass ihre Tränen das gehasste Dominikanergewand durchnässten. Was sollte ihm jetzt das Verbot, eine Frau auch nur anzusehen, noch anhaben, wenn er ohnehin durch sein feiges Schweigen heute Morgen, für seine unterlassene Hilfeleistung, für alle Zeiten verdammt war?"

Juliennes Schluchzen wurde leiser, doch löste sich ihr Körper keineswegs von seiner Schulter. Giscard atmete den nie gekannten Duft von Frauenhaar und Haut dicht an seiner Wange.

„Ich kann Euch immer noch in ein Kloster bringen", wiederholte der Templer ritterlich sein Angebot.

Juliennes Augen füllten sich erneut mit Tränen.

„Es gibt keinen Ort, an den ich flüchten könnte. Der Arm eines Königstreuen ist sehr lang, Giscard. Ihr könnt nur eines für mich tun, damit ich es aushalte, dem Widerling zu begegnen."

„Ihr braucht nur zu sprechen und ich tue, was in meiner Macht steht", erwiderte Giscard temperamentvoll.

„Wirklich?" fragte Julienne zweifelnd. „Dann kommt am Mittwoch nach Sonnenuntergang, in welcher Verkleidung auch immer, nur nicht in einer Kutte, zu meinem Palais. Ich bin dann allein." Sie nannte die Adresse.

Giscard nickte und verließ mit einem Sprung die Kutsche, um die nächstgelegene Kirche aufzusuchen. *Sacré-Cœur* war mit Sicherheit nicht die kleinste und intimste aller Kirchen, um mit Gott Zwiesprache zu halten, aber durch all die fremden Menschen durchaus geeignet, ihm die Ruhe zu verschaffen, die er brauchte. Das Schwarzweiß der Dominikaner flößte normalen Menschen so viel Angst ein, dass er sicher sein konnte, unbehelligt zu bleiben. Giscard verdrängte Juliennes feurige Augen und dachte an seinen Großmeister. Und wieder einmal, wie so oft in letzter Zeit, haderte er mit Gott. Warum hatte Gott dem Orden in so schwerer Stunde einen solchen Angsthasen geschickt?

Was sollte er nur tun? Er allein konnte doch Hunderte von eingekerkerten Brüdern nicht befreien? Und was wurde aus seiner unsterblichen Seele? Hatte er nicht soeben die sündigsten Gedanken gehegt, als Juliennes duftender Körper dem seinen in unziemlicher Weise nahe gekommen war?

Er war kurz davor zu entscheiden, der Einladung lieber nicht Folge zu leisten, als ich ihm in voller Rüstung vor dem Altar erschien. Mit dem Licht der bunten Fenster hinter mir, musste ich ihm wie einer der Erzengel oder eine jener Heiligen erscheinen.

„Die Wege der Götter sind manchmal unergründlich“, sagte ich streng. „Du hast diesen Weg gewählt, nun geh ihn auch bis zum Ende. Alles hat seinen Sinn, auch diese Frau.“

„Die Wege der Götter?“

Ich gebe zu, das musste für einen Christen ein wenig verwirrend klingen, aber dann fiel mir ein, dass die ja das Enigma der Dreifaltigkeit hatten.

Vater, Sohn und Heiliger Geist, drei oder einer, was bedeutete das schon angesichts dessen, was Giscard gerade erlebte? In solchen Zeiten, was glaubten denn die Leute zu sehen?

Immerhin, er hörte auf mich. Sorgfältig gewaschen, angetan mit dem Waffenrock der Normandie, begab sich mein Schützling zu Juliennes Palais. Noch bevor er sich neue Lügen zu seiner Person einfallen lassen musste, hatte die Herrin des Hauses dafür gesorgt, dass ihr ferner Verwandter eingelassen wurde.

Missbilligend betrachtete Giscard den Prunk und Überfluss, der ihn in der Eingangshalle umgab.

„Lasst Euch nicht täuschen, es ist ein goldener Käfig", interpretierte die Gastgeberin folgerichtig seine düstere Miene. „Prunkvoll, aber ein Käfig. Kommt, Ihr habt sicherlich Hunger."

Sie führte den Gast in ein kleines Gemach, in dem für zwei gedeckt war.

„Ich meine, mich zu erinnern, dass Ihr ständig Hunger habt. So esst Euch wenigstens einmal richtig satt."

„Der Orden verb..."

„Der Orden verbietet gar nichts mehr, mein Lieber", schnitt Julienne ihm das Wort ab. „Wollt Ihr es nicht endlich begreifen? Ihr seid allein auf der Welt."

„Und ebenso mit Schande bedeckt wie Ihr", vervollständigte Giscard den Satz. „Glaubt nicht, liebe Freundin, dass ich versuche, mich über Euch zu erheben oder hier den Sittenrichter zu spielen, ich kann nur über meine Natur nicht hinweg, und jetzt, wo keiner es mir befiehlt, lasten die Ordensregeln schwerer auf mir als je zuvor."

Julienne, die ein Glas Wein in den Händen gehalten hatte, setzte es wieder ab und barg den Kopf in den Händen.

„Verzeih mir, Giscard. Ich habe trotz allem, was auf Euch lastet, geglaubt, Ihr würdet... Ihr könntet..."

Der Templer war aufgesprungen und hatte den Tisch umrundet. Einen weiteren Tränenausbruch würde er nicht ertragen können.

„Was ist Euch? Was könnte ich?"

„Ihr könntet mich lieben, einmal nur erwidern, was ich für Euch empfinde, seit wir uns auf dem Schiff begegnet sind. Aber ich sehe, das wagt Ihr nicht, und ich kann Euch nicht dafür tadeln, jetzt, wo die fetten Bischofsfinger mich berührt haben."

Giscard stand da, wie mit Blut übergossen. Ja, er hatte davon geträumt, diese Frau in seinen Armen zu halten, ja, er hatte davon geträumt, wie es wäre, sie zu entkleiden, aber für jeden dieser Träume hatte er sich mit äußerster Härte so kasteit, dass selbst Pedro de Sancedo sich gewundert hätte. Für Sekunden erwog Giscard, das Palais im Laufschritt zu verlassen, doch was er tat, war genau das Gegenteil.

Ohne Worte umarmte er die schöne Toulousianerin und bedeckte sie mit Küssen. Er umarmte sie mit solchem Ungestüm, dass sie ihn daran erinnern musste, dass sie kein Feind war, den es zu erwürgen galt.

Entschlossen führte Julienne den Templer in ihr Schlafgemach und überließ sich lächelnd seiner unerfahrenen Ungeduld. Giscard befand sich in einem Zustand verzweifelter Raserei. In Minuten lagen seine und ihre Kleider verstreut um das riesige Prunkbett, er warf Julienne auf den Rücken quer über dieses Bett und drang ungestüm in sie ein, um sich ebenso heftig wie ungewollt zu entladen. Als es vorbei war, rollte er sich zur Seite und verbarg sein schamrotes Gesicht in einem dicken Kissen. Sein schweißnasser Leib zitterte unkontrolliert und Julienne war sich nicht einmal sicher, ob der junge Mann nicht weinte.

Behutsam beugte sie sich über ihn und streichelte das feucht verklebte rote Haar, das ihr so gut gefiel. Seine Verzweiflung war in jeder Faser seines kräftigen Körpers spürbar.

„Giscard“, sagte sie liebevoll. „Das ist es nicht. Dafür solltet Ihr Euer Seelenheil nicht aufs Spiel setzen. Wenn schon Sünde, dann richtig.“

Mit geübter Hand massierte sie die verkrampften Nackenmuskeln des abgewandten Geliebten. Der Rücken fühlte sich knotig an und hart wie ein Brett. Langsam wandte der Templer sich um und wagte wieder, der Frau in die Augen zu blicken.

„Ich habe Euch weh getan, nicht wahr?“ fragte er bekümmert. „Am Ende gar schlimmer als das Scheusal von...“

„Sch, nennt ihn niemals mehr in meiner Gegenwart. Der Herr ist viel zu schlapp, um mir weh zu tun zu können. Er ist einfach nur eklig. Genug davon. Überlasst Euch einfach meinen Händen.“

Giscard gehorchte und schloss erneut die Augen. Es war eine Wohltat, Julienne schien jeden seiner geheimsten und niemals eingestandenen Wünsche zu kennen, es war zu schön, um wahr zu sein und zu verboten, um himmlisch zu sein. Giscard öffnete die Augen erneut, seine Neugier war jetzt erwacht. Seine riesigen Hände befassten sich nun seinerseits mit ihrem weißen Leib, der da so appetitlich und erwartungsvoll neben ihm ruhte. Er hatte nicht gewusst, auf was er verzichtete, als sein Vater den trotzigen 12-Jährigen damals nach Rouen zum Templerorden geschleppt hatte. Er war Zweitgeborener, ohne Anrecht auf Land oder Titel, aber viel zu streitbar, um in einer normalen kirchlichen Laufbahn nicht für Ärger zu sorgen. Sein Vater hatte nach damaliger Sicht das Richtige getan, aber Himmel Herrgott für welch einen Preis! Es gab andere Vergnügungen, als sich mit Sarazenen zu schlagen, das wusste er nun. Diese weißen Schenkel zum Beispiel, der Geschmack voller Lippen, der Duft langer Locken, die Freude, eine komplette Brust mit einer seiner großen Hände halten zu dürfen.

Giscard hatte keine Ahnung von den Bedürfnissen einer liebenden Frau, neugierig beobachtete er jede ihrer Reaktionen, lauschte auf ihre Seufzer, bis er meinte, dass sie für einen erneuten Überfall bereit sei. Diesmal ging er langsam und behutsam vor, hob mühelos ihr ganzes Gewicht an und ließ seine Lenden von ihren Schenkeln umschließen.

Julienne lächelte nicht mehr geduldig, sie zerschmolz in seinen Armen, bis sie mit einem kleinen Aufschrei zurückfiel.

Giscard betrachtete zufrieden ihre gelösten Züge. „Noch mal?" fragte er vorsichtig.

„Gnade", stöhnte Julienne und lächelte wieder verzückt. „Wir haben noch die ganze Nacht Zeit. Dies ist doch kein Turnierfeld!"

Ich hatte der gesamten Szene beigewohnt und wurde abwechselnd grün und gelb vor Neid. So musste es sein, genauso, und so hätte es mit Uhle sein können, wenn Thor uns nicht dazwischen gekommen wäre. Ich hasste ihn noch immer dafür.

Der Morgen graute und heute musste Pedro de Sancedo aus Poitiers zurückkehren. Es wurde Zeit, dass mein Held sich daran erinnerte. Aber der hatte sich schon wieder über die noch schlafende Julienne gebeugt und wanderte mit seinen Händen ihren nackten Rücken entlang.

Das konnte ich nicht noch einmal ertragen. Während dieses Menschenweibchen noch wohlig schnurrte wie eine gut gefütterte Katze, trat ich in sein Blickfeld.

„Mein lieber Tempelritter, du hast heute eine Verabredung"

Die streichelnde Hand erstarrte.

„Mach weiter", murmelte Julienne schlaftrunken.

Doch Giscard war schon aufgesprungen, sein muskulöser Leib glänzte schweißbedeckt im anbrechenden Tageslicht.

„Pedro", stammelte er. „Er muss heute zurückkommen. Ich muss nach ihm sehen."

„Schickt dem spanischen Mystiker meine Grüße, oder besser nicht", murmelte Julienne. „Und bitte, kommt wieder, lasst mich nicht allein."

„Ich werde es versuchen", sagte Giscard und drückte seiner ersten Geliebten einen Kuss auf die Stirn.

In der Herberge hatte keiner den Spanier gesehen, sein Pferd war nicht im Stall angekommen, und der Tag schritt immer weiter voran, ohne dass das asketische Gesicht des Gefährten sich im Türrahmen zeigte. Gegen Abend wusste Giscard, dass etwas schiefgelaufen sein musste. Er schickte eine verschlüsselte Botschaft an Julienne und sattelte sein Pferd. Bis Poitiers war es weit, und je eher er aufbrach, desto besser.

Während meinem Schützling die Reise noch viel zu langsam ging, konnte ich ihm vorauseilen und nachsehen, was aus dem Spanier geworden war. Ich besah mir den Papst, wie er da gebrechlich auf seinem Thron zitterte, umgeben von Bischöfen und Dienern und konnte einen Fluch nicht unterdrücken. Dieser Typ sollte die Templer verteidigen? Durch Philipps Gnaden auf diesen Thron gekommen, war die Mitra sprichwörtlich zu groß für das hagere Haupt. Was hatte mein Staufferkaiser noch für streitbare Rivalen gehabt! Dieser hier war nicht tapferer als de Molay. Zusammen würden sie vielleicht ihre Haut retten, aber ich nicht die des Templerordens. Und wo war Pedro de Sancedo? Der Palast des Papstes hatte keine Verließe, in denen man den Spanier hätte gefangen halten können. Ich würde wohl die ganze Stadt absuchen müssen.

„Spar dir das, ich weiß, wo er ist", hörte ich eine mir wohl bekannte Stimme und trotzdem hätte ich gerade sie am wenigsten hier erwartet.

„Ist der Mann nicht Christ?" fragte ich spöttisch.

„Ebenso sehr wie dein Liebling", antwortete sie enigmatisch. „Mir ist das, ehrlich gesagt auch gar nicht so wichtig. Ich will ihn jetzt nicht für mich, ich will, dass er lebt, und dafür brauche ich deinen Normannen. Bringst du ihn hierher?"

Dass ich mal so viel mit einer Orientalin zusammenarbeiten würde, hätte ich mir früher auch nicht träumen lassen.

„Ja, Fatima. Er ist auf dem Weg. Jetzt sag mir, wo er ist, wir müssen über einen Fluchtplan nachdenken."

Wenn sie hier war, dann bedeutete das zum einen, dass der edle Kastilier in Lebensgefahr war, und zum anderen, dass sie sich Hoffnung machte, jemanden ins Paradies der Moslems mitzunehmen, der eigentlich ein fanatischer, gläubiger Christ sein sollte. Wie war das zu erklären?

Im Bischofspalast wurde ich dann fündig. Die Purpurgewandeten verdankten ihre Ämter und Pfründe allesamt dem König und betrachteten entgegen aller Regeln mehr Philipp den Schönen denn ihren Papst als ihren Chef. Daher war die Tatsache, dass sie einen Templer in ihren Mauern gefangen hielten, nicht ganz so erstaunlich, wie es schien.

Pedro war allein in einem Kellerverlies und machte keinen guten Eindruck auf mich.

„Er hat nichts gestanden", informierte Fatima mich und benetzte die Wunden des Ohnmächtigen mit ihren Tränen.

„Davon wird er nicht gesund. Du bist kein Phönix, bemerkte ich praktisch. Heul nicht, sondern mach ihm Mut, wecke seinen Kampfgeist! Er muss noch durchhalten, bis Giscard da ist. Ich gehe jetzt zu dem Franzosen und verklickere ihm, wo er suchen muss."

Fatima wischte sich die schönen Augen, deren Khohol ganz verschmiert war.

„Du hast immer so eine rüde Sprache am Leib", beschwerte sie sich. Doch wurde ihre Aufmerksamkeit durch den angeketteten Spanier augenblicklich gefesselt. Dieser hatte sich aufgerichtet und blinzelte mit verhangenen Augen ungläubig zu Fatima.

„Asiadeh?" fragte er.

„Wer ist das?" wollte ich wissen. Doch Fatima gab mir ein Zeichen, den Mund zu halten.

Ganz offensichtlich konnte der fiebernde Gefangene mich nicht sehen, wohl aber meine Freundin.

Fatima sprach jetzt arabisch mit ihm. Diese Sprache, die klingt wie Sand auf Schmirgelpapier, schien ihn komplett zu beruhigen. Er sagte nichts mehr, sondern fiel wieder zurück in eine tiefe Ohnmacht.

Jetzt hatte ich es eilig. Nichts gegen Fatima, aber so, wie sie es anstellte, musste der arme Kerl den Tod ja geradezu herbeisehnen und genau das würde ihn hindern, um sein Leben zu kämpfen.

Giscard fehlte nur noch eine Nacht, bis er die Stadt erreichen würde. Fast schien er auf mich gewartet zu haben, so schnell sprach er mich an.

„Wo soll ich suchen, Erzengel? Soll ich zum Papst gehen oder nicht?"

„Geh nicht dahin, es ist eine Falle. Verkleide dich als Bauer und geh wie zuvor auf den Markt, hör was die Leute reden. Das Volk weiß immer alles."

Giscard tat wie geheißen und das war auch gut so. Schneller, als ihm lieb war, erfuhr er, dass einer der wichtigsten Berater des Königs, Guillaume de Paisans, dazu abgestellt worden war, den Papst in Angst und Schrecken zu halten. Damit das Volk weder Achtung noch Mitleid mit dem Kirchenoberhaupt haben sollte, hatte er hier in Poitiers wie überall in Frankreich Pamphlete verteilen lassen, in denen man lesen konnte, dass der korrupte Papst mit den übelsten Sündern gemeinsame Sache machen wolle, so dass es nun seine, des Königs Pflicht sei, die Christenheit vor solchen Häretikern und Missetätern, wie es nun einmal die Templer seien, zu beschützen.

Das Volk war solche Art der Meinungsmache schon lange gewohnt. Sie hatten erlebt, wie die Katharer und Albigenser brannten. Da verwunderte es nicht mehr so, dass nun sogar ein ganzer Orden dran war. Gut, dass man mit all denen nichts zu schaffen hatte, das hatten die Templer nun von ihrem Hochmut und sagenhaften Reichtum, erklärte ein Obsthändler, der Giscard ein paar Äpfel verkaufte. Giscards finanziellen Mittel wären längst aufgebraucht, wenn Julienne seine Börse nicht großzügig aufgefüllt hätte.

„So hat der Papst nun doch beschlossen, den Templern zu helfen?" fragte der Verkleidete hoffnungsvoll. Vielleicht hatte Pedro mit dem hohen Herrn sprechen können.

Der Händler bestätigte diese Vermutung.

„Man erzählt, hier war so ein Tempelherr aus Spanien zu Besuch. Seitdem verlangt der Papst, dass die gefangenen Templer ihm zu unterstellen seien und reklamiert sein Recht, über Schuld oder Unschuld des Ordens selber zu befinden. Als ob nicht schon jeder wüsste, dass sie schuldig sind." Giscard erwiderte nichts auf diese Volksverdummung und drängte zum Wesentlichen.

„Und was ist aus dem Besucher geworden?"

„Ach der, den haben sie geschnappt, als er abreisen wollte. Paisans muss sich mächtig über den Sinneswandel des Papstes geärgert haben und lässt diesen Ärger jetzt wohl an dem Spanier aus. Ich bezweifel ja, dass der noch lebt."

Giscard hatte Mühe seinen Schrecken zu verbergen. Sein übermäßiges Interesse musste dem Händler eigentlich auffallen, aber in seiner Bauernkleidung konnte das auch als gewöhnliche Schwatzhaftigkeit interpretiert werden. Das Templerthema war natürlich eine spannende Geschichte für das Volk, das sich selbst in Sicherheit wiegen konnte.

„Es sollen schon fast 200 von ihnen gestorben sein und wenigstens 4000 gefangen", bemerkte der Händler beindruckt ob der Effizienz seines Souveräns.

„So viele", entsetzte sich Giscard, der die Zahlen noch nicht kannte. Er spielte die Unschuld vom Lande. „Wo bewahren sie die denn alle auf? Gibt es denn hier so viele Verließe?

„Doch nicht hier", lachte der Händler. „Hier haben wir zur Zeit nur den Spanier und der schimmelt im Bischofspalast, oder das, was von ihm noch übrig ist. Aber überall dort, wo Ordenshäuser stehen, wurden sie zu Gefängnissen umgestaltet."

„Das habe ich gehört", bestätigte Giscard und sah zu, dass er weiterkam.

Der Bischofspalast also. Er überlegte.

Dieser Palast war sicherlich nicht wie die Ordensburgen als Verließ und Folterkammer umgewandelt worden, nicht für eine einzelne Person. Demnach musste sich Pedro in einem normalen Keller befinden, und was hatten dem Wohlleben zugeneigte Pfaffen in ihren Kellern? Wein natürlich.

Giscard begab sich zum nächstbesten Händler und kaufte eine zweite Bauernkutte, sowie zwei Fässchen Bordeaux, wie sie nur durch Juliennes Barschaft erschwinglich waren. Sehr ärgerlich, solche Juwelen dem Feind auszuhändigen, aber anders ging es jetzt nicht. Mühelos hob Giscard beide Fässchen auf je eine seiner breiten Schultern und marschierte direkt zum Dienstboteneingang des Bischofspalastes. Hier stellte er eines der Fässer hinter einen Busch und klopfte dann, mit dem anderen auf der Schulter, gegen das kleine Portal.

„Wein für den Freund des Königs, Guillaume de Paisans und seine Exzellenz Philipp de Marigny, Erzbischof von Sens“, brüllte er dann, als ihm geöffnet wurde.

Ein Lakai musterte die Aufschrift und grinste. „Chateau Margot. Für die Herrschaften ist ja nichts gut genug.“

„Wird auch für dich genug drin sein“, bemerkte Giscard anzüglich, „oder probiert ihr nicht, bevor ihr serviert?“

Der Lakai lachte.

„Wir wären ja schön blöd.“

„Wo soll das hin?“ fragte Giscard einfältig. „Ich hab noch einen Kameraden, der bringt gleich das zweite.“ Der Lakai, zwar jung aber keineswegs kräftig. Er hatte nicht die mindeste Lust, das schwere Fass zu tragen, sondern deutete zur Kellertreppe.

„Da runter, zweite Tür rechts, steht offen und immer dem Weinduft nach. Kannst dir von mir aus auch eine Wurst schnappen, die hängen hinter der ersten Tür.“

Giscard marschierte die Treppe hinab und ließ das Fass sinken, kaum dass er sah, dass er allein war. Das Gewölbe hatte zwei Gänge und sehr viel mehr Türen, als er angenommen hatte. Gott sei Dank, waren weit und breit keine Wachen zu sehen.

„Pedro, mein Bruder, bist du hier irgendwo?“ rief er auf arabisch. Wenn jemand kam, würde er zumindest nicht verstehen, was er sagte.

„Giscard?“ fragte es ungläubig hinter einer Tür. Die Stimme klang schwach oder weit entfernt, was Giscard augenblicklich das Herz in die Hose rutschen ließ.

„Wer hat die Schlüssel?“ fragte er drängend.

„Ich weiß es nicht“, klang es ziemlich verzweifelt. „Sie haben mich auch an die Wand gekettet.“

„Kannst du gehen?“ fragte Giscard mit bangem Herzen „Keine Ahnung, habe es lange nicht mehr versucht“, kam die wenig ermutigende Antwort.

Giscard antwortete nichts drauf und suchte verzweifelt die Wände ab. Nichts zu sehen.

Er beeilte sich, die Treppe hochzukommen, bevor der Lakai Verdacht schöpfen konnte

„Der Weinkeller scheint abgeschlossen zu sein“, maulte er, offensichtlich schlecht gelaunt.

„Kann sein“, meinte der Lakai gleichmütig und reichte ihm einen Schlüsselbund. Er hatte angefangen, im Kreis der Küchengehilfen eine Suppe zu löffeln und entsprechend kein Interesse daran, extra aufzustehen.

„Willst du gleich auch eine Suppe?“ fragte er freundlich.

„Nö, danke. Ich nehme lieber ein Stück Wurst“, bedankte sich Giscard artig. „Wo bleibt denn mein Kamerad Francois?“

„Haben wir nicht gesehen“, murmelte einer.

„Schickt ihn runter, ich habe das erste Fass schon unten“, sagte Giscard fröhlich und ging wieder Richtung Treppe. Als ihn keiner mehr beachtete, änderte er blitzartig seine Richtung und schlich sich unbemerkt an der Küche vorbei ins Freie. Dort schnappte er sich das zweite Fass, nahm eine gebückte Haltung an, mit der er ungefähr die Größe Pedros imitierte, zog sich die Kapuze seines Überwurfes ins Gesicht und marschierte mit schleppendem Gang wieder an der Küche vorbei. „Wohin?“ fragte er diesmal mit bretonischem Akzent.

„Die Treppe runter, dein Kamerad wartet schon", rief es aus der Küche. Keiner sah eine Veranlassung, sich zu erheben. Sie wussten jetzt, dass zwei Mann im Keller waren.

Giscard rannte den Gang entlang. Der Schlüsselbund hatte Schlüssel für alle Türen und eine Art Dietrich war auch dabei. Nach mehreren Versuchen fand er endlich den richtigen Schlüssel und konnte das Verlies betreten.

Der Raum, in dem sich Pedro befand, war stockdunkel, so dass sich Giscard zunächst an der Stimme seines Freundes orientieren musste. Das Licht der Fackeln im Gang half hier drinnen fast gar nichts und so musste er blind mit dem Dietrich tasten. Die Schlösser der Handschellen waren primitiv aber wirksam. Pedro fiel zu Boden, kaum dass Giscard das zweite geöffnet hatte. Entschlossen lud er sich den Spanier auf die Schultern und hoffte, dass er in dieser Position nicht seinen Dolch würde brauchen müssen, sollte es Schwierigkeiten geben.

Doch da protestierte es.

„Lass mich runter, so kommen wir hier nie weg."

Giscard nickte und warf seinem Gefährten das zweite Bauerngewand über.

„Zieh die Kapuze hoch und wende dich ab, wenn wir an der Küche vorbeikommen. Geht es?"

Pedro biss die Zähne zusammen und erwiderte nichts. Mit Giscards Unterstützung gelangte er mühsam die Treppe hinauf, dann ging er selbstständig, immer zwei Schritte hinter dem Freund an der gefährlichen Küchentür vorbei hinaus ins Freie.

„Salut", rief Giscard und warf dem Lakaien den Schlüsselbund zu. „Guten Appetit noch."

Mit einem Satz war er hinter Pedro her, der auch draußen noch sein Gesicht mit der Kapuze bedeckte. Das Sonnenlicht stach zu sehr in den Augen, die sieben Tage zumeist in ewiger Dunkelheit zugebracht hatten. Die Befreiung am helllichten Tag, war zwar hervorragend gelungen, hatte aber auch einige Nachteile. Sie mussten schnellstens die Stadt verlassen und Pferde konnte man kaum mit dieser Bauernkleidung reiten, ohne aufzufallen. Giscard hatte dies zum Glück bedacht, so wie er auch einkalkuliert hatte, dass Pedro ihm keine große Hilfe sein würde.

Er schob den Gefährten in die nächstgelegene Kirche, in der sich nur ein paar Mütterchen aufhielten, die die beiden nicht beachteten.

Aus seinem Sack holte er jetzt seinen Waffenrock, den er von Julienne hatte, und für Pedro eine einfache schwarze Soutane, wie Landpfarrer sie trugen. Diese warf er seinem Freund über das Bauerngewand, während er selber mit blitzschnellen Bewegungen sein Normandie Wappen glattstrich. „Komm, die Pferde stehen draußen", trieb er Pedro zur Eile an. Dieser blickte mit fiebrigen Augen zum Altar und bekreuzigte sich.

„Früher hätten wir jetzt unsere obligatorischen 30 *Vater Unser* gebetet, statt uns wie Strauchdiebe durchs Land zu schleichen."

„Zum Beten kommen wir später", tröstete Giscard, während er für sich selber feststellte, dass er das Vertrauen in Gebete komplett verloren hatte.

„Komm endlich."

Weit draußen vor der Stadt fanden sie eine Lichtung. Pedro fiel mehr vom Pferd, als dass er abstieg. Giscard band die Pferde an einen Baum und zog dem Spanier die Soutane und das Bauernwams vom Leib.

„Lass sehen, was haben die Schweine mit dir angestellt?"

„Du redest ja langsam wirklich wie ein Bauer", wehrte sich Pedro, während er an sich herabsah. Die Sonne sank und schonte seine entzündeten Augen.

„Hast du meine Apotheke dabei?"

„Ja"

„Gott sei Dank, du wirst mich nämlich jetzt nach meinen Anweisungen verarzten müssen, sonst leiste ich dir nicht mehr lange Gesellschaft."

„Was fällt denen ein, einen ausländischen Gesandten anzugreifen", empörte sich Giscard fassungslos.

„Das ist ganz klar. Da der Papst sich weigert, die Schuld der Templer anzuerkennen und nach unserem Gespräch sogar verstanden hat, dass er uns retten könnte, wenn er die legale Gerichtsbarkeit einfordert, braucht der König jetzt erst recht Geständnisse, die sein Handeln rechtfertigen. Was besser, wenn sogar ein ausländischer Templer zugibt, dass die Verbrechen des Ordens weltweit verbreitet sind.“

„Verstehe“, nickte Giscard düster. „Aber die hatten doch keinen Großinquisitor und keine perfekte Folterkammer.“

Pedro, der sich über die Worte seines Freundes nur wundern konnte, zischte grimmig. „Noch ein paar Tage länger und es hätte gereicht, was sie hatten. Weich die Lumpen, die einmal mein Gewand darstellten, mit Wasser ein, bevor du sie mir von der Haut reißt, ja so. Das sind Verbrennungen. Nimm den Salbentiegel und schmiere davon auf die offenen Stellen.“ Pedro bemühte sich um einen gleichmütigen Ton, aber Giscard konnte das nicht täuschen. Dann fiel sein Blick auf die rechte Hand des Spaniers. Alle Fingernägel fehlten, der Ringfinger, an dem einst das Siegel des Ordens gesessen hatte, war nur noch eine blutige Masse. Pedro war diesem entsetzten Blick gefolgt. Nun besah er sich selbst das Ergebnis der Fingerschrauben mit kritischer Miene.

„Diese armen Geister fragten immer wieder nach einem Baphomet, den wir angeblich anbeten. Nicht mal den Namen Mohammed können sie sich merken. Den Finger hier wirst du amputieren müssen“, meinte er dann zögernd, „sonst wird er brandig und die ganze Hand stirbt ab. Ich sag dir, wie es geht.“

„Bist du wahnsinnig geworden? Das kann ich nicht“, entsetzte sich Giscard.

„Doch du kannst, sonst muss ich es selbst machen und dabei werde ich wahrscheinlich ohnmächtig. Halt deinen Dolch ins Feuer. Stell dich nicht so an.“

Aber Giscard konnte jetzt die Bilder von Paris nicht mehr abschütteln. Der Anblick des Freundes überlagerte sich mit dem des unglücklichen Templers, den er hatte befragen müssen und alles in ihm brach zusammen.

„Pedro, *douze freire*“, schluchzte er „Ich bin es nicht mehr wert, auch nur deinen Saum zu küssen. Wenn du das hier überlebst, bringe ich dich nach Kastilien zu deinen Brüdern. Sie werden dich dort als den Helden feiern, der du bist, und du kannst dich wieder in Gebete und die Ordensregeln vertiefen. Aber als erstes wirst du mir den Mantel abnehmen müssen."

Pedro umarmte seinen Freund spontan.

„Was ist denn mit dir geschehen? Wenn du möchtest, nehme ich dir nachher die Beichte ab, aber bitte, entfern zuvor diesen Finger."

Wenn kein Priester in der Nähe war, durften die Tempelritter sich bei Lebensgefahr gegenseitig die Beichte abnehmen. Pedro hatte diesen Ausweg absichtlich genannt, da dann alles, was sein Freund ihm anvertraute, unter das Beichtgeheimnis fiel, und also dem Orden auch nicht gemeldet werden musste.

Giscard durchschaute das Manöver, widersprach aber nicht, viel zu sehr war er mit dem beschäftigt, was Pedro von ihm verlangte.

Der Spanier gab keinen Laut von sich, um es dem Freund nicht noch schwerer zu machen. Seine Angaben klangen klar und präzise.

Ein harter Typ, der ist mindestens so viel gewohnt wie ich, dachte Giscard bewundernd und wischte den blutigen Dolch im Gras ab.

„Hier trink"

„Trink selbst und sag mir endlich, was in Paris passiert ist."

Giscard erzählte von seinem Einsatz als Dominikaner, aber auch von seinem Sündenfall mit Julienne.

Pedro nickte nur. „Besser so, als vor lauter Heiligkeit zum Mörder zu werden", bemerkte er dazu.

Giscard traute seinen Ohren kaum. „Was sagst du da?"

Pedro lag auf dem Rücken und sah in den Himmel. „Du täuscht dich, wenn du mich für ohne Fehl hältst. Ich habe Schlimmeres getan, als du je tun wirst."

Giscard wartete.

„Als ich 17 war, geriet ich bei Murcia in maurische Gefangenschaft. Der Sultan von Granada verkaufte mich an den Sultan von Marokko, der dringend einen Dolmetscher suchte. Unter zuvorkommendster Behandlung übersetzte ich Schriften vom Spanischen ins Arabische und umgekehrt, die

Sprache hatte ich sehr schnell gelernt. Der Einfachheit halber ließ mich der Sultan mit seinen Söhnen zusammen erziehen; und so lernte ich Geschichte, Rechtswesen, Koranlehre und vor allem Medizin. Dass er dabei einen Templer im Islam unterwies, fand er höchstens belustigend.

Doch je besser mein Wissen in Medizin wurde, desto heftiger verlangte er meinen Übertritt zum Glauben der Sarazenen, wozu ich schon aus Stolz nicht bereit war. Außerdem war ich empört darüber, dass der Sultan dies von seinen jüdischen Gelehrten und anderen gefangenen Christen nicht verlangte.

Später nannte er mir den Grund. Der alte Hofarzt, der mir all sein Wissen beigebracht hatte, war soeben verstorben, und ich sollte seinen Posten besetzen. Um mir das Amt zu versüßen, wollte er zudem eine Tochter seines Großwesirs mit mir verheiraten und mich damit für immer an seinen Hof binden. Als ich, oft genug krank vor Heimweh, dankend ablehnte, wurde die Sache für ihn zum Sport. Er nannte unseren Orden widernatürlich, das Zölibat lächerlich und hielt es für verlogen, geradeso wie heute unsere eigenen Brüder in Christo. Um zu beweisen, dass ein normaler Mann gar nicht widerstehen kann, schickt er mir jede Nacht eine andere nackte Schönheit, die ich dann immer wieder verzweifelt von mir schieben musste. Ich flehte um Nachsicht, und der Sultan schien schließlich nachzugeben. Verblendet und überzeugt von meiner eigenen Wichtigkeit, dachte ich, er wolle seinen Arzt nicht verärgern, denn mein Talent war inzwischen so weit ausgreift, dass ich schon die ersten Familienmitglieder behandeln durfte. Weit gefehlt. Der Sultan spielte nur mit mir. Eines Tages wurde ich wieder an ein Krankenbett geführt, doch diesmal war der Patient kein Mann, sondern eine Frau, die dort im Fieber lag.

Es war nichts Ernstes und leicht zu behandeln, aber die Rechnung des Sultans ging auf. Asiadeh war so unglaublich schön, dass ich hätte ein Eunuch sein müssen, um sie nicht zu begehren.

Sie erwiderte diese Liebe auf den ersten Blick und in ihren sanften Rehaugen tat sich ein ganzes Paradies auf, nur für mich. Doch dann kam, wie erwartet die Bedingung. Sie würde meine Frau, wenn ich konvertierte.

Ich haderte mit meinem Schicksal. Der Templerorden hatte mich erzogen, ich war unfähig die Regeln zu brechen. Zu feige, meine ewige Seele der Verdammnis zu opfern, und gleichzeitig zu feige, rechtzeitig die einzig mögliche Konsequenz zu ziehen, versuchte ich tatsächlich, mir diese Liebe aus dem Herzen zu reißen.

Der Sultan fand auch das wieder lustig. Er fragte mich, ob ich auch dann noch widerstünde, wenn er andernfalls das Mädchen köpfen lassen würde.

Ich sagte ja, weil ich das für einen schlechten Scherz hielt, eine alberne Machtprobe, aber Giscard, welch ungeheure Dummheit, welch unglaubliche Fehleinschätzung. Der Sultan hatte genug Wesire und die hatten genügend Töchter..."

Pedro konnte nicht weiterreden. Giscard erahnte das Ende der Geschichte auch so.

„Wie bist du da weggekommen?"

Pedros Stimme war voller Bitterkeit.

„Nachdem er mich gezwungen hatte, der Hinrichtung beizuwohnen, tat er für mich das Demütigenste, das er tun konnte. Er gab mir meinen weißen Mantel zurück und schenkte mir die Freiheit. Für einen Mann, der die Liebe so gering achte, habe er keine Verwendung. So kehrte ich nach Ponferrada zurück und wurde, was ich heute bin, ein Ärgernis, selbst für die einzigen Brüder, die ich habe." Er musterte verächtlich seine wieder frisch blutenden Wunden. „Nichts, das die Feinde der Templer mir antun könnten, ist annähernd genug."

Giscard starrte nachdenklich in den Abendhimmel.

„Wir sollten das Richten lieber Gott überlassen, Freire, nicht der Inquisition und auch nicht unserem marternden Gewissen. Selbst, wenn wir beide es nicht sind, so sind doch unsere Brüder unschuldig. Lass uns nach Kastilien reisen und deinem König vortragen, was sich hier tut. Wenn die Templer Kastiliens, Aragons und anderer Länder sich zusammentäten, dann müsste es doch möglich sein, wenigstens einen Teil unserer französischen Brüder zu retten."

„Reiten wir", antwortete Pedro de Sancedo lapidar.

Die Reise nach Kastilien war eine Wohltat für beide. Viele Stunden versanken die ungleichen Männer in tiefem Schweigen und brauchten kaum einen halben Blick, um sich zu verständigen.

Ich bewunderte beide. Manchmal ist es schwerer, unter bestimmten Bedingungen zu leben, als sich einfach in sein Schwert zu stürzen, wovor beide sich keinen Moment gefürchtet hätten. Mein Bruder Thor ließ sich überreden, den nahenden Winter noch zu verschieben, so dass meine Schützlinge von Schneefällen verschont über die Pyrenäen reisen konnten. Die riesigen Ebenen Kastiliens klirrten morgens vor Kälte und Raureif, waren aber passierbar.

Endlich konnten beide Ritter wieder den weißen Mantel tragen; und mit dem Symbol lebte auch der alte Kampfgeist wieder auf. Pedro verbrachte reichlich Zeit damit, seinem Ordensbruder Spanisch beizubringen. In Aragon wurde noch viel Französisch gesprochen, aber sobald sie bei Almazan die Grenze nach Kastilien überschritten, war das nicht mehr der Fall. Sie reisten entlang des Jakobsweges, den alle Pilger Europas benutzen, um an das Grab des heiligen Apostels zu gelangen, Richtung Santiago de Compostela. Die Route ist gesäumt von Templerburgen und Kirchen, schließlich war es die heilige Aufgabe der Templer, den Weg der Pilger zu beschützen.

Giscard glaubte nach allem Erlebten kaum, dass irgendwo auf der Welt noch Frieden herrschen konnte. Man begegnete ihnen wieder mit der alt gewohnten Achtung. Jeder Templerort bot kostenloses Quartier in einer wehrhaften Burg, jede Kirche mit ihren alchemistisch verschlüsselten Geheimnissen erinnerte wieder an Macht und Mystik des Ordens. So erreichten sie unbehelligt und mit einigermaßen wiederhergestelltem innerem Frieden das entlegene Ponferrada, Pedros Zuhause. Die Burg konnte man schon von weitem sehen. Riesengroß und wehrhaft thront sie auch heute noch über der Stadt. Zwei Kränze aus mit Zinnen bewehrten Mauern umgeben die Hauptgebäude, zu denen man nur über eine schmale Zugbrücke gelangt. Das Banner des Ordens, der *Beauseant*, wehte über den Mauern, so dass bei seinem Anblick beiden Männern Tränen in die Augen traten.

„*Hermano* Pedro", grüßten die Brüder erstaunt. „Wir hatten schon gefürchtet, Ihr wäret in Frankreich in Gefangenschaft gestorben."

„Zu Recht", brummte dieser, „wäre da nicht mein treuer Freire Giscard de Varengeville gewesen."

Vor dem Superior beeilte er sich, seine und Giscards Erlebnisse loszuwerden.

„Was spricht man in Kastilien, was sagt der König?" fragte er dann ungeduldig.

Die Stirn des Ordensmeisters umwölkte sich.

„Ich fürchte, Bruder, dass unser König Fernando gerade andere Sorgen als unseren Orden hat. Er kämpft mit dem König von Aragon um seinen Thron. Ihr wisst doch, eine falsche Entscheidung und schon unterstützen die Aragonesen den Anspruch der De la Cerdas. Wir stehen kurz vor dem Bürgerkrieg. In einer solchen Situation hat kein Herrscher Zeit, sich mit Angelegenheiten der Kirche..."

„Aber Sire, alle Templer Frankreichs sind gefangen genommen worden, Hunderte von ihnen starben bereits unter Folter und täglich werden es mehr", unterbrach Giscard, der keine Ahnung hatte, wer die De la Cerdas sein sollten, ungeduldig.

Der Spanier runzelte die Stirn ob des ungehörigen Einwandes inmitten seiner Rede.

„Ich weiß nur so viel, als dass der König von Frankreich an alle christlichen Könige Europas die Aufforderung geschickt hat, die Tempelherren zu verhaften und einem Kirchengericht der Inquisition zu überstellen. Er war sogar so hilfreich, ein paar geübte Dominikaner in alle Lande zu verschicken."

„Hierher?" fragte Pedro ungläubig. „Was habt Ihr daraufhin getan, *hermano*?"

„Für das Seelenheil des französischen *Felipe El Hermoso* gebetet", antwortete der Superior lapidar. „Kein französischer Dominikaner darf die Grenze überschreiten.

Die Inquisition richtet Häretiker, unehrliche Konvertiten und Hexen, dafür haben wir unsere eigenen gut ausgebildeten Leute. König Fernando hat daher sehr richtig auf die Autorität des Papstes als einzig mögliche richterliche Instanz verwiesen.“

Die beiden Freunde atmeten auf. Noch am selben Tag schrieb Giscard einen langen Brief an Julienne, in dem er ihr verriet, wo er sich aufhielt und warum. Die Zeilen zeigten auf der einen Seite die Zuversicht, dem Orden helfen zu können, und auf der anderen, dass er seine Geliebte nicht vergessen würde, so unmöglich das jetzt aus der Entfernung auch anmuten musste.

Doch noch während Pedros Wunden verheilten und der Kastilier sich darin übte, sein Schwert mit Daumen und drei Fingern zu handhaben, brach erneutes Unglück über den Orden herein.

Der Papst, halb tot vor Angst um sein eigenes Leben, hatte endlich Philipps Drängen nachgegeben und eine Bulle veröffentlicht, die allen Christen befahl, die Templer als Häretiker festzunehmen und ihre Habe zu beschlagnahmen. Diese Bulle ging unter dem Hohnnamen *Facient misericordiam* in die Geschichte ein. Jedem Christen in allen europäischen Ländern war es ab jetzt untersagt, einem Templer auch nur Obdach zu gewähren, er hatte ihn zu denunzieren, zu verhaften und einzukerkern. Wenn man bedenkt, dass der Papst als maximale Autorität noch über den Königen stand, so war das der schwerste Schlag, der dem Orden überhaupt zugefügt werden konnte.

Der aragonesische König Alfonso, der den Beinamen der Liebenswürdige trug, reagierte allerdings nicht so, wie der französische Nachbar erhoffte. Alfonsos Großvater war von Templern erzogen worden, daher käme es in seinem Königreich niemandem in den Sinn, einen Ordensritter anzurühren. Doch dass dies nicht auch für Kastilien galt, sollten die Brüder in Ponferrada sehr bald merken.

Zwei Wochen nach Verkündigung der Bulle präsentierte sich ein königlicher Herold in dieser so entlegenen Stadt an der Grenze zu Galizien und verlas ein Schreiben des Königs. Hierin bekundete er seine Solidarität mit dem Orden und dankte für die Verdienste, die die Templer sich durch den Schutz der Pilger erworben hätten, zu seinem größten Bedauern aber sähe er sich durch höhere Macht als seiner, wie es nun einmal die Autorität des Oberhauptes der Christenheit darstelle, gezwungen, den Orden seines königlichen Schutzes zu entheben."

„Als ob wir dessen jemals bedurft hätten", entfuhr es Pedro wütend.

Der Herold fuhr fort.

„...versicherte der König, dass, da er persönlich von der Unschuld der Brüder überzeugt sei, keinem Templer ein Haar gekrümmt werden dürfe, und es ihnen frei stünde, zwischen Freiheit oder Aufnahme in einen anderen Orden mit ähnlichen Zielen zu wählen. Die Ländereien aber, Burgen, Herbergen, Hospitäler, Kirchen und anderen Ordenshäuser sind unverzüglich der kastilischen Krone zu übergeben."

Giscard, der sich den umständlichen Text erst übersetzen lassen musste, brauchte nicht lange, um zu begreifen, dass nun auch sein spanischer Bruder heimatlos geworden war.

Pedro sah den Herold so hasserfüllt an, als ob er ihn hier an Ort und Stelle den Kopf abreißen wolle. Zum Missfallen der eigenen Brüder, entriss er dem Herold das Pergament mit dem königlichen Siegel, raste die Treppen des Burgfrieds empor, und zerriss es unter dem Banner des Ordens in 1000 Stücke.

„Sag dies dem König und jedem, der einen Fuß in unsere heiligen Mauern setzen will. Dies ist Templergut, und wer es aus niederer Gewinnsucht für sich begehrt, sei verflucht von jetzt an und für alle Ewigkeit. Gott sei mein Zeuge."

Die Brüder schwiegen entsetzt, die Männer des Königs verängstigt.

Schweigend sahen sie zu, dass sie davonkamen, während Giscard vergeblich versuchte, den wie erstarrten Pedro von der Turmterrasse zu zerren.

Ich saß auf der Turmmauer und sah Fatima auf ihrem Teppich an.

„Ein echt christlicher Fluch", bemerkte ich spöttelnd. „Wäre er Germane, hätte er sich jetzt in die Tiefe gestürzt. Das wäre ein dramatisches, wirkungsvolles Ende und ich hätte ihn nach Walhall geführt. Wirklich schade. So einen Asketen zu küssen, ist sicher spannend."

„Elende Zynikerin“, empörte sich Fatima. „Dein Liebling hindert meinen doch daran, endlich ins Paradies zu kommen.“

So war es tatsächlich. Giscard hatte den Kastilier umarmt und die Turmtreppen hinabgeführt.

„Er hat seinem Glauben alles geopfert, was ihm lieb war. Da wird er jetzt sicherlich nicht davon abfallen. Auf Pedro wartet das goldene Licht“, machte sich Maria bemerkbar, wie immer dann da, wenn man sie nicht erwartete.

An dieser Stelle muss ich einfügen, dass dieser Fluch so wirkungsvoll war wie ein Stab mit bösen Zauberrunen. Keiner hat die Templerburg von Ponferrada seitdem länger als 50 Jahre an einem Stück bewohnt. Alle Adeligen, die es als Lehen erhielten, überlebten ihre Nachkommen oder starben gleich ohne. Die Burg veranlasste zu Bruderkriegen und bösen Fehden unter ehemaligen Freunden. Sie brachte ihren Bewohnern nur Blutvergießen aber niemals Glück. Seit mehr als 200 Jahren wagt es keiner mehr, die Mauern zu bewohnen, nicht einmal kulturelle Akte finden in dem herrlich restaurierten Gebäude statt. Nur unwissende Touristen, die die Geister der Toten in weißen Mänteln weder sehen noch hören, können ohne Schaudern durch die verlassenen Hallen schreiten.

„Bedeutet das, dass manche Altbauten tatsächlich ihre Gespenster haben?“

„Natürlich. Was glaubst du, warum die Katholiken alte Gebäude, die den Besitzer wechselten, erst mal mit Weihwasser aussprengen. Und das ist schon eine moderne Variante. Gläubige Germanen reinigen alte Häuser mit einem Bündel Birkenzweige, am besten solche, die am Ende besenförmige Wucherungen aufweisen. Es gibt einen besonderen Pilz, der aus

Birkenzweigen Hexenbesen macht. Solche soll man nicht fürchten, sondern verwenden."

Aha. Kein Wunder, dass die meisten Leute lieber Neubauten wollten. Ich dachte an unsere Wohnung in Oberkassel, die immer schon Uwes Familie gehört hatte. Vielleicht sollte ich mal nachfragen, ob da auch keiner gestorben oder verflucht worden war?

Die Tempelherren gehorchten, wie sie auch in England, Italien und anderen Ländern gehorchten. Sie verließen ihre Burgen und baten in anderen Orden um Aufnahme. Noch ehe Pedro darüber nachdenken konnte, hatte man dem gefürchteten Visitator die Leitung des Hospitals von Ponferrada angeboten. Giscard aber erhielt einen Brief aus Toulouse.

Julienne erwartete ein Kind und war beim Bischof in Ungnade gefallen, obwohl dieser nicht ahnte, dass er nicht der Vater war. Marigny hatte die gute Idee, sich seiner Geliebten zu entledigen, indem er sie auf das heruntergekommene Gut der Marcillacs schickte, das einstmals ihrem Vater, dann den Templern und inzwischen der französischen Krone gehörte.

Giscard spürte, wie ihm das Herz vor Sehnsucht zu zerspringen drohte.

„Leb wohl Bruder, hier gibt es nichts mehr für mich zu tun. Ich gehe nach Frankreich zurück."

Pedro de Sancedo y Fenollar fragte nicht nach, warum und wohin. Er trug den neuen Mantel des Calatravaordens wie ein Büßergewand.

„Das heißt dann diesmal Abschied für immer, *amigo*. Ich werde diesen Kelch bis zur Neige trinken. Noch kann ich auf die Fürbitten der Engel und Heiligen hoffen."

Giscard musterte die düsteren Züge des Kastiliers ergriffen.

„Es war unser Stolz, nicht wahr, *hermano*? Du bist gar nicht überzeugt, dass die Mauren etwas Falsches glauben? Warum tröstet dich die Cordeliere nicht? *Cristo es un camino, el camino recto lleva hacia la verdad.* (Christus ist *ein* Weg. Der gerade Weg führt zur Wahrheit) Schling einen zweiten Knoten in die Schnur. Sollte ich je den dritten erhalten, erfährst du es!"

Pedro nickte und ich sah, dass Fatima strahlte. Natürlich, der Islam war ebenso ein Weg wie das Christentum. Beide Templer wussten es, Giscard aber war es längst nicht mehr wichtig.

Allein gelassen begleitete ich meinen Schützling zurück nach Frankreich und ich muss gestehen, dass mir von Anfang an nicht wohl dabei war. Pietro de Bologna, ein italienischer Templer mit juristischer Ausbildung an der Sorbonne hatte es übernommen, die Verteidigung seines Ordens zu leiten. Kaum dass Giscard sich in den Armen Juliennes ausgetobt hatte, zog es ihn auch schon wieder nach Paris, um seinem Glaubensbruder bei der unmöglichen Aufgabe zu helfen.

Es war kein fanatisches Festhalten an Ordensregeln, keine Hingabe an die Religion, noch nicht einmal Reue ob seiner Taten, Giscards Handeln war reines Heldentum, wie man es heute nur noch ganz selten findet. Der reine Wahnsinn.

Der schlaue Jurist schien anfangs tatsächlich Erfolg zu haben. Er wendete die öffentliche Meinung zu Gunsten der Templer, stärkte den Mut der Gefangenen und erreichte, dass sie ihre erzwungenen Geständnisse widerriefen, und bewegte den Papst zu erneutem Widerstand gegen den König, indem er ein Konzil nach Vienne einberief, das über die Schuld der Templer als rein geistlich-akademisches internationales Gericht entscheiden sollte. Giscard arbeitete unermüdlich als Bote zwischen Pietro di Bologna und den gefangenen Templern, zu denen er unter den wagemutigsten Verkleidungen Kontakt aufnahm. Da griff Philipp erneut zu einer List. Er erklärte, dass reuige Templer, die ihre Geständnisse widerriefen, als rückfällig zu gelten hätten und daher wie Ketzer zu behandeln seien. Vergeblich protestierte Papst Klemenz in Avignon, vergeblich mahnte die Universität die Unrechtmäßigkeit eines solchen Vorgehens an, der König ließ sich von seinem Ziel nicht abbringen. Er ahnte, dass die Geistlichen aus dem Ausland seine Vorgehensweise nicht ratifizieren würden und verhaftete vorsichtshalber den wichtigsten Verteidiger des Ordens, Pietro di Bologna selbst.

Als Franziskaner verkleidet gelangte Giscard in das Verlies, in dem man den Rechtsgelehrten zusammen mit 53 anderen Templern gefangen hielt.

Wenige Tage Gefangenschaft hatten den Verteidiger schon fast genauso hoffnungslos werden lassen, wie die anderen Templer, die ihre

Geständnisse widerrufen und nun Angst vor erneuter Folter hatten. Giscard erfasste die Lage mit einem Blick.

„Ihr müsst hier heraus", sagte er. „Nur Ihr könnt den Orden verteidigen. Ihr werdet also mit mir tauschen", verlangte er drängend.

Pietro schüttelte den Kopf. „Nein, Bruder. Ihr wisst nicht, was Ihr sagt. Das Konzil wird noch lange nicht tagen, jedenfalls zu spät für uns hier. Wisst Ihr nicht, wie rückfällige Ketzer bestraft werden?"

Er flüsterte, um die anderen Brüder nicht in Panik zu versetzen. Als Giscard sich zu ihm herabbeugte, flackerte ein unmissverständliches Grauen in dessen Augen.

„Mit dem Feuer, Freire. Sie verbrennen uns bei lebendigem Leib. Seht zu, dass Ihr hier herauskommt."

„Sagt mir das dritte Geheimnis", bat Giscard mit Blick auf dessen Cordeliere.

„Der Schlüssel zur Wahrheit ist der freie Geist", erwiderte Pietro di Bologna matt. „Geht jetzt."

Giscard zögerte nur eine winzige Sekunde. „Nein, Bruder. Ihr seid wichtig, ich bin es nicht. Wenn das Konzil tagt, müsst Ihr vor Ort sein. Wenn Ihr dort einen Ritter des Calatravaordens namens Pedro de Sancedo trefft, so schenkt ihm den dritten Knoten. Und..." Er öffnete seine eigene Cordeliere unter dem Dominikanergewand und reichte sie dem Italiener, „schickt dies an Julienne de Marcillac in Toulouse. Es ist für meinen Sohn."

Blitzschnell zog er einen Nagel hervor, knackte damit das Schloss der Fußketten seines Bruders, zog seine Kutte aus und warf sie dem anderen über.

„Geht, bevor ich es mir anders überlege", sagte er dazu.

Wenn der Rechtsgelehrte ob dieses Geständnisses schockiert war, so war jetzt nicht der Moment es zu zeigen. „*De par dieu, Beau Sire*", murmelte er und humpelte davon.

Giscards Schicksal und das seiner Brüder war besiegelt.

Die folgenden Tage wich ich nicht von der Seite meines Schützlings. Es war Zeit, ihn auf Walhall vorzubereiten und ihm zu erklären, was ihn dort erwartete. Während der Verhöre sang ich ihm Schlachtengesänge ins Ohr, so dass er die Fragen nicht hören konnte, dann massierte ich seinen Nacken und trennte die Nervenenden von den Organen zum Gehirn, so dass er keinen Schmerz fühlen konnte. Wenn einer der Foltergehilfen ihn missbrauchte, rettete ich ihn in so tiefe Ohnmacht, dass die Knechte jedes Mal nach dem Herzschlag fühlen mussten, um zu wissen, ob er noch lebte.

Die Inquisitoren rasten vor ohnmächtiger Wut. Giscard hatte zwar keinen heilen Knochen mehr im Leib, gestand aber nichts von Wert. Die Knoten der Cordeliere bedeuteten die heilige Dreifaltigkeit, fertig.

Die Protokolle waren wertlos.

Am 12. Mai 1310 schichtete man schließlich Holz auf und errichtete einen ganzen Wald aus Pfählen, an denen die Templer angebunden wurden.

Inmitten der neugierigen Menschenmenge entdeckte ich einen Mann mit Schlapphut über einem Auge. Der Zauberergott mischte Stroh ins Feuerholz, was vom Bischof höchst persönlich verboten worden war, um die Leiden der Nicht-Geständigen zu verlängern. Im Stroh befanden sich Kräuter, deren Aromen die Templer betäuben würde.

„Vater", rief ich erfreut. „Es ist gut, dass du da bist, alle diese Menschen haben Hilfe verdient."

„Das ist sehr christlich von euch, aber gar nicht nötig", mischte sich eine mir inzwischen vertraute Stimme ein.

Sie stand auf einer golden schimmernden Wolke, die fast den ganzen Platz bedeckte, und musterte ihren alten Widersacher ohne Scheu.

„Der Glaube, fremder Gott, kann Berge versetzen und Schmerzen besiegen. Nur dieser dort, der nicht glauben kann", sie deutete missbilligend auf Giscard, der fluchend Marigny fixierte, „...braucht Götter wie euch. Da, hört nur hin.“

Und sie hatte Recht. Die Templer sangen mit klaren, schönen Stimmen *Ave Maria* und andere ihrer Lieblingshits, als stünden sie gemütlich um einen Altar.

Odin zog lächelnd seinen Hut.

„Sehr überzeugend, schöne Göttin. Hoffentlich lohnst du ihnen ihr Vertrauen entsprechend.“

Die ergriffene Menge, die noch zuvor begeistert Ketzer hatten brennen sehen wollen, schluchzte plötzlich und bekreuzigte sich. Die Bischöfe und der Kanzler sahen zu, dass sie vom Platz wegkamen, denn nun hatten sie Märtyrer geschaffen, keine verurteilten Übeltäter, und waren selbst in Gefahr geraten, der umschlagenden Volkswut zum Opfer zu fallen.

Ich griff mir meinen sanft entschlafenen Helden, während die anderen sich um Maria scharrten.

„Ich wähle dich, Krieger, als würdig im Kreise der Götter und Helden in Walhall zu weilen“, sprach ich die alte Formel.

Giscard sah verwirrt zur goldenen Wolke, in der seine Brüder verschwanden.

„Christus ist nur ein Weg, nicht wahr?“ lächelte ich.

Da lächelte auch er und ließ sich von mir umarmen und küssen.

In derselben Nacht wurde in Toulouse der großnasige Sohn Giscards geboren, den Julienne in Gedenken an die Templer Gilles Depardieu nannte.

„Ich weiß ja nicht, ob ich die Geschichte wirklich als aufbauend empfinden kann“, stöhnte ich. „Warum gewinnen eigentlich immer die Schurken?“

„Das scheint nur so. Zunächst einmal gewinnen Schurken vor allem einen Platz in der Hölle, den sie bei ihrem Ableben liebend gerne tauschen würden, während die von ihnen Misshandelten sich je nach Gusto auf der goldenen Wolke räkeln oder in

Walhall zechen dürfen. Und dann ist es auch so, dass manche Schurken exemplarisch schon zu Lebzeiten und sichtbar für alle Welt bestraft werden. Als Walküre darf man da auch mal nachhelfen."

Pietro die Bologna z.B. erreichte Italien und die Freiheit zur größten Wut des französischen Königs. Von dort aus organisierte er den Widerstand der Geistlichkeit gegen die Einmischungen eines weltlichen Machthabers, so dass das Konzil sich nicht dazu durchringen konnte, den Orden zu verurteilen. Doch leider nützte dieser Sieg gegenüber Philipp gar nichts. Er zwang den Papst kurzerhand, den Orden durch eine Bulle für aufgelöst zu erklären.

Am 18. März 1314 wurde der Großmeister des Ordens Jaques de Molay öffentlich verbrannt. Er starb zur Überraschung aller, die von diesem schwachen Mann nichts mehr erwarteten, mit gefalteten Händen und einem letzten Anruf an Gott. Er bat ihn laut und vernehmlich, die Peiniger des Ordens vor sein Gericht zu rufen. Den Papst erwartete er binnen eines Monats, den König binnen eines Jahres.

Mein Held war glücklich in Walhall, aber ich war so empört über die Schlechtigkeit der Menschen, dass ich de Molays Aufruf unbedingt unterstützen musste. Woher sollte ich wissen, ob sich Jesus oder Maria darum kümmern würden? Am Ende verziehen die gar den Übeltätern! Das lag mir jedenfalls vollkommen fern.

Süß ist die Rache der Walküre, Leute! Und schrecklich!

Ich flog nach Hawaii und befreite Loki, unter der Bedingung, dass er einen Besuch in Avignon machen würde.

Papst Klemens V. starb elend von eitrigen Pusteln bedeckt und unerlöst unter der Last seines schlechten Gewissens. Soweit ich hörte, schmort er noch heute im Fegefeuer. Für den König von Frankreich hatte ich mir etwas noch Übleres ausgedacht. Bei einem Jagdausflug scheuchte ich einen Eber auf, der auch sogleich sein Pferd angriff. Philipp fiel aus dem Sattel, hatte aber noch einen Fuß im Steigbügel. Als man das Pferd endlich einfangen konnte, war von Philipps schönem Gesicht nichts mehr übriggeblieben. Der Satan konnte ihn ganz unbehelligt von Weihrauch und letzter Ölung abholen. Manchmal ist der Herr der Unterwelt mir fast sympathisch.

Doch auch das Volk, dumpfe sensationsgierige Masse, verdiente seine Strafe. Ich konnte Thor dafür gewinnen, ein Jahr lang verheerende Regenfälle, Stürme und Schneewolken auf Frankreich prasseln zu lassen. Die Ernten verfaulten, die Menschen litten eine schreckliche Hungersnot, die zusammen mit Lokis Bakterien Tausende dahinrafften. Recht so! Die Templer sind jedenfalls in der Erinnerung der Menschen für alle Zeiten unvergessen, und wenn es nur durch das Wissen darum sei, dass Freitag der 13. ein Unglückstag ist!"

„Wow", sagte ich noch ganz benommen. Nun wusste ich, was eine Walküre tat, außer ihre Helden abzuholen. Sie übte brutale und wirksame Rache. Au Mann! Nichts da mit Vertröstung auf das Jenseits und dem Gedanken, dass die Sünder schon bereuen würden, nein, nein. Strafe sofort und Vergeltung schon zu Lebzeiten. Germanen waren eben keine Christen.

War das nun ein gutes Gefühl oder hinterließ es einen schlechten Beigeschmack?

„Rache?" fragte Waltraud interessiert. „Das ist ein Supergefühl, glaub mir. Das Christentum hat euch gelehrt, dass man so etwas besser nicht fühlt, dass man es besser Gott überlässt, die Missetäter zur Verantwortung zu ziehen. Gerechtigkeit geschieht also in jedem Fall, aber manchmal dauert mir das für meinen Geschmack einfach zu lange."

„Für meinen manchmal auch", nickte ich. „Aber blöderweise ist es oft so, dass man nachher Schuldgefühle hat, weil man dem anderen nur Schlechtes gewünscht hat."

„Das *Nur* kannst du sparen", kommentierte Waltraud ernst. „Verwünschungen sind eine durchaus ernst zu nehmende schwarzmagische Handlung. Aber mal ehrlich. Wieviel tausend Menschen haben Erich Honecker die Pest an den Hals gewünscht, und als der dann erleben durfte, wie sein Riesengefängnis endlich aufbrach, glaubst du, da hat sich jemand dafür geschämt, dass es dem Alten Miesepeter endlich einmal richtig schlecht ging? Glaubst du, jemand müsste dafür büßen, wenn Xi Ping endlich die Pest bekäme, die er längst verdient hat? Glaub mir einfach, Rache ist ein völlig legitimes Mittel, sich auszuleben."

„Also, ich habe gehört, dass schlechte Taten auf einen zurückfallen und Rache gehört ja wohl auch dazu, oder?"

„Natürlich nicht!" lachte Waltraud. „Das sollst du glauben, um schön brav zu bleiben. Außerdem gehört da ja noch die andere Seite der Medaille zu: die Reue."

„Ach, du übst Rache und fühlst dann Reue?"

„Quatsch. Die Missetäter bekommen Gelegenheit, Reue zu empfinden. Wenn man sie nicht mit der Nase drauf stößt, begreifen sie es nämlich oft zu Lebzeiten nicht, oder glaubst du, ein Oligarch fühlt sich auch nur einen Hauch unwohl, während er in Phuket am Strand wahlweise Cocktails, Partydrogen oder Thaimädchen vernascht? Nein, nein. Was diese Typen brauchen, ist, dass alle Opfer, die durch deren Raffgier ihrer Existenz beraubt wurden, den Betreffenden aus seiner Limousine reißen und in die nächste Mülltonne tragen. Dann Deckel zu und 24 Stunden Wache halten. Glaub mir, nur dann klappt das mit der Reue noch in diesem Leben."

So eine Walküre sollte man besser nicht zum Feind haben. Es würde wohl doch nie so weit kommen, dass jemand aus der Esoterikszene so weit ginge, ein Kartendeck zu entwerfen, um eine Walküre anzurufen, frei nach dem Motto: Es geht mir heute so kläglich, da bitte ich doch eine Walküre um Rat. Angenommen, sie ließe sich rufen, dann wäre das schlimmer als das

Märchen vom Zauberlehrling. Kaum würde man aussprechen, dass man sich an diesem Tag über eine Freundin geärgert hatte, schon müsste man damit rechnen, dass die geheimsten Fantasien wahr würden, und deren Bett in Flammen aufginge oder eine Riesentarantel darauf herumspazierte. Andererseits wäre die Idee manchmal so schlecht nun auch wieder nicht.

Held oder Nichtheld?

Die folgende Woche war Mona ein paar Tage auf Einkaufsreise, und wir hatten alle Ruhe vor ihr. Außer mir waren noch zwei weitere Verkäuferinnen und eine Aushilfe beschäftigt. Hilmaz war eine in Düsseldorf geborene Türkin, die Mona niemals laut widersprach, aber beispielhaft war, wenn es um passiven Widerstand ging. Leider verstand sie sich weniger gut mit Olga, die bei jedem bisschen gleich lospolterte. Iris, die als Aushilfe oft zwischen die Fronten geriet, wusste dann nicht, ob sie lachen oder weinen sollte.

Hilmaz und ich sortierten die Frühjahrskollektion in die Regale und auf die Ständer. Mona hatte sich dieses Jahr für den Schwerpunkt Gelb entschieden.

„Fürchterliche Farbe", bemerkte Iris. Das macht doch nur blass."

„Kommt drauf an."

Triumphierend hielt ich Hilmaz ein zitronengelbes Kleid vor. Mit ihrem leicht gebräunten Teint, den schwarzen langen Locken und den dunklen Augen sah selbst dieser eher dürftige Fetzen großartig aus.

„Ja klarrr, aber werrr sieht hierrr schon so aus?" grummelte Olga, die zu ihrem blassen Teint auch noch Platinblond aus der Tube trug.

„Eine nicht unbedeutende Gemeinde türkischer, marokkanischer und anderer Mittelmeerbewohner", erwiderte Hilmaz beleidigt.

„Die einen fatalen Hang haben zu Kopftücherrrn und Trrainingsanzügen und daherr diesen Laden nurrr selten betreten", stichelte Olga weiter.

„Immer noch besser, als Wodka bedröhnt aus den silbernen Sandaletten zu kippen“, entgegnete Hilmaz, langsam wütend werdend.

„He, Mädels. Was soll das hier werden?“ ging ich dazwischen, bevor die in Stabreimen weitermachten. „Der Feind ist nicht unter uns, also freut euch an der ruhigen Arbeit ohne Schikanen.“ Dann wechselte ich abrupt das Thema.

„Wir sollten unbedingt auch Limettengrün im Sortiment haben.“ Hierbei suchte ich im ganzen Laden vergeblich nach der genannten Farbe. Endlich fand ich einen Schal in meiner Handtasche und hielt den vor Olga.

„Dreh dich mal zum Spiegel um.“

„Du hast rrecht, sieht gut aus“, nickte die hübsche Russin.

„Wisst ihr, was wir jetzt machen?“ entschied ich dann. „Wir tauschen die Hälfte der gelben Teile gegen grüne aus.“

„Wenn Mona zurückkommt, kannst du was erleben“, bemerkte Iris erschrocken. „Ich melde mich an dem Tag schon mal krank, damit das klar ist.“

„Feigling“, lachten wir anderen drei, während ich schon nach dem Telefon griff.

Dies war ganz klar ein idealer Auftakt für ein Treffen mit Waltraud, an die ich selbst bei intensiver Arbeit immer wieder denken musste.

Sie wartete auf mich, nun schon in Minirock und Stiefel gekleidet, das Haar in Flechten kunstvoll aufgesteckt.

„Was für eine Frisur“, neckte ich, „so zeitgemäß!“

„Kommt alles wieder“, lächelte sie. „Kennst du nicht die ehemalige ukrainische Ministerpräsidentin? Kaum hat das mal jemand auf dem Kopf, kopieren es die amerikanischen Schauspielerinnen, notfalls mit Extensions. Lass mal deine Haare länger wachsen, du wirst dich wundern, was man damit alles machen kann. Außerdem sind lange Haare ein Symbol der Freiheit."

„Wie bei den Musliminnen?" spottete ich.

„Wie bei den Rocksängern", entgegnete sie ernst. „Früher trugen nur die Sklaven ihre Haare kurz, während ein Edler seine Mähne pflegte. Lange Haare sind sexy. Die orientalischen Frauen wissen das eben und die Sänger von Nightwish und Motörhead auch."

„Na immerhin fangen heute junge Männer ja wieder an mit langen Haaren in Männerbuns."

Ich stellte mir Uwe mit langen Haaren vor. War gar nicht so schlecht das Bild. Vor meinem geistigen Auge entstand augenblicklich ein Wikinger mit Hörnerhelm und Bidenhänder.

Aber Walhall war weit. Selbst Waltrauds Geschichten bewiesen doch, dass der germanische Götterhimmel im Laufe der Jahrhunderte immer mehr in Bedeutungslosigkeit versunken war.

„Wie schaffst du es eigentlich, heute noch Leute für Walhall zu gewinnen, wenn nur noch die Rocksänger Gefallen vor deinen strengen Augen finden", provozierte ich über meinem Met.

Waltraud zuckte leicht zusammen, als hätte ich sie bei etwas ertappt, fing sich aber wieder, um sofort in ihren lässigen Plauderton zu fallen:

„Wie du bereits sehen konntest, hat man nicht immer das Glück, den Auserwählten auch wirklich nach Walhall zu bringen. Gudrun hatte vor ein paar Jahren Mittelmeer West und sich total in einen jungen Stierkämpfer verschossen. Als dieser Paquirri dann, mandeläugig und olivenhäutig mit 24 Jahren von einem Stier aufgespießt wurde, hat er sich meine Schwester zwar begeistert angesehen, ist aber beim Anblick Marias sofort auf die Knie gesunken, um ihren Mantel zu küssen.

Maria hätte dafür den spanischen Templer beinahe an Fatima verloren. Aber die tollste Story ist Fatima mit jemand anderem passiert. Da hatte sie neulich doch Pech mit einem, den sie ganz sicher zu den ihrigen gezählt hatte. Du kennst doch Anwar es-Sadat, den ägyptischen Ministerpräsidenten?"

„Ich dachte der hieß Hosni Mubarak?"

„Ach ja, das war ja vor deiner Zeit…"

So viel zu dem kleinen Wort *neulich*. Waltraud behandelte die Zeit manchmal wie ein Gelee, in dem die Ereignisse wie die Fruchtstücke in der Marmelade vereinzelt im Zeitkontinuum schwammen.

Jedenfalls, als der ägyptische Ministerpräsident Anwar es-Sadat bei einer Militärparade umgebracht wurde, war Fatima natürlich sofort zur Stelle auf ihrem fliegenden Teppich. Aber da kam ihr eine Gestalt mit riesigen bunten Flügeln zuvor. Sie breitete sie über den Toten und sprach in einer uns völlig fremden Sprache. Als Sadat sich erhob und sie ansah, konnte man eine Göttin erkennen, deren Augen dick mit Antimon umrahmt waren. Sie trug ein durchsichtiges weißes Leinengewand mit Trägerchen, das kaum die Brust verhüllte, darüber ein Pektoral aus schimmerndem Gold, mit Edelsteinen besetzt. Mit eleganter Geste winkte sie einer Barke, die über den Nil herangeschwebt kam.

„Das ist Isis", flüsterte Fatima fasziniert. „Jeder weiß, wie sie aussieht, aber kennengelernt habe ich sie noch nie."

Ich war auf der Durchreise nach Palästina, wo es Dauerarbeit gibt und sah mir die gedrehten Zöpfchen an.

„Hübsche Frisur. Hi, Isis. Wo bringst du deinen Helden denn hin?"

„Zu Toth", antwortete sie. „Er legt das Herz des Sterblichen auf eine Waage und wiegt es gegen eine Feder. Wenn er die Probe besteht, darf er in unseren Himmel. Wer bist du denn, dass du so etwas Wichtiges nicht weißt?"

„Touristin aus dem Norden. Das sieht man doch an der unziemlichen Bekleidung, kein Schleier und dann noch Minirock“, erläuterte Fatima.

Isis lachte ein tiefes, kehliges, überlegenes Lachen, während sie sich an mich wandte.

„Dann mach die Runde durch das Niltal auch richtig und sieh dir die Pharaonengräber an. Da steht alles über meine Familie und mich erläutert und in Farbe bebildert. Ist spannender als immer nur Bücher ohne Fotos.“

Das ging gegen Fatima und den bilderlosen Koran. Entsprechend ärgerte diese sich auch sogleich.

„Euch fehlt die Abstraktion, das sieht man schon an eurer Schrift, wo man mühsam für jeden Buchstaben ein simples Bildchen malen muss.“

„Und unsere Sphinxen, unsere Götter mit Tierköpfen? Glaubst du wirklich, die wären so simpel, dass sie ihr Geheimnis gleich jedem preisgäben?“

„Ihr habt Glück, dass ich gerade gut aufgelegt bin“, knurrte ich. „Ihr mögt ja voller Weisheit, Wissen und Schönheit sein, aber kraftlos seid ihr ohne Ende. Wie könntet ihr sonst zulassen, dass die Menschenfrauen eurer Zone unterdrückt und eingesperrt sind? Weniger Teppichknüpfen und mehr Übung mit dem Schwert, und wenn nichts anderes da ist, auch mit dem Nudelholz. Das brauchen die Frauen hier“, tönte ich überzeugt.

„Barbarisch“, kam es aus beiden Mündern schockiert.

„Die Welt ist barbarisch“, ergänzte ich überlegen.

„Die Welt der Gewinner ist barbarisch“, korrigierte Isis. „Aber sie ist, dank uns, nicht von Dauer: Rom, China, das Karolinger Reich, Spaniens Imperium, Englands Kolonialreich, Amerikas Weltherrschaft, nenn was du willst, es zerfällt alles wieder.“

„Ja, das kenne ich von einem unserer Erwählten, der Dichter von Beruf war.

„...denn alles, was entsteht, ist wert, dass es zu Grunde geht“, zitierte ich den Helden Goethe.

„Ich sagte doch, denen fällt da im Norden der Himmel auf den Kopf“, erklärte Fatima, woraufhin ich mich dann endlich wütend von dannen machte.“

Das stellte ich mir schon spannend vor, die ägyptische Isis einmal zu sehen.

„Gibt es auch aktuellere Beispiele?" fragte ich dann neugierig geworden.

„Es gibt sogar den Fall, dass man einen aussucht, der dann aber bei genauer Betrachtung doch (noch) nicht taugt und wieder zurückgeschickt wird", antwortete Waltraud lachend.

Das hatte ich auch vor kurzem, also vielleicht 20 Jahre her, bei einem Autorennen in Illionois, USA. Die Brüder Schumacher und andere waren da mal wieder damit beschäftigt, ein spannendes Wagenrennen in einem Circus maximus zu liefern. Schwanhild, Helfjötur und ich sind Turnierfans aller Art und verpassen selten ein Rennen, wobei wir dann Wetten auf unsere verschiedenen Lieblingshelden abschließen. Helfjötir beschützte den Michael, und da der Mann außerdem ein Liebling Odins ist, macht der uns so lange keine Arbeit, wie er nicht arrogant wird und Odins Liebling bleibt. Bei Ralf sah das schon anders aus. Da er weniger liebenswürdig wirkt und als kleiner Bruder sicherlich auch gegen seinen Neid auf den ewigen Gewinner ankämpfen musste, war er für das Schicksal eines Ayrton Senna schon eher geeignet.

Als dann der BMW gegen die Mauer krachte, war Schwanhild in ihrem weißen Federgewand auch sofort zur Stelle. Sie lächelte ihn an und schwenkte bereits den Metbecher. Die Jungfrau Maria war weit und breit nicht zu sehen, alles schien in Ordnung, da erhob sich Ralf aus seinem Wagen und legte los.

„Wer immer du bist, mit den Klamotten kannst du nur von vorgestern sein. Das ist echt nicht hip."

„Hier gelten andere Regeln, mein Lieber", entgegnete Schwanhild zunächst noch freundlich. „Ich bin eine Walküre und komme, um dich nach Walhall zu führen. Hier, nimm den Metbecher."

„Metbecher? Nee, Süße, ich bin Champagner gewöhnt und von Unbekannten lass ich mich eigentlich auch nicht einfach anquatschen. Wenn du ein Interview willst, musst du das mit meinem Agenten besprechen, ich habe jetzt keine Zeit für so was. Und wenn du es denn genau wissen willst, eigentlich mag ich Frauen gar nicht so gerne."

Jetzt hatte meine Schwester aber genug, während wir anderen uns vor Lachen die Seiten hielten.

„Der stirbt und merkt es nicht mal", kicherte Jöti. „Der würde noch Mephisto für den schlechten Service in der Hölle anmeckern."

Hildas Wangen hatten sich rot verfärbt.

„Wisst ihr was? Den will ich nicht. Macht ihr das."

Jöti und ich sprangen gleichzeitig auf.

„Wir? Ich warte auf Michael", entgegnete Jöti.

„Ich will Fernando Alonso", wandte ich ein, „und das auch nicht jetzt."

„Also gut", zischte Hilda, „Vater bring ihn bitte zurück, wir küssen ihn nicht."

Odin, der auch gerne Wagenrennen sieht, wog den Kopf.

„Gar nicht so einfach, er ist ja nicht zu Hause. Wenn wir ihn wieder in sein Auto setzen, hat er noch lange nicht das amerikanische Krankenhaus überlebt."

„Egal", insistierte Hilda. „Du kannst doch zaubern."

Mein Vater wog erneut den Kopf.

„Das wird aber den Wirbeln gar nicht gut tun. Ihr wisst ja, etwas bleibt immer."

„Egal", insistierten nun auch wir anderen.

Da erhob unser Vater keinen Einwand mehr und ließ den Astralkörper in den sterblichen Leib zurücksinken.

Das amerikanische Krankenhaus konnte zunächst nichts finden, später zurück in Germanien wurden ein paar hässliche Risse in zwei Wirbelkörpern sichtbar, aber das war ein geringer Preis für seine Dummheit.

Die internationale Presse hatte dann auch ein wenig Spaß an der Dramatik des Tages, wenn sie auch, wie immer, nur die halbe Geschichte kannte."

„Und warum ist Michael Schumacher jetzt nicht in Walhall und muss stattdessen auf einen Strohtod warten?" fragte ich, auf den Skiunfall anspielend, der den Liebling des Autorennens immerhin jahrelang ins Koma geschickt hatte. „Ich fürchte, dass er da mal wieder zu gut beschützt wird, meine Schwester hat ihn zu gern…!" flüsterte Waltraud. „Sie meint, es sei noch nicht Zeit."

Das Thema war ihr offensichtlich peinlich, es würde noch dauern, bis ich begriff warum.

Ziemlich brüsk leitete Waltraud daher wieder in ihre Chronologie über.

Die wenigsten Menschen begreifen zu Lebzeiten jemals etwas von der Natur des Universums und den Dingen jenseits dessen, was sie sehen können, und was zu ihrem Erfahrungshorizont passt. Mit dem Untergang der Templer entfernten sich die Menschen ein weiteres Stück von uns. Nur einmal danach habe ich einen Menschen vorzeitig für Walhall erwählen müssen, der unser alle Geheimnisse kannte und sie fast verraten hätte.

Meister der Alchemie

Sicher hast du schon mal das Wort *Alchemie* gehört. Die meisten halten das für einen Vorläufer der heutigen Chemie, etwas Überholtes, das die Kirche traurigerweise in Richtung verbotener Magie gerückt hatte und daher ausrottete. So einfach ist es natürlich nicht, auch wenn du deine Lexika oder das Internet vergeblich um mehr Information angehen solltest.

Die Alchemie war eine hermetische Wissenschaft, was so viel bedeutet wie: abgeschlossen, verborgen, später auch verboten. Vor wem? Vor der Dummheit natürlich, der Obrigkeit, Machtgier oder aber einfach dem Volksaberglauben.

Da es sich bei der Alchemie um die Wissenschaft und Erkenntnis über die Beschaffenheit des Universums als Ganzes, von Mineralien, über Pflanzen, Tiere, dem menschlichen Organismus bis hin zum Sternen- und Planetenhimmel samt seinen Beziehungen mit- und untereinander handelt, waren die Eingeweihten damals der Meinung, es sei besser, Wissen für sich zu behalten, ganz besonders dann, wenn es der landläufigen Lehrmeinung widerspräche.

An genau diesem Punkt findet sich die Wissenschaft heute leider schon wieder mal. Ihr glaubt oft genug, dass man alles über den Aufbau des Universums wisse und die Götter schon darum nicht existieren können, da sie in diese angeblich modernen Konzepte nicht hineinpassen. Vom Einfluss der Naturphänomene auf den lebenden Organismus erfahren wir allerdings fast nichts, und heute sind es zwar nicht die Hermetiker, wohl aber Pharmafirmen und Krankenkassen, die alles tun, um dieses Wissen möglichst unter Verschluss zu halten.

Ich stelle dir jetzt einen Mann vor, der perfekter Alchemist und moderner Mediziner war als alle, die sich heute Professor oder Spezialist titulieren dürfen.

Wir wurden erst auf ihn aufmerksam, als eine meiner Schwestern einmal wieder jemanden nach Walhall brachte, der im Feuer der Inquisition umgekommen war.

„Wieder so ein armer Unschuldiger, den seine Nachbarn denunziert haben. Lass mich raten, ein Spanier?“ fragte ich Mist im Vorbeigehen.

„Nein, ein Germane, und mit der Unschuld ist das Ansichtssache", flüsterte sie mir zu. „Ich muss dringend mit Vater sprechen."

Abends am Kaminfeuer, erzählte sie dann, dass sie sich mit Hel um den Mann gestritten habe. Die schreckliche Hel hatte geheult, dass man der Kirche direkt dankbar sein müsse, dass sie die Schüler dieses Kerls verbrenne. Andernfalls würden die Menschen bald keine Götter und Teufel mehr brauchen, sie gewännen dann selbst Macht über die Schöpfung. „Mitnehmen konnte sie den Gerösteten aber doch nicht, da er keine der Todsünden begangen hatte und sich ganz eindeutig für uns entschied, obwohl sehr merkwürdiges Volk dort war und sich ebenfalls anbot."

„Bitte der Reihe nach, Tochter", forderte Odin und beugte sich interessiert vor.

„Fangen wir von hinten an: Was heißt merkwürdiges Volk?"

„Eine Göttin trug so ein weißes Bettlaken, eine andere hatte bunte Flügel und gedrehte Zöpfchen, wieder eine andere trug ein exotisches, golddurchwirktes Seidengewand mit hohem Kopfputz, Maria stand neben einem großflügeligen Seraphim, so Engeln ohne eindeutige Geschlechtszuordnung und inmitten dieser Versammlung, die schon wie eine göttliche Misswahl anmutete, tobte unsere grünhäutige Hel herum, deren Schlangen sich aus ihren wirren Haaren ringelten und versuchten, sich um die Hörner Luzifers zu schlingen, der seinerseits versuchte, Azrael zurückzuschubsen. Ich kann euch sagen, so einen Auflauf habe ich noch nie erlebt. Zum Schluss musste ich mir den Weg zum Verstorbenen mit einem Bidenhänder erkämpfen. Der Verstorbene musterte uns etwas misstrauisch und murmelte dann: „So viele? Da hatte der Meister ja doch recht gehabt."

Maria aus dem Christenhimmel schüttelte daraufhin heftig den Kopf.

„Du bist ein Verlorener. Dies ist der letzte Moment für dich, zur Abkehr vom Bösen und zur Heimkehr in den Schoß der Kirche, der du durch die Taufe angehörst."

„Pah", machte Hel, fletschte die Zähne und vollführte eine Art supersinnlichem Bauchtanz vor dem verängstigten Verstorbenen.

Doch da fiel der Blick des armen Kerls endlich auf mein Runenamulett, das ich an diesem Tag mit dem Zeichen für Initiation, umgeben von ein paar Sonnenrunen trug.

Kommentarlos warf er sich in meine Arme und ließ sich küssen, so dass ich das Spiel gewonnen hatte, ohne eigentlich genau zu wissen, warum."

„Wessen Meisters Schüler ist dieser mutige Mann denn nun?" fragte Odin ungeduldig.

Mist seufzte.

„Viel hab ich bis jetzt nicht erfahren. Er heißt Theophrast ab Hohenheim, nennt sich selbst Paracelsus und wurde 1493 als Sohn eines Arztes in einem unbedeutenden Kaff in der Schweiz geboren. Er ist klein und hässlich, hat einen Buckel, hinkt leicht und stottert, kann bestimmt nicht mal einen Dolch gerade halten, also wirklich nicht die Art Held, die wir sonst erwählen."

Odin verdrehte sein eines Auge zum Himmel.

„Mist, wie oft muss ich dir noch sagen, dass es nicht nur Haudegen gibt, die Mut haben. Wenn dieser Paracelsus Schüler hat, die sich für ihn verbrennen lassen, muss er etwas sehr Wichtiges und gleichzeitig Gefährliches lehren. Kümmere du dich um Schlachtfelder. Waltraud, du bist doch Spezialistin für Märtyrer, du gehst nach Südgermanien und suchst diesen Paracelsus, der uns die Götterhimmel durcheinander wirbelt und sogar die Herren der Unterwelt aufscheucht."

„Schon wieder Märtyrer", maulte ich. „Was kann der Mann schon lehren? Für was soll er Meister sein? Die Menschen sind ja bekanntlich so dumm, dass sie den einen, der eine Tollkirsche vom Hartriegel unterscheiden kann, schon für ein Genie halten und kurz darauf als Hexer verbrennen, warum eigentlich immer ich?"

„Auch Götter können dumm sein und dann gibt es für niemanden Rettung", donnerte Odin in den Saal. „Ihr sollt etwas lernen und euch nicht um den attraktivsten Menschen schlagen. Dass ich hier so wenig Begeisterung finde, liegt doch nur daran, dass Mist uns keinen Adonis beschrieben hat. Hoffentlich bist du bald auf deinem Pferd, Wally. Wir werden ja sehen, ob du überhaupt verstehst, was der Mann tut. Hogin, Munin, ihr begleitet die Walküre."

Jetzt hatte ich auch noch die lästigen, ewig petzenden Rabenvögel am Hals, beziehungsweise um mich herumflattern.

Nach längerem Suchen fand ich unseren Kandidaten endlich in der großen Stadt Basel. Er hauste in einem heruntergekommenen Haus inmitten des Armenviertels, Tür an Tür mit dem Henker. Nanu, ging es dem Mann mit 34 Jahren immer noch so schlecht, dass er am Hungertuch nagen musste? So ungewöhnlich wäre das für ein Genie ja durchaus nicht.

Ich brauchte einen Tag Überwachung, um über die Gründe für diesen Wohnsitz bestens aufgeklärt zu sein. Zuerst begleitete ich Paracelsus in die Universität, wo er einen Lehrstuhl für Medizin innehatte. Ich musste oben auf der Kante der Tafel Platz nehmen, wenn ich nicht irgendeinen Studenten auf meinem Schoß haben wollte, so voll war der Hörsaal.

Theophrast hielt eine Vorlesung über die Signaturenlehre und das in deutscher Sprache statt in Latein, was zu dieser Zeit geradezu revolutionär war. Theoretisch konnten die Studenten nun verstehen, wovon gesprochen wurde und nicht nur Auswendiglernen.

Dann aber faszinierte mich der nie gehörte Stoff an sich:

„Ihr wisset durch die Kunst der Signatur, dass jedes Ding nach dem, aus dem es ist und zu dem es gehört, gezeichnet wird, damit es immer gleich gefunden werde, wie es die Kunst der Signatur anzeigt, die der Arzt kennen soll, um dies zu verstehen."

Was für eine schwierige Materie! Aber schon brachte Paracelsus unzählige Beispiele von Pflanzen, deren Blätter, Stengel oder Dornen schon anzeigen, für was sie geeignet sind, vom Augentrost, über das Leberblümchen bis zur Teufelskralle. Mit dem Motto *Gleiches heilt Gleiches* fanden die Menschen den kieselsäurehaltigen Schachtelhalm zur Stütze ihrer eigenen schwachen Skelette, erkannten sie, dass die Dornen der Silberdistel, gegen stechende Bauchschmerzen taugen..., das ging Stunden lang so weiter.

Paracelsus hatte im Kopf die komplette Natur der Erde, geordnet unter den fünf Elementen, nach Farben, nach den drei Prinzipien und dem Sonnensystem unterworfen.

Gern hätte ich da genauer nachgefragt, aber dazu war jetzt keine Zeit.

Begeisterte Studenten umringten den Dozenten, überschütteten ihn mit Fragen, die offenbarten, wie wenig sie verstanden hatten, dann endlich konnten ein paar Schüler ihren Meister befreien und zu einem vornehm aussehenden Stadthaus führen.

Dort war ein reicher Kaufmann erkrankt und hoffte auf Hilfe.

Neugierig schloss ich mich dem Besucherzug an.

Die Kaufmannsfrau führte Paracelsus direkt ins Krankenzimmer, in dem die stickige Luft eines tagelang ungelüfteten Zimmers herrschte. Der Kranke, sonst wohl ein stattlicher Mann, lag mit gelblicher Gesichtsfarbe im Bett, selbst die Augen schienen einen gelblichen Schleier zu haben.

Paracelsus schritt zum Bett und begann den harten Bauch abzutasten. Mit Höflichkeiten hielt er sich nicht lange auf.

„Wie viele Stümper waren hier schon zugange und wie lange?“

Ich musste laut herausprusten, so originell fand ich diese Begrüßung.

Wie zu erwarten stand, kam auch eine lange Leidensgeschichte von Klistieren, Schröpfungen und Aderlässen zum Vorschein.

„Muss ich wieder zur Ader gelassen werden, Doktor?“ fragte der erschöpfte Kranke besorgt.

„Blödsinn“, entgegnete Paracelsus. „Ihr steht unter dem Zeichen des Jupiter, der in böser Konjunktur zu Mars steht, und so hat sich Jupiters Organ, die Leber, mit dem Eisenmetall des Mars gefüllt. Was Ihr jetzt braucht, ist eine Stärkung der Lebensenergie, also ein Goldelixir und einen Trank aus sonnengelben Jupiterpflanzen: Schöllkraut und gelber Enzian. Außerdem braucht Ihr Zinn, um das Eisen zu bekämpfen, dann wird auch diese Hartleibigkeit mit der Eisenleber aufhören zu drücken. Hannes!“ Er wandte sich an einen jungen Studenten, der wohl zu seinem engeren

Schülerkreis gehörte, ein magerer Jüngling, ähnlich dem, den Mist uns nach Walhall mitgebracht hatte.

„Heute Abend befreien wir die Quintessenz aus unseren Stanniumerzen."

Wahrscheinlich verstand der Kaufmann kein Wort, mir selbst ging es aber auch nicht besser.

So blieb mir nichts anderes übrig, als den seltsamen Medicus in seine bescheidene Behausung zu begleiten. Das Haus war klein und unauffällig, in schlechter Umgebung, wie schon erwähnt, aber damit auch sehr sinnvoll versteckt. Ein weiterer Pluspunkt, den ich auf den ersten Blick nicht gesehen hatte, war der Keller, über den das Haus verfügte. Was dieser barg, war sicherlich nicht für öffentliche Augen geeignet, und seine Dünste und Düfte schon gar nicht.

Ein komplettes Labor sah ich dort: Destillen, Glaskolben, Kühlschlangen, Töpfe, Tiegel, Glasflaschen, offene Feuerstellen, Sandbäder, Wasserbäder.

Mit kurzen Blicken prüfte der Meister den Inhalt der blubbernden Gefäße auf den Feuerstellen, nickte zustimmend und gab dann Anweisungen, wie mit dem Zinnerz zu verfahren sei.

Ein anderer Schüler, der sich schüchtern im Hintergrund gehalten hatte, ergriff eine Feder und brachte alles zu Papier, was Paracelsus zum Verfahren erklärte. Dabei fiel der Blick des kauzigen Mannes irgendwann natürlich auch auf mich, woraufhin ein winziges Lächeln über seine konzentrierte Miene glitt.

Kein Zweifel, er sah mich, schien aber nicht besonders beeindruckt von meiner Gegenwart zu sein. Erst als die drei Schüler endlich gegangen waren, wandte er sich mir wieder zu.

„Raphael?" fragte er.

Ich stand da in meinem Minischuppenkleid, die Doppelaxt in der Hand wie die perfekte Idiotin. Wieso Raphael?

Theophrast sah meine Verwunderung und schüttelte ungeduldig den Kopf.

„Ich bin ein reiner Sulfurtyp, musst du wissen, und meine Sympathie gehört dem Merkur. Zum gleichnamigen Quecksilber gehört nun einmal die Lunge und als Beschützer der Erzengel Raphael. In Straßburg hätte ich dich brauchen können, als alle zugelassenen Ärzte gegen mich waren und natürlich auch in Salzburg, als ich bei diesem bürgerkriegsähnlichen Aufstand mal wieder die Partei für die Verlierer ergriffen habe. Wo warst du da?"

„Beschäftigt, Sterblicher", entgegnete ich von oben herab. „Du bist schließlich nicht der einzige Mensch auf Erden."

„Aber der Einzige, der einen Engel erkennt", entgegnete er ruhig.

Ich musste lachen. Der Kerl war so überzeugt von sich, dass ich keine Lust hatte, ihn jetzt schon aufzuklären, und außerdem hatte er ja Recht, die Kategorie stimmte, und er konnte mich sehen. Allerdings schien er gerade keinen Bedarf an Schutz oder Information zu haben. Er wühlte in einem Buch herum, der Titel hieß *Brunschwigs Destillierbuch* und wandte sich dann zu mir um.

„Schluss für heute, ich brauche jetzt etwas zu trinken. Kommst du mit?"

Natürlich kam ich mit. Der angesehene Medicus schleppte mich in eine üble Kaschemme, eine Art düstere Kneipe, die vor Schmutz starrte und wo es billigen Fusel zu trinken gab. Ein mir inzwischen bekannter, schwarz gekleideter Glatzkopf, zu dem sich Theophrast ohne Scheu an den Tresen setzte, gehörte wohl auch nicht gerade zur Creme der Gesellschaft, aber den Medicus schien die Umgebung nicht zu stören.

„Viel zu tun gehabt?" fragte der Wirt den Glatzkopf grinsend.

„Ein paar müssen ja immer über die Klinge springen", antwortete der Henker unmissverständlich.

„Besser so, als sich jahrelang mit Schmerzen zu plagen", kommentierte ein kleines krummes Männchen, das aussah, als käme er vom Lande.

„Wo drückt es denn?" erkundigte sich Theophrast freundlich.

„Alle Glieder schmerzen", jammerte der Mann und krempelte seine Hosenbeine auf.

Du kennst das sicher, kaum erfährt man, dass ein Arzt in der Nähe ist, fangen die Leute an, sich die Kleider vom Leib zu reißen und ihre Gebrechen zu zeigen, sei es in einer Kneipe oder auf einer High Society Fete, da sind die Menschen alle gleich...

Paracelsus gab seine Ratschläge in diesem Ambiente jedenfalls umsonst, während er bei den Wohlhabenden horrende Summen zu verlangen pflegte, wie ich in den nächsten Tagen beobachten konnte.

Die nächsten Wochen und Monate lernte ich, wie ein Alchemist die Essenzen aus dem Rohmaterial der Natur befreit, wie er sie zubereitet, ordnet und nach einem vollkommen logischen System verwendet. Es ist nämlich, das erkannte ich sehr bald, unser Sonnensystem.

Zuerst war ich abgelenkt durch die sieben Planeten, die ja römische Namen tragen, aber dann erkannte ich die Universalität seiner Lehre.

Wenn er sagt Sonne und Mond, meint er Mann und Frau, Odin und Fricka oder Ying und Yang, wie die Chinesen sagen. Die Planeten, zu denen jeweils ein Organ gehört, ein Menschen- und damit auch Krankheitstyp haben Farben assoziiert und damit auch Mineralien, Salze und ganze Pflanzengruppen. Die Erde steht in einer Reihe mit Merkur, Venus, Mars, Jupiter und Saturn, die alle ein alchemistisches Zeichen tragen, aber dieses Zeichen sind auch wir: Fryr, Freia, Thor, Odin und Loki. Die griechischen Götter haben ihre Namen, gleich mit denen der Römer, würde ich Isis fragen, fände ich sicher in der ägyptischen Götterwelt entsprechende Pendants. Es ist der immer gleiche Aufbau des menschlichen Universums, der mit all seinen Göttern in Kontakt steht, von ihnen beeinflusst wird und im Falle von Disharmonie zu Krankheit führt.

Paracelsus hatte unglaubliche Heilerfolge, weil er die Zusammenhänge zwischen uns und ihnen kannte, wie keiner vor oder nach ihm.

Diese spektakulären Heilerfolge zogen ihm sofort die Feindschaft der alteingesessenen Ärzteschaft zu.

„Sei mal ein bisschen diplomatischer, wenn wir jetzt zum Domherrn gehen", riet ich.

„Was soll das denn heißen?" fragte er mürrisch.

„Na eben nicht immer geradeheraus sagen, was die Kollegen schon wieder alles verbockt haben. Wer dumm ist, will gerade das am wenigsten wissen."

„Das Leben ist zu kurz für Verstellungen, das müsstest doch gerade du am besten wissen", entgegnete er belustigt. „Gibt es überhaupt ein diplomatisches Wort für *Dummheit*?"

„Der Domherr kann gefährlich werden, denk an die Inquisition", warnte ich.

„Zunächst ist der Mann nicht gefährlich, sondern nur krank."

Na schön, mit Paracelsus konnte man so gut wie gar nicht diskutieren.

Der besagte Domherr hatte unter der Behandlung der Kollegen wohl schon vieles von seiner Leibesfülle verloren, denn sein weites Hemd hing wie ein zu großes Zelt um den Leib, auch hatte er eine ungute grünliche Gesichtsfarbe und spuckte nach eigenen Angaben alle Mahlzeiten sofort wieder aus.

Als wir eintrafen, war dort unglücklicherweise ein Doktor der traditionellen Schulmedizin, der gerade verkündete, dass die schwarzen Gallensäfte die Poren verstopften und daher dringend purgiert werden müsse.

„Galenischer Blödsinn", protestierte mein Schützling schon auf der Schwelle. Dann schritt er an dem Kollegen vorbei, beugte sich über den Kranken, musterte dessen Zunge und Schleimhäute, bevor er kurz den Leib abtastete.

„Wollt ihr gesund werden, Euer Eminenz?"

„Welche Frage, um Christi Willen, erlöse er mich von diesem Übel."

„So ist es, um Übelkeit handelt es sich hier", dozierte Paracelsus. „Saturn ist kein guter Geselle beim Geburtssternbild. Aber nun gut. Bekämpfen wir Gleiches mit Gleichem, ein Bleisalz muss her und die Brechwurz, Nux vomica, kombiniert mit dem Gift eines Saturntieres, der Viper, dann haben wir das bald."

Der Kollege bekreuzigte sich.

„Blei, Giftpflanzen, Schlangengift. Hat man so etwas schon gehört? Satanische Methoden scheinen mir das. Hochwürden, Ihr werdet doch Euer Leben nicht einem solchen Höllenboten anvertrauen?"

Paracelsus rollte seine Papiere, auf denen er sich Notizen gemacht hatte, wieder zusammen. „Es gibt noch andere Kranke und ich dränge meine Kunst niemandem auf. Wie ich sehe, Eminenz, hat dieser vortreffliche Ignorant von Kollege mit seinen Klistieren und Schröpfköpfen schon gut die Hälfte Eures Gewichtes hinweggerafft, dann wird er auch die andere Hälfte noch schaffen", damit wandte er sich zum Gehen.

„Bleibt!" rief der Domherr und dann entschuldigend an den braven Katholiken. „Soll er seine Kunst versuchen, elender kann es mir nicht mehr gehen."

Die Geschichte gefiel mir ganz und gar nicht. Es war zu erwarten, dass mein Schützling den Domherrn heilen würde, aber der Kollege, direkter Zeuge eines Wirkens entgegen der offiziellen Lehrmeinung, konnte nur verdammen, was er nicht verstand.

Ich allerdings hatte allzu genau verstanden und musste daher dringend zu Vater.

„Vater", rief ich atemlos. „Ich habe einen Menschen gefunden, der uns versteht."

„Schon gehört", meinte er lachend. „Die Raben haben berichtet. Mich wundert ja, dass dein Schützling so viel Wissen verbreiten kann, ohne bereits das Schicksal seiner Schüler erlitten zu haben."

„Wäre der Mann Theologe, Philosoph oder Lehrer, lebte er bestimmt nicht mehr. Da er aber Arzt ist, glaubt jeder zu Recht, ihn noch einmal brauchen zu können. Wer bringt schon den einzigen um, der einen vor dem sicheren Tod bewahren kann? Selbst der Domherr von Basel, im Grunde seines Herzens ein übler Fundamentalist, würde den Heiler lieber gestern als morgen der Inquisition übergeben, wenn er ihn nicht gerade dringend brauchen würde."

Odin lachte. „Dann müssen wir also nicht um sein Leben fürchten. Irgendwer braucht ihn immer, und wenn nur genügend Einflussreiche darunter sind, ist keine Gefahr für dein Genie. Geh nur wieder zu ihm. Ich möchte Abschriften seiner Bücher haben."

So kam ich also am Johannisfest, einem schönen Sommertag, gerade dazu, wie Paracelsus seine Schüler anstiftete, ein Sonnenwendfeuer mitten in der Stadt zu veranstalten. Unsere Wikingersonnenwende? Hier, in der Schweiz?

In meiner Begeisterung küsste ich meinen übellaunigen Schützling auf die Stirn. Ob er wohl zum Runenmeister taugte? Aber wer hätte ihm dieses Wissen beibringen können? Andererseits, woher hatte er all das andere?

Meine Begeisterung erlitt aber leider direkt darauf einen empfindlichen Dämpfer, als seine übereifrigen Schüler einen Stapel Bücher heranschleppten und kurzerhand ins Feuer warfen.

Entsetzt sprang ich in die Flammen, um die Titel noch lesen können. Es waren hauptsächlich Werke von Galenus und Avicenna, Bücher, die die offizielle Lehrmeinung wiedergaben.

So wütend war ich schon lange nicht mehr.

In Stabreimen fiel ich über meinen Helden her:

„Niedrig ist das neidische nimmermüde Negieren des Wissens anderer. Was glaubst du eigentlich, wer du bist, unfehlbar?"

„Ganz sicher nicht", entgegnete der Angefauchte erstaunlich ruhig. „Es ist nur nicht gut für die armen, unkritischen Schüler, von diesem veralteten, überholten Lehrstoff verdummt zu werden. Was soll der Quatsch mit den Säften, die mit ein paar Klistieren oder Schröpfköpfen wieder ins Gleichgewicht zu bringen seien? Als wenn die Welt so einfach aufgebaut wäre. Ein Hohn für euch Götter, oder etwa nicht?" Jetzt wurde er schon frecher und das verlangte nach einem Dämpfer.

„Auch du weißt nicht alles. Es gibt fünf Planeten und Mond und Sonne. Deiner Kenntnis fehlen aber noch drei weitere Planeten: Neptun, Uranus und Pluto, die noch sehr viel Unheil über die Erde bringen werden und deren Einfluss du nicht berechnen kannst."

„Wer glaubt, ausgelernt zu haben, hat das Wesentliche nicht begriffen", erwiderte Paracelsus gleichmütig. „Du wirst verstehen, mein Engel, dass ich dieses Wissen nicht verbreiten kann, kein Fernrohr könnte das beweisen. Die dunklen Planeten gehören zum Zeitalter des Wassermanns. Dieses beginnt aber erst nach dem Jahr 2000, wenn Pisces abgelöst wird."

Ich schluckte verwirrt. Wie konnte der mittelalterliche Mensch so etwas wissen? Dann zwang ich mich wieder zur Strenge.

„Wohl wahr. Trotzdem ist es nicht in Ordnung, die wissenschaftliche Arbeit deiner Vorfahren zu schmähen. Das Schulwissen hinkt doch immer hinterher."

„Ja, ja", murmelte Theophrast wütend. „Könntest du, anstatt zu meckern, nicht dafür sorgen, dass der gesundete Domherr mal endlich seine Konsultation zahlt?"

Ich schüttelte den Kopf.

„In solch irdische Dinge mische ich mich nicht ein. Ich bin zu deinem Schutz hier, auch, um dich vor deinen eigenen Dummheiten zu bewahren."

„Sehr originell. Du könntest mich vor dem Verhungern bewahren. Im Moment reicht es gerade mal für die Miete dieses elendigen Loches, das ich aktuell bewohne."

„Jammer nicht", lachte ich. „Du willst es doch nicht anders, könntest einfach galenische Medizin betreiben."

„Allopathie", sagte er verächtlich. „Wer hat je antipathisch geheilt? Kalte Aufgüsse auf heißes Fieber, Warme Umschläge auf erkalteten Magen, lächerlich! Die Heilkunst beginnt bei dem einfachen Prinzip der Ähnlichkeit, man sollte sympathisch heilen, Gleiches zu Gleichen gesellen. Und selbst diese Stufe der Heilkunst kennt noch drei höhere Stufen, an deren Spitze die..."

„Schluss!" befahl ich und hielt ihm den Mund zu, bevor er den Namen der Götter ausspräche. „Lehrst du das deine Schüler und Studenten?" fragte ich atemlos.

„Soweit sie es verstehen. Alchemie ist Hermetik, verstehst du?"

„Das beruhigt mich", entgegnete ich trocken. „Lass dir nicht einfallen, deine Erkenntnisse der Allgemeinheit zugänglich zu machen."

Zum Lehren kam Paracelsus in Basel aber ohnehin nicht mehr. Die Stadtväter waren über das Sonnenwendfeuer schon entsetzt gewesen. Nun fand sich durch den öffentlichen Prozess um die Honorarforderung des Arztes endlich eine Gelegenheit, den unbequemen Mann loszuwerden. Ein bestechlicher Richter fällte das Urteil zu Gunsten des Domherrn. Der Arzt habe sich nicht an die erlaubten Heilmethoden gehalten und hätte im Gegenteil seinen Patienten durch fragwürdige Methoden in Gefahr gebracht. Paracelsus war kurz davor, ins Gefängnis geworfen zu werden, wo man sein freches Mundwerk schon endgültig zum Schweigen gebracht hätte. Mitten in der Nacht vor seiner geplanten Verhaftung weckte ich ihn und führte ihn mit wenigen Habseligkeiten aus der Stadt. Unsere Wanderschaft führte uns über Colmar und Esslingen nach Nürnberg.

Hunger musste mein Schützling nicht leiden, denn überall gab es Kranke, mit angeborenen Leiden, von schwere Gebrechen zu leichten Beschwerden und eingebildeten Leiden. Für Paracelsus galten sie alle gleich, krank war auch der, dessen Einstellung krank war, Leute, die wir heute als Simulanten bezeichnen würden. Allerdings hat eure Auffassung von Medizin ohnehin wieder zu den antipathischen Anfängen der Heilkunst zurückgefunden: Entzündungen werden unterdrückt, Cholesterin und Magensäure geblockt, Krebszellen getötet. Da sind heute nur wenige unter euch, die meinen damaligen Schützling auch nur im Ansatz verstehen würden.

Sehr verständnisvoll war die damalige Obrigkeit allerdings auch nicht.

In Nürnberg hatte Theophrast die ungeheuer dumme Idee, seine Bücher über die Syphilis veröffentlichen zu wollen. Diese Krankheit hatte durch den Kontakt der Spanier mit der neuen Welt sehr bald in ganz Europa um sich gegriffen. Das Übelste daran war, dass viele der reichen Befallenen dachten, eine Liebesnacht mit einer Jungfrau würde sie von dem Übel erlösen, wodurch die Krankheit sich noch weiter ausbreitete, und fürchterliches Elend bewirkte. Was mich an meinem ewig aufbegehrenden, ständig schlecht gelaunten Heiler erstaunte, war, dass er tatsächlich zutiefst Anteil an den Leiden seiner Mitmenschen nahm. Seine Aufgabe, seine Berufung war das Heilen, und alle alchemistischen Künste benutze er ausschließlich hierfür. Er versuchte nicht, Blei in Gold umzuwandeln, sondern nutzte alle Metalle nur dafür, sie im Einklang mit den korrespondierenden Himmelskörpern zu heilenden Elixieren zu verarbeiten. Dabei war ihm die Überzeugung, Stand oder Ansehen der Person vollkommen gleichgültig. Er hatte Mitleid mit der leidenden Kreatur an sich. War einer erst geheilt, was zu seiner Zeit wie ein Wunder, wie Anmaßung göttlicher Macht anmuten musste, verlor er jegliches Interesse an der betreffenden Person und eilte zum nächsten Kranken. Eigentlich hätten die Christen ihm einen Altar als echtem Nachfolger Jesu bauen müssen. Dass sie es nicht taten, liegt daran, dass zu viele, die sich Christen nennen, nicht wirklich welche sind.

Gebt es nur zu, in Wirklichkeit seid ihr alle eher meine Anhänger als brave Christen. Keiner von euch hat es mehr mit der Vergebung, man sehe sich nur den Verlauf der Scheidungsprozesse oder Nachbarschaftsklagen an, die sprechen eher von meinem Gebiet: der Rache. Allerdings seid ihr feiger geworden, ihr kloppt euch nicht mehr selber, ihr zahlt Geld dafür, dass andere es für euch übernehmen und so können die im Mittelalter noch hungernden Winkeladvokaten sich heute bis zur Unerträglichkeit aufblähen und wichtig fühlen.

Das aber konnte mir nur recht sein. Umso sicherer bekam ich ihn.

Und warum wurde es mit der Veröffentlichung seines Buches zur Syphilis nichts?

Die Fugger, die in Nürnberg das Sagen hatten, verkauften damals gegen die Syphilis Guajakholz, auf das sie das Handelsmonopol besaßen, welches ihnen viel Geld einbrachte. Damit das so blieb, musste der Druck von Paracelsus Büchern verhindert werden. Den Kranken brachte das übrigens viel Verdruss und keine Heilung.

Wir gingen also wieder auf die Wanderschaft.

In Regensburg fand sich ein dankbarer Patient von hoher Geburt und mit passendem Schloss, in dem sich mein Held einmal von Missgunst und Verfolgung ausruhen durfte.

In Ulm wurde sogar eines seiner Werke, *Die große Wundarznei*, gedruckt.

Nun ist das mit Skandalbüchern so eine Sache. Offiziell liest sie niemand und offen ins Regal stellt sie sich auch keiner. Trotzdem haben sie blitzschnell einen riesigen Leserkreis von Neugierigen. Jeder will seine Meinung dazu kundgeben, seinen Abscheu ausdrücken, um heimlich jede Zeile umso genauer zu studieren. Viele bis dahin unwissende Ärzte haben damals doch noch etwas begriffen und gelernt, ihre Sinne und ihren Verstand zu benutzen, statt nur einer einzigen Lehrmeinung zu folgen, und ebenso viele Kranke haben es ihnen mit ihrem Überleben gedankt.

Mein heilender Held war inzwischen 43 Jahre alt und der Meinung, sich nun, statt der reinen Heilkunst, ernsthaft der Mystik und Philosophie zuwenden zu müssen. Mir war so viel Mitteilsamkeit auf einem Gebiet, auf dem er unsere Geheimnisse preiszugeben begann, gar nicht lieb. Allerdings war die Gefahr einer Verbreitung seiner Überzeugungen doch nicht so groß, da dies wiederum zu gefährlich für die Verleger gewesen wäre. Die *Philosophia Sagax* wollte keiner drucken.

Auch ihr werdet heute vergeblich nach seinen Originalwerken suchen. Gebt euch keine Mühe. Sie ruhen geschützt und gehegt in den Bücherabteilungen der Benedediktinerklöster. Dieses Wissen wird dadurch zwar nicht zum Allgemeinwissen, es kann in diesen sicheren Horten aber nicht verloren gehen.

Nachdem er alle möglichen süddeutschen Städte durchwandert hatte, gelangte er auch einmal wieder nach Salzburg, wo er unter dem persönlichen Schutz Herzogs Ernst von Bayerns stand. Diesem Blaublütigen war es nun ganz egal, was seine Kleinbürger von Paracelsus Heilmethoden hielten, ob die ansässige Ärzteschaft aufbegehrte oder nicht. Wenn überhaupt, dann amüsierte es ihn.

Theophrast musste sich nun nicht mehr mühsam sein Brot verdienen, sondern bekam eine Apanage ausgesetzt, die es ihm ermöglichten, an alles Notwendige für seine wissenschaftlichen Studien heranzukommen und alle Patienten zu behandeln, die ihm zusagten, egal ob arm oder reich.

Unter diesen Umständen war es auch kein Problem mehr zu veröffentlichen, was mein Heiler meinte, veröffentlichen zu wollen.

Paracelsus plante jetzt auf der Höhe seiner Erkenntnis ein Buch herauszugeben, das die Verbindung zwischen den Göttern aller Himmel und Universen mit der Erde klar offenlegen würde.

„Die Gestirne beherrschen den Menschen und dadurch sind diese abhängig. Nur wer alle Zusammenhänge kennt, ist wirklich frei“, erklärte er dem faszinierten Herzog.

„Soll heißen, wer alle Erkenntnis hat, braucht die Dreieinigkeit nicht mehr?“ fragte dieser gespannt.

„Er wird von ihr nicht mehr beherrscht. Er verliert die Furcht vor dem Himmel wie der Hölle gleichermaßen, die Furcht, die uns bis in die Knochen zermürbt“, behauptete mein Schützling gelassen.

„Dieses Buch darf nicht geschrieben werden“, entschied mein Vater, ganz wie ich es geahnt hatte. „Wo kämen wir da hin? Menschen, die die Gestirne beherrschen? Das ist schlimmer als der Quatsch, der ihnen in Zukunft noch einfallen wird, Genmanipulation und Klonen eingeschlossen, denn damit werden sie nur ihr eigenes Aussterben beschleunigen. Aber dieser Paracelsus, das geht zu weit. So viel Erkenntnis hat es nicht mehr gegeben, seit Eva den Apfel gepflückt hat.“

„Er soll also aus dem Paradies vertrieben werden, jetzt wo es ihm endlich mal gut geht?“ protestierte ich.

Odin schritt unruhig auf und ab.

„Der Mann braucht noch eine wichtige Lektion. Wer die Gunst der Götter nicht hat, dem nutzt auch Erkenntnis nichts. Eva hat das sehr hart erfahren müssen. Der Gott der Juden wollte keine klugen Frauen, ebenso wenig wie der Christengott oder Allah, darum haben die ja auch keine weiblichen Priester. Was ich nicht will, sind Menschen, die alles über das Universum wissen und dieses Wissen nach Belieben einsetzen. Jeder Griff nach der Unsterblichkeit muss seiner Natur nach fehlschlagen, und jede Hybris kommt vor dem Fall, also auch die deines Alchemisten.“

„Ach, Vater, lass ihn doch. Die Natur war nicht gerade nett mit Paracelsus. Kein Liebesgott hat sich seiner angenommen, kein Mensch hat je verstanden, was ihn im Innersten bewegt, jetzt…“

„Sehr richtig. Meinst du nicht, dass er nun mal ein Anrecht auf all das hat, was er auf Erden nicht bekommen hat? Du selbst hast Freyr verboten, sich einzumischen, und ohne die Hilfe der Götter finden Menschen nun mal keine Liebe. Also komm mir jetzt nicht so. Geh und sorge dafür, dass dein Held die richtige Entscheidung trifft.“

Das war eine klare Anweisung.

Keine Veröffentlichungen weiterer Bücher.

Paracelsus war jetzt 48 Jahre alt. Schon alt für einen Schwert- oder Degenhelden, jung für einen Gelehrten. In seinen blonden Locken gab es noch nicht einmal graue Haare. Aber er war erschöpft. Auch in Salzburg, wo es ihn wieder hin verschlagen hatte, wollte die Universität, die heute seinen Namen führt, nichts von ihm wissen.

Paracelsus hatte Bauchschmerzen und dachte gar nicht daran, sich selbst zu helfen. Stattdessen verfasste er sein Testament und übergab es einem Bekannten.

„Theo?“

Er schrieb mit kratzender Feder an seinem Buch.

„Wirf diese Zeilen besser ins Feuer.“

„Wie bitte? Ich dachte du seiest mein Schutzengel, nicht mein Inquisitor.“

„Ich bin deine Walküre, mein Lieber. Kein Engel, siehst du? Keine Flügel.“

„Ach, Unsinn“, meinte er und schrieb weiter. „Wozu brauchst du Flügel? Du erscheinst auch ohne sie, wie es dir beliebt.“

„Eben, weil ich eine Walküre bin."

Ich malte ein paar Runen auf sein Schreibpult.

„Was ist das?"

„Die Zeichensprache der Götter. Jetzt bist du sprachlos, nicht wahr? Etwas, das du noch nicht kanntest?"

„Man lernt wirklich nie aus. Aber meine Liebe, zuviel der Aufmerksamkeit. Ich bin kein Krieger auf dem Schlachtfeld."

„Du hast fast jeden Tag deines Lebens gegen die Ungeheuer Lokis gekämpft", entgegnete ich. Dann wiederholte ich meine Unterhaltung mit dem Allvater.

Zum ersten Mal war er vollkommen betroffen.

„Hybris wirft er mir vor? Mir, der ich ein Leben lang gegen die Dummheit gekämpft habe? Ich habe doch aber Recht."

„Ich glaube, darum geht es hier nicht", versetzte ich sanft.

„Und er liebt mich nicht?"

„Doch, er liebt dich sehr. Aber er wünscht, dass du dich für ihn und ein fröhliches Jenseits entscheiden mögest und nicht für jemanden von den dunklen Mächten, die dich für sich beanspruchen, weil du auch deren Geheimnisse verrätst."

Paracelsus war aufgesprungen und schritt jetzt unruhig in seinem Studierzimmer hin und her. Er war aufgewühlt und wütend zugleich.

„Das sind mir die richtigen Götter, missgünstig oder gar ängstlich darauf bedacht, ihre Geheimnisse für sich zu bewahren. Was ist mit der heiligen Dreifaltigkeit, sind die auch so hinterhältig, wie ich es mir niemals vorgestellt hätte?"

„Aber natürlich nicht", erklang Marias volltönende Stimme, wie immer zur Unzeit. „Du armer Sünder brauchst nur zu bereuen, dann wird dir der Himmel offenstehen."

Jetzt hatte das Gesicht meines Helden schon eine krebsrote Farbe angenommen.

„Sünder? Bereuen? Dir, einzige Liebe meiner Seele, habe ich sogar eine besondere Schrift gewidmet, die keiner aus der Mauerkirche anerkennen wollte. Was zum Teufel sollte ausgerechnet ich zu bereuen haben?“

Seine Enttäuschung war deutlich sichtbar.

„Ihr habt mich gerufen?“ Ein eleganter Herr in Rot und Schwarz gewandet hatte seinen Auftritt.

Ich lachte ihn an.

„Sehr wirkungsvoll, wirklich schick dieser Umhang. Nur leider hat mein Schützling keine Neigung zu modischem Schnickschnack, nicht wahr, Theo?“

„Was ist das hier für ein Auflauf?“ fragte er etwas besorgt. „Was wollt ihr alle von mir?“

Er konnte ja nicht wissen, dass spätestens die Erstellung des Testaments die verschiedensten Wesen des Jenseits auf den Plan gebracht hatte.

„Deine Entscheidung“, flüsterte ich verstohlen. „Jeder will deine Seele. Ich habe aber im Gefühl, dass du Odins Ausspruch wörtlich verstehen willst.“

„Nein“, schrie Mephisto.

„Nein“, rief auch Maria.

„Doch“, rief Paracelsus, „Hochmut kommt vor dem Fall, darin seid ihr euch doch einig“, sprach es und stürzte sich kopfüber die Treppe seines Hauses hinunter, wo ihn am nächsten Morgen ein Famulus mit gebrochenem Genick finden würde.

Ich küsste den einsamen Helden, dem auf Erden keine großartige Liebe zuteilgeworden war, mit viel Gefühl.

„Das wird Ärger geben da unten“, lächelte mein Held. „Meine Neider werden behaupten, ich wäre sturzbetrunken die Treppe heruntergefallen, meine Schüler dagegen werden sagen, die feindlichen Ärzte hätten mich durch irgendwelche Knechte umbringen lassen. Wie auch immer, die Wahrheit errät keiner von ihnen.“

„Das tun die Sterblichen nie“, ergänzte ich milde. „Sie wüssten sonst etwas über die Natur des Todes, und davon wusstest selbst Du nichts.“

Paracelsus! In ganz Deutschland gibt es Paracelsus Schulen, in denen Heilpraktiker geschult werden, aber wissen sie wirklich, wer Paracelsus war und was ihn so besonders machte?

Ich war sehr nachdenklich nach der Geschichte und nahm mir vor, meine Heilpraktikerin bei der nächsten Sinusitis unbedingt danach zu fragen. Langsam konnte ich mir vorstellen, wie sehr die einzelnen Helden einer Walküre ans Herz wachsen mussten und beneidete sie nicht um ihre Aufgabe.

Zu Hause angekommen bemerkte ich sofort den unverwechselbaren Brandgeruch, der noch in Uwes Haaren hing, als ich ihn umarmte und voller Sorge küsste.

„Was war los?"

„Woher weißt du das so schnell?"

Er hatte sich umgezogen und wahrscheinlich sogar geduscht, aber meine Nase überlisten konnte er trotzdem nicht.

„Weibliche Intuition", lachte ich und verlangte, „erzähl schon…"

„In der Uni haben ein paar Chemiestudenten wohl eine etwas explosive Mischung hergestellt und der Abzug hat auch nicht funktioniert, da ging das Labor natürlich in Flammen auf. Kein Wunder bei dem veralteten Material, das die immer haben. Wenn man schon die tropfenden Rohre sieht, unter denen die Studenten täglich entlanglaufen, wundert es einen, dass so etwas nicht täglich passiert."

Ich nickte. Uwe war Spezialist für Chemikalien, also hatten sie ihn gerufen.

„Ist denn jemand verletzt worden?"

„Der Student, der am nächsten am Abzug stand, hat ein paar Brandverletzungen und Schnittwunden durch gesplitterte Glasretorten abbekommen. Wahrscheinlich passt er beim nächsten Mal besser auf, wenn es um Äther geht oder Kupplungsreaktionen des Anilins. Die anderen Studenten konnten alle ins Grüne abhauen."

"Woher weißt du immer so genau, was sich abgespielt hat?"

„In diesem Fall war es einfach. Der Professor erklärte uns das Vorgefallene und nutzte die Gunst der Stunde zu einem Exkurs über den reduzierten Stoff und das rudimentäre Wissen, das Studenten seit der Bologna-Reform in ihrer verkürzten Studienzeit so vermittelt bekommen können. Er rechnet mit noch ganz anderen Katastrophen, wenn die Studenten demnächst auf die Menschheit losgelassen werden."

„In Amerika sind sie doch schon immer an so etwas gewöhnt und leben noch. Ich bin nur froh, dass nicht gerade etwas explodiert ist, als du dort warst. Aber sag mal, hast du Selina gesehen? Sie kommt doch sonst immer schnurrend an, wenn wir alle wieder da sind?"

„Stimmt, jetzt wo du es sagst. Ich habe sie nicht gesehen, als ich eben nach Hause kam."

Sofort begann ich mit der Suche, musste aber sehr bald feststellen, dass das Tier sich nirgendwo in der Wohnung versteckt hatte. Ratlos schaute ich vom Balkon in den Garten. Die Türe war schräg gestellt gewesen und offenbar hatte der Spalt für die Katze ausgereicht. Da hörte ich plötzlich ein jämmerliches Maunzen. Es kam von hoch über mir, direkt aus einer Birke, die ungefähr die Höhe von drei Stockwerken hatte.

„Selina", schrie ich, „komm sofort da herunter."

Mein Rufen war natürlich vergeblich. Selina antwortete zwar mit weiterem Maunzen, rührte sich aber nicht vom Fleck. Schon stand Uwe neben mir.

„Tja, wenn es ein Hund wäre, könnte man ihn rufen und er würde kommen“, bemerkte er.

„Ganz abgesehen davon, dass er sich wohl kaum bis in diese Höhen bewegt hätte“, ergänzte ich. „Wie bekommen wir sie denn jetzt wieder?“

Selina war vielleicht vom Balkon aus in den Baum gesprungen, ein Mensch aber konnte das bestimmt nicht. Sehr stabil sah die Birke auch nicht aus, schon gar nicht in der Höhe, in der sich die Katze befand.

Während ich das Tier weiterhin anflehte, doch endlich wieder aus dem Baum zu steigen, war Uwe schon in den Garten gegangen.

„Die Katze ist jung und unerfahren“, kommentierte er jetzt von unten. „Von alleine schafft sie das nicht. Das kenne ich schon von den Wellensittichen und anderen Viechern alter Damen, die wir immer retten müssen.“

„Schrei nicht so laut, was sollen denn die Nachbarn denken?“ erwiderte ich ärgerlich.

Uwe lachte.

„Dass du jetzt ein Hobby mit alten Damen gemeinsam hast, vielleicht?“

Mit diesen Worten holte er eine Leiter und lehnte sie gegen den Stamm. Sie wackelte gewaltig.

In der Zwischenzeit öffneten sich ein paar Balkontüren, die ebenfalls auf den Garten hinausgingen.

„Das sieht aber gefährlich aus“, bemerkte jemand, während Uwe die Leiter flink erkletterte.

Ganz meine Meinung, aber ich war weder in der Position auf Uwes Worte etwas Passendes zu erwidern, noch konnte ich ihn so leicht zurückrufen, denn wie sollte die Katze sonst wieder zu uns gelangen?

Uwe hatte nun das Ende der Leiter erreicht und schwang sich auf einen der schmalen Äste.

So eine verdammte Birke ist schmal und hoch. Sie bietet kaum nennenswerte Äste und wenn man sie mit Gewicht belastet, neigen diese sich bedrohlich nach unten. Ein Ast knackte und brach unter Uwes Gewicht weg, was einen kollektiven Seufzer von mehreren Balkonen hervorrief. Viele Schaulustige starrten jetzt von Fenstern und Balkonen, aber keiner sprach mehr ein Wort. Selina bewegte sich zitternd ein paar Zentimeter, allerdings nicht nach unten. Die ganze Birke schien sich zu neigen, während Uwe mindestens 5 Meter vom Boden entfernt, noch immer kletterte.

Ich konnte den Anblick nicht mehr ertragen.

„Lass das Tier, wo es ist, und komm da runter", schrie ich und erntete sofort ein *Tierquälerei* von jemandem, dem Uwe natürlich nicht dasselbe bedeutete.

Wütend wandte ich mich zu dem entsprechenden Nachbarbalkon und traute meinen Augen kaum. Da stand neben einer Gruppe von drei Männern eine Person in dunkelblauem Pulli mit buntem Kopftuch. Aber lugten da nicht hellblonde Haarwellen drunter hervor?

Voller Angst wandte ich mich wieder meinem Freund zu, der sich allerdings bereits einen Meter tiefer befand, die Katze auf seiner Schulter, soweit ich sehen konnte, mit den Krallen in seinen Pullover verhakt. Als ich erneut auf den verdächtigen Balkon sah, jubelten dort die drei Männer, die Frau aber war verschwunden.

Der Abstieg ging schneller als der Aufstieg. Die letzten Meter sprang Uwe ins weiche Gras, wo er sich leicht abrollte. Selina war rechtzeitig abgesprungen, kam aber sofort zurück auf seinen Arm, sobald Uwe wieder auf den Füßen stand.

Die Nachbarn applaudierten, es fehlte nur, dass sie Blumen in den Garten warfen.

Ich hätte auch jubeln sollen, tatsächlich liefen mir Tränen der Erleichterung über die Wangen, gleichzeitig aber nagte ein tiefer Zweifel an mir. War das Waltraud gewesen?

Piraten

Nach diesem Erlebnis verging kein Tag, an dem ich nicht nach der Walküre Ausschau gehalten hätte, doch sie blieb wie vom Erdboden verschluckt.

Na schön. Mona kam von ihrer Geschäftsreise zurück und fand unseren Laden in den Farben Gelb, Limette und Orange, dazu Tulpensträuße im Fenster, echte Tulpen in großen Kübeln, und Tulpen gedruckt auf Seidenschals und anderen Accessoires.

„Was ist das?" kreischte sie direkt am Eingang. „Haben wir hier eine beschissene Holland-Aktionswoche, oder was? Habt ihr vielleicht auch ein Sortiment von Holzschuhen im Regal? Heike, wo steckst du, bis du jetzt vollkommen übergeschnappt, willst du mich ruinieren?"

„Hi Mona", fing Hilmaz die Chefin ab. „Beruhige dich erst mal."

Doch Mona war weit entfernt davon, sich zu beruhigen.

„Ich schmeiß euch alle raus!", kreischte sie noch eine Tonlage höher als sie meiner Person endlich ansichtig wurde.

„Dann schau dir mal die Verkaufszahlen an", erwiderte ich so cool wie möglich. „Nachdem wir mit dem Gelb eine Woche lang nur noch Lippenstifte vor dem Spiegel ausprobierten, habe ich mir erlaubt, den Laden hier etwas in Schwung zu bringen."

Bevor sie etwas erwidern konnte, reichte Olga mir den vorbereiteten Computerausdruck mit den Verkaufszahlen der letzten beiden Wochen.

Das brachte die Chefin erst mal zum Schweigen und Hilmaz, Olga, Iris und mich auf die Kö. Dort hatte ich alle in die Bar ins Sevens eingeladen, um Monas Verblüffung mit einem Glas Champagner zu feiern. Wir hatten in einer Woche so viel Umsatz gemacht wie sonst in dreien.

„Du solltest den Laden führen", sagte Hilmaz und prostete mir mit ihrem Orangensaft zu.

„Oder gleich einen eigenen Laden eröffnen", ergänzte Olga.

„Womit?" fragte ich etwas ernüchtert. Aber an diesem perfekten Tag war mir egal, wie utopisch all diese Gedanken waren.

Die meisten Menschen sind viel romantischer veranlagt, als die Werbung uns suggerieren will. Quadratisch, praktisch, gut ist etwas für Männer. Frauen dagegen wollen Farben, Frische, Frühling. Nanu? Ein Stabreim?

Wie auch immer, dieser Sieg zusammen mit den Perlen der Witwe Cliquot gab mir die Kraft und den Mut, mich selbstständig auf den Marktplatz zu begeben und nach dem *Wanderer Rig* zu suchen.

Das Lokal war nicht zu sehen. Es gehörte wohl zu der Art Lokal, die nur erscheinen, wenn der Besucher über die passende Magie verfügt. Dank *Harry Potter*, den ich fälschlicherweise für eine Fantasiegeschichte gehalten hatte, wunderte mich das nun nicht mehr allzu sehr. Wahrscheinlich gab es Hexen, Vampire und Werwölfe ebenfalls. Aber auch das kümmerte mich gerade nicht, weil ich so wahnsinnig wütend war.

„Waltraud", brüllte ich. „Zeig dich endlich."

Nichts geschah, außer dass ein paar Passanten kopfschüttelnd weiter hasteten.

Langsam wurde es spät, Jan Wellem wurde bereits von der untergehenden Abendsonne golden angeleuchtet.

„Odin", brüllte ich „Wo ist das verdammte Luder von deiner Tochter?"

Ganz allmählich sprach und dachte ich wie die Walküre, durchfuhr mich die Erkenntnis voller Schreck. Andererseits, warum auch nicht? Mit Waltraud sprang niemand so um wie mit mir, das stand schon mal fest.

Für einen Sekundenbruchteil war mir, als lache jemand. Das Lachen kam aus der Statue begleitet von einem Schnauben.

Jetzt war es so weit. Gleich morgen würde ich mir einen Termin bei einer Psychotherapeutin geben lassen. Was zu viel ist, ist zu viel.

„Ich habe ja dermaßen die Schnauze voll von euch“, sagte ich nun sehr kleinlaut und wandte mich zum Gehen.

„Sei nicht gleich beleidigt“, klang es leise an meiner Seite. Die Stimme kannte ich mittlerweile sehr genau, und die Person, die auf mich herabsah, auch.

„Ich werde den Verdacht nicht los, dass du ein sehr grausames Spiel mit mir spielst“, fauchte ich sie an. Es wunderte mich nicht, dass der Schlapphut vor der Kneipe nun sichtbar im Wind schaukelte.

„Warum bist du hier? Was ist deine Aufgabe?“ schrie ich dann, nicht darauf achtend, dass nun wieder Passanten kopfschüttelnd stehen blieben, weil sie glauben mussten, ich führte Selbstgespräche in ungebührlicher Lautstärke.

„Komm mit und lass uns reden. Hier geht das nicht, das siehst du doch.“

Waltraud wirkte ungewöhnlicherweise sehr kleinlaut.

„Sag die Wahrheit. Warst du neulich auf dem Balkon in Oberkassel?“ fragte ich. „Bist du sein Schutzengel, oder wartest du darauf, dass er dein Opfer wird?“

„Engel gehören zu den Christen, das weißt du doch inzwischen“, entgegnete sie matt.

„Also wartest du auf ihn? Ist das deine eigentliche Aufgabe hier am Rhein?“

Als nicht sofort eine Antwort kam, fuhr ich fort.

„Hör zu, ich will dich nie wieder sehen, hast du das verstanden?“

„Darüber kannst du nicht entscheiden“, erwiderte sie, wenn auch in eher resigniertem Tonfall.

„Na gut, dann sage ich dir Folgendes. Wenn ich dich noch einmal in Uwes Nähe vorfinde, verspreche ich dir, dass ich ihm alles erzähle, und nicht nur das. Ab morgen schleppe ich ihn zu Pfarrer Martinus und sorge dafür, dass er ein guter Christ wird.“

Nun hatte ich sie aus der Reserve gelockt.

„Das willst du tun? Liebst du ihn so wenig, dass du ihm die Odinhalle nicht gönnst?“

„Ich will, dass er 100 Jahre alt wird, und zwar an meiner Seite. Wenn es sein muss, bitte ich ihn, auf einen harmloseren Beruf umzuschulen, das kann man nämlich, und mir zuliebe würde er das vielleicht sogar in Betracht ziehen.“

„Du willst einen Strohtod für ihn“, klang es ungläubig aus ihrem Mund.

„Ja, das will ich, so wie du wolltest, dass die Zeit mit Uhle still stünde. Hast du dir niemals für einen Menschen ein längeres Leben gewünscht?“

Sie nickte nachdenklich.

„Doch das habe ich. Einmal, und das habe ich furchtbar bereut. Aber schön, ich rede mit Vater.“

„Schwöre es! Germanen stehen doch auf Eide und Schwüre, oder nicht?“

Sie zog überrascht eine Augenbraue hoch.

„Ja das stimmt.“ Sie zögerte und streckte mir dann ihre Hand hin.

„Also gut, ich halte mich von ihm fern, aber vergiss nicht. Es sind die Nornen, die den Lebensfaden spinnen. Auf die Länge habe ich keinen Einfluss."

„Wer sind nun die schon wieder?"

„Hast du mal griechische Sagen gelesen? Bei denen heißen sie Parzen. Es sind drei hässliche alte Weiber, die am Fuß der Weltesche sitzen und den Lebensfaden spinnen, aufrollen und abschneiden."

„Soll heißen, alles ist vorherbestimmt?"

„Jeder von euch erfüllt seine Aufgabe oder auch nicht. Wenn nicht, muss er noch mal."

Na toll.

Immer noch keuchend vor Wut und Verzweiflung, die im Grunde auf einer tiefsitzenden Angst beruhte, kippte ich mein Methorn, das das Triefauge mir kommentarlos gereicht hatte, in einem Zug in mich hinein.

„Erzähl mir etwas, ich muss mich beruhigen. Am besten die Geschichte, in der du einen Menschen leben ließest."

„Ich sagte doch schon, dass das nicht in meiner Hand liegt", wiederholte die Walküre gereizt, „aber bitte, wie du willst…"

Zögernd begann sie ihre nächste Geschichte, um sehr bald ihre gewohnte mitreißende Erzählkunst zu entfalten.

Nach all der Gelehrsamkeit des Paracelsus fand mein Vater, dass ich wieder etwas Spaß verdient hätte.

Es gab Männer, die sich an die alte Freiheit der Meere erinnerten. Sie pfiffen auf Regeln und Bußvorschriften einer erstarrten Welt und lebten wie ihre Vorfahren vom Beutezug, offenem Kampf und echter Kameradschaft. Sie nannten sich je nach Laune Freibeuter oder Piraten und wurden bald zur Plage der alten Welt.

Für uns dagegen waren sie sehr ergiebig. Von keinem ernsthaften Glauben beleckt, war es ein Kinderspiel, sie auf unsere Seite zu bringen, wenn man ihnen das Richtige versprach: Unterstützung im Kampf gegen ihre Feinde und hinterher ein ehrenhafter Lebensabend in Walhall.

Bevor ich von meiner nächsten Schwerstaufgabe erzähle, muss ich noch etwas einschieben, das zeitlich noch vor Paracelus liegt, inhaltlich aber mit dem Nächsten zusammengehört.

Im 14. Jahrhundert gab es auf den Nordmeeren die Vitalienbrüder mit einem ganz besonderen Liebling von mir: Klaus Störtebeker. Den Namen habt Ihr sicher schon alle mal gehört.

Er war die reinste Freude für das wunde Herz einer Walküre. Blond, groß und stark, dunkelblaue Augen wie das Meer, die immer leicht zusammengekniffen in den Wind blickten.

Seine Geschichte ist schnell erzählt:

Als ein widerlicher Strandvogt der Küste Frieslands sich an Klaus Störtebekers Braut vergehen wollte, fühlte sich der junge Mann leider genötigt, das Element direkt zu erschlagen und hatte damit als einfacher Fischerssohn ein dickes Problem am Hals. Er floh ein wenig ziellos auf die wenig einladende Nordsee hinaus, hatte aber Glück, insofern, als dass er nicht ertrank, sondern von einem damals schon berüchtigten Freibeuter an Bord genommen wurde. Gödecke Michel kümmerte sich fortan um die Ausbildung des jungen Mannes und lehrte ihn die unentbehrlichen Disziplinen eines Seemanns und künftigen Anwärters auf Walhall. Klaus lernte fechten, mit Säbel und Messer umgehen, schießen mit Musketen, das Schwingen von Enterhaken, Leeren von Rumflaschen und Vernaschen weiblicher Beute, worin er ein nicht unbeträchtliches Talent entwickelte.

Die Feinde waren in diesem Gewerbe praktischerweise klar umrissen: Es handelte sich um reiche, zumeist wohlbeleibte Kaufleute des Hansebundes, die man damals auch Pfeffersäcke nannte.

Die Freibeuterei war sehr einträglich, aber nicht ganz unproblematisch. Man riskierte sein Leben nicht nur bei den Seeschlachten, sondern auch bei Auseinandersetzungen mit der wenig zu Subordination neigenden Mannschaft. Hatte man dann ein Vermögen zusammen erbeutet und war dabei nicht verblutet oder ertrunken, dann ergab sich zumeist die Schwierigkeit, dieses Vermögen auch gewinnbringend anzulegen. Die meisten Piraten hatten hierzu kein Talent. Anders als meine Wikinger von damals, die ihre Beute als Startkapital für neue Siedlungen einsetzten, zerrannen diesen Männern alle Schätze so schnell zwischen den Händen, wie sie sie erbeutet hatten.

Klaus Störtebeker musste in späteren Jahren erkennen, dass es für Freibeuter jeder Art keine Pension gab und keinen Ort, an den er sich in Frieden mit seiner treuen schwedischen Gräfin Inga hätte zurückziehen können.

Der Zentralstützpunkt auf Gotland wurde an die Hanse verraten und natürlich angegriffen. Störtebeker geriet mit seiner kompletten Mannschaft in Gefangenschaft und konnte einer Exekution sicher sein.

Ich besuchte ihn am Vorabend seiner Hinrichtung.

„Walküre“, rief er verzweifelt. „Ich habe dir und Odin treu gedient.“

„Ja, das hast du.“

„Du musst mir helfen.“

„Wobei?“ fragte ich erstaunt, denn ich nahm nicht an, dass dieser harte Mann darum betteln wollte, weniger leiden zu müssen oder gar an Flucht dachte.

„Hast du nicht gehört, was sie mir versprochen haben?“

„Nein?“

Wir hatten in diesen Tagen wirklich sehr viele Transporte und konnten die Arbeit kaum alle zusammen bewältigen.

„Meine Mannschaft wird in eine Reihe vor dem Schafott aufgestellt. Wenn mir der Kopf abgeschlagen wird und ich mich trotzdem erheben kann, dann werden alle die freigesprochen, an denen ich noch entlanglaufen kann.“

„Das ist doch absurd“, wandte ich ein. „Kein Mensch kann ohne Kopf laufen.“

„Eben“, bestätigte Störtebeker. „Sie sagen es nur, um mich zu demütigen und weil sie wissen, dass sich unter meiner Mannschaft meine Geliebte Inga befindet, die als Schiffsjunge verkleidet ist. Walküre, nur du kannst mir helfen. Es ist nicht gerecht, dass sie sterben soll, sie, die niemals den Säbel gegen jemanden erhoben hat.“

„Diese Rücksicht fällt dir ja reichlich früh ein“, tadelte ich meinen Helden. „Was glaubst du eigentlich, was meine Aufgabe ist? Hokuspokus aufzuführen?“

„Ist Odin nun der Gott des Zaubers oder ist er es nicht?“ fragte Klaus herausfordernd. „Die Christen reden dauernd von Jesu Wundertaten, Krankenheilungen oder Totenauferstehungen und dergleichen, sicher Dinge, die deinen Vater langweilen würden. Aber das, das musst du zugeben, wäre doch wirklich nicht langweilig.“

„Wie redest du eigentlich von den Göttern?“ tadelte ich entzückt.

„Wie ein Mann mit ihnen sprechen muss: aufrecht und in Wut! Oder glaubst du, das Leben auf dieser Welt sei dazu angetan, vor Dankbarkeit auf die Knie zu sinken?“

Er war unverschämt, aber er hatte Recht.

Noch in derselben Nacht bat ich meinen Vater um Unterstützung. Ich erwischte ihn in milder Verfassung und zu kleinen Scherzen aufgelegt. Warum nicht? Sollten sich doch die Wissenschaftler und Theologen an diesem Rätsel die Zähne ausbeißen.

Hinrichtungen gehörten früher zu den beliebtesten Realityshows überhaupt. Mit einer hohen Zuschauerquote konnte also gerechnet werden.

Störtebeker wurde am nächsten Morgen, einem wunderschönen Oktobermorgen 1402 in Hamburg pünktlich zur vorgesehenen Stunde enthauptet. Zum Entsetzen der schaulustigen, kreischenden Menge war der blonde Kopf kaum in den Sand gerollt, als sich der mächtige Rumpf erhob und taumelnden Schrittes in Bewegung setzte. Vor der elften und schmächtigsten Person in der Reihe brach er dann endgültig zusammen.

Das laut ausgesprochene Urteil einschließlich der Begnadigungen musste ratifiziert werden und so erhielt die Exgefährtin des gefürchteten

Piraten der Nordmeere ihre Freiheit, wie von Klaus Störtebeker verlangt, während er den Trennungsschmerz in Walhall beim Julfest recht bald überwand.

So ein Julfest bei uns ist eine tolle Sache. Die Krieger können raufen und sich schlagen, ohne dass das negative Konsequenzen hat, schließlich stirbt man bekanntlich pro Leben nur einmal. Die lapidaren Titel der Bondfilme sind da sehr eindringlich. Was man aber bekommen kann, ist einen Kater vom vielen Metgenuss oder aber ein intensives Völlegefühl nach den Gelagen. Wenn die Menschen nicht nach Herzenslust ihre Triebe ausleben dürften, wäre Walhall ja auch kein Himmel für sie.

Sobald dann alle mehr oder weniger in Schlaf gefallen sind, nutzen wir die Sonnenwende zumeist für Familienspiele, während Vater sich dem widmet, was seine Hauptsorge ist, dem Sehen in die Zukunft.

Julkeule spielen wir in der goldenen Halle auch, es ist eine Art Vorläufer des Flaschendrehens. Wenn ich mit dem Wünschen dran gekommen wäre, hätte ich mir natürlich gewünscht, Uhle sehen zu dürfen, aber da ließ Loki die Keule zerplatzen und das Spiel war zu Ende.

Die zweite Gruppe natürlicher Feinde aller Freibeuter waren die Spanier, größte Seemacht des 16. und 17. Jahrhunderts und damals das reichste aller Imperien.

Sie transportierten in unermüdlicher Folge Gold, Silber und Edelsteine aus der neuen Welt nach Spanien und Flandern, das ihnen durch Erbschaft ebenfalls gehörte, von wo aus es in ganz Europa verteilt wurde.

Die Spanier, katholisch bis ins Mark, waren zutiefst in ihrem Herzen davon überzeugt, dass sie sich die Schätze redlich erworben hatten. Sie hatten die neuen Länder erobert, zum Christentum bekehrt, und die Frauen der Ureinwohner legal geheiratet. Somit gehörte ihnen der Besitz ihrer Gattinnen, über den sie auch nach ihren Vorstellungen verfügen konnten. Die riesigen Gold- und Silberladungen verursachten in ihrer Heimat ziemlich bald eine Inflation, die weiteren Nachschub erforderte.

Adelige Spanier sind zudem äußerst unbegabt in Gelddingen, da sie den Handel zutiefst verachten. Sie verschleuderten ihren Reichtum ohne Maß und Überlegung, so dass das Geld schnell bei den deutschen und italienischen Bankiers und in deren Heimatländern landete, was den Bedarf weiter steigerte.

Nun wusste Europa Bescheid. Statt sich über die Unterdrückung der armen Indios zu ereifern, kannten sie nur ein Ziel: Sie wollten auch ihren Anteil, aber da war legal nicht dranzukommen, da der Papst die neue Welt ausschließlich Spanien und Portugal zugesprochen hatte. Was tun? Hier kam den Machthabern, eine Truppe gerade recht: die Freibeuter.

Englands, Hollands und Frankreichs Monarchen stellten Kaperbriefe aus, die die Piraten ermächtigten, spanische Galeonen anzugreifen, zu entern, zu versenken und vor allem auszurauben. Wenn der Pirat dann auch noch Teile der Schätze an seinen Monarchen auslieferte, hatte der tapfere Freibeuter nicht selten sogar Aussicht auf Erhebung in den Adelsstand.

Dies war eine schöne Zeit, in der wir Schwestern zumeist in ganzen Gruppen über die Meere ritten und von Seeschlacht zu Seeschlacht eilten, um Freibeuter auszuwählen, während Maria die sich verzweifelt wehrenden und ebenfalls gut fechtenden Spanier abholte.

Wir lernten uns in dieser Zeit etwas mehr schätzen und kamen auch manchmal ins Gespräch.

„Ich sehe, dass ihr gar nicht alle Verbrecher aus dem Wasser fischt?“ fragte sie irgendwann, als wir wieder einmal über dem Meer zusammentrafen, während drei spanische Galeonen, begleitet von zwei Kanonenschiffen, unaufhaltsam in ihr Verderben segelten. John Hawkins erwartete die Spanier schon mit seiner Flotte aus gut gerüsteten Piratenschiffen.

Da musste ich natürlich lachen und zügelte mein Flügelpferd direkt neben ihrer goldenen Wolke.

„Abgesehen davon, dass deine Gläubigen da unten auch keine Heiligen sind, gibt es unter den tapferen Piraten ebenfalls ausreichend viele, die man getrost zur Hölle schicken kann. Der da unten zum Beispiel, der Hawkins, handelt mit Negersklaven und verkauft sie in die Kolonien der neuen Welt, wenn er nicht gerade Spanier versenkt. Außerdem foltert er seine Opfer. Kein anständiger Wikinger hätte so etwas getan. Das ist einfach unwürdig."

„Soll das heißen, dass ihr doch so etwas wie Ethik kennt?"

Ich musste wieder lachen.

„Ein bisschen weniger moralinsauer, aber durchaus, ja. Wir hassen Feiglinge, und Sklavenhandel ist feige."

Maria nickte. Sie sah bekümmert aus.

„Trauerst du schon wieder um deine Helden?" fragte ich teilnahmsvoll, schließlich kamen die Spanier trotz ihres Mutes nicht nach Walhall.

„Auch", erwiderte Maria einsilbig. „Ich habe noch ein anderes großes Problem. Unter deinen englischen Piraten befinden sich auch gläubige Christen."

„Kannst du gern haben."

„Das geht nicht so einfach, sie glauben nicht an mich, es sind Protestanten."

„Das tut mir aber leid für sie", lachte ich boshaft. Mir wurde jetzt klar, vor welchem Dilemma Maria stand.

Als Luther 1517 seine Thesen an das berühmte Kirchenportal zu Wittenberg schlug, hatte Maria wohl zuerst geglaubt, einen Grund zur Freude zu haben. Die innerlich und äußerlich verrottete katholische Kirche bedurfte wirklich dringend der Erneuerung, man denke nur an die armen Templer. Aber es sollte anders kommen. Statt die alte Kirche zu reformieren, spaltete sich ein neuer Glaube ab. Sie waren zwar noch Christen, aber viele der tradierten Glaubensinhalte wurden endgültig über Bord geworfen. Leider war das Unwort *Sünde* nicht dabei. Im Gegenteil, wenn die katholische Kirche der Unvollkommenheit der Menschen wenigstens noch Auswege und Versöhnung in Form von Beichte, Buße, Reue und Neuanfang, leider aber auch in Form des käuflichen Ablasses anbot, so warfen die Protestanten, wie sie sich dann nannten, zusammen mit dem Unding des Ablasshandels auch alle anderen Sakramente über Bord. Von 7 Sakramenten blieben gerade noch zwei: Die Taufe und das Abendmahl. Da man beschlossen hatte, mit dem einen Gott direkt in Verbindung zu treten, wurden natürlich auch alle Vermittler überflüssig, als da wären ehelose Priester, die Gemeinschaft der Heiligen sowie Maria und die Heerschar der Engel.

Taten, die auf den ersten Blick nützlich schienen, wie das Abschaffen des Lateins als Kirchensprache und das Übersetzen der Bibel, hatten zur Folge, dass das Christentum seinen Mystizismus und den letzten Rest seiner Lebensfreude verlor. Luther, Calvin, Zwingli und andere erklärten, dass das Schicksal des Menschen allein von Gottes Gnaden abhinge und dass man daher schon zu Lebzeiten begnadet oder verdammt sei. Pietismus, Puritanismus und ähnliche Strömungen hielten ihren Siegeszug ins Bürgertum ein, und vor allem nordische Länder, die den Duft nach Weihrauch entbehren konnten, bekannten sich zur neuen Lehre.

Wir waren wie vor den Kopf gestoßen. Was anfangs so ausgesehen hatte, als erinnere man sich endlich wieder an uns und die Freiheit des Menschen, führte nun dazu, dass Menschen sich das Leben noch eine Stufe hässlicher machten. Maria hatte zudem auch ein Problem. Mit dem Abschaffen des Marienkultes verschwand der letzte weibliche Einfluss aus dem Christenhimmel. Wer sollte denn nun die Toten in den Himmel geleiten, wenn die Protestanten ausschließlich an die Dreifaltigkeit glaubten und das eigentlich auch nur widerwillig?

„Schick doch euren Vogelgott, diesen heiligen Geist“, schlug ich Maria vor. „Die haben deine goldene Wolke doch gar nicht verdient. Und dann stopf sie in das Fegefeuer, da können sie dann über eure verehrten Sünden nachdenken.“

„Ich wusste doch, dass bei einem Gespräch mit euresgleichen nur Unflätiges herauskommen kann“, seufzte Maria ergeben. „Da schau, es geht los. Meine armen Spanier haben keine Chance.“

Die erste Kanone hatte soeben ein gewaltiges Loch in das Flaggschiff der spanischen Flotte gerissen.

„An die Arbeit", schrie ich dann auch. Bis heute weiß ich nicht, wie Maria das Dilemma mit den Protestanten gelöst hat. Ob sie alle in der Hölle schmoren lässt, wie die Spanier damals wie heute gerne glauben möchten oder ganz ihrer Sanftmut entsprechend nur im Fegefeuer?

Loki trieb sich ebenfalls oft genug leicht gelangweilt in der Szene herum. Meistens vermieden wir, miteinander zu sprechen, aber manchmal ließ es sich doch nicht umgehen. Er war gut informiert und schwatzhaft, und wir brauchten Informationen, um uns die viele Arbeit aufteilen zu können.

„Dieser Neffe von Hawkins, den sie Francis Drake nennen, steht jetzt in besonderer Gunst der englischen Königin", plauderte er drauflos.

„Ein irres Weib, diese Königin", kommentierte Thor belustigt. „Wie groß ist denn die Gunst, lässt sie dafür dieses Weichei von Leicester endlich fallen?"

Loki warf Thor einen Blick zu, der ihn mal wieder als Dummkopf abstempeln sollte, und fuhr fort.

„König Philipp von Spanien hat offenbar genauso genug von den Protestanten wie deine Freundin Maria. Daher hat er beschlossen, England zu erobern und den Katholizismus mit Waffengewalt wieder einzusetzen."

„Das wird aber unseren kleinen Jesus-Ex-Baldur nicht freuen, wo der doch kein Blut sehen kann", kommentierte Thor.

„Das freut vor allem Vater nicht", grinste Loki. „Odin ist doch so empfindlich mit Bäumen, vor allem, wenn es um seine geliebten Steineichen geht, und diese holzt jener Philipp gerade in solchen Mengen ab, dass die iberische Halbinsel bald kahl wie die Sahara sein wird."

„Warum das denn?" fragte ich erstaunt.

Thor lachte vergnügt. „Frauen haben aber auch wirklich keine Ahnung von Technik. Wozu braucht man Bäume? Zum Schiffsbau natürlich. Philipp rüstet eine ganze Armada gegen England."

„Aber selbst, wenn er 300 Schiffe bauen würde, braucht man dazu doch nicht alle Eichen Kastiliens?" wandte ich ein.

„Doch", erklärte Thor. „Auf einen Baum, der tatsächlich in einem Schiff landet, kommen hunderte, die die Feuer für die Schmieden liefern müssen. Ich sage euch, das gibt Ärger."

„Der Oberpirat, Francis Drake, wird das Kommando über die englische Flotte führen", setzte Loki seine Erzählung fort. „Werdet ihr den beschützen?"

Ich ahnte einen Hinterhalt und fragte daher statt einer Antwort.

„Wer kommandiert die spanische Flotte?"

„Alonso Pérez de Guzmán, Herzog de Medina Sidonia, mit Sicherheit ein netter Braten für die liebe Jungfrau Maria", erläuterte Loki maliziös.

„Die Guzmanes sind Nordmänner", wandte ich ein.

Loki lachte. „Ja, im 8. Jahrhundert, als sie noch Sevilla ausplünderten. Der Kalif von Cordoba war über den ersten *Guten Mann* so verzweifelt, dass er ihm einen riesigen Landstrich Andalusiens zum Siedeln anbot. Damals hatte das Gebiet noch einen vernünftigen Namen: Niflheim, Niebla, wie die Spanier heute sagen. Der Guzmán war wie alle nach ihm praktischer Natur, er wurde gläubiger Moslem, seine Nachfahren später dann gläubige Christen. Westandalusien gehört ihnen noch immer. Sie sind verwegene Kämpfer, autokratische Herrscher, die selbst vor Königen nicht buckeln, aber wie ich schon sagte, Christen. Da macht ihr gar nichts."

„Im Wappen führen sie einen Zaubertopf und Eidechsenköpfe, ein reines Wikingerwappen", kommentierte Thor nicht überzeugt. „Irgendetwas muss doch geblieben sein."

„Ist der Alonso noch blond?" fragte ich neugierig geworden.

„Dieser Guzmán ist es nicht, Waltraud, schwarzhaarig und dunkeläugig, genau dein Typ. Was wetten wir, dass du es trotzdem nicht schaffst, den nach Walhall zu bringen?" provozierte Loki.

Jetzt hatte der Schuft mich schon wieder in sein Netz gelockt. Meine Eitelkeit ließ nicht zu, es nicht wenigstens zu versuchen.

„Ich liebe aussichtslose Fälle", sagte ich daher und ging auf die Wette ein.

„Wenn du es nicht schaffst, bekomme ich für 50 Jahre dein Lieblingspferd“, verlangte Loki.

„Wenn ich es schaffe, bleibst du mir für 50 Jahre aus den Augen“, konterte ich hitzig. Die Wette begann, mir zu gefallen.

Nun aber auf zum El Escorial nach Segovia, ins Herz Kastiliens. Da nämlich, am Königshof, musste mein neuer Schützling sich aufhalten.

Loki hatte nicht zuviel versprochen. Alonso war mindestens so ansprechend wie heute Antonio Banderas. Leider trugen die Menschen ihre Haare jetzt nicht mehr als Mähne wie freie Männer, sondern kurz wie die Sklaven und hatten noch dazu Schnurr- und Spitzbärte.

Alonso hatte kurzes, gekräuseltes, tiefschwarzes Haar und einen ebensolchen Schnurrbart, aber wenigstens nicht diesen lächerlichen Spitzbart. Der auf vielen Gemälden verewigte spanische Spitzenkragen umrahmte die nordische Blässe und das Feuer seiner Augen. Zum Kampf trug der Herzog eine jener Rüstungen aus schwarzem Stahl mit Goldnieten, wie es keine besseren in der damaligen Welt gab. Die Nieten hielten die zahlreichen Scharniere und Glieder der Rüstung so zusammen, dass das Ganze wie ein beweglicher Anzug saß. Dazu trug man weiche Lederstiefel mit goldenen Radsporen. Das sah kleidsam und praktisch aus.

Natürlich verliebte ich mich auf den ersten Blick in Alonso und wusste auch ohne Runen, dass dies ein Fehler war.

Alle Räume des Königspalastes atmeten Weihrauch und Entsagung. Es war mir unbegreiflich, wie sich irgendein Mensch darin wohl fühlen konnte. Alonso tat es jedenfalls offensichtlich nicht. Er schnupperte gerade an einem Stück Seife, legte dasselbe angewidert zurück und rief seinen Kammerdiener, der sich beeilte aus dem Reisegepäck ein anderes, farbiges Stück mit offensichtlich besserem Duft zum Vorschein zu bringen. Dann ließ er aus einer schön geschwungenen Kristallflasche noch ein paar Tropfen eines Orangenöls in die Porzellanschüssel gleiten, in der sich der Herzog Gesicht und Hände wusch.

Kurz darauf wurde er zur Audienz mit König Philipp geführt, der steif und unnahbar auf seinem ungemütlichen Thron saß.

Als *Grande de España* hatte er das Recht, in Gegenwart des spanischen Königs seinen Hut aufzubehalten, aber solche Demonstrationen waren für den Magnaten aus Andalusien überflüssig.

„Zu Euren Diensten, Alteza Real?"

Der König verstrickte sich in umständliche Höflichkeitsformeln und Lobpreisungen der Verdienste der Familie Guzmán, die den jungen Herzog schon nichts Gutes ahnen ließen, doch bewahrte er stoisch seine Ruhe. Hofleben bedeute vor allem Geduld zu haben und davon besaß er zwar nicht viel, aber für einen kurzen Aufenthalt in Kastilien musste es reichen.

Endlich kam der König zur Sache.

„Ihr habt sicher vom tragischen Todesfall gehört, der Uns jüngstes getroffen hat?"

Alonso überlegte, ob es klug sei zuzugeben, dass seine Spione ihn bestens informiert hielten. Allerdings ging es ihm noch mehr gegen den Strich, den Idioten zu spielen.

„Ihr meint den Marqués de Santa Cruz, *que Dios tenga en su gloria*?"

„Ja," seufzte Philip, „dabei hatte ich gerade jetzt die größte aller Aufgaben für ihn. Nun ist die Armada so gut wie fertig gestellt und mein wichtigster Admiral stirbt mir einfach hinweg."

Alonso wurde unbehaglich zumute. Was hatte er mit der Armada zu tun?

„Sicherlich wird sich ein ebenso effizienter wie loyaler Ersatz finden", entgegnete er daher vage.

„Gute Seeleute mag es schon geben, aber loyal sind die wenigsten", beschwerte sich der König. „Ich kann in dieser Sache fast niemandem trauen. Also werdet Ihr die Armada befehligen."

Alonsos natürliche Blässe verstärkte sich.

„*Majestad*, ich habe keine Erfahrung mit dem Meer, *lo mío son caballos*."

Ihr könnt euch denken, dass ich leise vor mich hin lachte. Es fehlte wirklich nur Pedro de Sancedos Satz, dass jeder Kastilier das Meer hasste. Nun ja nicht ganz, denn der Guzmán war Andalusier, hatte aber den gleichen angewiderten Blick drauf. Wusste dieser Alonso denn gar nicht, dass seine Vorfahren die Meere einst beherrscht hatten? Und Pferde hatten seine Vorfahren doch trotzdem geliebt, das war für mich also wirklich kein Argument.

„Das tut nichts zu Sache", schnitt Philipp seinem Untertanen das Wort ab. „So etwas kann man lernen. Ihr werdet meinen Plan umsetzen und keine Ruderpinnen halten."

Alonsos Haltung verkrampfte sich. Es musste ihn körperliche Anstrengung kosten, nicht zu widersprechen, doch die Zeiten des Absolutismus waren derart fortgeschritten, dass jeder Widerspruch in Gegenwart eines Habsburgers geradezu unvorstellbar gewesen wäre. Während Alonso noch schluckte, fuhr sein Souverän erbarmungslos fort.

„Ihr startet mit 130 Schiffen von Lissabon, umrundet die iberische Halbinsel bis Flandern, dort wird die Truppe durch ein Geschwader unseres treuen Untertanen Alejandro Farnesio verstärkt und dann greift Ihr gemeinsam die englische Insel mit ihrer gottlosen Königin an."

130 Schiffe! Dem Herzog von Medina Sidonia schwindelte es. Hatte man jemals von solch einer Flotte gehört? Und er allein sollte dieses Geschwader führen? Alonso war von sich überzeugt, aber er war weder dumm noch größenwahnsinnig.

„Ich flehe Euch an, Majestät, wählt einen geeigneteren Mann als mich. Warum nicht Herzog Alba, dessen Erfahrung..."

„Schweigt mir von Alba", unterbrach der König ungeduldig. „Er glaubt schon, Flandern wäre sein eigenes Königreich, in dem er die Befehle seines natürlichen Herrn getrost missachten dürfe. Nein, mein Lieber, ich habe entschieden, dass Ihr es tun werdet. Wenn Ihr England erst seht, werdet ihr mich besser verstehen. Im Gegensatz zu euch, kenne ich das Land und glaubt mir, selbst die Bevölkerung dort kann von einer spanischen Eroberung nur gewinnen. Die Audienz ist beendet."

Einigermaßen verstört zog sich der Herzog rückwärts schreitend, wie es die Etikette gebot, aus dem Thronsaal zurück und kehrte zutiefst in sich gekehrt in seine Gemächer zurück.

Dort angekommen verscheuchte er seine Diener und sank auf den harten Betschemel, der in jedem der Gästezimmer des Escorials zu finden war.

Das fehlte noch, gleich würde er beten, dachte ich erschrocken. Zeit für meinen Auftritt in Alonsos Leben.

Ich hatte für diese erste Begegnung eine ebensolche Rüstung aus schwarzem Stahl gewählt, wie er sie trug, allerdings mit einem kurzen Rock aus Ringelgliedern, von den gleichen goldenen Nieten zusammengehalten wie die seinen.

„Nicht verzagen, mein künftiger Held", sprach ich ihn sanft an.

Da ich direkt vor ihm stand, verdeckte ich nun die Marienstatue, was ihn noch mehr verwirrte als die Audienz beim König.

Er bekreuzigte sich hastig.

„Heilige Mutter Gottes, wer seid denn Ihr? Eine Heilige?"

Mein Herz jubelte. Er sah mich und er wagte mich anzusprechen, trotz des offensichtlichen Schreckens. Wahrscheinlich glaubte er an eine Vision im Stile der heiligen Teresa de Ávila.

Ich beschloss, lieber gleich mit offenen Karten zu spielen.

„Nein, Sterblicher. Ich bin die Göttin der Krieger, in diesem Fall deine Göttin."

Alonso bedeckte seine Augen mit den Händen in der Hoffnung, das Bild würde verschwinden.

„Das kann nicht sein, das muss eine Sinnestäuschung sein, ein Irrtum. Es gibt nur den einen Gott Vater, den Sohn und den heiligen Geist."

„Ja, die gibt es auch", sagte ich begütigend. „Aber für dich bin ich zuständig, glaub mir."

Alonso blinzelte ungläubig durch seine Finger.

„*Dios Todopoderoso*, warum tust du mir das an?" flüsterte er dann verzweifelt.

„Was heißt hier allmächtig? Glaub nur nicht, dass andere Götter keine Macht hätten“, entgegnete ich wütend. „Alonso, sei kein Feigling. Sieh mich an, die Armada wird dein Schicksal und dieses ist untrennbar mit mir verbunden.“

Er blickte wieder auf, blinzelte und furchte die Stirn. Seine Augen funkelten jetzt so, wie sie mir am besten gefielen.

„Wer zum Teufel bist du?“

Ich setzte mich auf die Kante des Altares, kreuzte die Beine und sah meinen neuen Schützling streng an.

„Was ich dir nun anvertraue, darfst du zu deiner eigenen Sicherheit keiner Menschenseele verraten, vor allem nicht deinen Priestern.“

Völlig verstört lauschte der Herzog meinen Erläuterungen zum Thema Odin und Walhall, die euch allen bekannt sind. Der arme Mann musste glauben, den Verstand zu verlieren, aber er war zumindest so klug, nicht gleich zu seinem Beichtvater zu rennen. So kurz vor Beginn jener aufgezwungenen Mission machte es sich sicher nicht gut, einen Dominikaner um Exorzismus zu bitten.

Wenn er anfangs noch an einen mehr oder weniger seltsamen Albtraum geglaubt hatte, so schmolz diese Hoffnung mit jedem Besuch, den ich ihm abstattete.

Zuletzt war er so verzweifelt, dass er in seiner Bibliothek suchte, ob er etwas über nordische Götter entdeckte. Er fand das Wort Walküre nicht, wohl aber den Namen Odin. Als er den Finger drauflegte, ließ ich die Tinte kurz schmelzen und das O blieb an seinem Zeigefinger hängen.

Ich gebe zu, das war etwas gemein von mir, aber irgendwie musste ich ihn ja überzeugen.

Der Arme versuchte tatsächlich, die Tinte mit Weihwasser abzuwaschen, aber das gelang natürlich nicht. Drei Tage lang trug er Handschuhe, um das O nicht sehen zu müssen.

Am 20. Mai 1588 sollte die Flotte auslaufen, das waren gerade mal vier Wochen, in denen ich ihm das Nötigste über Seefahrt beibringen konnte, denn seine Bücher voller umständlicher Erklärungen oder die Gelehrten, die sich vor lauter Respekt ständig verhaspelten, waren völlig unproduktiv.

Aber er hatte auch bedeutende Feinde, die nicht verstanden, warum ein so hohes Amt ausgerechnet an einen so unerfahrenen jungen Mann fallen sollte. Keiner hatte sich rechtzeitig eingeschmeichelt, um sich selbst eines gewissen Einflusses rühmen zu können. Außerdem behinderte sich Philipp selbst durch sein ewiges Misstrauen und schickte augenblicklich Spione an Bord, die den Herzog überwachen und dafür sorgen sollten, dass der Mann nur ja keine eigenen Entscheidungen fällte. In der Person Pedro de Valdés, der in La Coruña das Flaggschiff übernahm, hatte Alonso de Guzmán von Anfang an einen Hemmklotz am Bein, der jede Initiative zunichtemachte.

So standen die Dinge in Spanien, als ich beschloss, mir die Gegenseite anzusehen.

Die Engländer hatten weniger Schiffe, glatt die Hälfte, die aber sehr viel wendiger als die schweren Galeonen. Hier kam es jetzt sehr auf die richtigen Winde an, wenn mein Herzog Erfolg haben wollte.

Ich begab mich also zu Thor.

„Tust du mir einen Gefallen, Bruderherz?"

Thor war erstaunt. „Nanu, seit wann bist du denn so zärtlich, liebe Schwester? Mal wieder frisch verliebt?"

„Ich kann nichts dafür", flüsterte ich, „dieser Mistkerl von Loki..."

„Ja, ja, ich weiß schon, was kommt. Du willst, dass ich den Spaniern günstigen Wind schicke. Rossweiße, die den Francis Drake beschützt, hat mich schon um das gleiche für ihren Schützling gebeten."

„Das ist nicht fair", rief ich entrüstet. „Wenn du mir nicht hilfst, bekommt Loki mein Pferd Dane-ger."

„Da hättest du vielleicht eher dran denken müssen, aber nein, immer alles aus dem Bauch heraus und einer Laune folgend. Mal abgesehen von deinem konvertierten Nordmannabkömmling, seit wann beschützen wir fanatische Christen? Davon gibt es genau 29.999 auf diesen schwerfälligen Pötten da unten. Du musst zugeben, dass es die Aufgabe deren Götter wäre, sich um den Sieg zu kümmern. Wenn sie sich dauernd zu schade dazu sind, ihren Gläubigen aktiv zu helfen, dann doch wohl nur darum, weil sie schleunigst ihren Himmel füllen wollen. So sehe ich die Sache wenigstens."

„Also fördern wir jetzt Protestanten?" fragte ich herausfordernd. „Hat Vater diese Maxime ausgegeben?"

„Hat er nicht. Aber denk mal nach. Die Leute von Drake sind Piraten wie damals dein Störtebeker, das sind auch keine gläubigen Protestanten, sondern mögliche Anwärter für uns."

„Die machen gerade mal ein Drittel der kompletten Besatzung aus."

„Lass mal überlegen, die Engländer haben die Hälfte der Spanier. Also 15.000 Krieger, davon mindestens 5.000 für Walhall, während du vielleicht einen bringen kannst. Seit wann bist du schlecht in Mathematik, Schwester?"

„Seit wann interessieren uns schnöde Zahlen, Bruder? Drake ist ein Schuft und bezahlter Mörder, und du weißt das ganz genau. Guzmán hingegen..."

„Spar dir dein verliebtes Gesäusel, der Mann erfüllt nur seine Pflicht. Wir werden ja sehen, was er taugt. Also gut, ich verspreche dir, das Meer ruhig zu halten. Sollen sie doch zeigen, was sie können, ohne dass wir Partei ergreifen."

Etwas beruhigter flog ich nach La Coruña in Galizien.

Hier standen sich nun der erfahrene Seemann Pedro de Valdés und der junge Alonso de Guzmán gegenüber und waren sich vom ersten Augenblick an spinnefeind.

„Eure erste Fahrt, wie ich hörte?" bemerkte dann auch Valdés mit lauerndem Blick. Wahrscheinlich wartete er drauf, bei dem verwöhnten Andalusier Anzeichen von Übelkeit zu finden.

„Ganz recht", erwiderte Alonso, lässig gegen die Reling gelehnt und mit dem Taschentuch ein Stäubchen von seiner blanken Rüstung entfernend.

„Und Ihr? Lange nicht mehr an Land gewesen?" Er musterte vielsagend den Staub und die Salzkrusten auf der Rüstung seines Gegenübers.

„Mit dem Atlantik ist nicht zu spaßen“, erklärte Valdés großspurig. „Ihr werdet bald Gelegenheit haben, Euch ausschließlich mit dem Rhythmus der Wellen zu beschäftigen.“

„Ach, wirklich?“ versetzte Guzmán gelangweilt. „Was mir sehr viel mehr Sorgen macht, ist die sagenhaft schlechte Qualität der Weine an Bord. Die guten Riojas schmecken ja schon fast wie Essig. Da kann man von Glück sagen, dass ich ein paar meiner besten Finos an Bord habe, sonst wäre das hier komplett unerträglich.“

Und hier zeigte sich nun endlich das normannische Erbe. Alonso de Guzmán wurde zu seiner eigenen Verwunderung kein bisschen übel und er trank weiterhin unbekümmert große Mengen Sherry, bei denen der asketische Kastilier Valdés betrunken unter den Tisch der Kapitänskajüte gefallen wäre.

Leider war es mir nicht vergönnt, mich lange an meinem neuen Liebling zu erfreuen.

Rosi kam mir auf ihrem geflügelten Fuchs entgegen, als ich Richtung England über den Atlantik streifte.

„Pass auf mit Vater“, warnte sie mich. „Die Raben haben ihm gesteckt, dass du für die Gegenseite bist.“

„Irgendwann drehe ich diesen Viechern den Hals um“, fluchte ich. „Wer sagt denn, dass die Spanier gewinnen müssen? Ich will doch nur Alonso für Walhall.“

„Das kennt man. Zuerst möchtest du, dass dein Held Erfolg hat, und erst dann nimmst du ihn mit. Wenn du Vater nicht wütend machen willst, dann lässt du deinen Helden jung sterben. Spül ihn über Bord, da kann doch Thor helfen.“

„Egoistin, nur damit dein Drake die Spanier platt machen kann. Langsam langweilt mich das schon, dass die Piraten immer gewinnen sollen, und dieser scheinheiligen, englischen Königin gönne ich das spanische Gold erst recht nicht."

„Hast du dich jetzt auch noch mit der katholischen Maria angefreundet?" fragte Rosi herausfordernd.

Nun briet ich die Raben schon gedanklich an einem Spieß über dem Feuer.

Ich wollte soeben sagen, dass mir die Katholiken mit ihren vielen Göttern und Engeln sympathischer waren als die Protestanten mit ihrem leeren Himmel, als Fatima über die Meere geschwebt kam. Sie war von oben bis unten in weiße Schleier gehüllt, der Trauerfarbe der Orientalen.

„Wenn du denen hilfst, spreche ich bis zum jüngsten Tag nicht mehr mit dir", sagte sie drohend und zum Erstaunen aller ausgerechnet zu mir.

Rosi und ich starrten die Orientalin verwirrt an.

„Was ist denn los? Hier gibt es doch keine Moslems?"

„Sehr wenige, und wenn als Sklaven an Bord jener Galeonen. König Philipp hat dafür gesorgt, dass nicht allzu viele von ihnen überlebt haben."

„Wie meinst du das?"

„Hätte ich mir ja denken können, dass euch das Schicksal meiner Gläubigen gleichgültig ist. Philipp hat tausende von Granadas Einwohnern in Ketten schmieden lassen und in alle Herren Länder als Sklaven verkauft. Alle maurischen Kinder unter 10 Jahren wurden an christliche Familien zur Adoption gegeben. Das herrliche, blühende Granada hat von 200.000 Einwohner gerade noch 40.000 und das sind auch nur heruntergekommene Abenteurer aus dem Norden, die als einzige Daseinsberechtigung ein Silberkreuz tragen. Von mir aus können diese Schiffe da unten in der Dschehenna braten."

Wir schwiegen betreten, dann räusperte ich mich.

„Wie wäre es, du bestraftest den König und nicht die Seeleute da unten, die gar nichts damit zu tun haben?"

Fatima wollte etwas Heftiges erwidern, als neben ihrem Teppich die bekannte goldene Wolke erschien.

„Dich habe ich überall gesucht“, sagte Maria atemlos zu Fatima. Meines Wissens war es das erste Mal, dass sie das Wort an die andere Göttin richtete. Sie war in Schwarz gekleidet, der Trauerfarbe der Christen.

„Was willst ausgerechnet du jetzt hier“, zischte Fatima wütend. „Wie kannst du es wagen…?“

„Ich weiß, was die Kastilier deinen Gläubigen angetan haben. Glaub nicht, dass ich das gutheiße. Allein dafür wird König Philipp sehr lange im Fegefeuer schmoren müssen.“

„Woher denn dieser Sinneswandel?“ fragte Fatima misstrauisch.

Maria lächelte traurig. „Als wir uns im Heiligen Land gegenüberstanden, waren unsere Heere gleich stark und die Krieger gleich gut oder schlecht, doch jetzt sind deine Leute wehr- und hilflos. Sie sind weder eine Gefahr für die Spanier noch für die Kirche. Philipp handelt nicht in unserem Namen, auch wenn er ihn dafür missbraucht.“

„Das ist wirklich unsportlich“, kommentierte ich.

Für den Bruchteil von Sekunden fixierten mich zwei wütende Augenpaare gleichzeitig, um sich dann wieder abzuwenden.

„Na schön“, murmelte Fatima. „Was wirst du tun?“

„Was ich immer getan habe, die Toten beweinen und die Gerechten in den Himmel führen. Ich kann nicht finden, dass du etwas anderes tätest. Die Menschen müssen schon mit sich selbst zurechtkommen.“

Damit verschwand sie aus unserer Mitte, gefolgt von einer noch immer gestikulierenden Fatima.

Rosi und ich wechselten einen erstaunten Blick.

„Jetzt weißt du Bescheid“, grinste meine Schwester. Ihr rotes Haar flatterte im Wind. „Nun küss schon deinen Guzmán, dann haben wir alle Ruhe.“

„Jetzt erst recht nicht“, erwiderte ich und blickte nach unten.

Die Armada näherte sich nun Cornwall, an der äußersten Westseite Englands. Eigentlich müssten die Spanier die Schiffe Francis Drakes schon sehen können. Das Verhältnis stand genau 3:1. Wie ein Adler stieß ich runter zu Alonso.

„Greif an, mein Liebling. Dies ist deine Chance. Jetzt oder nie."

Mein Herzog ergriff sein Fernrohr und musterte den Horizont, an dem er nichts sehen konnte und gab trotzdem schon die ersten Befehle, die Geschütze klar zu machen, als eine Stimme in seinem Rücken ihn aufhielt.

„Was soll das denn jetzt werden, verehrter Medina Sidonia? Hatte unser König nicht angeordnet, die *Tercios* aus Flandern aufzunehmen, bevor wir die Feinde angreifen?"

„Der König befindet sich nicht an Bord", erwiderte Alonso ärgerlich. „Er konnte nicht voraussehen, dass sich hier eine günstige Gelegenheit bietet."

Valdés schnurrte wie eine Katze, als er den Jüngeren maßregelte.

„Abgesehen von dem Vergehen der Majestätsbeleidigung, würde ich doch allzu gern wissen, woher Ihr so sicher seid, dass dies eine Gelegenheit ist. Man sieht doch nichts."

„Die englische Flotte befindet sich da vorne", antwortete Alonso ruhig. „Wenn wir alle sie sehen, ist es zu spät, sie zu versenken."

Valdés Grinsen verstärkte sich. „Darf man fragen, woher Ihr Euer, sagen wir *Spezialwissen* nehmt? Sind das am Ende gar die Ergebnisse Eurer seltsamen Visionen, die Euch so häufig heimsuchen?"

Erst als ein schwarz-weiß gekleideter Dominikaner an Valdés Seite auftauchte, wurde mir klar, worauf das Ekel hinaus wollte. Und ebenso schnell musste es Alonso klar sein. Valdés hatte ihn bespitzeln lassen und vom Personal erfahren, dass der Herzog des Nachts mit Geistern und Dämonen Zwiesprache hielt. So etwas musste ihn natürlich in den Augen der anderen verdächtig machen. Alonso war solchen Anschuldigungen gegenüber wehrlos. Da half ihm auch seine angeborene Arroganz nicht weiter.

Nun gab es ein echtes Kompetenzgerangel. Valdés benutzte die Anwesenheit der Kirche dazu, des Herzogs Befehle zu widerrufen.

Die beiden Flotten glitten unaufhaltsam aufeinander zu. Doch Drake, der die Zahlen wohl kannte, ließ die untätige Armada bei Plymouth passieren und in den Kanal hineinsegeln.

In der Zwischenzeit hatte ich eine ernste Diskussion mit meinem Vater, der noch immer stocksauer wegen der Steineichen war.

„Weißt du, wie viele Jahrhunderte die brauchen, um zu wachsen?“ fragte er mich wutentbrannt. „Einige von ihnen haben schon die Westgoten erlebt.“

„Ja, ja“, murmelte ich. Botanik war irgendwie nicht mein Fach. „Du könntest doch zur Abwechslung mal einen meiner Lieblinge beschützen.“

„Was willst du, dass ich sein Leben beschütze oder die Armada? Beides kannst du nicht haben, denn Thor...“

„Sein Leben“, entgegnete ich schnell, bevor mein Vater es sich anders überlegte. Den Satz mit Thor hatte ich unglücklicherweise überhört.

Odin musterte mich etwas seltsam, so als zweifle er an meinem Verstand, dann beendete er den Satz, den ich nicht hatte hören wollen.

„...hat sich nun auch einmal verliebt und er kann seiner Heldin sehr wirksam dienen.“

„Was meinst du damit?“

„Du hast gewählt und es sei, aber heul mir hinterher nicht vor, dass du es so nicht gewollt hättest.“ Damit zog er seinen Hut ins Gesicht und preschte auf Sleipnir davon.

Ich ahnte Fürchterliches. Was war das für eine Bemerkung mit Thor? Sicherlich habe ich schon einmal erwähnt, dass sich Thor um die Heldinnen kümmert und diese persönlich nach Walhall bringt, aber soweit mir bekannt, befand sich keine Frau an Bord dieser Schiffe. Was sollte das also heißen?

Der Himmel hatte sich inzwischen verdunkelt und das Meer begann, unruhiger zu werden. Im Kanal türmten sich die Wellen. Die schwerfälligen Galeonen segelten mit voller Kraft an der Küste Frankreichs entlang, die Feinde jetzt im Rücken. Drake hatte seine Flotte wenden lassen und verfolgte die Spanier nicht nur, sondern schloss sie auch von der Meerseite her so ein, dass sie dicht an die Küste gedrängt wurden. Das Wetter wurde zunehmend schlechter und die Spanier griffen immer noch nicht an. Ihr Gegner wäre auch jetzt nicht mehr zu fassen gewesen. Sie segelten nicht in Flottenformation, sondern kreuzten munter in lang gestreckte Linie dicht neben den Galeonen. Sie waren kleiner, wendiger und voller perfider Tricks. Vergeblich versuchte Alonso sich die kleinen Schiffe vom Halse zu halten, indem er sie beschoss. Das unruhige Meer sorgte dafür, dass die Kanonenkugeln im Wasser aufschlugen. Plötzlich bekam es die spanische Flotte mit noch einem anderen Feind zu tun: Dem Feuer.

Die Engländer sandten kleine brennende Kähne gegen die Schiffsrümpfe der großen Galeonen, die nicht ausweichen konnten. Es war eine einzige Katastrophe.

Mein Liebling hatte jetzt Loki und Thor gegen sich, der sich nicht an sein Versprechen gehalten hatte. Es war schon bald klar, dass die Armada Ostende und damit die Verstärkung aus Flandern niemals erreichen würde. Das Flaggschiff war von Drakes Piratenschiffen eng umzingelt, aber Odin sei Dank, hatte sich Alonso direkt nach der Auseinandersetzung mit Valdés, die unter anderen Umständen mit einem Duell geendet hätte, auf sein eigenes Schiff begeben.

Ich stand inmitten des Sturmes auf dem Oberdeck und brüllte ihm zu.

„Nach Calais, wenn du deine Männer retten willst."

Alonso gab den Befehl, ohne zu zögern, an seinen Steuermann weiter. Wenn er zuvor noch Zweifel an meinen Ratschlägen gehabt hatte, so war ihm seit Plymouth jedenfalls klar, dass man besser auf mich hörte. Hier gab es auch keinen Pfaffen mehr, der ihn belauern konnte. Die hingen alle spuckend über der Reling, seit Thor das Meer in Bewegung gebracht hatte. Unter diesen Wetterbedingungen war offensichtlich, dass keine Hilfe aus Flandern kommen und keine geregelte Seeschlacht geführt werden konnte. Die unbesiegbare Armada war besiegt, bevor es zur Invasion Englands kommen konnte. Immerhin war es nicht der Herzog Medina Sidonia, der Francis Drake den Degen als Zeichen seiner Unterwerfung überreichen musste. Mit Alonsos Flucht nach Calais, hatte ich dafür gesorgt, dass diese zweifelhafte Aufgabe Pedro de Valdés vorbehalten blieb.

Unwürdig! Ein ordentlicher Held stürzt sich eher in sein Schwert, als sich so zu demütigen! Hätte Drake von Alonso seinen Degen verlangt, wäre wahrscheinlich genau das passiert.

Doch nun hatte der Herzog ein gewaltiges Problem. Der Kanal war abgesehen von den Riesenwellen durch die englische Flotte blockiert, an eine Invasion Englands folglich nicht mehr zu denken, und es blieb nur die ebenso mühselige wie wenig Ehre einbringende Aufgabe, die verbliebene Armada heil nach Spanien zurück zu führen.

Alonso entschied sich für die einzig mögliche Route, nämlich die ganze Insel England auf der Ostseite einmal zu umrunden und dann zwischen England und Irland hindurch wieder nach Hause zu segeln.

Ich wollte es jetzt wissen. Thor stand auf einer der größten Gewitterwolken und schleuderte Blitze in rascher Folge auf den Kanal mitten im August.

„Aufhören!" schrie ich aus vollem Hals und biss ihn in den muskulösen Arm, der den Hammer Mjöllnir hielt.

„Was soll das eigentlich? Hast du dich mit Loki verbündet? Warum hast du mich belogen? Was habe ich dir getan?"

Thor ließ den Hammer fallen, ob vor Schreck oder vor Schmerz weiß ich nicht, dann sah er mich schuldbewusst an.

„Als ich das Versprechen gab, hatte ich ja auch noch keine eigenen Verpflichtungen."

„Dumme Ausrede. Versprechen hält man und basta."

Doch Thor hatte ein seltsam abgeklärtes Lächeln auf den Lippen, das ich an ihm nur selten sehe.

„Ich habe jemanden für Walhall begeistern können", sagt er dann. „Sie ist rothaarig, weißhäutig und hat grüne Augen."

„Aha?"

„Sie braucht meine Hilfe."

„Thor, mein lieber Trottel. Da unten ist keine Frau an Bord und du hast meinen Alonso fast ertrinken lassen", konterte ich wütend. Diese Einfältigkeit regte mich langsam auf.

„Aber wenn die Spanier an Land gehen, ist sie in Gefahr. Dein verehrter Alonso würde sie eigenhändig erdolchen, wenn er die Möglichkeit hätte, und das kann ich nicht zulassen, Schwester."

„Von wem reden wir eigentlich?" fragte ich noch wütender.

„Elizabeth, die Tudor Rose", entgegnete Thor selten galant. „Du bist aber auch wirklich langsam manchmal, wo ihr euch doch alle immer für so schlau haltet. Und jetzt, Schwester, stör mich nicht bei der Arbeit." Er hob erneut seinen Hammer.

Ich fühlte mich, als hätte mich selbst soeben einer seiner Blitze getroffen.

Wenn Thor die englische Königin liebte, war die Armada noch lange nicht außer Gefahr, denn dann stellte sie so lange für England eine Bedrohung dar, wie sie dessen Küsten umsegelte.

„Thor", flehte ich jetzt. „Tu das nicht. Die segeln nur nach Hause, wirklich. Niemand ist mehr in Gefahr. Lass sie ziehen, bitte!"

„Damit sie morgen wieder kommen? Nein! Du glaubst immer, allen trotzen zu dürfen, weil du ja so klug bist und Papas Liebling. Vergiss es. Kannst ja mal beweisen, was Klugheit gegen meine Kraft bewirken kann. Meiner Meinung nach wird das Hirn immer gewaltig überschätzt."

Hiermit wandte er sich ab und schleuderte wieder eine Hand voll Blitze auf den Kanal hinab.

Hier war nichts mehr zu machen. Ich hatte keine Macht über die Elemente, ich konnte nur meinem Helden beistehen, der die entsetzlichste aller Seefahrten vor sich hatte.

Thor hetzte die Armada wie ein Hasenrudel um die Insel. Die Wellen bildeten sogenannte Kavenzmänner, Wellen, die gegeneinander laufen und sich dann beim Zusammenprall von Wellenkamm auf Kamm verdoppeln. Ein ums andere Schiff versank in den brausenden Fluten, die Männer ertranken oder erfroren im Nordmeer. Die wenigen, die es ans Ufer schafften, wurden dort von einer hasserfüllten protestantischen Bevölkerung augenblicklich niedergemacht.

Monatelang, von August bis Oktober, musste Maria ihre ertrunkenen oder ermordeten Gläubigen aus den Fluten oder von den felsigen Stränden bergen, sie hatte Tag und Nacht Dienst.

„Das ist der Lohn für die Sünden der Menschen, ihre Eitelkeit und Hybris", sagte sie, als wir uns an der Ostküste wieder begegneten.

„Das ist das Werk meines Bruders", klärte ich sie auf. „Ich habe versucht, es zu verhindern, glaub mir."

„Daran siehst du nur, dass sich Götter nicht einmischen sollten. Die Menschen haben ihren eigenen freien Willen."

„Das ist ein Märchen, das eure Priester ihnen erzählen. Wie viele Freiwillige, glaubst du, sind auf den Schiffen? Nicht mal mein Herzog, der da ausgezehrt und in verdreckten Kleidern auf der Brücke hängt, hat sich das ausgesucht. Frei sind sie nur in der Wahl des Todes und selbst das versagt ihr ihnen, indem ihr den freiwilligen Abgang als Sünde bezeichnet."

„Ja sterben denn nicht schon genug da unten?" fragte Maria schockiert. „Wenn dein Opfer und toller Held, den ich übrigens noch nicht verloren gebe, sich in seinen Degen gestürzt hätte, wer sollte die anderen dann lebend nach Hause bringen?"

Na ja, viel bekam mein Schützling gerade selber nicht auf die Reihe. Das Nordmeer drückte mit seiner bleigrauen Farbe und seinen kalten Nebeln gewaltig auf sein andalusisches Gemüt. Er hungerte und litt Durst wie alle seine Männer, aber er behielt zumindest so weit den Überblick, als dass er Karten lesen konnte und trotz der Stürme bald besser mit dem

Kurs und den Himmelsrichtungen zurechtkam als der Steuermann. Die Gene sind die Gene, dachte ich stolz, als ich sah, dass Alonso trotz der Kälte nicht in die Wärme seiner luxuriösen Kajüte flüchtete, sondern unermüdlich den Horizont und das Ufer im Auge behielt.

Sie konnten nicht an Land gehen, da kein Engländer auch nur einen Laib Brot freiwillig herausgerückt hätte. Zum Piratentum aber fehlte den Spaniern jede Erfahrung und vor allem die Einstellung. Lieber hungerten sie, als ein Küstendorf einfach auszurauben. Kein Wunder, dass die Kampfkraft und Moral der Männer bei faulig schmeckenden Eintöpfen und sauer gewordenem Wein immer weiter sank.

Als sie Irland im September umsegelten und endlich wieder südwärts ziehen konnten, kamen ihnen von Norden auch noch riesige Eischollen in die Quere, die Thor, noch immer nicht fertig ausgetobt, ihnen noch zusätzlich auf die eisigen Wellen türmte.

Täglich mussten tote Seeleute im Meer bestattet werden, während Alonso mit seinem Schicksal haderte.

Als die Armada endlich im Oktober die nordspanische Küste erreichte, waren von ihren stolzen Schiffen noch 66 übrig, weniger als die Hälfte, und was noch schlimmer war, von den 30.000 Mann Besatzung kehrte gerade mal ein Drittel zurück. 20.000 Mann waren von Maria aus den Fluten und von den Küsten Englands geholt worden.

Alonso hätte sich spätestens jetzt, beim Anblick der spanischen Küste ebenfalls gern in die Fluten gestürzt, um diese Schande nicht erleben zu müssen, aber dazu war er gerade nicht in der Lage. Ein schweres Fieber hielt ihn in seiner Koje fest und sorgte dafür, dass er bei der Landung nicht allzu viel mitbekam.

Das war auch besser so.

Niemand liebt Verlierer, kein König oder sonstiger Machthaber erinnert sich an Befehle, die negative Folgen hatten. In solchen Fällen wird von mangelnder Eigeninitiative geredet, auch wenn diese noch vor der Mission verboten oder vereitelt worden war. Es hatte auch niemand Worte des Lobes dafür, dass überhaupt noch Schiffe und 10.000 Mann heimkehren durften.

Die Geschichtsschreibung sorgt dann spätestens dafür, dass der Verlierer auch gleichzeitig als dumm, unfähig und verabscheuungswürdig dasteht. Diese Art der Berichterstattung ist seit dem Sieg der Römer über Karthago leider gängig.

Immerhin, Papa hatte Wort gehalten. Alonso de Guzmán erholte sich wieder. Er war jung und widerstandsfähig.

Vom Hof und von Philipp hatte er so gründlich die Nase voll, dass er seine Ländereien den Rest des Lebens nicht mehr in Richtung Kastilien verließ.

Odin beschützte ihn gegen alle Widrigkeiten, als da wären Jagdunfälle, Krankheiten bis hin zu Intrigen mit Giftattacken noch 27 Jahre lang, gerade so, als wolle er mir nun zur Strafe für meinen ausgefallenen Wunsch den Helden für Walhall verweigern und dem armen Kerl einen Strohtod bescheren.

Immerhin war er im Jahr 1615 soeben 65 Jahre alt geworden.

Er war noch immer attraktiv, sein eisgraues Haar dicht und glänzend, seine schwarzen Augen leuchteten voller Zorn und Verachtung. Ich hatte ihn zwar von Zeit zu Zeit besucht, die letzten Jahre aber trotzdem sehr vernachlässigen müssen, da meine Arbeit mich an regelmäßigen Abstechern nach Spanien hinderte.

Wie so oft war er auch jetzt recht ungemütlich mit mir, als ich ihn des Nachts aufsuchte.

Meinen Kuss auf die Stirn schien er nicht zu spüren oder nur lästig zu finden.

„Valkiria!“

Wieder dieser erboste Unterton.

„Du hast mir Walhalla versprochen, und nun werde ich stattdessen alt und gebrechlich. Meine Söhne haben schon ihrerseits Söhne. Keiner braucht mich mehr. Was soll das?“

„Hättest du dir kein langes Leben gewünscht, wenn du hättest wählen können?“ fragte ich bedrückt. „Normalerweise wollen das doch heutzutage alle Menschen.“

„Langes Leben“, schnaubte der Herzog. „Kennst du mich noch immer so wenig? Ich hätte mir gewünscht, England zu erobern. Dafür wäre ich sofort bei der Landung gestorben, wenn nötig. Wozu soll dieses lange Leben gut sein? Hattest du als Göttin nicht die Macht dazu, mir diesen Sieg zu gönnen?“

„Ich musste mich entscheiden, Sieg der Armada oder dein Leben“, erwiderte ich und brach in Tränen aus.

Er sah mich nachdenklich und irgendwie auch erschrocken an.

„So verdanke ich mein Unglück der Liebe einer Göttin? Seit wann gibt es Götter, die einen Menschen lieben? Wenn ich das meinem Beichtvater erzählen würde, wäre ich ein Fall für die Inquisition.“ Er war wieder ungeheuer wütend.

„Ich glaube, ich sollte endlich in den Schoß der Kirche zurückfinden“, fügte er dann ganz bewusst mit der Absicht, mich zu kränken, an.

„Du bist grausam, aber du wirst dich vor solch einer Dummheit hüten“, entgegnete ich heftig.

„Unter einer Bedingung“, fauchte er. „Bring mich endlich nach Walhalla.“

Nun war also der Moment der Wahrheit gekommen.

„Nichts einfacher als das“, erwiderte ich mit klopfendem Herzen. „Stürz dich in dein Schwert.“

„Wie bitte?“

„Wie du gehört hast. Du kannst den Göttern diese Arbeit nicht abnehmen. Sterben musst du noch selbst.“

„Die Kirche lehrt uns aber, dass Gott uns zu sich ruft, wenn unsere Stunde schlägt. Darum darf man Gottes Willen auch nicht zuvorkommen.“

„Und, hat er gerufen? Wie ich sehe, tut er das nicht. Odin hat dir scheinbar ewiges Leben gegeben, um mir eine Lektion zu erteilen.“

Alonso schritt unruhig auf und ab.

„Jetzt ist es aber genug der Blasphemie“, sprach es aus dem Dunkel des Schlafzimmers. Maria stand da und sah den Herzog mit strenger Miene an.

„Wenn Gott einen Menschen leiden lässt, dann hast du, Sterblicher, dies zu akzeptieren und als Prüfung zu tragen. Alonso de Guzmán, kehre dich endlich von diesen Horrorgöttern ab und nutze die verbliebene Zeit, um deine Sünden zu bereuen, und dich auf das Himmelreich vorzubereiten. Verfalle nicht der Schlimmsten deiner Sünden, der Überheblichkeit, wozu diese Person, die du zu sehen glaubst, dich verleiten will. Leg den Dolch beiseite. Sei ein gehorsamer Christ und gefährde nicht dein Seelenheil."

Vielleicht war es ein Fehler, den Stolz des Herzogs so zu verletzen, vielleicht war es auch die Tatsache, dass Maria ungewollt zugab, dass Alonso nicht an teuflischen Visionen litt, er nahm den Dolch nur umso entschlossener in die Hand, setzte ihn an sein Herz und stach mit aller Kraft zu.

Es war kein leichter Tod und sah auch ziemlich schrecklich aus, als das Blut über seine kostbaren Samtkleider floss.

Aber kein jammernder Priester störte, kein Familienmitglied oder auch nur Lakai konnte wehklagen, während ich ihn in meinen Armen hielt.

Maria wandte sich ab, noch bevor sich Alonsos Astralleib erheben konnte. Sie war über diesen Selbstmörder empört, ich aber bedeckte ihn mit Küssen.

„Alonso, Geliebter, endlich!"

Seit Uhle hatte ich keinen Sterblichen mehr so begehrt.

Er war jetzt natürlich wieder jung und stark, und seine feurigen Augen strahlten.

„So ist es also wahr, ich habe mir das alles nicht eingebildet", seufzte er erleichtert. „Die Kirche hat mir oft genug ganz schönen Schrecken eingeflößt."

„Du warst immer sehr mutig", bestätigte ich und reichte ihm das Trinkhorn. „Hier, probiere mal. Das kennst du bestimmt nicht."

Als wir im Wagen saßen, küsste ich ihn erneut und endlich erwiderte er meinen Kuss in einer leidenschaftlichen Umarmung.

Fast sein ganzes, langes Menschenleben hatte ich darauf gewartet. Wenn dieser in Liebesangelegenheiten erfahrene Mann sich jetzt nicht mehr beherrschen konnte, sollte mir das auch recht sein. Thor wäre diesmal weit weg, aber Alonso...

„Sag mal, Valkiria“, meinen Namen konnte er nicht aussprechen, „Du bist doch ebenso *Virgo* wie die Jungfrau Maria?“

„Natürlich.“

„Dann ist es auch ebenso verboten, dich anzurühren, nicht wahr?“

Ich stöhnte frustriert auf und warf provozierend meinen Brustpanzer von mir. Er konnte jetzt meine vollkommene Gestalt fast hüllenlos bewundern.

„Bist du ein Heiliger?“

Alonso bedeckte mich mit Küssen und warf dann schwer atmend seine Capa über mich.

„Ich nicht, aber du. Sieh mich bitte nicht so böse an, ich bin ein *Caballero*, dem es nicht einfallen kann, die Ehre einer Göttin zu beflecken.“

Vorsichtig küsste er meine Hand und zupfte die spanische Capa, den Rittermantel zurecht, der ihn schon an Bord seines Schiffes bekleidet hatte. Dann leerte er das Methorn in einem Zug.

Natürlich konnte ich ihm nicht länger böse sein und brach stattdessen in Tränen aus, die noch liefen, als wir schon in Walhall ankamen. Nicht einmal die Aussicht auf 50 Jahre ohne Loki konnten sie zum Versiegen bringen.

Seit dieser Geschichte jedenfalls lehne ich es ab, Mittelmeer West noch einmal zu übernehmen oder irgendein Abenteuer, in das ein gläubiger Spanier auch nur verwickelt sein könnte und Papa hat in dieser Hinsicht einmal Verständnis bewiesen und es auch nicht von mir verlangt.

Mein wundes Herz verlangte jetzt erst recht einmal wieder, Uhle zu sehen, aber der Zauberer befand sich in Räumen, zu denen ich keinen Zutritt hatte und war erneut im Tiefschlaf, als ich meinen Vater anflehte, eine Ausnahme zu machen.

„Vergiss nicht, dass die Zeit für ihn anders vergeht als für dich. Stürz ihn nicht in Verwirrung oder Zweifel. Das hat er nicht verdient“, ermahnte mich mein Vater eindringlich. „Er weiß noch nicht mal, dass keiner auf der Erde mehr weiß oder versteht, was er einst gewusst hat.“

„Und wie lange bleibt das so?“

Odins eines Auge verschleierte sich. „Frag Baldur“, antwortete er mystisch. „Er nennt das inzwischen *Jüngster Tag* oder auch *Gericht*, wir bleiben natürlich bei dem schönen Wort *Götterdämmerung*. Bis dahin raufen, zechen oder vögeln die Helden hier je nach Laune. Dann aber brauche ich sie alle für den Kampf gegen das Böse.“

Mir ging ein Licht auf, als ich die gleichmäßigen Züge meines Geliebten betrachtete.

„Uhle tut nichts dergleichen, nicht wahr?“

„Natürlich nicht“, antwortete mein Vater knapp und führte mich weg von seinem Lager.

Helden mit Feder

Nach dieser Geschichte ging ich sehr bedrückt nach Hause. Wir hatten kein neues Treffen ausgemacht, weil ich mir nicht sicher war, ob ich die Walküre noch einmal sehen wollte.

Aber mit Uwe musste ich sprechen. Das ließ sich nun absolut nicht mehr vermeiden. Zu seinem größten Erstaunen schleppte ich ihn tatsächlich eines Sonntags in die Messe, und als er mich nach dem Grund meiner plötzlichen Frömmigkeit fragte, gab ich an, Albträume gehabt zu haben.

„Seltsame Träume habe ich auch oft", gab er dann zu, „aber die sind eher angenehm."

Misstrauisch sah ich ihn an.

„Darin kommt nicht zufällig eine große blonde Frau vor, mit blauen Augen und Haaren bis auf die Taille?" fragte ich gespannt.

Uwe schüttelte den Kopf. „Das ist jetzt nicht wie du denkst, Liebste…"

„Schon klar."

Verdammt, ich musste das Gespräch so führen, dass er nicht meinte, ich hätte einen Eifersuchtsanfall, denn dann würde er dicht machen und nichts wäre gewonnen.

„Ich meine, Träume kann man sich schließlich nicht aussuchen. Ich wette, du hast diese Frau im wirklichen Leben noch nie gesehen", beeilte ich mich zu sagen.

„Nein, tatsächlich nicht. Woher weißt du das? Außerdem trägt sie absolut rasende Klamotten, also wie kein Mensch, den ich kenne. Rüstungen mit vielen kleinen Silberschuppen, manchmal mit Helm, manchmal ohne. Dazu ist sie fast immer schwer bewaffnet. Solche Frauen kommen nicht einmal in Actionfilmen vor."

„Was passiert denn mit dir in diesen Träumen?“ fragte ich bange.

Uwe war das Thema sichtlich peinlich. Er errötete sogar.

„Sie küsst dich auf die Stirn“, spekulierte ich.

Hätte ich nur meinen Mund gehalten, denn jetzt sprang Uwe vom Sofa auf, holte sich ein Bier, hechtete ans Telefon und rief den nächstbesten Freund in irgendeiner unwichtigen Angelegenheit an.

Unser Gespräch war beendet, bevor es ganz begonnen hatte.

Meine Freizeit verbrachte ich nun mehr denn je am Computer, denn ich schrieb die Geschichte der Walküre, und je weiter sie gedieh, desto mehr wurde mir klar, dass ich doch noch mehr hören wollte. Was zum Beispiel wurde aus den Walküren, als das Mittelalter vorbei war und die Zeit der Aufklärung begann? Was dachte Waltraud über Descartes?

Im Sommer machten wir Urlaub in Spanien, nicht zuletzt, weil ich mir Waltrauds geliebte Spanier ansehen wollte. Und als diese herrliche Zeit vorbei war, waren auch meine Ängste, was Uwe betraf, auf ein winziges Restelend zusammen geschmolzen.

Gestärkt an Leib und Seele kehrte ich zu meiner Arbeit in der Altstadt zurück, wo Mona ihre anfängliche Begeisterung über meinen Erfolg längst überwunden und zur üblichen Nörgelei zurückgefunden hatte. Aber Hilmaz, Olga und ich waren inzwischen ein gutes Team geworden, so dass wir nicht nur passiven Widerstand leisteten.

Meine Überraschung konnte kaum größer sein, als ich am dritten Arbeitstag aus dem Laden trat und mitten auf der Straße, die wohlbekannte Figur Waltrauds sah.

„Na, genug gelangweilt?“ begrüßte sie mich fast herzlich und versetzte mir einen Klaps auf die Schulter.

„Habe lange keinen Met mehr getrunken", grinste ich. „Lass uns gehen."

Selbst Alberich blinzelte freundlich, als wir in sein Lokal einfielen und ich all die Fragen stellte, die ich mir schon überlegt hatte.

Waltraud lachte und ließ sich auch gar nicht lange bitten.

Mit Alonso starb eine Sorte Helden, die es ab dann nicht mehr geben sollte: Ritter.

Die langen Haare fielen endgültig und die Rüstungen verschwanden. Nicht dass die Leute friedlicher geworden wären und keine mehr bräuchten, weit gefehlt. Die Waffen wurden grausamer und durchschlugen selbst den wunderbaren spanischen Stahl, und mit den feigeren Waffen kamen feigere Kämpfe.

Schusswaffen sind per se unromantisch, dazu sind sie auch noch saugefährlich. In Amerika erlaubt man ja jedem, damit in der Gegend herumzuballern. Die Betroffenen dieser sinnlosen Ballerei haben dann in jeder Hinsicht Pech gehabt. Sie sind nicht unbedingt Helden, sondern oft genug nur zufällige Opfer und müssen nicht nur ihr junges Leben beenden, sondern sich dann auch noch im Protestantenhimmel anöden.

Scherz beiseite, seit dem Verschwinden der Rüstungen und Schwerter hatten wir Mühe, ein neues Konzept zur Heldenauswahl auszuarbeiten.

Wie ich schon einmal erzählt habe, entdeckten wir ein Faible für Künstler.

Irgendwie logisch, wenn du drüber nachdenkst, Rockmusiker z.B. haben wenigstens wieder lange Mähnen, zum Zeichen ihrer Freiheit und ihres Protestes gegen Ordnung, Sauberkeit und andere bürgerliche Moral.

Den Leadsänger von Motörhead könnte man sich wahrhaftig sehr gut auf einem Wikingerschiff vorstellen und auch Deep Purples Ian Gillan wäre ein guter Kandidat. Den hole ich aber noch nicht ab, da ich seine Musik zu gerne mag. Mit Freddy Mercury dagegen hatten wir ernsthafte Probleme, wie sich jeder denken kann. Weil er unser aller Lieblingssänger war und selbst Odin ihn und seine Gruppe Queen beschützte, probierte Loki an ihm seine neuste Kreation: Den HIV-Virus, den alle seitdem fürchten.

Warum er ausgerechnet Freddy damit strafte, ist mir nicht ganz klar, wahrscheinlich hat das Ekel etwas gegen Homosexuelle.

Wir hatten jetzt jedenfalls ein Problem. Rossweiße und ich kloppten uns darum, den Sänger zu küssen, doch Odin meinte, das sei nicht in Ordnung, Freddy würde sich eher Thor wünschen. Mein Bruder lehnte dieses Ansinnen aber empört ab. Männer küssen keine Männer, wo kämen wir denn da hin.

„Mann, Thor", brüllte ich. „Wegen dir bekommen ihn am Ende die Christen."

„Du denkst immer nur an dich", maulte nun auch Rosi.

Wir schrien alle durcheinander, bis sich endlich eine Stimme herauskristallisierte.

„Ich mach das", meldete sich zur allgemeinen Überraschung mein Neffe Freyr. „Wenn ihr alle so engstirnig seid, bekomm ich eben das erste Autogramm und wir alle die beste Musik, die wir je in Asgard hatten. Immer nur Wagner wird ja auf die Dauer langweilig."

Wir Schwestern brachen in Jubel aus.

Als der traurige Tag für euch Menschen kam, wurde Freddy Mercury jedenfalls von Freyr geküsst und von uns im Triumphzug nach Walhall geleitet, wo er für uns eine echte Bereicherung ist.

Doch angefangen hatte unsere Begeisterung für Künstler noch vor den schrecklichen Arbeiten während der französischen Revolution. Seitdem kann ich keine Messerschneiden mehr sehen. Sie erinnern mich alle an die Guillotine und zahlreiche Überstunden. Die Blaublütigen hatten größtenteils nichts weiter verbrochen als eben jenes Blut zu besitzen. Sie hatten sich allerdings im Laufe der Jahrhunderte ziemlich weit von ihren traditionellen Aufgaben entfernt, als da wäre, die Heimat und die ihnen anvertrauten Menschen gegen Eindringlinge zu schützen und zu verteidigen, raufen, fechten, jagen, Kirchen stiften und Kunst und Wissenschaft fördern. Geblieben waren ihre Ländereien, Schlösser und Privilegien, die ihnen natürlich vom aufstrebenden Bürgertum geneidet wurden. Als die Bürger besagte Länder, Schlösser und Privilegien dann endlich für sich erobert hatten, wussten sie jedoch nichts so Rechtes damit anzufangen.

Zu geizig für Gelage und Jagdgesellschaften, zu strebsam, um bis Mittag in den Federn zu liegen, zu fantasielos für aufregende Liebschaften und erst recht zu feige für dramatische Duelle auf Leben und Tod, verfiel der Glanz der alten Zeiten unwiederbringlich.

Der einzige Lichtblick des Bürgertums sind seine Künstler, darin gebe ich Rosi zu 100% Recht.

Niemals gab es herrlichere Dichter, bessere Komponisten, Musiker und Maler als gerade zu der Zeit des erwachenden Selbstbewusstseins einer bürgerlichen Gesellschaft, wie es zum Beispiel Deutschland mit seinen verschiedenen Fürstentümern, Höfen und Mäzenen im 18. Jahrhundert war.

Auch unter den Künstlern gab und gibt es mehr oder weniger Mutige. In diesem Sinne war es nur natürlich, dass das Auge einer Walküre zwangsläufig auf den Rebellen Friedrich Schiller fallen musste.

Aufgewachsen in kleinbürgerlichen Verhältnissen und dann in eine strenge Militärschule gesteckt, hatte man den Hochbegabten zur Medizinerlaufbahn bestimmt, die damals leider im Allgemeinen jeder Zauber- oder Heilkraft entbehrte. Friedrich handelte wie viele seines Namens vor ihm: Er rebellierte.

Durch seine erste dichterische Tat, ein Schmähgedicht auf einen geizigen Wirt, der ihm etwas so Geringes wie ein Glas Milch verweigert hatte, wurde er selbst darauf aufmerksam, dass die Feder unter Umständen eine schärfere Waffe als selbst ein Degen sein kann.

Von da ab benutzte er sie in diesem Sinne und hatte bald nichts als Ärger am Leib. Sein erstes Bühnenwerk, die unvergessenen *Räuber* brachten ihm Gefängnisstrafe, Schreibverbot und Hunger ein. Da behaupte einer, Kunst sei ungefährlich!

Dies war der Moment, an dem ich mich leidenschaftlich für diesen neuen Typ Helden zu interessieren begann.

Die Portraits zeigen euch einen hübschen jungen Mann, schlank und hellblond, immer leicht schlampig gekleidet, von zarter Gesundheit und innerer Rastlosigkeit. Aber gerade diese nervöse Energie, die

Widerspenstigkeit sich irgendeiner Obrigkeit, einer anerkannten Meinung oder Mode zu beugen, machte ihn unwiderstehlich.

1784 war Friedrich 25 Jahre alt und wieder einmal völlig pleite.

Sein Vater, der sich fragte, wie er an solch einen Sprössling geraten war, hatte sich schon lange geweigert, für Schulden oder Bürgschaften, die liebende Frauenzimmer in ihrem Leichtsinn geleistet hatten, aufzukommen. Hier in Mannheim, hatte man immerhin den Mut gehabt, das revolutionäre Erstlingswerk *Die Räuber* aufzuführen. Als Lohn erhielt der Dichter die Erstattung der Reise- bzw. Fluchtkosten, woran man zum Ausgleich für diesen Mut wieder einmal die bürgerlichen Errungenschaften des Geizes und der alleinigen Wertschätzung des Materiellen bewundern konnte.

Friedrich schien das alles nicht zu kümmern, er war frisch verliebt und arbeitete an einem Werk, das als *Kabale und Liebe* einmal ebenso berühmt werden sollte wie *Die Räuber*. Einen kleinen Schönheitsfehler hatte die Sache. Der in dem Stück als ziemlich beschränkter Hofmarschall dargestellte von Kalb teilte seinen Namen wohl nicht zufällig mit dem Ehemann der Geliebten des Dichters.

Dies war natürlich sehr ungehörig. Nicht nur, dass der junge dichtende Habenichts einen alternden Adeligen zum Gehörnten machte, dann ließ er es auch noch so sehr an der nötigen Diskretion fehlen, dass die ganze Stadt hinter vorgehaltener Hand diesen Skandal genießen konnte. Keinen, der erlebt hat, wie der amerikanische Präsident Clinton an einer Büroaffäre scheiterte, wird verwundern, dass Friedrichs Vertrag, begabt oder nicht, am Mannheimer Theater im nächsten Jahr nicht mehr verlängert wurde.

Nun musste unser arbeitsloser Held also neue Bleibe und neue Liebe suchen. Er fand beides in Leipzig, wo er alsbald weitere Dramen, die ersten *Ästhetische Schriften* und von heutigen Schülern zu Unrecht gehassten langen Gedichte in Angriff nahm.

In den Werken wimmelte es zu meinem Erstaunen von griechischer Mythologie, so wie sie auch bei seinem Kollegen Goethe beliebt war. Ich war darüber sehr erbost. Wie, die längst verschollenen griechischen Götter wurden verherrlicht und von uns kein Wort?

Zeit, dem Kerl mal klarzumachen, wer sich eigentlich für ihn interessierte.

Was zog ich jetzt für eine erste Begegnung am besten an? Rüstungen waren out und Lederklamotten, an die ich mich inzwischen gewöhnt habe, noch nicht in.

Also versuchte ich es mit so einem pseudoantiken wallenden Gewand, das meine Reize bestens zur Geltung brachte. Ich wusste ja, dass Friedrich mit der herrschenden puritanischen Moral nichts am Hut hatte.

Nachts war er gut zu besuchen, da er dann zumeist in irgendeiner elenden Stube federbewehrt seine Wut und seinen Idealismus, verpackt in genialen Ideen, zu Papier brachte. Er rieb sich verwirrt die Augen, als ich vor seinen Schreibtisch trat, dann lächelte er wissend.

„Bist du Diana oder Aphrodite, schöne Göttin? Oder habe ich einfach nur zu viel über den Durst getrunken und bin übermüdet?"

Ich lächelte ihn an.

„Weder noch."

„Dann bist du Melpomene, die Muse der tragischen Dichtkunst. Das hätte ich mir ja denken können." Er sprang begeistert auf mich zu. „Komm, schönes Fräulein, du kommst wie gerufen, lass dich umarmen und küsse mich. Vielleicht geht es dann auch mit dem *Don Carlos* besser voran."

„Wenn schon Muse, dann Thalia, die Blühende, Muse der komischen Dichtung", entfuhr es mir.

Er hatte mich total überrumpelt, ich war auf so etwas einfach nicht vorbereitet. Zu dem Schreck der Verwechslung kam nun auch noch die Angst, dass er mir einen Kuss rauben könnte, der den Arbeiten am *Don Carlos* ein vorzeitiges Ende bereitet hätte.

Doch was ich im Scherz geantwortet hatte, nahm er nun für bare Münze.

„Komische Dichtung, sagst du? Willst du mir damit andeuten, dass meinen Werken der Humor fehlt? Oft genug wird mein mangelnder Respekt oder Ernst in meinen Dramen von allen Seiten kritisiert. Ich bräuchte, weiß Gott, eher Hilfe von Polyhymnia als von dir."

„Hättest du denn gerne mehr Talent zur Beweihräucherung von Machthabern?" fragte ich amüsiert. Das Spiel begann mir ungeheuren Spaß zu machen.

„Natürlich nicht“, entgegnete er wegwerfend. „Trotzdem, Thalia. Alles hätte ich verstanden nur deine Präsenz nicht.“

„Dann küsse ich dich besser nicht, sonst wird der *Don Carlos* noch eine Komödie“, lachte ich vergnügt.

„Ach ja?“ machte er herausfordernd. „Dann hör mal zu, was ich heute Morgen geschrieben habe, als mich die blöden Wäscherinnen mit ihrem Lärm bei der Arbeit störten:

Ich eile durch die Galerie
und - siehe da ! belausche
die junge Fürstin Eboli
in süßem Liebesrausche.
Jetzt sinkt sie an des Prinzen Brust,
mit wonnevollem Schauer,
in *ihren* Augen Götterlust,
doch in *seinen* – Trauer.

Schon ruft das schöne Weib Triumph,
schon hör ich - Tod und Hölle!
Was höre ich? - einen nassen Strumpf
geworfen in die Welle.

Und weg ist Traum und Feerei,
Prinzessin, Gott befohlen!
Der Teufel soll die Dichterei
beim Hemdenwaschen holen.

Ich muss zugeben, so gut hatte ich mich auf der Erde schon lange nicht mehr vergnügt. Kein Wunder, dass die Frauen diesen Mann liebten. Er war hinreißend und seine unsterblichen Gedichte waren es ebenso. Außerdem enthüllten sie mir etwas sehr Wichtiges: Die Christen brauchten auf diesen Mann nicht zu hoffen, der würde sicherlich lieber woanders hingelangen. Nur, wie brachte ich ihm bei, dass Walhall nicht der Olymp war?

Während ich ihn noch nachdenklich ansah, hatte er schon seine eigenen Schlüsse bezüglich seiner Dichterei gezogen.

„Du schweigst, wahrscheinlich willst du mir nur nicht sagen, dass du mich schon letzte Nacht im Schlaf geküsst hast, ohne dass ich es bemerkte. Auch gut. Aber du könntest mir trotzdem mal gelegentlich deine Schwestern schicken."

Wenn einer von sich überzeugt ist, dann ist dagegen kein Kraut gewachsen. Ich schüttelte ärgerlich den Kopf.

„Merk dir dies, Sterblicher. Mit den Gaben der Götter spielt man nicht und man verhandelt nicht um sie. Für dich bin ich zuständig, ich allein, verstanden? Selbst wenn du alle deine Dramen schlecht ausgehen lässt! Gute Nacht."

Ich befand mich in einer ziemlich dämlichen Lage. Es war fast unmöglich, dem jungen Dichter klarzumachen, wer ich eigentlich war. Er war so sehr davon überzeugt, es zu wissen, dass er seine Schriften in einem Leipziger Zirkel herausgab, den er gehorsam, wie er glaubte, nach mir *Thalia* benannte.

In gewissem Sinn war das alles auch gar nicht so falsch, wie es in meinen Ohren klang. Wir Götter sind natürlich alle Musen, die die Menschen zu ihren religiösen oder künstlerischen Werken inspirieren. Kein Gott hat je ein Bild gemalt, eine Symphonie komponiert oder gar die Edda oder die Bibel geschrieben. Es sind die göttlichen Anteile in den Menschen selbst, die sie unter unserer Führung zu solchen Leistungen anspornen.

In meinem Dilemma fragte ich Papa um Rat.

„Soll ich zur Aufklärung mein altes Walkürengewand anziehen und ihm das Nibelungenlied singen?" fragte ich zum Schluss.

Odin lachte.

„Aber nein. Wenn du das tust, stürzt du ihn in Verwirrung. Dieser Schiller braucht aber all sein Selbstvertrauen für seine herrlichen Werke. Dies sind andere Zeiten, wir müssen seine Dichtkunst fördern, wie wir früher Schlachtenglück gefördert haben. Du solltest ihn weder verwirren noch enttäuschen. Außerdem ist der Mensch sehr zerbrechlich. Pass auf, dass

Loki ihn nicht zu fassen bekommt, solch eine Begegnung würde er bei dem jetzigen Stand der Heilkunst wohl kaum überleben."

„Warum gibt es bei ihnen eigentlich keine vernünftigen Alchimisten, Magier oder heilkundige Hexen mehr?" fragte ich bekümmert.

Odin seufzte.

„Was die Inquisition nicht geschafft hat, fiel dem Puritanismus zum Opfer. Die wenigen verblieben Zauberer tun gut daran, sich unter der Maske der Bürgerlichkeit zu verstecken. Aber ganz auszurotten sind sie nie, keine Sorge, davon zeugen schon die zahlreichen Geheimgesellschaften, von Rosenkreuzern bis zu Freimaurern. Nur die Heilkunst haben sie mit ein paar löblichen Ausnahmen sehr vernachlässigt, da gebe ich dir recht."

„Warum hat Loki denn etwas gegen den armen Dichter?" fragte ich noch kurz vor dem Abschied.

„Weil Schiller eindeutig witziger ist als er selber. Das kann Loki wirklich nicht gut vertragen. Es nervt ihn, dass in der goldenen Halle niemand mehr seine Streiche kommentiert, sondern lieber aus den Werken deines Helden zitiert wird."

„Papa", flehte ich. „Halt mir Loki vom Leibe. Du kannst das, wenn du willst."

„Meinetwegen, die Sache ist wichtig genug. Ich stell den Drachen Nidhög zu Lokis Bewachung ab."

Immerhin schien mein Dichter den Templersatz vom freien Geist als Credo für sich selbst in Anspruch zu nehmen. In ungeheurer Fülle floss ein Drama nach dem anderen aus seiner Feder, während verschiedene Frauen allzu gern Titel, Vermögen und Reputation von sich schleuderten, um diesen Mann als ihren eigenen bezeichnen zu dürfen. Die diversen Väter gaben hierzu keine Einwilligung und so musste Friedrich sich weiterhin selbstständig und hungernd durchs Leben schlagen. In Jena bot man ihm eine Professur an, natürlich unbesoldet. Glaubten die Universitätsdekane eigentlich, dass Dichter von Nektar und Ambrosia leben konnten?

Vielleicht taten sie das, oder es war ihnen egal. Voller Entsetzen musste ich feststellen, dass die kalten Winter, ohne Heizung und fetter Nahrung dem ohnehin zu dünnen Dichter immer wieder auf die Lungen schlugen. So ging es nicht weiter. Friedrich brauchte endlich ein gesichertes Einkommen, und da der Kerl sich niemals so weit erniedrigen würde, für Geld zu schreiben, am besten gar Lobhudeleien zu verfassen oder aber einen Fürsten um Besoldung anzubetteln, blieb nur noch der Ausweg einer vorteilhaften Heirat. Friedrich würde aber auch nicht für Geld heiraten, er müsste schon über das für ihn normale Maß hinaus verliebt sein.

Da lernte Schiller endlich die richtige Familie kennen.

Frau von Lengefeld hatte zwei Töchter, Karoline und Charlotte, wovon erstere schon in zweiter Ehe verheiratet, während die jüngere noch zu haben war. Die Mutter war Witwe und selber sehr angetan von dem blonden Dichter, so dass also kein Vater störte, der etwas rationalere Erwägungen in die Heiratspläne seiner Familie hätte einbringen können.

Zu Schillers Unglück spielte uns aber Freyr mal wieder einen Streich, indem er beide jungen Damen in heißer Liebe zu Friedrich entflammen ließ.

„So wird die Sache spannender", kommentierte er lapidar. „Jetzt werden wir ja sehen, ob unser Sturm- und Drangdichter seinen eigenen Werken entspricht."

„Du willst ihn umbringen, Neffe", tadelte ich. „Jeder, der nur eine Unze Verstand hat, kann sehen, dass Karoline viel besser zu Friedrich passt. Sie ist selber Schriftstellerin und seiner leidenschaftlichen Natur näher als das unbedarfte Lottchen, aber nützen tut diese Verbindung keinem. Sie ist mit diesem Langeweiler von Beulwitz verheiratet, da kann es höchstens zu einem Skandal kommen. Du magst ja der Gott der Liebe sein, aber die Menschen leben nicht von Liebe allein, du Tor. Friedrich braucht warme Mahlzeiten und warme Decken."

„Eine Vernunftehe?" maulte Freyr. „Das ist ja sterbenslangweilig."

„Genau darum geht es", wandte ich ein. „Wollen wir nun noch mehr Schillerdramen oder nicht? Natürlich hat er es hier bei uns eines Tages besser, aber muss das schon jetzt sein?"

Meine Schwestern wurden so böse mit Freyr, dass sie ihm die übelsten Sanktionen androhten, wenn er sich nicht künftig von Friedrich und den Schwestern fern hielte.

Mein Neffe gab daraufhin klein bei, aber der Schaden war schwer genug auszubügeln.

Nächtelang beschwor ich meinen Helden, sich doch auf die Vorzüge der Charlotte von Lengefeld zu konzentrieren.

„Ein Drama, das nur in einem lächerlichen Duell mit Beulwitz um 3 Uhr morgens hinter der Kirche enden kann, ist deiner unwürdig“, flüsterte ich, „du brauchst Kraft, um an deinem *Geisterseher* weiter zu schreiben.“

„*Der Geisterseher* befasst sich mit dem Jenseits, wahrhaftig nicht mit komischer Dichtung“, wehrte sich Friedrich.

„Dein *Geisterseher* befasst sich mit mir und dir“, widersprach ich. „Auch, wenn du das jetzt nicht begreifst.“

Vielleicht war es nicht so gut, ihm diese Wahrheit zu offenbaren. Er geriet darüber in solche Verwirrung, dass er seinen Romanprinzen sagen lässt, dass er, zurückschreckend vor dem Geheimnis, dass hinter dem Tod stünde, sich lieber darauf beschränke, einen Botendienst zu versehen, wie ein Kurier mit einem wichtigen, aber geschlossenen Kuvert, als dass er wissen wolle, was drin stehe.

Immerhin wandte er sich Charlotte zu, indem er beiden Schwestern einen Brief schrieb, in welchem er seine Gefühle für beide, Verzicht und Annahme gleichermaßen begründete.

Dichter sein ist wirklich großartig, man kann mit Worten die schrecklichsten Tatsachen aufs liebenswürdigste zum Ausdruck bringen, ohne den Adressaten zu verletzen, man kann über mangelnde Gefühle elegant hinweg täuschen und bleibt doch in den Augen der Leser ein vollendeter Kavalier.

Immerhin diese Klippe war geschafft. Schiller heiratete das Lottchen 1789 und bekam eine Apanage ausgesetzt, die Frau von Stein als eine Art Almosen stiftete, um den Absturz des adeligen Fräuleins zu mildern (nicht etwa, um den Dichter zu ehren!). Es ist immer wieder erstaunlich, wie wenig den Menschen Genie und Talent gilt. Das muss daran liegen, dass diese Eigenschaften so derart selten sind, dass sie zwar erkannt werden, im Grunde der mittelmäßigen Herzen der anderen aber Groll und Neid auslösen.

Loki war auch so einer. Er gönnte es Schiller einfach nicht, endlich sorgenfreier zu leben. 1791 schickte er eine neue Plage auf die Erde: die Vibrionen und Spirochaeten. Hierbei handelt es sich um eine bösartige Bakterienart, die die Lungen besonders empfindlicher, sensibler und begabter Menschen angreift. Von Mozart bis zu Chopin wurden arme Künstler dahingerafft.

Schiller war eines der ersten Opfer. Seine Krankheit ließ die Ärzte ratlos an seinem Lager stehen. Die treuen Studenten, die sich in Nachtwachen abwechselten, wussten kaum mehr zu tun, als mit kalten Umschlägen das Fieber zu lindern. Friedrichs Zustand wurde bald so kritisch, dass im In- und Ausland schon die Nachricht von seinem Tod verbreitet wurde. Er war gerade erst 32 Jahre alt. Das war ein geeignetes Alter für einen Tod auf dem Schlachtfeld, aber katastrophal für einen Dichter voller Schöpfungsdrang. Ich musste handeln, und das war gar nicht so leicht. Nur Odin konnte Krankheiten wegzaubern und das tat er nur sehr selten, schon gar nicht bei Leuten, die ihn nicht kannten und daher auch nicht seine Hilfe erflehen konnten

Aktiv konnte ich keine Medizin zusammenbrauen, aber da kam mir die Tatsache zur Hilfe, dass Friedrich in seiner Jugend gegen seinen Willen hatte Medizin studieren müssen. Er war darin ungeheuer schlecht gewesen, seine Doktorarbeit musste er 2x schreiben, da er statt des geforderten Themas immer etwas anderes lieferte. Die erste Arbeit hieß: Über die *Philosophie der Physiologie*, die zweite sollte von Entzündungsprozessen handeln, doch der Rebell schrieb stattdessen: *Über den Zusammenhang der tierischen Natur des Menschen mit seiner Geistigen.*

Das war sicher aufregender gewesen, doch jetzt hätten ihm Kenntnisse über Entzündungsprozesse mehr geholfen. Die einzigen medizinischen Schulen seit dem Mittelalter, die ihm hätten helfen können, waren die Zauberschulen Paracelsus und Hahnemanns. Doch der eine war schon seit 2 Jahrhunderten in Walhall und der andere wurde, wie so oft, in seiner deutschen Heimat verkannt und begründete daher soeben in Frankreich statt in Deutschland die Grundlagen der Homöopathie. Bis heute werden beide Schulen nicht in dem Maße anerkannt, wie es den Menschen zu ihrer Genesung förderlich wäre, aber gegen die Unwissenheit der Muggelmehrheit ist ja bekanntlich sprichwörtlich kein Kraut gewachsen.

Nun musste ich Friedrichs Fieberträume nutzen, um ihn an Wissen zu erinnern, das er nie gehabt hatte. Ich hieß ihn Mercuriumsalze besorgen und durch einen Apotheker zerstoßen, reinigen und rekristallisieren.

Das giftige Quecksilber hätte ihn umbringen können, aber in der richtigen Verdünnung brachte es Lokis Bakterien zur Strecke.

Es musste seinen Zeitgenossen wie ein Wunder erscheinen, dass der totgeglaubte Dichter genas und seine Arbeit wieder aufnehmen konnte. Doch Friedrich wusste immer noch nicht so recht, wem er für seine Rettung dankbar sein sollte. Sein Weltbild hatte schweren Schaden genommen und er drohte mir, in vollständigen Nihilismus abzugleiten. Da entschloss ich mich doch für die Wahrheit und brachte sie ihm Stück für Stück nahe.

Friedrich nahm es besser auf als erwartet.

Seinen nächsten Aufsatz *Über den Grund des Vergnügens an tragischen Gegenständen* veröffentlichte er 1792 in einem Heft, das er ab dann *Neue Thalia* nannte. Es war ein Geheimnis zwischen ihm und mir. Der Öffentlichkeit gegenüber mochte die Umbenennung geringfügig sein, mir gegenüber deutete er an, dass er verstanden habe, ohne auf den Namen zu verzichten, den er mir nun einmal gegeben hatte.

In den folgenden Jahren entstanden die bekannten Werke *Wallensteintrilogie*, *Maria Stuart* und *Die Jungfrau von Orleans*, trotzdem stiegen weder seine Einnahmen noch besserte sich sein delikater Gesundheitszustand wesentlich. Zwar sorgte seine ehemalige Geliebte Charlotte von Kalb für eine ordentliche Wohnung in Weimar, zwar verdoppelte man sein Gehalt 1799 endlich auf 400 Taler, aber Friedrich vergaß immer wieder, die Medizin zu nehmen, an die ich ihn des nachts erinnerte, und prompt erkrankte er erneut so schwer, dass alle ihn verloren glaubten.

Ich musste zu Odin.

„Vater, was tue ich, wenn er einen Strohtod stirbt? Er hat keine Schwerter und Dolche, in die er sich stürzen kann."

„Da hast du Recht, und Runen kann er sich auch nicht auf die Wangen ritzen. Was bleibt, ist der freie Wille. Dies sind andere Zeiten, und neue Zeiten erfordern auch von uns Anpassung. Wenn er den Mut hat, dir zu folgen, dann darfst du ihn mitbringen."

Das war ein bedeutender Wendepunkt in der Geschichte und ein Glück für euch Sterbliche.

Friedrich brauchte dieses Glück auch schneller, als alle geglaubt hätten. Goethe, längst alt und berühmt und über kleinlichen Neid erhaben, hatte es zum Schluss übernommen, den Jüngeren zu fördern. Er war dann auch so ob Schillers labiler Gesundheit besorgt, dass er alle Arztkosten für seinen Kollegen übernahm. Umsonst, diesmal im Jahr 1805 konnte keine Medizin den Dichter mehr retten.

Ich küsste die Stirn des Fiebernden und strich über die blonden langen Locken.

„Es ist nun bald so weit. Diktiere deinen *Demetrius* einem Studenten. Alles andere strengt zu sehr an."

Doch auch das war schon nicht mehr möglich. Das letzte Werk, voll etwas diffuser Mythologie, die nicht mehr ganz griechisch aber noch nicht eindeutig als nordisch zu identifizieren ist, sollte unvollendet bleiben.

Er konnte mich nun deutlich sehen, als ich ihn anlachte.

Ein Student fragte, wie es ihm ginge und er antwortete.

„Immer besser, immer heiterer."

Dann endlich konnte ich ihn küssen und dorthin mitnehmen, wohin er gehört.

Goethe starb später mit den Worten „Mehr Licht." Da war ich nicht dabei, so kann ich euch also nicht erklären, was es bedeutet. Mein Verdacht ist, dass sich der seiner dunklen Geheimnisse entblößte Mephisto anschickte, den Verräter zu bestrafen, indem er ihn an einen sehr heißen Ort mitzunehmen gedachte. Nur das Licht, das Maria und Jesus verbreiten, hätte Goethe seiner Meinung nach davor retten können. Zu seinem Glück erbarmten sich aber die von ihm so gepriesenen griechischen Götter seiner. Frag mich bitte nicht, ob Pallas Athene, Aphrodite oder Hera, für mich sehen die in ihren gefältelten Bettlaken leider alle gleich aus, aber eine dieser Kolleginnen hat sich um ihn bemüht.

„Was würdest du eigentlich mit deinem kurzen Leben machen, wenn du frei entscheiden könntest“, fragte mich Waltraud am Ende ihrer Geschichte.

„Meinst du beruflich?“

„Klar. Dich von Mona anraunzen zu lassen, kann doch nicht dein Lebensziel gewesen sein.“

„Am liebsten hätte ich einen eigenen Laden, in dem man unabhängig von Modefarben den kompletten Regenbogen bekäme, wo ich meine Kundinnen nach Haarfarbe und Hautfarbe und Typ beraten könnte, damit sie nicht modisch, sondern schöner meinen Laden verließen. Aber leider ist das undenkbar. Dafür braucht man Startkapital und die Stadtsparkasse würde sich in diesen Zeiten totlachen, wenn ich darum ersuchen würde.“

Waltraud nickte.

„Man soll seine Träume niemals aufgeben. Wenn du sie immer wieder visualisierst, materialisieren sie sich irgendwann.“

„Wie in dem Buch über das Gesetz der Anziehung?“

„Law of attraction, ja, selten ist etwas geschrieben worden, das so sehr stimmt. Darum soll man sich ja auch nicht den ganzen Tag damit herumschlagen, ihn mit schlechten Ideen und Ängsten zu füllen, die können sich nämlich auch materialisieren. Wenn du immer darüber nachdenkst, was du nicht möchtest, wirst du genau das anziehen. Das Universum kennt nämlich kein *Nein*. Denk dran, was du willst, und damit hat sich die Sache.“

Als wenn das so einfach wäre.

„Wo hast du eigentlich im Sommer gesteckt?“ wechselte ich das Thema.

Jetzt überzog ein breites Grinsen Waltrauds Gesicht.

„Arbeiten natürlich. Dir hatte ich schließlich zu verdanken, dass ich hier meine Aufgabe nicht zu Ende führen konnte. Zur

Strafe bekam ich Nordamerika aufs Auge gedrückt. Au Mann, diese mit Hamburgern überfütterten Puritaner. Wenn sie wenigstens noch Cowboys wären wie früher, in knackigen Jeans und mit Knarre in der Hand…"

„Ich dachte, da sterben immer noch genug Leute durch Schusswaffen, besonders Jugendliche?" fragte ich maliziös. „Das muss doch ein Paradies für Walküren sein!"

„Die Sterblichen sind aber oft die falschen, um die ist es sehr schwer, sich zu kümmern, weil sie kaum begreifen, wen sie vor sich haben. Die merken nicht mal, dass sie gestorben sind. Wie sollen sie sich da für ein Jenseits entscheiden? Meistens landen die sofort in der Wiedergeburtsschleife. Nein wirklich, das ist ein mühseliges Pflaster dort. Ich kenne genau einen einzigen Helden, der unser hohes Lied singt, und das ist der Schriftsteller Bernhard Cornwell. Möchte bloß wissen, warum der nicht in seiner Heimat England geblieben ist."

„Was schreibt der denn, Walkürengeschichten?"

„Fast. Wikingergeschichten, in denen Hammeramulette eine bedeutende Rolle spielen. Aber zurück nach Nordamerika, immerhin konnte ich mir die Schwarzen mal von Nahem besehen und was glaubst du, wen ich dort fand?

„Weiß nicht, Eddy Murphy, Will Smith? Die würde ich jedenfalls gerne mal kennen lernen."

„Mehr Richtung Musik."

„Coolio, Six Pence?"

„Mensch Heike, denk doch mal nach. Großer Musiker, sein Tod in allen Medien?"

„Du meinst doch nicht Michael Jackson? Das glaube ich einfach nicht. In den Nachrichten hieß es doch, sein Arzt hätte ihn mit Tabletten vergiftet."

Ja, ja. Die Medien, die wissen ja immer alles, nicht wahr? Tatsache ist, dass Jacko die Nase voll hatte von der Menschheit. Er hat der ganzen

Welt überragende Musik geschenkt, er hat der Welt ebenfalls klar gemacht, dass die Hautfarbe eines Menschen von Geburt an für Chancenungleichheit sorgt. Um auf das Thema aufmerksam zu machen, hat er die radikalste aller Methoden gewählt und sich den fürchterlichsten Hauttransplantationen unterworfen, die mit Sicherheit noch unangenehmer als Schwertwunden sind und außerdem für alle Zeiten Medikamentenkonsum bedeuteten. Er hatte ungeheuren Erfolg, dem alle anderen nach ihm verdanken, dass sie überhaupt etwas werden konnten. Doch wie das so ist mit Künstlern, er war so sensibel wie Schiller und noch sehr viel einsamer. Die undankbare Menschheit hat seine Anstrengungen auch entsprechend gewürdigt. Feiges Gesindel, das mit Verleumdungen an sein Geld wollte. Es war einfach nur widerlich. Jacko hatte nie eine Chance. Da konnten die frustrierten, talentlosen Weißen also wieder mit dem Finger auf ihn zeigen, „Seht ihr, wir haben es ja immer gewusst..."

Mein Held Michael hat getan, was ein Held tun muss. Bevor es aussichtslos wurde, wählte er, passend zu einem runden Geburtstag, einen würdigen Abgang. Er hatte kein Schwert, um sich hineinzustürzen und im Gegensatz zu seinen Landsleuten war er auch kein Waffenfetischist. Tabletten aber waren genug im Haus, dann eben die. Ist übrigens auch kein leichter Tod, das glaubt man nur immer. Nun tobt bei uns in Walhall der Bär. Zurzeit sind wir alle im Thriller-Fieber.

Wenn die auf der Erde schon ein riesiges Spektakel veranstaltet haben, so ist das noch nichts gegen das, was in der goldenen Halle los war, als ich dort mit ihm landete. Endlich kann der arme Kerl wieder lachen.

„Wieso ist er mit dir gegangen? War er denn nicht Christ?" fragte ich ungläubig.

„Nach allem, was er durchgemacht hat? Nachdem ihn die Priester mieden, als hätte er Aussatz? Die Medien haben jetzt wieder um 180° umgeschwenkt, aber bis zu seinem Tod war er gesellschaftlich so gut wie erledigt und Puritaner haben es ohnehin nicht mit Barmherzigkeit und Verzeihen. Ich habe Michael Jackson eine Zeitlang begleitet und offensichtlich überzeugen können. Offenbar mag er blonde Frauen ohne Vorurteile."

Waltraud lächelte höchst selbstzufrieden und kippte ein Methorn hinunter, während ich mich erhob.

„Heute sollte ich nicht so viel davon trinken. Wir gehen noch mit Freunden in einen Biergarten.“

Verfrühte Götterdämmerung

Der Sommer ging in einen milden Oktober über. Es wurde kühler und das Licht fiel durch die Platanen des linken Rheinufers in langen goldenen Streifen. Auf dem Rhein kräuselten sich winzige Wellen, die gegen die Molen schwappten, als Uwe und ich Arm in Arm dort entlang spazierten.

Am Nachmittag hatte ich meinen Laptop zugeklappt und in seiner Hülle verstaut, wo er sich sehr lange nicht befunden hatte. Aus dem Gedächtnis zu schreiben, hatte sich als schwieriger als erwartet herausgestellt. Noch zögerte ich, Uwe etwas davon zum Lesen zu geben.

„Bist du nun fertig mit deiner Tipperei?“ fragte er hoffnungsfroh.

„Sieht so aus“, antwortete ich ausweichend. Gab es überhaupt ein Ende für die Memoiren, oder suchte sich Waltraud nach meinem Tod die nächste mit der Gabe aus? Ja, und kaum passte man mal nicht auf, war es auch schon wieder da, das Gefühl, als flüstere mir jemand etwas zu. Das Flüstern kam aus der riesigen Pappel neben mir.

Und wie so oft lag mir auf der Zunge, Uwe zu fragen, ob er es auch höre. Aber er hätte garantiert nur ein leises Rauschen vernommen.

Ich blieb stehen, um mir meine Turnschuhe zu binden, in Wirklichkeit aber, um der Pappel zu lauschen.

Früher wäre ich davongelaufen, der Umgang mit Waltraud aber hatte mir gezeigt, dass es keinen Sinn hatte. Man kann sich selbst ohnehin nicht entkommen.

Sagte dieser verdammte Baum tatsächlich „Carpe diem? Nutze den Tag“, Latein und Deutsch abwechselnd? Falls ich meine lange zurück liegenden Lateinstunden verschüttet haben sollte?

„Uwe?“ fragte ich unvermittelt. „Hast du eigentlich in letzter Zeit noch einmal von der blonden Frau geträumt?“

„Welche blonde Frau?“

„Na, die mit den Silberschuppen!“

„Nein, warum fragst du, stimmt etwas nicht?“

Ich seufzte erleichtert auf und mahnte die Pappel im Kopf, sie möge endlich den Rand halten, bzw. die Blätter still halten. Offenbar hatte Waltraud ihr Versprechen eingehalten.

Entsprechend vergnügt war ich dann auch, als sie zwei Tage darauf wieder vor der Boutique stand.

„Magst du noch eine Erzählung aus der jüngeren Geschichte?“ fragte sie mich, kaum dass wir bei dem Zwerg angekommen waren.

„Wie jung?“

„Aus dem dunkelsten Kapitel der deutschen Geschichte überhaupt, wenn man mal von der Zeit absieht, als Karl, der angeblich Große, Papas Lieblingseiche fällen ließ.“

„Du meinst doch nicht den zweiten Weltkrieg?“

„Natürlich meine ich den. Schließlich ist das die Zeit, zu der die Germanen sich wieder an die Runen erinnerten, wenngleich sich bei uns zu Hause darüber niemand freuen konnte.“

„Kann ich mir denken“, murmelte ich interessiert, „erzähl schon!“

„Aber davor hat noch ein Mensch gelebt, den wir unbedingt für Walhall brauchten.

Um einigermaßen in eurer Chronologie der Sterblichen zu bleiben, muss ich von dem zuerst sprechen: Der Mann hieß Richard Wagner.

Ihm allein verdanken wir, dass heute in Germanien überhaupt jemand versteht, wer ich bin und was ich tue. Gut, die

Darstellung ist ein wenig stereotyp, vielleicht auch ein wenig schwülstig überladen, aber die Leitmotive, das musst du zugeben, sind schon gewaltig."

Ich wollte fragen, was Leitmotive sind, verkniff mir das aber doch lieber, bevor mir der Zwerg wieder mal mangelnde Bildung bescheinigte. Netterweise erklärte Waltraud es auch so. Leitmotive sind anscheinend eine Art Refrain, der immer wieder gespielt wird, wenn eine bestimmte Person auftaucht. So haben die Riesen im Rheingold eine Erkennungsmelodie, die Göttin Freya, Siegfried, sogar der Drache. Am berühmtesten wurde aber anscheinend die Melodie, die man als *Walkürenritt* kennt.

„Hätte Richard einen Roman über uns geschrieben, keiner hätte das lesen wollen, aber seine Musik spricht eine Sprache für sich, man kann sie mögen oder ablehnen, aber an ihr vorbei kommt man nicht. Als Held war der Mann ja eher nicht mein Fall und ich kann auch nur zusammenfassen, was Mist mit ihm erlebt hat.

Geboren 1813 in Venedig verbrachte dieses Genie sein Leben eher wie ein fahrender Minnesänger von Riga bis Zürich als wie ein Intendant eines Theaters, wie ihr euch das heute vorstellt.

Sehr früh schon muss ihn eine der berühmten Musen geküsst haben, denn er schrieb Opern zu selbst gedichteten Texten, deren Kompositionen nicht nur etwas komplett Neues, sondern einfach großartig waren. Das hätte uns noch nicht so sehr interessiert, wenn der Kerl nicht begonnen hätte, sich für mittelalterliche Geschichte und germanische Mythologie zu interessieren.

Geschichtsbücher lesen viele, obwohl die meisten alles für tot und uninteressant halten, was älter ist als 100 Jahre. Ihr Menschen merkt ja nicht, dass ihr mit eurer Geschichte verwachsen seid wie Polypen, die auf ihren Vorfahren in Form eines Korallenriffs leben. Bei Richard war dies anders, ihn mussten wir nicht überraschen und unsere Herkunft erklären. Er rief nach uns, bis Mist ihn endlich besuchte.

Meine Schwester hat Richard in langen Nächten aufgeklärt, was die Geschichtsbücher ausgelassen oder verfälscht hatten. Stück für Stück entstand der *Ring des Nibelungen*, nie gehörte Musik zu den Texten von Mist diktiert. Nach jahrhundertelanger übler Nachrede, Verleumdung oder schlimmer noch Vergessen, erfuhr die Welt wieder von uns, und wer wollte, konnte sich Odin und Walhall wieder zuwenden.

Loki passte das natürlich überhaupt nicht.

So viele Jahre hatten wir um die einzelnen Seelen ringen müssen, wo er mit den verschiedenen Höllenfürsten recht gute Chancen gehabt hatte, seine Intrigen zu spinnen und möglichst viele Menschenseelen zu verderben. Was aber, wenn das langsam versagende Christentum endlich in den Hintergrund gedrängt werden könnte, und unsere Götter wieder die Führung übernähmen?

Die Sache musste ihn doch sehr beunruhigt haben.

Schlau wie er ist, wandte er sich leider nicht direkt an Richard. Der Komponist hätte ihn höchstwahrscheinlich erkannt. Er wandte sich an Freyr, der sich einmal wieder langweilte.

Mein Neffe stöhnte wie üblich darüber, welch unspektakuläre Liebesgeschichten sich in der Germanenwelt abspielten. Napoleon und Josephine war sein letztes Werk, wovon man sprach, wenngleich die Sache auch, wie so oft, nicht gut ausgegangen war. Ganz allgemein erschlug man sich nicht mehr gegenseitig, um eine Frau zu gewinnen. Selbst die zivilisierteren Duelle waren weitgehend abgeschafft worden. Ginge es nach Freyr, dann sähen die Artikel in der rosa Presse ganz anders aus. Statt pressewirksamer, langweiliger, bürgerlicher Ehebrüche mit teuren Scheidungen mehr blutrote Töne und ebenso unsinnige wie leidenschaftliche Familienfehden. Dass der hellenisch, römische Gott Amor mit seiner Intrige den Kampf um Troja ausgelöst hat und damit für alle Zeiten der Spitzenreiter im Heldenschlachten für ein realitätsfernes und rücksichtsloses Liebespärchen wurde, ärgert ihn noch immer so sehr, dass er keine Gelegenheit auslässt, es nicht wenigstens in jedem Jahrhundert einmal zu versuchen.

Richard war natürlich kriegstechnisch völlig unwichtig, aber dass er für uns alle wichtig war, konnte Loki nicht entgangen sein. Er machte

Freyr nun weiß, dass jetzt, wo ganz Walhall im Wagnerfieber lag, seine Künste überflüssig seien.

„Der Mann interessiert sich ausschließlich für Musik. Selbst König Ludwig dient ihm eigentlich nur als Mittel zum Zweck. Da wird ein Liebesgott wirklich nicht gebraucht", höhnte der Schuft in seiner üblichen Art, auf die wir so gerne hereinfallen.

„Ich hab selber schon gemerkt, dass dieser Richard nicht unbedingt der lauterste Charakter ist", entgegnete Freyr missmutig „Außerdem ist er so langweilig verheiratet wie die meisten braven Bürger heutzutage."

„Seit wann hindert dich so etwas?" wollte Loki wissen. „Traust dir wohl nichts mehr zu, seit der letzten Schlappe mit Josephine. Was für ein profanes Ende einer Romanze, puh wie öde. Da hat mir der Serienkiller Henry VIII. in England schon besser gefallen. Damals hattest du jedenfalls immer gleich ein neues Opfer für die Chronik parat, wenn auch einige von ihnen Papa Odin durch die Lappen gingen und jetzt im Protestantenhimmel versauern. Na ja, nimm es nicht tragisch, auch Liebesgötter werden älter und müder mit der Zeit."

Ihr könnt euch denken, wie die Geschichte weiterging. Freyr, bei seiner Ehre gepackt, richtete großen Schaden in der bayerischen Idylle an, indem er Richard in heißer Liebe zu Cosima von Bülow entbrennen ließ. Besagte Cosima war die Tochter des Komponisten Franz Liszt und ausgerechnet mit dem Mann verheiratet, der Wagners Opern dirigierte, und außerdem neben dem unglücklichen Bayernkönig sein größter Bewunderer und Freund war. Es wurde ein langjähriges Dreiecksverhältnis daraus, das dem Komponisten immerhin einen dreiköpfigen Nachwuchs bescherte, so dass die zukünftigen Bayreuther Festspiele eine gesicherte Ahnenfolge bekamen. Als Richard endlich Witwer wurde und die Mutter seiner Kinder heiraten konnte, ließ das Paar einen völlig gebrochenen Exmann zurück und einen verstörten einsamen König. Liebe fragt eben nicht nach *political correctness.*

Lokis Spiel brachte ihm aber trotzdem nichts ein, da Richards Liebesgeschichten seinem Werk eher förderlich als hinderlich waren. In Cosima fand mein Bruder Thor eine glühende Verehrerin, die auch bei der Namensgebung ihrer Kinder auf Runentauglichkeit achtete.

Nur die Wirkung auf das germanische Volk ließ etwas auf sich warten. Die Menschen verließen leider nicht in Scharen die Kirchen, um wieder *zu uns zu beten, ihre Glaubenskraft ließ ganz allgemein nach, und was das bedeutete, sollten wir sehr bald erfahren.*

„Was meinst du mit runentauglichen Namen?“ hakte ich hier ein.

„Germanische Namen kann man in Runen schreiben. Schwertleite zum Beispiel, aber auch Jan, Björn, Frank, Kerstin, Karen, Anke oder Inge. Jede Rune bedeutet hierbei einen Lebensabschnitt des Getauften.“

„Wie getauft? Das ist doch christlich“, warf ich ein.

„Das mit dem Wasser ist viel älter als die Kirche. Ein Germanenvater hält das Kind auf dem Schoß, nachdem er es untersucht hat und nicht der Wolfsschlucht übergeben muss. Dann gießt er Wasser über seinen Kopf und fixiert so den Namen mit all seiner Bedeutung. Christliche Namen sind hierbei leider öde, da man ihre Bedeutung nicht direkt ableiten kann. Im schlimmsten Falle wirken sie schwarzmagisch.“

„Wie das denn? Jetzt übertreibst du aber“, protestierte ich.

„Gar nicht. Mache Eltern denken einfach nicht darüber nach, wenn sie ihren Sprössling mit dem Namen eines Märtyrers strafen. So muss sich ein Stefan zeitlebens vor Pfeilen hüten, und Barbara vor Rädern, ist doch furchtbar, oder?“

Das war eine Anspielung auf den Märtyrertod der beiden Heiligen. Stefan starb von 1000 Pfeilen durchbohrt, Barbara wurde für ihren Glauben mit dem Tod auf dem Rad belohnt.

„Heutzutage werden Pfeile und Bogen fast gar nicht mehr verwendet, und gerädert wird auch keiner mehr“, erwiderte ich skeptisch.

„Aber gerädert fühlen kann man sich immer noch, wenn man schlecht geschlafen hat, nicht wahr? Und bohrende Schmerzen haben doch auch viele, oder?“ fragte Waltraud herausfordernd.

Wenn man es so sah…

„Was bedeuten dann die Namen Heike und Uwe?“ wollte ich natürlich wissen.

„*Hagala, Eiwaz, Kano* und *Ehwaz*: Hagel, Abwehr, Licht und Bewegung. Deine Kindheit war wohl nicht so prickelnd, dafür kommt dir jetzt das Licht der Erkenntnis gerade als Auftakt für die zweite Lebenshälfte. Da haben deine Eltern wenigstens etwas richtig gemacht.“

Klang leider alles andere als abwegig. Meine Mutter hatte eigentlich keine Tochter haben wollen, weil die ja getreu ihrem eigenen Beispiel nur Ärger macht. Hinzu kam, dass ich falsch herum in ihrem Leib gelegen hatte und die Geburt wohl nicht so problemlos gelaufen war, als dass meine Mutter noch Lust auf weitere Kinder gehabt hätte. Danach wurde mein Bruder zeitlebens vorgezogen, was sich bis zum heutigen Tag nicht geändert hatte. Ungerechtigkeit führt aber nicht dazu, dass man als Kind besonders brav darauf erpicht ist, die Erwartungen der Erzeuger zu erfüllen.

„Und Uwe?“

Das ist besonders schön. „*Urduz, Wunjo* und *Ehwaz*. Kraft, Glück und Bewegung.“

„Ist Bewegung so wie Aufbruch zu verstehen?“

Waltraud nickte.

„Lass mich mit der Geschichte beginnen, wir kommen ja kaum voran.“

Mir fiel nicht auf, dass die Walküre vom Thema ablenkte, heute weiß ich warum.

Am Ende des 19. Jahrhundert sah die Welt auf den ersten Blick, so von oben, ganz hübsch aus. Die Dunkelheit wurde durch Gasbeleuchtung vertrieben, Erfindungen ließen Maschinen rattern, die bald das gute alte Pferd ersetzen würden, der Handel verband die ganze Welt miteinander, Menschen aus den entferntesten Winkeln der Welt lernten sich kennen und machten neue Weltkarten und Lexika erforderlich. Bedauerlich daran war nur, dass die Natur der Menschen sich nicht geändert hatte. Sie kloppten sich weiterhin aus niedrigsten Motiven, aber immer feiger und effizienter.

Der amerikanische Bürgerkrieg hatte schon bewiesen, dass es noch schlimmere Waffen gab als Pistolen, da flogen inzwischen schon Granaten und Kanonenkugeln, was arbeitstechnisch bedeutete, dass Extraschichten eingebaut werden mussten und die Ernte sich für alle Götter erhöhte.

Eines scheußlichen Tages ritt ich so etwas ziellos über die Berge, als ich plötzlich einen dunklen Schatten unter mir wahrnahm. Mein Vater hatte mir Südgermanien zugeteilt, was im Jahr 1886 wirklich ziemlich langweilig war. Mir blieb in diesem April eigentlich nur übrig, nach abgestürzten Bergsteigern zu suchen, daher war ich auch in keinster Weise auf eine solche Begegnung vorbereitet. Der Schatten unter mir löste sich in mehrere schwarze Gestalten auf, die mit ihren schwarzen Flügeln Geräusche wie überdimensionale Krähen verursachten. Dazu murmelten sie in einer mir nicht bekannten Sprache, während sie ihre Kreise zogen. Unter ihnen befand sich ein kleines bescheidenes Häuschen, in dem das Geschrei eines Neugeborenen zu hören war.

Ich zügelte mein Pferd, das angstvoll zu schnauben begann.

„Kann mir mal einer sagen, was ihr da tut?“

Keiner antwortete.

Ich griff mir einen an seinem schwarzen Flügel und zwang ihn, sich umzuwenden.

Endlich hörte das Geflatter auf, und eine Fratze sah mich grinsend an.

„Freu dich, Walküre. Hier ist einer geboren, der eure Sprache sprechen wird."

Ein anderer wandte sich um.

„Und euch die goldene Halle füllen wird, so voll, so viele Bänke habt ihr gar nicht."

Dröhnendes Gelächter im Chor.

„Nur schade, dass er weder ein Held ist, noch das Gute bringt."

Wieder Gelächter.

„Silentium", brüllte endlich jemand, der vor dem Haus stand.

Niemand brauchte mir zu sagen, wer das war.

Der Herr der Finsternis, den Goethe noch als eleganten Verführer gekannt hatte, den sich die Christen als Ziegenbock und Hinkefuß vorstellen, hatte diesmal eine andere Verkleidung: Er trug Uniform.

„Diese Maskerade steht Euch nicht", grüßte ich spöttelnd.

„Gewöhn dich gleich an diesen Anblick, Walküre. Wir übernehmen jetzt."

„Angeber", entgegnete ich. „Ihr könnt hin und wieder eine Menschenseele verderben, aber die ganze Erde übernehmen, niemals."

„Da wäre ich mir nicht so sicher", versetzte Luzifer verdächtig ruhig. „Jetzt und in den folgenden Jahren werden auf allen Kontinenten der Erde meine Jünger geboren. In China, Russland, Amerika, und der allerübelste hier in diesem Haus. Sie alle tragen die Zeichen, für Menschen unsichtbar, doch für euch flammend rot auf der Stirn lesbar."

„Und wenn es so wäre, dann wird der Rest der Menschheit schon mit ihnen fertig, wird es andere Menschen geben, meine Helden zum Beispiel, die sie wieder vom Erdboden entfernen."

Luzifer lachte dröhnend. Er konnte sich gar nicht mehr beruhigen.

„Ja merkt ihr denn gar nichts? Die Menschen sind doch längst Atheisten geworden. Sie glauben nicht mehr, dass es eine Zukunft für sie, ein

Leben nach dem Tod gibt. Die glauben an gar nichts mehr, außer an die Erhaltung ihres kümmerlichen Daseins. Gib ihnen eine Idee, die ihnen erklärt, warum es ihnen schlecht geht und wie sie das hier und jetzt verändern können, und sie werden meinen Kreaturen entgegenjubeln. Wir waren schon immer gut im Einflüstern von teuflischen Ideen. Ha, ha."

Er lachte selbstgefällig über seinen eigenen Witz.

„Wenn sie nicht an Götter glauben, dann auch nicht an gefallene Engel zweiter Klasse", erwiderte ich so ätzend wie möglich.

„Deine Arroganz wirst du noch bereuen", sagte er nun kalt und wandte sich ab. „Jungs, fertig machen zum Abzug. Drei Mann bleiben hier zur Wache. Ach übrigens, Mädchen", er sprach nun über die Schulter. „Ihr braucht keine Kraft zu verschwenden an den Versuch, das Kind umzubringen. Der Junge steht unter meinem persönlichen Schutz, wie alle Gezeichneten. Kannst du ruhig auch gleich den dämlichen Monogöttern mitteilen, wenn du sie mal zufällig triffst."

Im Laufe der nächsten Zeit gab es dann einige Konferenzen, nicht nur all unserer Götter, sondern auch interdimensionär. Wir hätten zusammenhalten sollen, unsere Differenzen bereinigen. Aber so wenig wie die Gläubigen sich in Toleranz üben, so wenig gelang es uns, uns zu einigen. Loki beleidigte abwechselnd alle anwesenden Götter aus den Paralleluniversen.

Der Gott der Juden, den düsterste Ahnungen zur Konferenz berufen hatten, schlug eine neue Sintflut vor, was aber abgelehnt wurde, da das Wasser nicht für China, Russland, Amerika und Germanien reichte. Mohammed erinnerte an die sieben Plagen, doch die Menschen waren dafür schon technisch zu weit entwickelt, als dass sie das noch hätte von ihren Kriegen ablenken können. Jesus erbot sich, noch einmal auf die Erde zu gehen, doch Mars wandte sehr richtig ein, dass diesmal mit einem friedlichen Propheten nichts erreicht werden könne. Er war der Meinung, das Menschenexperiment lohne sich nicht mehr und man solle es besser dem Untergang überlassen, damit wenigstens die anderen Schöpfungen wieder ein schönes zu Hause hätten. Kurzum, man kam zu keiner Einigung, bis Odin das Wort ergriff.

„Wenn kein Prophet, dann brauchen wir einen Krieger, einen klassischen Helden, der wiederum andere Helden leiten und führen kann. Für den Kerl in Germanien erkläre ich mich zuständig, die anderen müsst ihr übernehmen."

Als alle gegangen waren, ging die Diskussion bei uns weiter.

„Was willst du tun, Vater?“

Odin seufzte und sah mich an.

„Geh und küsse deinen Geliebten wach, Waltraud.“

Mein Herz hätte jubeln sollen, aber unter diesen Umständen war mir der Aufruf mehr als verdächtig.

„Wieviel Zeit ist für ihn vergangen, Vater?“

„Nur eine Nacht, mein Herzblatt“, versetzte er sanfter als gewöhnlich. „Und er glaubt, dass er sie mit dir verbrachte, bevor er in diesen tiefen Schlaf fiel.“

„Was willst du jetzt von ihm? Soll er Runen lesen?“

Odin seufzte erneut.

„Vergisst du schon wieder, dass ich Seher bin? Die Runen werden wir demnächst an Orten sehen, an denen wir sie zuallerletzt zu sehen wünschen. Frag nicht so viel und tu endlich einmal ohne Diskussion, was ich dir sage.“

Auf Zehenspitzen schlich ich zu Uhles Lager. Sein Tod lag jetzt exakt 1000 Jahre zurück. Was konnte Odin von ihm wollen, das so wichtig war, dass er mir erlaubte, einen Sterblichen noch einmal zu küssen?

Ich tat es jedenfalls mit aller Hingabe, zu der ich fähig bin und durfte dann das Wunder erleben, seine dunklen Augen sich öffnen zu sehen. Dieser Blick galt mir allein, es war so ein Augenblick, zu dem nicht nur ein Dichter fleht, er möge doch verweilen.

Als ich ihn zum Hochsitz Odins führte, hielt er meine Hand, während Vater ihm eine guten Morgen wünschte, als wäre nichts in der Zwischenzeit geschehen. Dann bat er mich, meine Unterhaltung mit dem Höllenfürsten und seinen Todesengeln Wort für Wort zu wiederholen.

Uhle hatte konzentriert zugehört und sprach auch nicht sofort. Doch dann teilte sich der Vorhang seines langen Haares in dieser so charakteristischen Geste, mit der er den Kopf zurückwarf, bevor er das Wort ergriff.

„Wenn Götter und Engel sich untereinander nicht vernichten können, so kann nur ein Mensch diesen Satansbraten herausfordern."

„Dieses Ungeheuer ist kein gewöhnlicher Mensch. Er wird neun Leben haben, wie eine Katze", merkte Thor an.

Odin nickte. „Wir brauchen einen Helden und ich möchte, dass du, Zauberer, einen auswählst."

Uhle hatte schon geahnt, was mein Vater sagen würde, daher zögerte er nicht mit der Antwort.

„Weiser Vater, lasst mich selbst gehen. Ich tauge nicht für die Freude und nicht für das Vergnügen. Ihr tut mir einen Gefallen, wenn Ihr mir eine neue Aufgabe gebt."

„Bist du nicht zufrieden in Walhall?" fragte Odin streng. „Was fehlt dir?"

„Sie", antwortete Uhle ernst und sah mich an. Mein Kuss musste ihm verraten haben, dass er getäuscht worden war.

Meinen Vater aber konnte das doch nicht überrascht haben, natürlich nicht, und das bedeutete, dass er genau diese Reaktion gewollt hatte. Wutentbrannt schrie ich los.

„Das kannst du doch nicht machen, Vater! Er wird entsetzlich leiden auf dieser Welt, so wie sie jetzt ist. Uhle, sieh dir wenigstens an, wie es da jetzt aussieht und dann..."

Uhle hörte mir gar nicht zu, sondern fixierte Odin mit seinem intensiven Blick. Zu meiner Verwunderung schüttelte mein Vater langsam den Kopf.

„Wenn die Menschen das Ende der Welt erwarten und jemanden brauchen, der ihnen meine Zeichen liest, dann schicke ich dich. Für diesen Fall hier brauche ich keine Zauberer, sondern einen klassischen Krieger, am besten vom Typ Siegfried, aber charakterfester."

Mein Seufzer der Erleichterung war unüberhörbar.

„Erik“, meinte Uhle bedauernd. „Er hat das fröhlichste Gemüt unserer Krieger, und Humor wird er brauchen.“

Odin nickte mir zu. „Waltraud, geh ihn holen.“

Die Aufgabe war schnell erklärt und ebenso wie Uhle zögerte Erik keine Sekunde, den Auftrag anzunehmen. Dann sah er mich an.

„Wenn ich da noch einmal hingehe, dann soll sie wieder meine Walküre sein.“

Odin nickte.

„Ich stelle auch eine Bedingung“, warf ich ein. „Freyr enthält sich diesmal jedweder Einmischung. Er taucht noch nicht einmal in der Nähe meines Schützlings auf, sonst kündige ich meinen Job und begebe mich mit Uhle in das Paradies der Moslems.“

Odin lachte. „Eine schreckliche Drohung, fürwahr...“

Dann wieder ernst geworden, musterte er uns mit strengem Blick.

„Lenk mich nicht vom Wesentlichen ab, Wally. Erik, du musst noch etwas Wichtiges wissen. Die meisten Menschen, die wiedergeboren werden, haben keine Erinnerung an ihr Vorleben, schon gar nicht, wenn es so weit zurück liegt. Du wirst alles neu lernen müssen, von Anfang an. Dein gewinnendes Naturell wird dir viele Freunde verschaffen, aber du wirst keinen Runenmeister mehr an deiner Seite haben, im Gegenteil, du wirst die Runen hassen lernen.“

„Und was für ein Mensch soll ich sein?“

„Der, der du bist, Königssohn. Ein frei denkender Edelmann, aber von uns wirst du keine Ahnung haben, außer in wirren Träumen, für die du keine Erklärung haben wirst. Waltraud musst du neu kennenlernen und keiner weiß, ob du ihr folgen wirst. Dein Handeln ist nicht vorgegeben und du wirst vielleicht, wie fast alle Menschen, jahrelang nicht wissen, wozu du überhaupt auf der Welt bist.“

Eriks Fragen überschlugen sich jetzt.

„Und woher weißt du, ob ich nicht ein Feigling sein werde, nutzlos für alle? Und wer sagt euch, dass ich die Zielperson wirklich ausschalten kann? Und wie erkenne ich das Scheusal überhaupt?“

Odin lächelte milde. „Du erkennst ihn, keine Sorge, alles andere kann niemand wissen, auch ich nicht, sonst hätten wir alle schon ein festes Datum für *Ragnarög*. Willst du es trotzdem versuchen?"

Erik nickte. „Ich will."

Für alle, die den Film *Operation Walküre* gesehen haben, sei erklärt, dass die Geschichte relativ korrekt erzählt wurde, wenn auch alle persönlichen Hintergründe samt meiner Bedeutung darin fehlen. Auch das Umfeld wird komplett vernachlässigt, wahrscheinlich, weil die Amerikaner kein Konzept von deutschen Edelmännern haben und niemand die Namen aussprechen konnte.

So wurde also am 15. November 1907 unter makellosen Schneeflocken, mit denen Thor das Schloss Jettingen verzierte, im Schutz der Venus und unter dem Zeichen des Mars, in einem Provinzstädtchen Germaniens in meiner Gegenwart Claus Graf Schenk von Stauffenberg geboren.

Die Familie, die mein Vater für unseren Helden ausgesucht hatte, hätte nicht besser gewählt sein können.

Seit dem 13. Jahrhundert waren die Grafen und Freiherrn von Stauffenberg stolze Herren über Ländereien in Schwaben und treue Lehnsmänner des Königs. Sie bewährten sich in allen Kriegen ganz nach den Worten Bismarcks: „Vom Adel rede ich nicht, die sind zum Totschießen da." Odin sei Dank, hatten sie immer zahlreichen Nachwuchs. Abgesehen von ihrem ansehnlichen Stammbaum waren die Stauffenbergs im Einzelnen klug, gebildet und als Eltern für meinen Schützling liebevoll und umsichtig.

Es war dies einer der wenigen Fälle, in denen eine Walküre einen Helden von Geburt an begleitete.

Die wenigsten unter euch können sich vorstellen, was das für mich, dazu verdammt auf ewig ohne Mann und Kinder zu bleiben, bedeutete.

Claus, dessen Runenname Licht, ᚲᛚᛉᚢᛊ Loki, Schutz, Kraft und Sonne bedeutet, war vom ersten Tag seines Lebens für mich wie der Sohn, den ich niemals haben werde.

Goldblond gelockt, blauäugig und von heiterem Gemüt, war er so nicht nur für seine älteren Zwillingsbrüder, Eltern und Kinderfräulein eine Freude, sondern auch für mich.

Die Lokirune hatte mir schon bei der Taufe nicht unbeträchtliche Sorgen gemacht, Zu Recht, wie sich sehr bald herausstellen sollte. Claus war von zarterer Statur als seine Brüder und von Kindheit an immer wieder mehr als gewöhnlich krank. Loki dachte wohl, dass ein schwächlicher Knabe mit schweren Gesundheitsproblemen kaum zum Helden taugen dürfte. Odin sei Dank, unterschätzte er die Kraft eines starken Willens, die Macht, die der Geist über den Körper hat, und mischte sich zunächst nicht weiter ein.

Claus erklärte zum Schrecken seiner Familie schon als Dreijähriger, dass er ein Held sein wolle und später in den Krieg ziehen werde. Heute würde man denken, das Kind habe zu viel Fernsehen gesehen oder heimlich schädliche Computerspiele entdeckt, damals glaubte man, er habe zu viele Märchen gehört oder den Erwachsenen gelauscht, in Wirklichkeit aber lauschte er mir.

Nachts, wenn auch das Kindermädchen schlief, sang ich ihm unsere alten Lieder vor, deren wenig friedlicher Inhalt für ihn schon bald nichts Bedrohliches mehr hatte. Er musste mich für einen etwas seltsamen Engel halten, denn mit dem Christentum in seiner katholischen Variante nahm die Familie es ziemlich ernst und lehrte den Kleinen, früher als mir lieb war, Beten und Andacht. Wie das so ist mit dem Einfluss, je früher man ihn ausübt, desto prägender für den Rest des Lebens. Eigentlich hatte ich ja vorgehabt, die ersten Jahre nur als Beobachterin im Hintergrund zu bleiben, aber Lokis bösartige Attacken auf seine Gesundheit und die eherne Frömmigkeit der Familie erforderten eine frühere Kontaktaufnahme als vorgesehen.

Zahlreiche frühreife Aussprüche verraten meinen Einfluss, ohne dass jemand die Wahrheit auch nur hätte ahnen können.

Nicht nur, dass das Kind sich von klein auf die gefährlichsten Berge zum Klettern, die höchsten Bäume und die wagemutigsten Abenteuer aussuchte, er sagte auch Dinge, die den Eltern oft genug Schrecken einflößen mussten. Mal überlegte er laut und deutlich, ob er in den Himmel wolle, da hatte ich ihm auf sein Drängen von Walhalla, dem Himmel für Helden erzählt, als er gerade einmal wieder schwer krank war, mal erklärte er, dass alles Übel vom Geld käme, das sähe man nämlich bei den Nibelungen.

Das war sein Lieblingsmärchen, das ich ihm bestimmt 20-mal erzählen musste. Einmal verblüffte er seine Umgebung sogar mit einem fachmännischen Kommentar zu dieser albernen Trennung der Christen in zwei Lager. Schließlich waren seine Eltern aus je einem dieser Lager, was zwar seine Erziehung nicht wirklich beeinflusste, ihn wohl aber zum Nachdenken gebracht hatte. Diese Gelegenheit nutzte ich zudem, ihm zu erklären, dass es mehr als nur einen Himmel gibt, auch wenn ihn das noch überforderte.

So verlief die Kindheit der drei Grafensöhne unbeschwert, bis in Germanien eine dramatische Wende eintrat. Die germanischen Stämme begannen gegeneinander Krieg zu führen. Das wäre an sich noch nicht so dramatisch, das haben sie seit den Zeiten der Wikinger mit geringen Abständen immer wieder getan, doch diesmal war die gegenseitige Vernichtung so ungeheuerlich, dass die verschiedenen Paradiese hätten anbauen müssen, wenn ihr Raum nicht per Definition unendlich wäre.

Wieder einmal eine Zeit der Überstunden für meine Schwestern, nicht für mich, Vater sei Dank.

Odin hielt seine Hand über die Familie, im verheerenden Krieg und auch in den schweren Jahren danach. Niemand wurde verletzt und keiner brandschatzte das Schloss Jettingen, das noch ziemlich unbeachtet irgendwo im Grünen versteckt lag.

Claus bekam von alldem nicht viel mit. Bevor das alte Europa um ihn herum versank, die goldenen Zwanziger in die braunen Dreißiger übergingen, wuchs er gut behütet im Schoß der umfangreichen Familie auf, ging aufs Gymnasium, trat in den Schwärmerkreis um den Dichter Stefan George ein und bereitete sich auf das Abitur vor. Das war gar nicht so leicht, denn seine häufigen Krankheiten machten es ihm unmöglich, kontinuierlich die Schule zu besuchen. Hätte er nicht solch einen eisernen Willen gehabt, gepaart mit herausragender Intelligenz, wäre das mit dem Abitur wohl nichts geworden. 1926 hatte er es dann in der Tasche, als Berufswunsch gab er an: Offizier.

Zwei Jahre zuvor hatte ich den ersten Ärger mit ihm. Statt nachts mit mir Zwiesprache zu halten, begann er mit knapp 17, sich für Mädchen zu interessieren. Allerdings war er auf diesem Gebiet kein Draufgänger oder Casanova, oh nein, die erste, die ihm begegnete, beschloss er auch schon zu heiraten.

Ich tobte wie eine eifersüchtige Mutter, nachdem ich mich zu Hause vergewissert hatte, dass meinen Neffen Freyr diesmal wirklich keine Schuld traf.

„Also Claus, was soll das denn heißen? Helden müssen ungebunden sein, jede noch so mickrige Ausgabe von *Odins Heldenführer* für einen Appel und ein Ei kann dir das bestätigen."

„Ist ja schon gut", lachte er. „Natürlich weiß ich das."

„Also?"

Jetzt musste es kommen, das Geständnis tiefer unüberwindbarer Liebe...

„Nina wird mir eine gute Mutter meiner Kinder sein", kam es stattdessen so nüchtern wie die Worte eines Vierzigjährigen, der auf seine alten Tage beschließt, doch noch seine Linie zu erhalten.

Jetzt war ich aber geplättet.

„Claus, mein Herzblatt, das klingt ja so, als hättest du mit dem Leben bereits abgeschlossen. Du solltest wenigstens erröten, ein bisschen dumm verliebt sein, du bist doch noch lange nicht volljährig."

Der Blick, mit dem er mich bedachte, war vernichtend.

„Glaub mir, ich weiß, was ich tue." Punktum.

Mit den gleichen Worten meldete er sich zwei Jahre darauf, nicht gerade zur Begeisterung der Eltern, zur Reichswehr, genauer gesagt, zur Kavallerie. Wie sich jeder denken kann, erhalten sich Talente, wie zum Beispiel die Reitkunst über die Jahrhunderte hinweg. Es gibt Bilder, auf denen er sein Regiment anführt, indem er bis zum Pferdehals durch Flüsse watet. Eines davon habe ich in einem Feuerrahmen in meinen Privaträumen in Asgard hängen. Nicht weitersagen bitte!

Claus war im Übrigen sehr weitblickend mit seiner Verlobung. Wer vorhat, jung zu sterben, muss auch entsprechend früh für Nachwuchs sorgen. Die Linie Stauffenberg-Üxküll, in der sich das Heldenblut zu konzentrieren scheint, war jedenfalls nicht in Gefahr auszusterben. Claus sorgte immerhin für vier Kinder, und seine Brüder taten das ihrige zum Erhalt des Stammes. Stellt sich die Frage nach den Genen, auf die ihr heute so scharf seid. Ist Heldenmut vererbbar oder anerzogen?

Wenn wir mal von Sparta absehen, kann man davon ausgehen, dass keine Mutter ihr Kind freiwillig zum Helden erzieht, weil das zwangsläufig bedeuten würde, dass sie ihren Sprössling überlebte. Viele Mütter sind sogar extrem ängstlich, je älter, desto mehr, so dass man heute sicher nicht mehr dazu neigt, Heldenküken durch Erziehung zu schaffen. Und die Gene?

Sicher haben wir in der Familie Stauffenberg mehr Helden als anderswo, es war aber auch die Zivilcourage einer ganzen Klasse, womit wir wieder beim Thema Erziehung wären oder zumindest einem heute so schwierigen Begriff wie *Werte*.

Gene scheiden eher aus, sonst würde man die Helden nicht zu allen Zeiten immer wieder ganz woanders finden.

Unser Beispiel zeigt etwas viel Wichtigeres, nämlich das Phänomen von Wiedergeburt und Seelenwanderung, was nur wieder beweist, dass die Anzahl der echten Helden so dünn gesät ist, dass man sie manchmal recyclen muss.

Nun brauche ich euch bestimmt nicht zu erzählen, wie es weiterging. Mit Claus Karriere ging es gut voran, mit Europas Schicksal auch, aber eher Richtung Abgrund. Die Franken, Angelsachsen und Reußen mussten staunend und teilweise auch gruselnd mit ansehen, wie ein besiegtes Land aufgerüstet wurde und einen totalitären, mächtigen und aggressiven Staat schuf.

Die preußischen Junker und anderen Adeligen saßen Anfangs dem Irrtum auf, ihre historische Rolle, des Verteidigens und Eroberns von Ländereien wieder aufnehmen zu können. Wie wenig ehrenhaft es aber ist, fremde Völker zu überfallen und zu massakrieren, sollten sie noch früh genug merken.

Claus trug zu meinem nicht geringen Verdruss ein Silberkreuz um den Hals. Seltsamerweise regten sich darüber aber auch die atheistischen Kameraden auf. Voll Staunen beobachtete ich zeitglich das Entstehen einer Ersatzreligion, die keinen Gott, sondern einen simplen Menschen als Zentrum seiner Anbetung hatte. Die Adeligen, die im Mittelalter den Glauben zu verteidigen gehabt hatten, nahmen den zunehmenden Personenkult mit Misstrauen auf, unternahmen aber nichts, um ihn zu unterbinden. Viel zu spät erkannten sie, dass ihnen keineswegs die zentrale Rolle in diesem Drama zugedacht war. Und siehe da, die Runen tauchten tatsächlich wieder auf, wenn auch nur zwei von ihnen. Die Sonnenrune und das Hakenkreuz, das genaugenommen kein Buchstabe unseres Alphabets ist, sondern nur ein Zeichen für Beute.

Als solche war diese Anwendung korrekt. Beute wurde reichlich gemacht. Im Landesinneren, indem man die Juden enteignete, im Ausland, indem man Staaten wie Polen, die Tschechoslowakei oder sogar Österreich überfiel und ausraubte.

Die Sonnenrune war problematischer. Ich fand sie paarweise auf den Uniformaufschlägen einer geheimen Schlägertruppe, eigens dafür gegründet, den Rechtsstaat als solchen abzuschaffen.

Odin hatte Recht gehabt.

Jeder normale Mensch, der sie sah, verfiel in Angst und Schrecken, wie einst beim Anblick der schwarzweißen Soutanen. Die Gräueltaten, die unter diesem Abzeichen begangen wurden, füllen eure Geschichtsbücher mindestens so schlimm, wie die im Namen des Kreuzes, zahlenmäßig vielleicht noch schlimmer.

Was nutzte es uns, dass Odin in Walhall tobte, dass die Eisbrocken flogen?

Blasphemie wird nun mal erst nach dem Tod geahndet. Und was das Sterben anbetraf, ereilte dieses Schicksal zunächst einmal nur

Unschuldige, die auf die verschiedenen Himmel verteilt werden mussten, wobei auch wir unseren Anteil erhielten: Mutige Regimekritiker, Menschen, die ihre jüdischen Freunde retten wollten, Helden, die versuchten, ihr Vaterland gegen die braune Seuche zu verteidigen.

Der großartige Physiker Albert Einstein, der inmitten dieses Chaos die physikalischen Geheimnisse des Universums aufspürte, kam derweil einem unserer wichtigsten Tricks auf die Schliche.

Sicher habt ihr Sterblichen euch schon einmal gefragt, wie wir Walküren es schaffen, inmitten eines Krieges, in dem Tausende sterben, jeden einzeln nach Walhall zu bringen. Und wir sind nur noch sieben! Maria aber und vor allem Jahwe, die fast die vollständige Last des zweiten Weltkrieges zu tragen hatten, haben nur jeweils ein paar Engel und Seraphim zur Hilfe.

Einstein entdeckte, was niemand begriff, und doch jedem Gläubigen unter euch einleuchten muss, nämlich dass der Raum in der vierten Dimension, also in der Zeit, gekrümmt ist. Um Zig-tausende in der Stunde ihres Todes individuell zu retten, muss der Raum natürlich gewaltig gekrümmt werden, aber zu eurem Glück ist uns Göttern so etwas eine leichte Übung. Was für eine Freude muss es für den genialen Physiker gewesen sein zu entdecken, dass man das Paradies quasi beweisen kann und dass so vieles, das auf den ersten Blick absurd erscheint, mit modernerer Wissenschaft plausibel gemacht werden kann.

Ärgerlicherweise ließ sich jener Albert nicht für Walhall gewinnen. Er blieb dem Glauben seiner Vorfahren treu und angesichts dessen, was ihm in seiner germanischen Heimat widerfahren war, kann ich das sogar verstehen, das ist eine Sache der Ehre, sagt man bei uns.

Man darf auch nicht vergessen, dass unser Götterhimmel samt der Wagnermusik durch die braunen Verbrecher für lange Zeit nicht mehr gesellschaftsfähig geworden ist, ja von den meisten Menschen sogar zutiefst verabscheut wird.

Aber bei aller Macht über Raum und Zeit, Spaß macht das Abtransportieren so vieler Unschuldiger keinem. Selbst die christliche Dreifaltigkeit, die doch die Erbsünde propagiert, konnte nicht ernsthaft behaupten, dass alle diese Menschen den Tod verdient hätten. Noch weniger konnte wohl Jahwe damit einverstanden sein, dass man seine Leute einzig allein aufgrund ihrer Gefolgschaft dezimierte.

Die lächerliche Aussage, dass die Juden den Herrn Jesus erschlagen haben, ist eine rein menschliche Hetze aus der Zeit der Inquisition, nun ersetzt durch noch absurdere Rassengesetze, die vor keinem Gott bestehen können und daher nur das Reich der Hölle mit seinen Schöpfern beliefern. Wenn wir Götter die menschlichen Rassen hätten trennen wollen, dann hätten wir euch biologisch daran gehindert, euch untereinander fruchtbar zu mehren. Ihr wäret dann so wenig untereinander kreuzbar wie Hunde und Katzen. Auch gibt es kein Gen für Religionszugehörigkeit, das wäre für uns entschieden einfacher, Ihr hättet dann keinen freien Willen, euch den passenden Götterpantheon zu wählen und wir keinen Streit um eure Seelen.

Es scheint aber leider nichts auf der Welt zu absurd zu sein, als dass es nicht geglaubt würde, wenn die Propaganda nur effektiv genug ist.

In diesem Sinne sind gerade wir Asen leider die absoluten Versager. Ich kann nur hoffen, dass sich die desolate Situation durch deine Schreibarbeit wieder etwas bessert...

Wir hatten jedenfalls auch im Himmel bald großen Ärger. Die Tyrannen liefen zu Hochform auf, ganz Europa bekriegte sich, und ein Ende war nicht abzusehen.

„Was ist nun mit eurem Helden?“ fragte Jahwe mich eines Tages erbost. „Tut der noch einmal was, bevor der letzte meiner Gläubigen ermordet wurde?“

„Er muss erst einmal erfahren, was in den besetzten Gebieten hinter der Front geschieht. Die SS passt schon auf, dass ihre Gräueltaten nicht ans Licht kommen“, erwiderte ich besorgt.

„Dann schick ihn an die Ostfront. Wenn er nicht ganz blind ist, muss er es da sehen.“

Und so war es. Im scheußlichen Jahr 1942, nach dem Kalender der Konkurrenz, 1.000.000 nach Ymir in unserer Zeitrechnung, war es mit Claus fröhlichem Naturell, das ihn mitten im Krieg noch Zigarren rauchen und Cognacschwenker in der Hand halten ließ, vorbei.

Er saß im Generalstab des Heeres, oft genug 14 Stunden am Stück und musste täglich erleben, dass alle Arbeit, aller Ideenreichtum zur Rettung Deutschlands aus einem Krieg an drei Fronten bestenfalls ignoriert wurde.

Dann ereignete sich die Katastrophe von Stalingrad.

Hatte Stauffenberg zu Beginn des Krieges vielleicht noch geglaubt, seinem Land dienen zu können, in dem er durch seine strategischen Einfälle und überragende Planung die Feldzüge leitete, war er inzwischen eines Besseren belehrt worden.

Im Osten wurde der Krieg einmal wieder durch den russischen Winter entschieden. Thor, der das Elend nicht mehr sehen konnte, bedeckte die Erde mit einem dicken weißen Linnen aus Schnee, wie man einen Leichnam bedeckt, dessen Nacktheit schockiert. Aber anders als zu Napoleons Zeiten, entstanden die Opfer nicht nur durch Hunger und Kälte oder auf dem Schlachtfeld, sondern durch rücksichtsloses Abschlachten der Kriegsgefangenen. Anfang des Jahres waren schon 2 Millionen Menschen in deutscher Gefangenschaft gestorben. Jetzt kamen Augenzeugen zurück von der Front und berichteten, was sie erlebt hatten, von Massenerschießungen und Hochöfen.

Claus reagierte noch schneller als erwartet.

„Dieser Hitler muss beseitigt werden."

Der Satz alleine hätte ihn seinen Kopf kosten können. Aber bei den Kameraden bewirkte er nur einhelliges Nicken, wenn auch nicht mehr.

„So nicht", sagte ich des nachts zu ihm, als wir endlich allein waren. „Du musst schon ein wenig vorsichtiger mit deinen Äußerungen sein, sonst wirst du deportiert und nützt keinem mehr."

„Aber es sind doch alle meiner Meinung. Er ist der oberste Befehlshaber und er ist verantwortlich. Ergo gehört er abgesetzt."

„Dem wird der Mann niemals zustimmen, so wenig wie er seine katastrophalen Fehler bei Stalingrad einsehen wird. Such dir ein paar wirklich vertrauenswürdige Leute und mach dich an die Planung."

„Planung?" Claus begriff sehr schnell und die Erkenntnis ließ ihn zutiefst erschrecken. Unbewusst berührte er sein Silberkreuz, das ihm um den Nacken hing.

„Du meinst ein Attentat, Mord!"

„Wenn dieser Mann stirbt, können Millionen gerettet werden. Ihr, die Offiziere, beendet den Krieg und Europa kann aufatmen."

„Oder die Alliierten vernichten uns vollständig. Es bleibt Mord, auch wenn es ein Tyrannenmord ist."

Er schritt unruhig auf und ab.

„Wo dein christliches Gewissen so leidet, denk auch mal an dein deutsches Gewissen. Wenn keiner versucht, das Scheusal zu entfernen, fällt die ganze Schande des Krieges auch auf dich, so wie auf jeden einzelnen, der die Natur des Krieges erkannte und nichts dagegen tat."

Ich übte gewaltigen Druck auf den armen Kerl aus, das war mir klar, daher ersparte ich ihm wenigstens, von meinem Treffen mit Jahwe zu erzählen, wo der Alte zornbebend den Germanen Rache bis ins siebte Familienglied geschworen hatte.

Claus suchte also Gleichgesinnte, indem er in den Kreisen der Heeresleitung sehr unverblümt seine Meinung kundtat. Fast alle Offiziere stimmten ihm zu, waren aber auch besorgt ob Claus Direktheit. Jeder Ausspruch konnte von Verrätern augenblicklich der SS gemeldet werden und sein vorzeitiges Ende bedeuten.

Ich hatte ebenfalls wenig Lust, Claus in einen Keller der Gestapo zu begleiten, also überredete ich ihn mühsam, sich aus dem Wespennest der Heeresleitung zu entfernen und sich an die Ostfront zu melden. Hier würde ihn die Schutzrune *Algiz* in seinem Namen, das A, beschützen.

Das sah heldenhaft aus und war für meinen Schützling, wie erwähnt, weniger gefährlich.

Ein komplettes Jahr beschäftigte Claus sich von nun an mit Umsturzplänen.

Wirklich begeistern ließen sich hauptsächlich Offiziere, die zur gleichen Erkenntnis wie Stauffenberg gekommen waren und andere Mutige, die sich vom braunen Gedankengut nicht hatten anstecken lassen. Aber zum Schluss scheiterte es immer wieder an den Generälen, die teils zu zögerlich, teils zu befangen waren. Man hatte ihnen großzügige Schenkungen gemacht und nun fühlten sie sich gebunden oder sie waren schlichtweg zu ängstlich. Wie erwartet, bot sich Claus immer wieder selbst an, doch wurde dieses Angebot von den anderen stetig abgelehnt, mit dem Argument, er sei zu wichtig für die Zeit danach.

Ich knirschte vor Wut mit den Zähnen. Nichts klappte, und dann wurde Claus auch noch nach Tunesien abkommandiert, weit weg aus der Nähe des Scheusals.

In Tunesien wachte meine Schwester Gudrun über den berühmten Erich Rommel, der unter fast aussichtslosen Umständen nahezu Wunder vollbrachte.

In der heißen, flimmernden Luft über dem Schott el Dscherid trafen wir uns.

„Oh Mann, Zeit für ein Minigewand. Ist ja nicht zum Aushalten“, stöhnte ich einmal wieder über die Hitze.

„Zu viel nackte Haut bei der Sonne ist schlecht für den Teint, weißt du doch.“

Dann fiel mein Blick nach unten.

„Was sind denn das da für Trümmer?“

„Ausgebrannte Autowracks, zerstörtes Kriegsmaterial und Menschenreste. Maria war auch schon da“, entgegnete meine Schwester gleichmütig. „So sieht das hier schon eine ganze Weile aus.“

„Eine Schande“, meldete sich eine mir vertraute Stimme. „Dies ist der Garten Allahs, in dem er ungestört zu wandeln pflegt. Was fällt den Europäern ein, ihre Kriege in unseren Wüstengärten auszutragen?“

„Hi, Fatima“, grüßte ich erfreut. „Nett dich zu sehen. Fallen denn hier auch Helden für deinen Teppich an?“

„Ja, durch reine Schlamperei. Wenn so eine Bombe mal ein Nomadenlager trifft, oder einer meiner Gläubigen sich als Führer für deine Germanen verdingt und dann mit erschossen wird. Allah möge sie strafen.“

„Die sind bald weg hier und dann weht der Wüstensand wieder alles zu“, bemerkte Gudrun. „Irgendwann muss dieser Krieg doch vorbei sein. Waltraud, wie kannst du diesen heißen Tee trinken?“

Soeben hatte sie sich die Hand an dem heißen orientalischen Glas verbrannt.

Zu dritt räkelten wir uns auf Fatimas fliegendem Teppich.

„Wo ist übrigens dein Schützling?“ fragte Gudrun dann.

„Nähert sich in einem Kübelwagen dem Khetipass“, erwiderte ich.

„*Yä Allah*“, rief Fatima erschrocken. „Das hatte ich ganz vergessen zu erwähnen. Ihr habt doch so einen Verrätergott unter euch, wie hieß der noch gleich?“

„Loki“, erwiderten meine Schwester und ich wie aus einem Mund.

„Diesen Loki habe ich in einem der englischen Flugzeuge gesehen, die als Staffel hierher unterwegs sind. Wahrscheinlich zeigt er ihnen den Weg...“

„Zum Khetipass“, schrie ich erschrocken und schwang mich von Fatimas Teppich herunter. Meine Angst verlieh mir Flügel und doch wusste ich irgendwie, dass es zu spät war.

Die Engländer beschossen den Konvoi, den mein Schützling anführte. Die Autowracks brannten und boten den Engländern gut sichtbare Ziele. Sie beschossen alles, was sich um die zerstörten Fahrgeräte noch bewegte. Dazu explodierten Minen und Sprengstoffe.

Claus hatte es noch geschafft, sich aus dem getroffenen Fahrzeug zu werfen, doch lag er nun im Sand immer noch unter Beschuss. Entsetzt breitete ich meinen Umhang über ihn.

Kugeln und Bomben, konnten ihn nun nicht mehr treffen. Er lebte noch, aber die Verletzungen waren furchtbar.

Ein Sanitätswagen kam herbei und lud den Verwundeten auf, um ihn ins Militärkrankenhaus nach Sfax zu karren.

Während der ganzen Fahrt registrierte der Sanitäter Bewusstlosigkeit. Aber mich sah Claus natürlich.

„Ist es so weit, mein schöner Engel?“

„Nein, Claus. Du hast eine wichtige Aufgabe. Vorher kannst du hier nicht weg."

Er nickte. „Ich weiß, ich dachte nur..."

„Du sollst nicht denken, du sollst gesunden", rief ich verzweifelt, während es in meinem Rücken lachte.

„Und wenn schon, für eure Pläne taugt er nicht mehr", höhnte Loki.

„Welcher Teufel ist das?" fragte Claus interessiert. Na klar, der Mann war immer noch ein gläubiger Christ.

Loki grinste abscheulich in meine Richtung.

„Ganz schön unfähig! Wie lange, sagtest du, begleitest du den schon?"

„Ich sagte gar nichts", brummte ich. „Verschwinde hier, denk an den Vulkan auf Hawaii. Das kann dir jeden Moment wieder passieren."

„Ich gehe ja schon", winkte Loki ab. „Jedenfalls wird dir dieser einäugige Held mit einer halben Hand wohl kaum noch zu etwas nütze sein." Hohnlachend verschwand er endlich.

„Die haben mich zum Krüppel geschossen!" erkannte Claus jetzt die brutale Wahrheit.

„Unsinn", widersprach ich. „Nun bist du deinem Schöpfer gleich. Das eine Odinauge wird dich klarer sehen lassen als zuvor die beiden. Es ist jetzt an der Zeit, dass ich dir etwas sehr Grundlegendes über dich und mich und unser gemeinsames Vorleben erkläre. Dein Name enthält ein U, *Urduz*, die Rune für Kraft. Erinnere dich..."

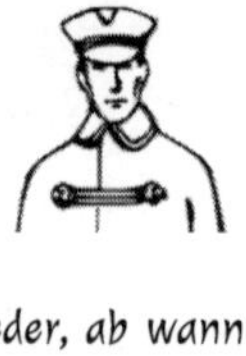

Aus der Geschichte weiß jeder, ab wann Graf Stauffenberg wusste, wer ihn begleitete und wohin er nach seinem Tod kommen würde.

Er, der sich bis dahin weder für Runen begeistert hatte noch Himmlers wahnwitzigen neugermanischen Ideen etwas Positives hatte abgewinnen können, vereinte die gesamte Umsturzplanung nun unter dem Namen *Walküre.*

Hervorragende Leute schlossen sich ihm an. Die Gruppe derer, die ihr Leben riskierten und kurz darauf auch verloren, schwoll auf über 100 Mann an, darunter auch Claus Onkel, Nickolaus Graf Üxküll und sein älterer Bruder Bertold. Claus war entschlossener denn je, es selbst zu versuchen. Dabei war die Sache alles andere als einfach. Das Scheusal wurde von seinen engsten Vertrauten gut bewacht. Der Tyrann, inzwischen nur noch daran interessiert, zusammen mit ihm selbst möglichst ganz Deutschland zu vernichten, hegte längst Misstrauen gegen alles und jeden.

Eine Kofferbombe wurde gebastelt, deren Zünder erst an Ort und Stelle zusammengesetzt werden konnte. Das war mit einer Hand unmöglich, und so brauchte Claus in jedem Fall einen Assistenten, wozu sich der junge, nicht mehr fronttaugliche Werner von Haeften anbot.

Jemand musste Claus zur Wolfsschanze hin und wieder wegfliegen, damit die Machtübernahme in Berlin reibungslos vonstattengehen konnte.

Dabei lernte ich eine Heldin kennen, über die die Geschichtsbücher viel zu wenig schreiben. Melitta von Stauffenberg, Frau von Claus älterem Bruder Alexander, war nicht nur Ingenieurin, sondern auch eine hervorragende Fliegerin. In ihrem Fall hatten die braunen Gesellen, frei nach dem Spruch „Wer Jude, ist bestimme ich“, von ihren Vorfahren abgesehen. In den Memoiren meines Bruders Thor, könnt ihr über ihre großartigen Taten und ihren Tod durch die Amerikaner Näheres erfahren. Für mich war sie wichtig, da sie Claus immer wieder zu Erkundigungsflügen über die Wolfsschanze mitnahm, so dass Entfernungen und Zeitabläufe bis ins Kleinste geplant werden konnten.

Ach, was hatten die aufrechten Geister für großartige Ideen zur Neugestaltung eines freien Deutschlands, ohne Kaiser aber auch ohne Tyrannen. Es hätte wirklich etwas Tolles werden können, wenn nur ...

Luzifer hatte mich ja gewarnt. Seine Kreatur würde unverletzlich sein. War sie es wirklich? Schließlich handelte es sich um einen Sterblichen? Halten die Höllenfürsten tatsächlich ihre Hand über die Bösen und sind darin noch effektiver als wir Walküren für die Guten?

Es muss so sein, denn letztlich darf man nicht vergessen, wo die Scheusale dieser Welt einmal landen. Dieser Ort ist sicherlich nicht einer, den man sich freiwillig aussuchen würde, auch als Verbrecher nicht. Wenn

Luzifer seine Opfer also beschützt, damit sie umso mehr Missetaten vollbringen können, dann hat das eine makabre Logik, denn umso sicherer landen sie im tiefsten, schwärzesten Abgrund der Hölle.

Ein Atheist meinte mal etwas zynisch: „Wer eher stirbt, ist länger tot."

Betrachtet euch diesen Satz mal aus meiner Warte, dann heißt das, dass die Helden es eher hinter sich haben und dann in Walhall feiern dürfen, während die Bösewichte zwar länger leben, es aber kaum genießen können, da sie ständig ihre Taten vor der Justiz, ihrer Familie oder ihrem Gewissen, wenn vorhanden, verstecken müssen, um am Ende zu finden, woran sie niemals ernsthaft geglaubt haben.

Gemessen an der Ewigkeit ist der geringe Aufschub vor ihrer endgültigen Aufbewahrung in der Unterwelt wohl eher vernachlässigbar.

Leider weiß ich nicht, was genau geschah, als die Bombe am 20. Juli 1944 explodierte. Ich befand mich schon mit Claus auf dem Weg in die Benderstraße in Berlin, wo Claus in tiefster Überzeugung verkündete, der Tyrann sei tot. Er hatte mit eigenem Auge gesehen, wie man den Führer auf einer Bahre heraustrug.

Aber war der Tote der Führer gewesen? Wenn ja, welcher Doppelgänger regierte dann bis zum Selbstmord mit Eva Braun? Wie auch immer, für die vielen Opfer des Wahnsinnigen, ist diese Frage sicherlich nicht von Belang.

Tatsache bleibt, dass das Attentat misslungen war. Man hatte die Medien nicht unter Kontrolle bringen können. Und das überall und zu allen Zeiten gleich dämliche Volk jubelte doch tatsächlich bei der Nachricht, ihr Führer ins Verderben habe überlebt.

Jetzt ging alles sehr schnell, noch bevor das Unternehmen Walküre sich entfalten konnte, wurde die Benderstraße gestürmt. Einige von Stauffenbergs Kameraden fielen schon hierbei im Schusswechsel, dann führte man meinen Claus zusammen mit seinen Freunden in den Hinterhof. Vergeblich versuchte Claus die Verantwortung für sein Handeln allein zu übernehmen. Die Exekution galt für alle. Im Laufe der nächsten Wochen sollten noch Hunderte von Tapferen fallen, deren Namen die Geschichte schneller vergisst als die der Unholde.

Ein Beispiel: Jedes deutsche Kind kann die Namen: Hitler, Göring, Göbbels, Himmler auswendig daher beten, aber wer kennt Freiherr Mertz von Quirnheim, Graf von der Schulenburg, Freiherr von den Bussche, von Hase, Graf von Tresckow, von Oertzen, von Haeften, von Kluge, von Kleist, ...

Fällt euch was auf? Na gut, es fehlen Beck, Hoepner, Olbricht und andere, doch das Übergewicht gewisser raumgreifender Namen ist doch wohl kaum zu übersehen, oder?

Zuviel Adel, den man doch heutzutage als per se dekadent und überflüssig darstellen möchte.

Immerhin, meinen Claus könnt ihr nicht vergessen. Wenn seine Tat zu etwas nütze war, dann dazu, zu beweisen, dass nicht ganz Germanien verblödet oder indifferent gegenüber den Verbrechen seiner Führer war.

Claus wunderschöne Worte: „Von dem Gangsterhaufen kann ich mich nur durch den Tod trennen", sind immerhin unsterblich geworden.

Du hast doch vielleicht den Film gesehen, der immerhin meinen Namen trägt: *Operation Walküre.* Klingt etwas banal nach Krankheit und Tod. Der Hauptdarsteller wird sich noch wundern, wenn er einmal das Zeitliche segnet und feststellen muss, dass seine Sekte, der er so begeistert zujubelt, auf die dunkle Seite der Macht gehört...

„Der arme Tom Cruise, ich fand ihn immer so hinreißend", bemerkte ich dazwischen. „Glaubst du nicht, er würde dir folgen, wenn du es ihm anbötest? Immerhin ist es doch möglich, dass er bei einem seiner spektakulären Stunts für seine Filme draufgeht."

„Das hatte ich doch gerade erklärt. Wer seine Seele an die dunklen Mächte verkauft, hat Aussicht auf ein langes Leben, um die Liste der Verfehlungen besonders lang werden zu lassen. Der gute Tommy wird sehr effektiv beschützt. Außerdem ist er ein miserabler Ehemann, frag Nicole Kidman oder Katie Holmes, mit dem brauchst du wirklich kein Mitleid zu haben", konstatierte Waltraud.

„Glaub ja nicht, dass es ungerecht ist, dass so viele Kriegsverbrecher als alte Knacker den Strohtod sterben. Zum Beispiel die Nazis. Lange nach Ende des Krieges, oft genug unter südamerikanischer Sonne, konnten dann endlich auch die Höllenfürsten ihre Ernte einfahren. Nur wenige von denen bereuten kurz vor Schluss wirklich.

Walhall hat aber keine Verwendung für reuige Tattergreise, der alte Jahwe übrigens auch nicht, der hat es, wie wir, mehr mit der Rache, selbst Allah soll mit solchen Leuten nicht besonders großzügig sein.

Es bleibt den reuigen Sündern wirklich nur das Christentum katholischer Variante, zur Erinnerung für dich: die mit dem Fegefeuer.

Ein paar schmoren da noch, recht heiß und ungemütlich, habe ich mir sagen lassen. Und die haben noch Glück. Jeder, der sich dazu hat hinreißen lassen, meinen Vater durch die Entweihung seiner Sonnenrune zu beleidigen, darf sich heute bei der schrecklichen Hel aufhalten, und die ist wie immer bei Frauen, hundertmal schlimmer als der einigermaßen kultivierte Luzifer.

„Was war mit Stauffenberg?" wollte ich wissen. „Erkennt man seine Vorleben wenigstens nach dem Tod?"

„Natürlich. Claus Graf von Stauffenberg, starb aufrecht stehend mit den Worten: „Es lebe das geheiligte Deutschland!"

Verstand ich nicht.

Sie erläuterte: „Kaum hatte ich ihn geküsst und in meine Arme genommen, verlangte ich eine Erklärung. „Heilig, mein Liebling, sind die Götter und Asgard."

Der frisch Verstorbene schenkte mir sein unwiderstehliches Lächeln.

„Jedem Menschen sollte der Boden heilig sein, den die Götter ihm geschenkt haben. Wir Deutschen haben dieses Geschenk mit Füßen getreten, mit Krieg überzogen, mit unschuldigem Blut getränkt und zuletzt den Feinden überlassen müssen. Wenn sich das Land davon wieder erholt, kommt das einer Auferstehung gleich."

„Also so etwas wie *Der König ist tot, es lebe der König*?" schmunzelte ich.

Er nickte erschöpft und schloss für einen Moment die Augen.

Nun musste der Wiedergeburtseffekt langsam wirken, also das volle Gedächtnis einsetzen. Dann würde er merken, dass er als ehemaliger Däne, ehemaliger Deutsche, schlichtweg nur noch Mensch war.

„Trink einen Schluck Met", sagte ich sanft, als er aufschreckte, mich mit wissendem Blick ansah und nach seinem Silberkreuz tastete.

„Bei Odin, beinahe wäre ich zu Maria ..., wie konnte ich nur vergessen, wie ...?"

„Beruhige dich, das ist ganz normal, Du wurdest christlich erzogen, und ich verrate dir etwas: besser zur Konkurrenz als zum kompletten Atheismus. Die da unten regieren, sind Atheisten, die uns nicht fürchten und nicht ahnen, was sie später erwartet."

„Ihr hattet so viel Hoffnung in mich gesetzt, nicht wahr? Und nun ist alles umsonst gewesen?" fragte er verzweifelt.

„Ist es nicht. Ist es niemals", erwiderte ich, während er das Horn leerte.

Nachdenklich betrachtete er die Runen, die in den Goldrand des Horns geschnitzt sind. Als sein Zeigefinger über die Initiationsrune fuhr, erkannte er sie.

„Wie geht es Uhle?" fragte er zögernd.

„Jetzt wieder besser. Er hat sich furchtbar aufgeregt, als du ein Auge verlorst."

Claus/Erik lächelte wieder vergnügt.

„Na, dann nichts wie zu meinen Freunden nach Asgard. Was brauchen diese Himmelsklepper so lange?"

Eine irre Geschichte. Zum Glück konnte ich mir beim Aufschreiben etwas Zeit lassen. Den groben Handlungsfaden sah ich immer mal wieder auf DVD nach.

Ich war noch nicht ganz fertig damit, als eines nachts einmal wieder die Sirenen eines Löschzugs der Feuerwache an der Quirinstraße heulten. Eigentlich hört man das bis zu unserer Wohnung ja nicht. Der Drakeplatz liegt auf der anderen Seite der Luegallee. Aber nachts, wenn alles schlief und nur gelegentlich eine Bahn von der Brücke über die Luegallee ratterte, lauschte ich in den Nächten, in denen Uwe Bereitschaft hatte, auf jedes Geräusch.

Selinas Fell sträubte sich, geradeso, als hätte sie es auch gehört.

Die Sirenen bedeuteten Einsatz. Irgendwo war ein Brand ausgebrochen und Uwe war dahin unterwegs. Das hieß nun banges Warten im Halbschlaf, bis er endlich mit dem charakteristischen Rauchgeruch in den Haaren wieder bei mir landen würde.

Aber diese Nacht war anders. Statt sich zu entfernen, näherten die Sirenen sich auf unsere Seite von Oberkassel, um dann nicht weit von unserem Zuhause zu halten. Brend´Amourstraße? Oberkasslerstraße? Düsseldorferstraße?

Gleichzeitig hatten alle Bäume im Garten wieder angefangen zu rauschen. Mir war es, als riefen sie wild durcheinander. „Gefahr“, schrien die Birken, „Hilfe“, heulten die Pappeln, „Ruhe“, donnerte eine Eiche. Klar hatten die Angst. Feuer vernichtet nicht nur Häuser, sondern auch oder gerade Bäume. Eichen haben wohl mehr Angst vor Blitzschlag oder aber sie sind die Helden unter den Bäumen und fürchten sich nur tief im Inneren.

Normalerweise tat ich das nie. Uwe hatte es mir strikt untersagt, aber ohne auch nur darüber nachzudenken, hatte ich begonnen, mich anzuziehen. Die Bäume wiesen mir den Weg oder mein Instinkt oder was auch immer, jedenfalls fand ich das brennende Haus, ohne erst verschiedene Straßen ziellos abzulaufen. Es war einer der wenigen Neubauten, die man nach dem Krieg in eine Reihe von Altbauten hatte setzen müssen. Uwe hatte mir einmal erklärt, dass die Altbauten mit ihren hohen Decken und den soliden Steinmauern sehr viel besser gegen Feuer schützen als die Neubauten mit ihren niedrigen Decken aber mehr Stockwerken. Dachbalken aus Holz brennen zwar, aber sie schwelen eine ganze Weile, so dass man sich noch in Sicherheit bringen kann. Metallträger erhitzen sich dagegen und brechen einfach. Die Altbauten waren im Laufe der Jahre liebevoll saniert worden, während in den 60-iger Jahre Nachkriegsbauten langsam alle Installationen durchfaulten. Wahrscheinlich war dieser Brand ursprünglich ein gewöhnlicher Kabelbrand gewesen. Heiße Flammen schlugen aus dem zweiten Stock. Darüber lagen noch zwei weitere Stockwerke.

Die meisten Bewohner hatten sich in Bademänteln und Schlafanzügen aus dem Haus retten können, aber leider nicht alle. Der Albtraum eines jeden Feuerwehrmannes sind Menschen in den Stockwerken darüber, die nicht aufs schräge Dach klettern können.

Der Löschzug stand davor. Männer hielten einen armdicken Schlauch, aus dem Wasser in die Flammen schoss, um dort recht wirkungslos zu verpuffen. Einige von Uwes Kameraden hielten ein Sprungtuch, in das zwei Leute sprangen, die sich vor den Flammen auf einen Balkon hatten retten können. Im Widerschein der Flammen waren die einzelnen Menschen kaum zu erkennen und so suchte ich, versteckt zwischen Hausbewohnern und Nachbarn, zunächst vergeblich nach Uwe. Dann aber erklang ein Aufschrei, als plötzlich eine Frau aus einem herbeifahrenden Auto fast auf die Straße fiel. Sie rannte auf das Haus zu und wollte hineinstürmen, während der Fahrer des Autos, den Wagen stehen ließ, wo er war, und hinter seiner Frau herrannte.

Zwei Feuerwehrmänner hielten die Frau auf.

„Mein Peter ist da oben", schrie die Arme wie von Sinnen und versuchte die beiden Männer zur Seite zu drängen. Ein dritter Mann kam nun angerannt und drängte sich an der Frau vorbei in das brennende Gebäude.

Woher wusste ich, dass es Uwe war?

Ich wusste es einfach. Ein prüfender Blick in die Menge, keine blonde Frau in was auch immer für einer Verkleidung war zu sehen. Gut.

Nicht gut. Inzwischen näherte sich ein Krankenwagen mit Blaulicht und bezog hinter dem Löschzug Stellung. Jemand erklärte dem unglücklichen Vater, er möge seinen Wagen zur Seite fahren. Weder von Uwe noch von Peter eine Spur. Die Menge wartete schweigend in der Hitze unter dem Funkenflug. Inzwischen wurden auch die Nachbarhäuser mit Wasserstrahlen bedacht. Es waren schließlich kostbare Altbauten, wahrscheinlich ohne moderne Sprinkleranlagen. Immerhin hatte das Feuer noch nicht auf andere Häuser übergegriffen. Minuten wurden zu Stunden. Männer hielten das Sprungtuch bereit, dann endlich eine Bewegung auf einem der Balkone. Uwe stolperte hustend bis zum Geländer, ein Bündel im Arm. Peter war ein etwa 10-jähriges Kind, das ebenfalls hustend in Uwes Armen hing. Die Männer riefen Uwe etwas zu. Der warf das Kind über das Geländer. Minuten später umklammerten die weinenden Eltern ihren geretteten Sohn.

Nun hätte Uwe springen müssen, es sah nicht so aus, als ob der Balkon noch lange hielte, doch statt übers Geländer zu klettern, knickte Uwe einfach auf dem Boden ein. Jetzt schrie ich wie am Spieß und mit mir die wartende Menge. Doch nichts geschah, außer dass das infernalische Prasseln der Flammen lauter zu werden schien. Die Kameraden hatten begriffen, dass Uwe die Kraft fehlte, sich über das Geländer zu hieven und legten eine Leiter an. Stunden schienen zu vergehen, bis Uwes Freund Bernd da oben ankam, und den reglosen Leib über seine Schulter zerren konnte. Noch längere Stunden dauerte der Abstieg mit der Last eines 75kg schweren Bewusstlosen. Unten angekommen wartete schon das Notarztteam mit Sauerstoff und Schläuchen und was die sonst so Scheußliches dabeihaben.

Ich hörte Worte, deren Inhalt ich nicht verstand, wohl aber die Bedeutung. Erst wollten sie mir nicht erlauben mitzufahren, dann durfte ich vorne einsteigen, als es mit lautem Sirenengeheul die Luegallee entlang in Richtung Herdter Krankenhaus ging. Die Strecke erscheint einem selbst dann noch lang, wenn sie in einem rasenden Krankenwagen zurückgelegt wird.

Die komplette Zeit kam er nicht zu Bewusstsein und ich machte den größten Albtraum aller Zeiten durch. Man kann nicht über Monate mit jemandem über das Leben nach dem Tod sprechen und dann glauben, es beträfe nur andere. Waltraud hatte Uwe erwählen wollen, ganz wie ich befürchtet hatte, aber sie besaß nicht die Macht über Leben und Tod. Sie hatte auf Uwe verzichtet, aber das rettete womöglich sein Leben nicht. Und wenn er nun nicht wieder erwachte, was wurde dann aus ihm? Hatte ich ihn mit meiner kleinlichen Eifersucht und kleinbürgerlichen Angst dazu verdammt, in Ewigkeit Halleluja zu singen? Hätte Uwe das gewollt? Mit meinem Egoismus hatte ich ihm die Möglichkeit der freien Wahl genommen. Wohin gehörte denn ein Held wie er, wenn nicht nach Walhall? Wahrscheinlich würde ich ihn niemals wieder sehen, denn ich taugte nicht zum Heldentum. Über mich würde Thor nur mitleidig bedauernd den Kopf schütteln, und genau das war wohl der Grund meiner Vertreibung Waltrauds aus Uwes Nähe. Die Erkenntnis traf mich wie ein Hammerschlag.

Vor lauter Tränen konnte ich den Weg zur Intensivstation kaum sehen. Uwe wurde dahinein gerollt, wo ich keinen Zutritt hatte. Ich nicht, aber sie jedenfalls!

„Waltraud“, rief ich panisch, sollten die doch alle meinen, ich sei übergeschnappt. „Waltraud, bitte komm.“ Der Zusatz „Um Himmels Willen“, war hier falsch, oder? „Bei Odin, Thor, Freya, bitte komm.“

„Schrei nicht so, die holen ja gleich eine Zwangsjacke", klang es neben mir, wie aus dem Nichts.

Sie trug ein strahlend hellblaues Gewand, die Haare offen, die nackten Arme mit silbernen und goldenen Armringen verziert.

„Kannst du mal sehen, wie es steht?" fragte ich schniefend. „Ich bekomme keinen Zutritt."

Entgegen ihrer sonstigen kühlen Art umarmte mich die Walküre, und das alleine ließ mein Herz zu Eis gefrieren.

„Sei stark", flüsterte sie und verschwand. Ich wollte nicht mehr wissen, wie sie das machte, ob sie wie ein Geist durch die Wände ging, oder einfach die Gesetze der Physik aushebelte, indem sie sich ent- und rematerialisierte, ich wollte nur eines, dass irgendsoein Mensch in Grün erschien, um mir zu sagen, dass es sehr ernst aussähe, aber große Hoffnung bestünde, dass er durchkäme.

Doch nichts dergleichen geschah. Stattdessen erschien Waltraud wieder.

„Er sieht mich", sagte sie leise.

„Nein", schrie ich. Doch ihre ernste Miene ließ keinen Zweifel mehr zu. Uwe war 33 Jahre alt. Das konnte es doch nicht gewesen sein?

„Manche erfüllen ihr Schicksal eher als andere", sagte die Walküre sanft. „Für dich ist es viel härter als für ihn. Frauen brauchen unendlich viel mehr Liebe als Männer. Zuerst, um einen Liebsten zu gewinnen und nachher, um den Verzicht zu leisten: auf das heranwachsende Kind, den jungen Helden oder später den älteren Ehemann."

„Die Rune *Ehwaz* bedeutet nicht Aufbruch, sondern Abschied, nicht wahr?" fragte ich in diesem Moment etwas idiotisch.

„Nein, nein, sie bedeutet Aufbruch für euch beide, aber in verschiedene Richtungen. Für Uwe ist es der Aufbruch in eine neue Welt, für dich in ein neues Leben."

„Kannst du denn gar nichts tun?" fragte ich voller Unlogik.

„Natürlich kann ich etwas tun, meine Aufgabe erfüllen, zum Beispiel."

Meine Verzweiflung kannte jetzt keine Grenzen mehr. Ohne Vorwarnung stürmte ich an Waltraud vorbei auf die geschlossene OP-Türe zu, rammte meine Schulter gegen dieselbe, die auch sofort nachgab, stürzte auf die Liege zu, schubste jemanden in Grün zur Seite und umarmte meinen Liebsten, mit Schläuchen und allen Zugängen, die an ihm baumelten. Zum Erstaunen der protestierenden Ärzte schlug er die Augen auf und lächelte. In seinem Blick stand vollkommene Zufriedenheit. Wenn er bedauerte, mich verlassen zu müssen, dann war das höchstens Mitleid für mich, er selber aber lächelte. Die Ärzte schoben mich wieder zur Seite und werkelten herum, während das EKG die berühmten aussetzenden Zacken zeigte. Waltraud stand jetzt neben mir und sah den Widerbelebungsversuchen kopfschüttelnd zu.

Als die erste gerade Linie erschien, beugte sie sich über Uwe und küsste ihn. Durch meinen Tränenschleier hindurch sah ich, dass die Ärzte sich noch weiter bemühten, eine Schwester führte mich hinaus. Das war mir nun auch recht, denn ich wusste, dass auf der OP-Liege nur noch eine leere Hülle lag.

Epilog

Ich habe die Walküre nie mehr wiedergesehen, auch wenn ich mich immer wieder dabei erwische, nach der blonden Mähne Ausschau zu halten, wenn ich meinen Laden abends um 20.00 Uhr verlasse. Ich arbeite jetzt mehr Stunden als früher, aber dafür ist es ja auch mein Laden, mit meinen Ideen. Uwe hatte eine Lebensversicherung abgeschlossen, in der ich als Begünstigte eingetragen war. Die Summe war hoch genug, als dass ich meinen Traum verwirklichen konnte. Hilmaz und Olga arbeiten mit mir, und gemeinsam sorgen wir dafür, dass das ewige Grau der anderen Läden durch unsere Sachen aufgelockert wird. Ich trage meine Haare jetzt lang und offen, und wenn mich einer in der Altstadt blöde anquatscht, fahre ich ihn derart an, dass selbst die Betrunkenen zurücktorkeln. Die Bäume flüstern nach wie vor und die Hunde, die von den Frauchen im Pelzmantel über die Königsallee geführt werden, tauschen im Vorbeigehen ihre satirischen Sprüche aus. Ich habe keine Angst mehr davor, sie zu verstehen, jetzt nicht mehr, ich fürchte mich nicht vor der Gegenwart und erst recht nicht vor der Zukunft.

Eines Tages suche ich mir wieder einen Helden, so wie jeder seinen Helden oder seine Heldin finden sollte. Ein Held ist heute schon jemand, der sich traut, einer durch und durch materialistischen Welt Liebe und Vertrauen entgegenzusetzen.

Ganz gleich was passiert, es ist nicht morgen vorbei, aber man sollte sich darum kümmern, wo man hin will mit diesem Leben und vor allem, wohin danach.

In diesem Sinne

Heitatoho

Heike

PS: Diese Nachricht fand ich in einer Schachtel zum Bleigießen, die ich für das Silvesterfest in der Nacht zum 1.1.2012 mit meinen Freundinnen geöffnet habe. Die Schrift war altmodisch, aber den Göttern sei Dank, nicht in Runen gesetzt, sonst hätte mich das Übersetzen sehr viel Zeit gekostet.

Für diejenigen, die den Marvel Film *Thor* gesehen haben, hier eine Korrektur:

Die Amerikaner verlegen ja bekanntlich gerne alle Handlungen in ihre Heimat, aber in diesem Fall muss ich sie enttäuschen. Der *Bifröst,* der Walhall und die Erde miteinander verbindet, führte nach Island. Thor zerschlug ihn im Jahr 1012 voller Wut, als den letzten Gläubigen verboten wurde, an meinen Vater zu glauben. Doch Odin in seiner Güte kennt die Gabe des Verzeihens. Als er sah, dass die Menschen mit den neuen Religionen weder glücklicher noch friedlicher wurden, befahl er seinen Hilfsgeistern, den Alben, Kobolden und Klabautermännern, die Regenbogenbrücke zu reparieren. Solche Bauarbeiten dauern ein wenig und verzögern sich oft, wie jeder weiß. Nach den letzten Jahrhunderten, in denen ihr Menschen angefangen habt, an gar nichts mehr zu glauben, wird es Zeit, die Arbeiten endlich fertigzustellen. Ende dieses Jahres sollte es so weit sein.

In der Zwischenzeit, Heike, empfehle ich dir die *Uthred-Saga* von Bernhard Cornwall als Lektüre oder die Serie *Vikings.* Ragnar Lodbrock macht das schon ganz gut...

Materie, an die du glaubst, wäre ohne den liebenden Atem des Allvaters nichts als ein Haufen Elektronen und Protonen und wir Menschen ohne den göttlichen Funken nichts als Zellhaufen. Daran solltet ihr Menschen euch immer erinnern.

Herzliche Grüße aus Walhall

Waltraud

ᚹᛉᛚᛏᚱᚨᚢᛞ

Eine kleine Runenkunde für Anfänger:

Das germanische Alphabet, Odins Zauberzeichen

Runen sind mehr als nur eine primitivere Version unserer heutigen Buchstaben, die man in Stein oder Holz ritzte.

Sie sind Buchstaben und gleichzeitig Zeichen mit symbolischer Bedeutung und magischen Auswirkungen.

Magie bezeichnet all die Prozesse, die wir nicht verstehen und über deren Auswirkungen wir staunen oder vor denen wir uns fürchten. In Wirklichkeit kann Magie aber auch als Naturkraft verstanden werden, die denjenigen, die die Natur lesen können, als Wirkmittel zur Verfügung steht.

Das persönliche Runenset wurde ursprünglich auf Rindenstücke oder Scheiben aus Buchenholz geschnitzt. Daher kommt auch das Wort Buchstabe.

Will man mit den Runen nicht nur Divination betreiben (Ausdruck für *Zukunft sehen* oder *Wahrsagen,* auch wenn die Übersetzung nicht gut ist. Im Lateinischen steckt das Wort divus = göttlich darin), sondern aktiv in den Verlauf der Geschichte eingreifen (das gilt auch für Heilprozesse), dann bedürfen sie eines Opfers. Das normale Opfer ist das Blut des Runenmeisters oder der -meisterin, weshalb die einzig mögliche Farbe für eine Rune oxidiertes Blutrot war.

Runen sind nichts für zart besaitete Menschen, so wie sie ja auch nicht immer nett und freundlich sind!

Runen kann man in unterschiedliche Gruppen einteilen. Es gibt welche, die ganz offensichtlich zur Natur gehören, solche mit psychischen Auswirkungen und andere, die den germanischen Göttern zugeordnet sind und nur wirken, wenn der Runenmeister an diese Götter glaubt und in Harmonie mit ihnen handelt.

Runenmeister wie Uhle hatten bei den Germanen zahlreiche Aufgaben:

1) Die Wahl eines Namens für ein Neugeborenes. Jeder Buchstabe konditioniert einen Lebensabschnitt. Es ist sinnvoll, dass sich in einem Männernamen für einen künftigen Krieger Runen für Kraft, Krieger, Sonne oder gleich dem Gott Thor befinden. Daher waren Namen wie Thorsten, Thorwald, Thorbjörn sehr beliebt aber auch Siegfried oder Siegwart.

Für Frauen wäre es hingegen sinnvoll, an die nächste Generation zu denken und die Rune für Fruchtbarkeit einzubauen. Prinzessinnen hießen daher gerne Ingeborg oder Inga, während die Kriegerinnen besser mit Sieglinde oder Thurid ausgestattet sind. Die temperamentvollen unter ihnen haben die Sturmrune im Namen so wie Helga, Heidrun und Heidi.

Vorsichtig sollte man mit der Notrune sein, die kann einem das Leben schon erschweren, die Lokirune ebenfalls.

2) An bestimmten Tagen wie Vollmond, Sonnenwenden und Äquinoktien kann der Runenmeister die Götter nach der Zukunft oder dem speziellen Schicksal eines Menschen befragen. Er legt ein Runemal. Was er dort sieht, gilt bis zur nächsten Sonnenwende, vielleicht auch länger.

Er kann dann im nächsten Schritt fragen, was getan werden muss, um das Schicksal zu wenden. Germanen sind nicht fatalistisch und fügen sich auch nicht gerne in widrige Lebensumstände oder Zukunftsperspektiven.

In einem weiteren Schritt kann der Runenmeister versuchen, das Urteil aktiv abzuwenden, z.B. mit Gegenzauber. Dies erfordert normalerweise einen Preis, den er nicht kennt, der aber in jedem Fall gezahlt wird.

Es gibt Runen, die in jede Richtung gleich wirken, wie Inguz oder Gebo und solche, die man sowohl positiv als auch negativ legen kann. Dies zeigt uns sofort den ambivalenten Charakter der Zauberei. Runen unterscheiden nicht zwischen schwarzer und weißer Magie, weswegen ich an dieser Stelle auf die dunkle Seite nicht eingehe.

3) Runenmeister können kranke Bäume, Haustiere und Felder schützen z.B. vor Schädlingen oder Unfällen, oder physische und psychische Krankheiten heilen. Hierzu werden Runen direkt in den Stamm oder die Hufe eines Pferdes geritzt, oder es werden Amulette angefertigt, die man in den Baum hängt oder als Hundehalsband verwendet. Dies gilt auch für Schmuck bei Menschen: Ringe, Anhänger, Oberarmreifen, Gürtelschnallen, Schwertgriffe, Kleiderfibeln etc.

Manche Runenmeister fertigen ihren Patienten auch Zweiglein mit geschnitzten Runen an, die man dann unter das Kopfkissen legt oder bei sich trägt. In diesem Fall ist es sinnvoll, dass die Rune zum Baum passt. So schnitzt man Inguz in Apfelholz oder Fehu in einen Walnusszweig, gefährliche Runen in Eibe, Heilrunen in eine Linde, damit der Schmerz schneller gelindert wird etc.

Männer und Frauen tragen runenverzierten Schmuck. Krieger tätowieren sich auch gerne mit Runen. Kriegerinnen tun dies nur dann, wenn sie keine Kinder wünschen. Zur Zeit der Germanen wusste man noch, dass der Farbstoff der Tätowierung ins Blut übergeht. Heute werden die Kinder von stark tätowierten Frauen schon vor der Geburt drogenabhängig. Das Botulin ist ein Alkaloid, das wie alle Alkaloide im Hirn andockt und abhängig macht, ganz abgesehen davon, dass man die Bedeutung dessen, was man auf der Haut trägt, schon kennen sollte. Es handelt sich hierbei schließlich um eine Dauerbeschwörung.

Götterrunen

Es gibt 4 Götterrunen, Berkana, Thurisaz, Laguz, Tiwaz und eine ohne Zeichen, die für Odin steht. Die Runen stehen mit den Göttern in Verbindung, haben aber auch jeweils eine oder mehrere Eigenbedeutungen.

B, Berkana, Birke, Rune der Liebesgöttin Freya, bedeutet Wachsen und Gedeihen.

Gut für alles Lebendige: Kräuter, Bäume, Tier- und Menschenkinder

T, Tiwaz, Pfeil, Rune des Kriegsgottes Tyr, bedeutet Potenz und Kampfkraft.

Gut nach langer Krankheit, Antriebslosigkeit und Verlust der Manneskraft.

L, Laguz, Fluss, Rune des Loki, bedeutet fließende Energie, Unfug, Witz und Unvorhergesehenes.

Löst Blockaden, belebt die Kommunikation, kann aber auch nach hinten los gehen.

Th, Thurisaz, Dorn, Rune des Thor, bedeutet Herausforderung, Gefahr und Konflikt.

Zeigt Probleme auf und fordert Lösungen, reißt aus der Lethargie heraus.

Symbol für Allvater Odin, Abmahnung an den Runenmeister, nicht weiter zu fragen.

Wird oft von Christen, Atheisten und anderen gläubigen gezogen, aber auch dann, wenn ein Runenmeister für sich selbst fragen will.

Naturrunen

Es gibt 10 Naturrunen: Sowilu, Hagal, Urduz, Isa, Kenaz, Eiwaz, Jera, Fehu, Ehwaz, Algiz.

S, Sowilu, Sonne, bedeutet Frohsinn, Ehre, Stolz, eins mit sich und der Welt, Liebling der Götter.

Mithilfe dieser Rune kann nichts schief gehen.

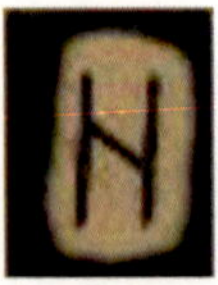

H, Hagal, Sturm und Hagel, bedeutet Aufruhr, Auseinandersetzung, stürmische Zeiten.

Einstiges Werkzeug der Wetterhexen, kann so etwas Unheil anrichten.

U, Urduz, Erde, bedeutet Verwurzelung, ankommen, sich zu Hause fühlen, Stärke fühlen.

Gut für den Hausbau, beim Pflanzen von Bäumen, zur Familiengründung.

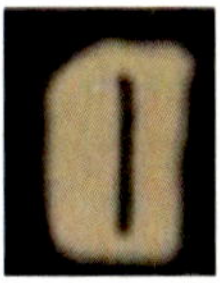

I, Isa, Eis, bedeutet Stillstand, Ruhe, Kraft sammeln und Kontemplation.

Gut zur Erholung, etwas auszukurieren, entschleunigen.

K, Kenaz, Licht, bedeutet Erleuchtung, Gesundheit, Licht im Dunkel, Hoffnung.

Gut bei chronischer Krankheit oder innerer Düsternis.

Ei, Eiwaz, Eibe, bedeutet Abwehr von Unglück, Missgunst, Infektion, Gift etc.

Gut im Garten zum Schutz vor Parasiten, gut vor OPs und bei Epidemien.

J, Jera, Ernte, bedeutet ernten, was man gesät hat.

Gut für den Garten, gut für den Abschluss einer Arbeit, gut für ein ehrliches Geschäft.

F, Fehu, Vieh, bedeutet Reichtum und Wohlstand.

Gut für finanzielle Transaktionen, gut für das Zusammenhalten eines Erbes.

E, Ehwaz, Pferd, bedeutet Kraft und Bewegung, aushalten und durchhalten.

Gut für einen Neuanfang, Ortsveränderungen, Neubeginn oder Neuausrichtung.

A, Algiz, Elch, bedeutet Schutz vor allem Negativen, Unwetter, Feinde, etc.

Gut zum Schützen eines Hauses, Gartens oder Arbeitsplatzes.

Schicksalsrunen

Es gibt 10 Schicksalsrunen, Raido, Ansuz, Gebo, Othila, Inguz, Wunjo, Manaz, Nautiz, Pertho, Dagala.

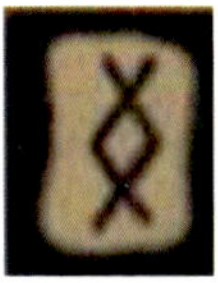

Ing, Inguz, Apfel, bedeutet Fruchtbarkeit.

Gut bei Kinderwunsch, gut beim Obstanbau.

W, Wunjo, Wonne, bedeutet Glück und Freude.

Gut für Liebeszauber, gut zum Heilen.

P, Pertho, Öffnung, bedeutet Einsicht und Verständnis, Öffnung für neue Erfahrungen.

Gut zur Öffnung des dritten Auges, zur Öffnung für Gefühle.

D, Dagal, der Tag, bedeutet Aufwachen, aber auch Durchbruch, zerschlagen eines Knotens.

Ggut zur Lösung eines hartnäckigen Problems.

A, Ansuz, Zeichen, bedeutet Inspiration, Idee, Geschenk Odins.

Gut zur Erlangung von Kreativität.

G, Gebo, Pakt, bedeutet einen Vertrag mit den Göttern, meist um etwas zu erlangen.

Vorsicht, so ein Pakt kann sehr teuer werden und darf niemals gebrochen werden.

O, Othala, Erbe, bedeutet Verlust oder Bewahren je nach Richtung der Rune.

Gut zur Rettung von Besitz oder zum Loswerden von Ballast, auch emotional.

N, Nautiz, Not, bedeutet eine schlimme Phase des Lebens, Unglück.

Gut zur Besinnung auf Wesentliches.

R, Raido, Reise, bedeutet Veränderung, Aufbruch zu Neuem, eventuell aber auch die letzte Reise.

Gut, um Neues zu sehen und zu erlernen, alten Strukturen oder Bindungen zu entkommen.

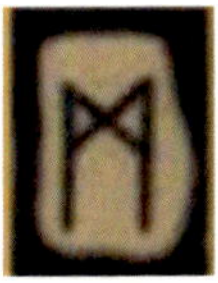

M, Manaz, das Selbst, bedeutet Selbsterkenntnis und wichtige Lehre fürs Leben.

Wichtig bei Posten mit Verantwortung, sollte man den Machthabern auf eine Eibe schnitzen und zusenden.

Sollte sich jemand wundern, warum eine Biochemikerin sich mit so einem verrückten Thema beschäftigt, dann braucht er sich nur meinen Nachnamen anzusehen. Die Geschichte der Auswanderer nach England, die keine Lust auf Christentum hatten, ist die meiner eigenen Familie.

Wer sich mit Runen beschäftigen will, um seinen pflanzlichen oder tierischen Gefährten Hilfe zu leisten, sollte mit Edelsteinrunen üben.

Bild: Runen bei Heptomania.de

Weitere Bücher von Michaela Dane:

- Die Heilgeheimnisse des Paracelsus
- Die Alchemie der Liebe
- Die Bio- und Alchemie der Ernährung
- El Conde – eine Science-Fiction Serie zur Signaturenlehre

Sie erhalten diese und weitere spannende Bücher und Materialien (natürlich auch Runen!) unter

www.heptomania.de

Michaela Dane auf Social Media:

- YouTube: Nondum Scientia
- Facebook und Instagram: Signatur-leben
- www.signatur-leben.de